戲非戲245

雪中悍刀行

第一部

（三）

春雷闖江湖

烽火戲諸侯　作

高寶書版集團

道門真人飛天入地，千里取人首級；佛家菩薩低眉怒目，抬手可撼崑崙。
誰又言書生無意氣，一怒敢叫天子露戚容。
踏江踏湖踏歌，我有一劍仙人跪；提刀提劍提酒，三十萬鐵騎征天。

目錄

第一章　老供奉帷幄廟堂　窮書生曲水清談

寫意園，徐脂虎的私閨中滲出一股血腥氣，連三座都加了上品龍涎香餅香球的紫煙檀爐都遮掩不住。

徐脂虎臉色蒼白地望著正在給徐鳳年把脈的李淳罡，世子殿下上半身裸露，趴在床上，脊柱部位血肉模糊。老劍神露出一臉惋惜，嚇得天不怕地不怕的徐脂虎淚珠啪啦啪啦往下掉，雙手摀住嘴都不敢哭出聲。

才在鬼門關逛蕩一圈的徐鳳年看上去並不像瀕死之人，沒好氣地道：「死不了。」

李淳罡點點頭說道：「是死不了，可惜。手刀再進一寸，就是大羅神仙都救不了，現在嘛，皮外傷。可是那個殺死王明寅的少女殺手？」

徐鳳年陰沉著臉「嗯」了一聲。他帶著大戟寧峨眉、魏叔陽以及五十輕騎趕赴江心郡，一開始就跟兩位扈從說好了要引蛇出洞，但沒料到這養大貓的姑娘耐心實在太好，從陽春城到江心郡一個來回的路途中，世子殿下處心積慮賣出那麼多破綻都不抓，等入了城門，徐鳳年剛剛鬆口氣，那出人意料跟壁虎一般貼在陰暗壁頂上的殺手輕輕墜下，一擊得手。

所幸她似乎沒有預想到世子殿下已是大黃庭四樓，若是蘆葦蕩的徐鳳年，就要被她一刺當場敲碎脊柱。但接連幾次刺殺都未果，惱羞成怒的呵呵姑娘在城門孔洞中馬上展開追擊。

徐鳳年腳尖踩在側壁上，她緊隨其後，正要遞出第二刺，寧峨眉短戟已經擲出，魏叔陽也身形如鷂子掠起，白馬義從紛紛抬出開山弩，她見勢不妙，並不戀戰，從內門牆孔溜出，纖手五指鑿入城牆就跟切豆腐一樣，幾個跳躍，瞬間沒了身影。

途經雄寶郡時，溪畔馬匹飲水，閉息久候的她也曾出手一次，從溪底衝出。不過當時李淳罡離得不遠，瞬間便有劍氣奔襲而至，沒有給她近身的機會。眾人只看到這少女匿入水中，遊魚一般消逝，密密麻麻驟雨般的弓弩與短戟都無法傷其絲毫。

真是附骨之疽！

徐鳳年安慰道：「姐，真沒事。」

放下心中巨石的徐脂虎擦了擦眼淚，破涕為笑，啪一下狠狠一巴掌甩在他屁股上，「沒事沒事，這還叫沒事！你這德行，晚上姐怎麼跟你睡一張床上說悄悄話！」

李淳罡臉色古怪，本想調戲兩句，但想想還是作罷。以徐鳳年的小心眼，不敢跟自己嘔氣，指不定就要把氣撒在姜泥頭上，真他娘的是一物降一物，老夫也有今天，沒天理了。

他戀戀不捨地起身離開香噴噴的閨房，房中青鳥與丫鬟二喬也都識趣閃人，只剩下這對打小便關係親密的姐弟。

雖說是外傷，但皮開肉綻的，也不好受，徐鳳年正想偷個閒休憩一番，但馬上就察覺到不對勁，然後既是無奈又是憤懣地道：「姐，妳脫我褲子做啥，那裡沒傷到！」

徐脂虎一點沒當姐姐的悟性和架子，嬌滴滴柔聲道：「鳳年啊，姐不放心，還是看一看為好。這裡沒外人，你臉紅個什麼。」

徐鳳年伸手誓死護住腰帶，扭頭怒道：「姐！都多大的人了，別這麼沒羞沒臊好不好！」

徐脂虎故作一臉幽怨，好一副泫然淚下的淒涼神情。要是道行淺的，如江南道那幫學子名士，見到這個還不丟了魂？可徐鳳年跟這大姐朝夕相處那麼些年，還會不知道她的伎倆？一點都不敢放鬆手勁，生怕一下子就給她得逞了。

姐弟兩人僵持不下，徐鳳年求饒道：「姐，算我求妳了行不，沒妳這麼趁火打劫折騰傷患的。」

徐脂虎悻悻然縮手，不過沒忘記再拍了世子殿下的屁股一下，輕笑道：「喲，挺翹，練刀就是好，這體魄架子硬是要得。等你傷好了，肥水不流外人田，可得好好讓姐把玩把玩。」

徐鳳年頭疼道：「妳再這樣，我明天就去二姐那裡了。」

徐脂虎俯身，嫵媚如狐仙的美豔臉龐湊在世子殿下附近，吐氣如蘭，哼哼道：「沒良心的傢伙，你說家裡誰最疼你、寵你，小時候是誰尿床，又是誰偷偷幫你洗被子？這會兒就翻臉不認人了？」

徐鳳年轉頭近距離望著這張很難被外人看出端莊賢淑的臉龐，輕聲道：「姐，為什麼不跟我回家？」

徐脂虎乾脆蹲在床頭，托著腮幫凝視著這個才入陽春城便大開殺戒的弟弟，溫柔道：「這就是姐姐的家啊。嫁出去的閨女潑出去的水，要不怎麼會有覆水難收的說法。姐就算回北涼，也只是算省親，不算回家了。」

徐鳳年默不作聲。

徐脂虎伸手撫摸著這個為了她不惜在江南道上四面樹敵的傢伙，看了那麼多年，總是看不膩、看不煩呢。她輕輕道：「家裡小叔，就是那位棠溪劍仙盧白頡說你倒行逆施，不成氣候，這是因為他不知道鳳年有多喜歡姐。姐當然是知道你心疼的啊，在城內殺搬弄唇舌的無聊士子，去江心郡把那劉黎廷活活拖死到湖亭郡，你除了想給姐出口惡氣，其實也是想逼著姐在江南道沒辦法再待下去，好跟你回北涼，對不對？

你這個傻瓜，姐在哪裡不是你的姐，真回到了北涼，就能開心了？以後等你二姐從上陰學宮回去，還不得天天跟她為了你爭風吃醋呀，姐說大道理總沒能說過她的時候，才不樂意受這個氣。這次你捨近求遠先來看姐，她這個連你喊聲二姐都要不開心的傢伙，還不得氣壞了。」

徐鳳年賭氣地「哼」了一聲。

徐脂虎伸手捏了捏這張稜角越發分明的臉龐，笑道：「長得是越來越有味道了，其實還是個孩子。」

徐鳳年剛想說話，徐脂虎擺擺手道：「睡吧睡吧，別趕姐走，姐好好看看你。」

徐鳳年沉沉睡去。

第二天世子殿下清晨醒來的時候，發現大姐就趴在床頭睡著了。他苦笑著起身，後背傷口已經結痂，傷勢痊癒的速度不可謂不驚人。雖說離金剛境還有很大距離，但比起尋常武夫的身體，已有巨大優勢。

徐鳳年起床的聲音沒吵醒徐脂虎，倒是把睡在隔壁的侍寢丫鬟二喬給驚動了。盡心盡職的女婢大多都睡意不深，她隨意披著外衣便小跑進來。酷暑天氣，她本就穿得清涼，初長成的身段婀娜多姿，長得婉約，有著江南女子獨有的水潤靈氣，體態輕盈，否則京城達官顯貴也不會家家戶戶養瘦馬了，這江南道調教出來的瘦馬與西楚腴姬並稱雙絕。

徐鳳年伸出手指「噓」了一聲，示意這位豆蔻年華的少女動作小些。她看了眼世子殿下的赤裸上身，小臉漲紅，迅速低頭，生怕逾了規矩。越是高閥豪族，規矩條框便越是森嚴，主子們也都性格迥異，下人自然不敢恃寵而傲，越雷池一步，何況丫鬟二喬聽多了小姐嘴裡的北涼世子驕橫行徑，加上昨天那場風波，就更不敢有任何馬虎了。小丫頭本以為這世子殿下到了湖亭郡，最多就是見過了小姐以後去江心郡揍一頓那個妻管嚴的誠齋先生，她的小腦袋想破都想不到殿下會把劉黎廷給用駿馬從江心郡拖屍拖到盧府啊。

徐鳳年拿起床頭一只羊脂玉瓶，壓低嗓音輕笑道：「二喬，幫忙塗抹藥膏，後背我搆不著。」

小姑娘顫抖著接過玉瓶，倒了些香氣撲鼻的藥膏在指尖上，抬腳坐在床邊，紅臉紅耳紅脖子地輕柔塗抹在世子殿下的後背上。指尖觸及肌膚時，她嬌軀一顫，少女臉上的晶瑩肌膚幾乎能滴出水來，只是當她看到殿下後背除了新傷，還有一些分明有些時日的舊傷痕時，才覺得觸目驚心，不敢想像為何如此家世顯赫的殿下也會傷痕累累，誰吃了熊心豹子膽不成？

小丫鬟二喬在庭院深深如王侯的盧府，尤其是幸運地在徐脂虎庇護下，如何能體會廟堂江湖的陰險與浩渺？對她而言，小姐一餐少吃了些米飯或者中暑了、著涼了便是頂天的大事了，像被悍婦摑了一耳光，她便是拚死也要給小姐報仇還恩去。

大體來說，二喬是幸運的，能夠碰上徐脂虎這麼護短的寡婦主子，都不需擔心被主子的男人輕薄這類事情。世族高門裡頭，有幾個如她這般可口誘人的侍寢丫鬟能保持完璧之身？早就被偷吃或者光明正大吃得連骨頭都不剩了，閨房私趣，便是道德楷模的聖賢大儒也不能說什麼。

徐鳳年在她幫忙下穿上一身嶄新衣衫，悄悄下了床，笑道：「二喬，我出去透透氣，妳候著我姐便是，讓她自然醒好了。」

二喬膽怯羞澀地「嗯」了一聲，這時才發現世子殿下身材修長，比起江南道男子都要高出許多呢。

◆

徐鳳年走出屋子，青鳥站在院中，主僕二人離開寫意園，沿湖散步。

徐鳳年看到棠溪劍仙盧白頡早已坐在亭中，不知是否在等自己，他不假思索地走去。

盧氏琳琅七傑，盧白頡年歲最小，因為一直沒有娶妻生子，就並未分家而出，住在了退步園。因為家主盧道林在京城擔任國子監右祭酒的清貴位置，這棟盧府中大小事務一般都交由盧玄朗處理。棠溪劍仙一般不理俗事，但越是如此，在大事上越一言九鼎，連嫡出掌握盧氏大權的盧道林、盧玄朗兩人都要重視這位庶出弟弟的意見。

盧氏七傑，除去這三位，有一人潛心修道，一人遁入釋門，其餘兩人都在泱州為官，皆是正四品。地方上的正四品，已是名副其實的一方大員，遠比京師清水衙門的正四品甚至是從三品還要吃香。雖說京官一直在骨子裡輕視外地官員，但真正想要入閣掌部的當紅官員，大多要在從四品時主動要求外放到地方，多則六年，少則三年，積攢了足夠資歷人望再返京城，才算是真正成為王朝的棟梁之臣。

本來以盧白頡才華，可以成為盧氏僅次於家主盧道林的主心骨，沒奈何棠溪劍仙無心仕途，反倒是與家族六位兄長的關係都十分融洽，與誰都說得上真心話。其餘六人相互之間大體上關係和善，卻難免有些深層次的不睦，像親手創辦白松書院的盧玄朗就不太看得起兩位做官的弟弟。

學院裡士子聚眾清談時，曾帶頭抨擊時政，將兩人批判得體無完膚，因此這位白松先生與兩個務實治政的弟弟可以稱作道不同、不相為謀。尤其是在浩浩蕩蕩的洪嘉北渡中，盧玄朗對於盧氏吸納諸多名聲不顯的中下士族子弟相當不滿，私下貶斥為南方沆瀣蛇鼠竊居盧氏高粱，只是家主仍是兄長盧道林，盧玄朗也只能發發牢騷。

入了亭子，徐鳳年行晚輩禮，畢恭畢敬道：「鳳年拜見棠溪先生，昨晚誤以為先生要攔阻入府，情急之下言語不敬，望先生莫要怪罪。」

盧白頡冷淡道：「世子殿下言重了。不過本人沒有幾斤道德仁義可供販賣，不知殿下入亭所為何事？」

徐鳳年笑道：「大姐這些年一直說棠溪先生的好，今日是來跟棠溪先生討打的，剛好湊巧負了點傷，想了想先生下手會輕些。」

盧白頡明顯愣了一下，泛起一點笑意說道：「殿下這潑皮無賴的脾氣，倒是跟你姐如出一轍。」

徐鳳年說道：「我們姐弟都是跟徐驍學的。」

盧白頡是第一次從人嘴裡直截了當聽到「徐驍」二字。江南道上，高士名流再言談無忌，最多也就是以「北涼那大蠻子」代稱，敢說「徐瘸子」的極少，但撐死也就是在私密場合敢這麼說，更別提對徐驍直呼名諱了。

盧白頡笑了笑，道：「殿下還要待多久？打算再殺幾個江南道士子？」亭中劍意橫生。

青鳥皺眉，就要踏入亭中，徐鳳年擺擺手，攔下這槍仙王繡的女兒，面朝棠溪劍仙平靜說道：「他們不惹我就好。我又不是魔頭，吃飽了撐著就要殺人，飽暖思淫欲還差不多。」

盧白頡冷笑道：「殿下就不怕給仍在京城的北涼王惹麻煩嗎？」

徐鳳年搖頭笑道：「棠溪先生有所不知，我若是心平氣和來了江南道，再雲淡風輕離開江南道，由著那幫讀書人編派我大姐，徐驍才真的要動怒。殺劉黎廷也好，殺士子也罷，江南奏章如雪片飛往京城，徐驍頭痛歸頭痛，其實很開心，以後回了北涼，指不定私下還要罵我為何才殺了這麼幾個。」

盧白頡無奈嘆道：「殿下你這一家子。」只是棠溪劍仙淺淡笑容中分明多了一份真誠。

徐鳳年望向湖水，道：「我姐還是不肯回北涼，她說這裡就是她的家。這個家有什麼好的，棠溪先生教我。」

出乎意料，盧白頡沒來由哈哈笑道：「不好，的確是一點都不好。可惜這個家我說了不算，否則早就讓你姐滾回北涼了，趕緊滾，眼不見、心不煩，省得我出門遊山玩水都不痛快。」

徐鳳年立即對這泱州劍仙好感倍增，咧嘴笑了笑，有那麼點頑劣晚輩與開明長輩相處的味道了。

◆

徐脂虎醒來時尋覓弟弟的身影，結果出了寫意園，就看到亭子中倆傢伙面紅耳赤、大眼瞪小眼。女婢青鳥見到長郡主後，行禮時嘴角帶笑，這讓徐脂虎鬆了口氣，還以為亭子裡兩人就要大打出手了。

棠溪劍仙似乎沒能爭執勝出，冷著臉揮袖離去。徐脂虎看到一臉無辜的弟弟，好奇問道：「這是鬧哪一出？小叔該不是要去拿霸秀劍伺候你了吧？」

徐鳳年嬉皮笑臉沒個正形說道：「沒呢，在跟先生聊洪嘉北奔的事情，有些分歧，說著說著就變成吵架了，想必還不至於要刀劍相向，頂多晚些時候再論戰。也就是棠溪劍仙，換作別的江南道名士，我早就拿刀砍殺一通了。」

徐脂虎伸出手指點了點弟弟的額心，「你呀你呀，也不知道在長輩面前裝得溫良恭儉些。」

徐鳳年等大姐坐在身邊，瞇眼問道：「那盧玄朗還在做縮頭烏龜？」

徐脂虎丟了個媚眼，語重心長道：「規矩，規矩呢，別沒大沒小，記住了，下次見著面別擺張臭臉。盧府好歹是正兒八經的大族，不是人人都像小叔這般好說話的。」

徐鳳年不置可否，只是白眼。徐脂虎拇指肚在他額心摩娑著，嘖嘖稱奇道：「昨晚摸了一晚上，都沒能把這好看的紫印抹去，八成是真的了。姐以後可以化這妝，好看，說不定可以風靡江南道。」

湧起一股無力感的徐鳳年無言以對，輕輕拍掉她揩油的手指。

徐脂虎問道：「餓了沒？要是身體撐得住，姐帶你去報國寺吃齋飯去，滋味極好。」

徐鳳年點了點頭。這一趟出盧府，除了閒情逸致的姐弟二人，魚幼薇並未出行，青鳥被他按在府上好生休息，於是就只喊上了魏叔陽、寧峨眉以及老劍神、小泥人四人，鳳字營輕騎都被留下來。不過靖安王妃仍是被丫鬟二喬去喊了起來，裴王妃好不容易在出襄樊後有了像樣的床榻睡覺，恨不得一覺睡個幾天幾夜，起床時頗不情願，上馬車時還睡眼惺忪，顯然是沒睡飽。

一行人分乘兩輛馬車，馬夫分別由大戟寧峨眉和老劍神擔任。本欲避開的裴王妃被徐脂虎點名留下，車廂內除了姐弟就只有這位從高高枝頭跌下的她，而徐脂虎打量她的眼神十分不客氣，嘖嘖道：「不愧是胭脂榜上的美人，連我這女子看了都要動心。」

徐脂虎伸手就要去捏靖安王妃的凝脂肌膚，被神情冷漠的裴南葦不卑不亢地躲開。她對這位連青州都罵聲喧囂的無德寡婦，惡感說不上，好感肯定欠奉。只不過人在屋簷下，不敢表露出來。徐脂虎見她躲開，有些無趣，轉頭一臉壞笑問徐鳳年：「嘗過了？」

徐鳳年沒好氣道：「沒，妳想要，晚上讓裴王妃睡妳那裡，只要別來禍害我就成。」

徐脂虎放聲大笑，幾乎笑出眼淚，沉甸甸的胸脯亂顫，一點不顧忌地趴在徐鳳年肩頭上，氣喘吁吁地媚笑道：「算了算了，姐還是樂意跟你睡一起，與這等國色天香的美人兒磨鏡子，雖說也不差，可哪裡比得上跟你同床共枕。」

靖安王妃滿眼震驚，看待這對姐弟有著毫不掩飾的憎惡，顯然是信以為真他們之間有那有悖倫理的悖德關係。

眼神一冷的徐鳳年拿繡冬刀鞘重重拍了下她的臉頰，徐脂虎唯恐天下不亂，澈底依偎在世子殿下懷中，津津有味地望著這位靖安王妃。這姿態，哪裡像是姐姐，分明如同內宅裡爭風吃醋的妻妾，得寵後耀武揚威給手下敗將看呢。徐鳳年心中嘆氣，但既然是姐姐胡鬧，就由著她去了，她開心就好，至於一臉厭惡的裴王妃心中所想，關他何事？

徐脂虎得寸進尺，雙手摟著徐鳳年脖子，不肯安分守己地拿腳蹭了蹭臉色寒霜的裴王妃，笑道：「王妃姐姐，要不妹妹教妳一些受益終生的狐媚手段？這女人哪，床下端著架子是好事，到了床上還如此，可就要惹男人厭了。姐姐都這般歲數了，若再放不開，可不就是浪費了三十如狼、四十如虎的本錢了嗎？」

姐姐妹妹四字，徐脂虎咬字極重，聽在裴王妃耳中，自然十分刺耳，尤其是那三十、四十的說法，相信再豁達的女子，都要揪心啊。

布衣木釵的裴王妃板著臉，撇過頭，抿起嘴唇一言不發。

徐脂虎惋惜道：「漂亮是漂亮，就是不懂半點風情，難怪我弟弟這種端著碗裡、看著鍋裡的傢伙都對姐姐妳不下筷子。」

徐鳳年終於出聲道：「好了，姐，妳就別嚇唬這位貞潔烈婦的靖安王妃了。再說下去，她就要吞釵自盡了。」

徐脂虎故作驚訝道：「瞧不出王妃姐姐這般剛烈啊。」

徐鳳年笑道：「王妃，要不妳吞釵給我姐瞅瞅？」

裴王妃眼神淒淒，咬著牙背對著他們，臉頰上流下兩行清淚。

徐脂虎在世子殿下耳畔悄悄道：「原來也是可憐人。」

徐鳳年不置可否。

◆

來報國寺來得早，寺門還未開啟，十幾撥香客都在寺外歇息閒談，大多都是湖亭郡裡的熟人，當看到寡婦徐脂虎下了馬車，立即閉嘴不語。

相比前段時間的看戲心態，昨天波瀾過後，湖亭郡別的縣城還好，陽春城裡所有消息靈通的士族門閥卻早已被那世子殿下的手段給震駭得訥訥無言。當街殺士子後，橫衝直撞驅散城內數倍人數的甲士，據說連盧府的中門都給拆卸了，當晚又將誠齋先生拖屍入城再拋屍門口，這等行徑，豈是慘絕人寰可以形容？

城裡家族的老輩們連夜起身，與世交們挑燈夜談，都痛心疾首說這是泱州百年不遇的恥辱，傳言州內對待豪閥手腕最是鐵血的郎將董工黃已經得到命令，今天就要從州府帶六百精銳趕來陽春城，誰不知道這初上任便杖殺姑幕許三公子的董郎將與庾氏關係很深，更是顧劍棠大將軍昔日的心腹愛將？

寺門緊閉，徐鳳年下車後，看見寺前貼著山根有個小巧玲瓏的方池子，泉邊綠樹相擁，又有一株盤虯奇怪的古松。徐脂虎親暱地挽著他的手臂走去，池裡一側各有石雕龍頭，龍口裡一滴一滴淌著泉水，水倒是清，池底香客丟下的散落銅錢清晰可見。

徐脂虎撿起一根枯枝，蹲下去攪動泉水，停下時水面上就會出現一條細如銀絲的分水線，她抬頭笑道：「看見沒，據說這是山水和泉水兩種水質輕重不同混淆一起而產生的景象，有意思吧？」

徐鳳年蹲下去，想要伸手到水裡撿起幾顆銅板，被徐脂虎拿樹枝一拍，笑罵道：「你窮瘋了啊？」

徐鳳年仍是撿起一枚銅錢，兩指捏住，嘿嘿笑道：「能省則省嘛。」站起身，寺外空氣清新，鳥鳴聲一聲遞一聲，抬頭望去，寺中綠意一層高一層。收回視線，身邊那棵古松果然生得不俗氣，粗壯主幹左折右旋苦苦彎作數疊，扭曲如一條臥龍，真不知是天意還是人為。

老劍神和姜泥便在樹下站著，羊皮裘老頭兒嘆道：「天意如此太有情，可出於人力的話，則太過於無情了。」

徐脂虎拿樹枝指了指古松，跟徐鳳年解釋道：「當地人都喊它臥龍松，說折一枝都會流出血來，不過我倒是沒見過誰真去做這事。」

徐鳳年笑道：「我去試試看？」

徐脂虎瞪眼道：「你敢！」

徐鳳年撇撇嘴。

一旁二喬看到這場景，溫婉一笑。世子殿下果然是跟小姐很相親相愛呢。興許是被瞥見了偷笑，徐鳳年朝小姑娘做了個鬼臉，嚇得婢女趕忙躲到徐脂虎身後。小姑娘心如鹿撞，好像不是怕，只是被什麼輕柔撓了一下，就再安靜不下來。

徐脂虎轉頭看了一眼神情恍惚的小丫頭，會心笑了笑。就說嘛，天底下哪有不喜歡自家弟弟的女子。但明面上徐脂虎還是嫵媚白了一眼無心之舉的徐鳳年，拿樹枝揮了揮，彷彿是警告他別在佛門淨地拈花惹草。

寺門緩緩打開，兩個小和尚合手行禮。只是今天廂房提供香客齋飯的地方，徐脂虎一行人落座後，就再沒人敢進去。

徐鳳年這一桌徐脂虎坐著，加上九斗米老道魏叔陽，還空了條凳子。丫鬟二喬和武將寧峨眉都站著，靖安王妃有自知之明，加上來的路上實在是被欺負得慘了，更是不會坐下。

徐脂虎是喜歡熱鬧的人，就將坐在隔壁桌的姜泥喊來，小泥人猶豫了一下，沒有拒絕，走近後被徐脂虎拉在身邊長凳上坐下，笑咪咪道：「姜泥，真是越長越俏了，妳這妮子小時候就長得好看，那會兒府裡也就妳能跟鳳年比了。我起先還擔心女大十八變，怕妳長大了就不好看，現在看來是瞎操心了。來，跟姐姐說鳳年欺負妳了沒。」

小泥人在世子殿下和老劍神面前挺潑辣的一妞兒，此時竟紅著臉不說話。

徐鳳年拆臺笑道：「臉紅了，難得難得。」

姜泥沒怒目相向，桌下抬腳就踩下去。

世子殿下一抬雙腳，嘿嘿笑道：「我躲、我躲躲，就妳還想跟本世子過招？」

有徐脂虎在場，姜泥就沒什麼嘴皮子上的動作。

徐脂虎柔聲笑道：「看樣子肯定是經常被欺負了。沒事，回頭我就幫妳收拾他。」

小泥人低著頭不說話。

徐鳳年嘀咕道：「是我姐還是她姐啊。」

徐脂虎抬手作勢要打，世子殿下側了側身。她愛憐地摸著姜泥這小妮子纖細的肩頭，「姜泥，聽說妳出北涼後就給這無賴讀書？這是好事兒。這段時間嘛，來給姐姐讀王東廂的《頭場雪》，價錢加倍，都從那傢伙口袋裡掏，他不敢不給。」

姜泥抬頭重重「嗯」了一聲，是這個月裡破天荒的笑臉了。

徐鳳年大煞風景調笑道：「酒窩，兩個小酒窩，哈哈，被本世子看到了！得，雙倍價錢就雙倍，值了。」

姜泥立即板著臉，但眼中笑意盈盈，自然都是因為徐脂虎，跟那混帳沒半文錢的關係。

徐脂虎笑道：「咱們的小姜泥笑起來最好看了，天底下任何女子都比不得。所以要多笑笑，不容易老。」

隔壁桌蹺著二郎腿的羊皮裘老頭兒笑呵呵道：「徐小子，你這姐倒是沒白生這身段，心腸比你好多了。」

徐脂虎摟著小泥人，扭頭嫵媚一笑，「就沖李劍神這句話，回頭好酒十壇。」

老劍神豎起大拇指，讚道：「豪氣！這酒老夫喝定了，這些天在江南道上誰敢與妳過不去，老夫第一個跟他不對付。」

徐鳳年苦惱道：「怎麼覺著就我不是個東西。」

在徐脂虎懷中的姜泥笑道：「你才知道啊。」

徐鳳年驚喜道：「瞅瞅，又有酒窩了！」

姜泥轉過頭，正要板起臉，被徐脂虎拿手指輕柔戳了戳能醉全天下男子的小酒窩，低頭打趣道：「妳這可愛妮子，姐姐捨得讓那傢伙離開江南道，都要捨不得讓妳走了。」

徐鳳年伸出手，啪一下把手拍在姜泥身前桌子上，縮手後，是那枚從泉水中撈起的銅錢，厚顏無恥道：「送妳了，豪氣不豪氣？」

姜泥猶豫了一下，大概是看在徐脂虎的面子上，伸手拿起銅錢，握在手心。

齋飯送上來後，徐脂虎一邊吃著餛飩一邊說道：「今天報國寺有一場王霸之辯，要不要聽？」

徐鳳年無所謂道：「隨妳。」

徐脂虎加重語氣道：「聽可以，不許打打殺殺。」

徐鳳年埋頭啃著一個素包子，說道：「放心好了，棠溪先生肯定會盯著我的。」

吃過早飯，徐脂虎帶著他去看報國寺裡的牡丹，姜泥與李淳罡走在最後，小泥人趁人不注意，攤開手心，偷看了眼滿是汗水的銅錢，然後趕緊握緊，跟做賊一般。

看似左右張望的老劍神心中哀嘆，娘咧，妳這傻閨女，這輩子都要被吃得死死的了。敢情小小一枚銅錢，就比老夫畢生的劍道造詣更值錢了？

◆

報國寺裡大多數牡丹花期已過，姚黃魏紫兩種貢品牡丹爭芳鬥豔的盛景不再，只留下一些品質相對平庸的仍有綻放，如葉裡藏花導致風情清減的墨魁牡丹。但瘦死的駱駝比馬大，報國寺牡丹比起北涼王府還是稱得上輝煌，光是在寺中轉悠賞景，就耗去一個半時辰。

離午飯還有段時間，一行人在一間雅致禪房品茶。明明是寺廟，煮茶的卻是一位曼妙道姑。兩朝天子皆崇道，上行下效，莊老學說又是江南道士子集團清談話題的重要枝幹，許多世族豪門的婦人都有潛心黃老的風雅習氣，只不過道姑出現在禪房，還是有些古怪。

她約莫三十來歲，生得頰紅眉青，長得便很有修道人的清氣，經過大姐徐脂虎與她的言談，才知道這本名許慧撲的女子出自姑幕許氏嫡系，若非如此，也沒辦法在往來皆名流的報國寺山後獨有幾畝茶山。

許慧撲算是徐脂虎的半個閨房密友，大概是二女同為寡婦的緣故，這些年走得比較近。這名女冠興許是愛屋及烏，對徐鳳年也相當客氣，她煮茶時雖說話極少，大多都是與徐脂虎寒暄，但偶有視線與世子殿下相觸，都會眉目含笑。

茶罐是只玲瓏錫瓶，貴在嚴實，而且錫性與茶性相親相近，存放前大瓶儲水、小瓶吹氣以測滲漏。她一看就是茶道行家，門外漢哪裡懂得計較這些，只想著如何金玉昂貴了，茶壺則是古樸的去冬壺樣式。

她見徐鳳年盯著茶壺，就解釋說道：「這是我父親年輕時去兩禪寺聽高僧講經時妙手偶得的，取自一位常年耕作的和尚洗手後沉在缸底的洗手泥，照著兩禪寺一棵銀杏樹的樹癭形狀做了一把壺，刻上樹紋，後來不知為何便流傳開來。壺名取自『指紋隱起可迎春』。不過泱州一般的去冬壺，砂泥都從陽羨溪頭挖來。」

徐脂虎正在努力將一朵牡丹插在徐鳳年髮髻中，徐鳳年誓死不從，姐弟兩人有來有往，始終沒能得逞的徐脂虎喘著氣笑道：「那老和尚就是兩禪寺的大住持，聽說活到一百五、六十歲了吧，遍天下也就咱們北涼武當山上的丹鼎大家宋知命可以比一比。許伯父每隔十年就要跑一趟兩禪寺，除了聽禪聽經，還有就是跟老和尚求那洗手泥。所以陽羨溪頭一斤泥能值一斤黃金，終歸不如許伯父親制的茶壺來得佛氣。」

徐鳳年剛接過一只綠玉斗茶杯，正想喝茶，結果聽到這茶壺是老和尚缸底洗手泥製成的，臉色頓時有點不自然。佛氣什麼的，他喝不出來，也實在是不想喝出來，但上了賊船下船難，只得硬著頭皮喝了一口。他喝茶喝不出門道，也就不敢瞎賣弄，茶葉與烹茶用的泉水自然都是極好，但只要一想到洗手泥三字，他就有些洩氣，興致不高。

一不留神就被徐脂虎將牡丹花插在頭上，他也懶得去拔下。沒來由想起自稱住在寺裡的李子姑娘，還有那個小和尚笨南北，一時間怔怔出神，繼而想到有關兩禪寺老住持的傳聞。

據說這個被世人當作聖僧圓寂以後註定要稱祖的老和尚十分有意思，識字極少，年幼時只是做些砍柴燒炭的事情養老母度日，買柴的人家信佛，常讀《金剛經》，少年久而久之便有所悟。母親逝世後，他才上山便得兩禪如來衣缽，剃度受戒出家主持講法，一氣呵成。

要知道他是講法，而非講經，雖說這與他貧苦出身識字不多有一定關係，但無疑這位和尚悟性直追大佛，聽金剛一經而悟萬法，兩禪寺的僧人誦讀經典何止萬千？但當年與這位和尚討教典籍佛理，和尚都開門見山說我沒讀過你的經，因此和尚只是讓他們背經，往往是背到一小半、一半，和尚就說一個停字，接下來便與對方說法，無人不服。

曾有南國第一大寺法華寺百歲老住持詢問當時才四十歲的和尚，為何讀萬遍妙法蓮花經而不解經義，結果僅是老住持背了幾段，中年和尚便開始娓娓道來其中經義，老住持醍醐灌頂，感恩而去。世人聽來簡直就是神乎其神，無法想像一個連經書都不會讀的和尚如何能度人，連龍虎山齊仙人都要見之行禮。兩位佛道的最傑出人物在一甲子前的一次蓮花辯論上同時出現，但結果卻讓所有旁人一頭霧水，兩人只是面面相坐，一言不發，坐了整整一晚上。

那是仙人齊玄幀飛升前最後一次現世。

當這個和尚不再年輕，越來越年邁時，也不曾聽說他去識字讀經，只是當尋求大本一走十五年的徒弟白衣僧人回來時，讓這徒弟說了連續三天三夜的經義，他頻頻點頭，最後竟冒天下之大不韙地准許白衣僧人喝酒娶妻，再後來，就有了離經叛道的頓悟。

徐鳳年猛地一驚，茶水灑了一地，喃喃自語道：「白衣僧人李當心，自小住在寺裡的李子姑娘……」

道姑許慧撲本來就瞧出徐鳳年品茶興致不高，這一灑，更顯無禮，與俗物何異？她便有些神情不悅，只是沒有說什麼，但再也沒有想法給這世子殿下倒第二杯茶。看來世人所說北涼世子金玉其外、敗絮其中，並未誇張啊。

原本有望寵冠後宮的姐姐許淑妃突然被打入冷宮，許氏上上下下便已是雷霆大怒，但她一個寡婦女冠，不至於跟家族成員一樣遷怒於徐脂虎，昨晚得到世子殿下在兩郡興風作浪的內幕也只是一笑置之，甚至連家族讓她藉著徐脂虎接近世子殿下一探虛實的說法都沒有點頭。今日親眼一見，實在是失望，無非是仗著北涼王的家世仗勢欺人而已，這與泱州四大世族裡不成材的子孫在根子上並無不同。許慧撲瞥了一眼以往能談上心的徐脂虎，心中一嘆。

茶沒冷，氣氛卻是冷了許多，已經不是加幾塊炭火便能改變的事情。徐脂虎彷彿近墨者黑，也不如以前那般一點即透，只說是要再和弟弟逛一下報國寺，便離開了禪房。

◆

許慧撲靜坐片刻後，等這一行人遠去，才緩緩起身，走出院子後門，徑直上茶山。走了一炷香工夫，終於見到一棟竹樓，竹簷下放了一張竹椅，坐著個眉髮如雪的老人，膝上蹲著一隻毛髮也是如雪的獅子貓，老人手撫貓頭，端坐望遠山。

老人伸了伸手，許慧撲正襟危坐在竹椅旁的一只小凳上，不等她開口，耄耋之年的老人便和藹微笑道：「來得這麼早，想必是大失所望了。」

許慧撲柔聲道：「老祖宗世事洞明。」

老人笑道：「也好，既然這世子殿下扶不起來，世襲罔替就世襲罔替好了，我們這幫老傢伙也都落得一個輕鬆。」

許慧撲深知自己的看法，與許就要扯動泱州四個豪閥的未來格局，緊張萬分道：「要不老祖宗再讓人試探一番，我怕看錯了。」

老人輕輕瞥了一眼，身分本已不俗的道姑竟嚇得嬌軀微微顫抖起來。老人摸了摸獅子貓腦袋，笑道：「怕什麼，這麼大的擔子，還會由妳一個小女子來承擔不成，那未免也太瞧不起庾廉、許拱、盧道林這些人了，泱州還不至於寒磣到這個地步。」

許慧撲臉色蒼白，不敢出聲。

吏部尚書庾廉——江心庾氏家主、盧道林——湖亭盧氏家主、龍驤將軍許拱，雖非姑幕許氏家主，卻也是手執兵權的王朝大將軍。只是這些各自驚才絕豔的泱州大佬們，見著了眼前這位老祖宗，就算不至於跟許慧撲這般戰戰兢兢，也得畢恭畢敬站著說話。

許慧撲之所以能坐下，除了她是女子之外，還因為她是這位泱州老供奉的孫媳婦。龐大的江南士子集團，其底蘊與勢力，豈是才百年根基的青黨能夠媲美？洪嘉北奔，便出自眼前老祖宗一手策劃，還有那評點天下家族排名的《族品》，王朝共有九人參與，老祖宗排名甚至要在當朝首輔張巨鹿之前！因為老祖宗年輕時曾與老首輔以及西楚太師孫希濟師出同門，張巨鹿再權勢顯赫，也要以晚輩自居。

老人眺望遠方，「今日王霸之辯，大概又要拾人牙慧了。」

許慧撲猶豫了一下，終究沒有說話。五十年來中最巔峰的王霸之辯，老祖宗便身在局中，自然有資格說這話。

老人感慨道：「老首輔運氣好，有張巨鹿青出於藍而勝於藍，否則以他的本事，也就是當個帝國的裱糊匠，這裡漏風這裡縫，那裡漏雨那裡補，春秋國戰以後註定是要不合時宜了，死了好，否則晚節不保。西楚那孫老頭就慘了，原本論名聲，我們兩個加起來都不如他，現在倒好，士子中，全天下他這罵名就只輸給徐人屠了，還不如死了。」

許慧撲只是虛心聽。

老人聽到獅子貓「喵」了一聲，低頭看了看，笑道：「那世子扶不起也不好，短期內是好事，長遠來看，我們這幫被棠溪劍仙罵為老不死的傢伙，這些年死皮賴臉不死，豈不是白活了？」

許慧撲撲通一聲跪下。

老人喃喃道：「妳當年與盧白頡那點事，算得了什麼。起來吧，地上涼，沾了寒氣不好。做人要接地氣，可也不是這個接法。」

許慧撲顫巍巍起身，重新坐下。

老人瞇眼道：「去，讓那寒門後生與世子殿下見上一見，有他給北涼出謀策劃，不輸當年趙長陵之於徐人屠，這死水就做活了。」

許慧撲輕輕起身。

老人平淡說道：「妳去向那世子自薦枕席，才算澈底跟盧白頡斷了關係。」

這位清心寡欲多年唯讀老莊的女冠並未拒絕，離去時，咬著嘴唇，滲出血絲。

◆

女冠許慧撲行走在茶山小徑中，終於走出了老祖宗的視野，站在茶叢中，望著報國寺一座重簷歇山頂的黃琉璃瓦亭子，怔怔出神。除了咬破嘴唇的血絲，臉上看不出太多悲慟。她並不恨老祖宗的安排，只恨當年那青衫劍士的不爭。她一心修道，駐顏有術，看上去是三十歲的風韻少婦，其實年近四十。初見他時，她才十三歲，人生能有幾個十三？她伸手抹去血跡，臉色陰沉著走下山。

許慧撲卻不知樹蔭深處，一襲仗劍青衫已經一望許多年，見她走入報國寺後，他才緩緩步向竹樓。

老人與貓還在，如雪球一般的獅子貓尖叫一聲，打盹的泱州老供奉略顯吃力地抬起眼皮，看著眼前這塊當年盧氏精心雕琢的璞玉後輩。這劍士曾經是何等意氣風發，若不是過不了情關，不管是入仕還是劍道，任何一條路，都會走得很遠。

老人安撫著膝上那隻受驚的獅子貓，皺了皺白眉，平淡問道：「都聽見了？」

棠溪劍仙盧白頡點了點頭，眼神清冷地望著這個老人，一根手指始終搭在劍鞘上，看來古劍霸秀隨時都有可能出鞘。以盧白頡登劍評的造詣，出劍自然極快，他原本不需要刻意如此顯示，此般自然是在表態，老人若不收回與許慧撲的言語，他不介意以棠溪劍仙而非盧氏子弟的身分再來一次大逆不道的舉動。你是江心庾氏的老家主又如何，我盧白頡一劍在手，問心無愧，又何須理會？

在江南士子集團中資歷老到不能再老的老供奉庾劍康眼皮顫了一顫，一隻手不再是撫摸雪白獅子貓，而是五指呈鉤爪狀握住寵物的腦袋，只是並未用力。本能感覺到有些不舒服的獅子貓似乎不理解，轉了轉頭。

王朝中少數幾個有望死後爭取到諡號「文忠」的庾劍康突然自嘲地笑了笑，至於更高於「文忠」的諡號「文正」，王朝已空懸一百二十年，連他都不作奢望。老人只是再度望向遠處青山，江南多山水，總是看不厭，清淡言語中竟然罕見出現妥協意味，他輕聲道：「棠溪，你知道當年我本意是由你來做盧氏家主，盧道林也願意。」

盧白頡很不客氣地打斷道：「我不願意。」

老供奉庾劍康皺眉道：「你不願意娶庾氏珍珠，不願意做盧氏家主，不願意薦舉入仕，不願意恩蔭[1]做將，身為盧氏子弟，棠溪，你可知你有太多不合規矩的不願意了。若你不是這般散淡偷閒，盧氏何至於連伯柃袁氏都會後來居上，壓你們一頭？」

盧白頡沉默不語，手指不再抹在劍鞘上。

老供奉嘆息著伸伸手，示意這名曾被他十分器重的後輩坐在凳子上。盧白頡坐下後，今天特意從江心郡趕來報國寺的庾劍康笑了笑，「可惜不是我庾氏子孫，我家裡那些後輩，沉穩有餘，銳氣不足，只能守成，很難中興。他們哪敢罵我們這些老傢伙是老不死，便是有怨氣，卻連肚子裡都不敢罵，小小年紀就都是一股子臭不可聞的暮氣。棠溪，你可知我為何要為難許慧撲這麼一個女子？」

棠溪劍仙搖了搖頭。

老供奉雙手捧起獅子貓，感慨道：「她哪裡配得上你。」

盧白頡苦笑道：「可我就是放不下她。」

老人冷哼道：「你父親晚年得子，對你格外溺愛，臨死前甚至分別留信一封給我與許殷勝，不顧立長不立幼的宗規，不惜交出一些家底，冒著引狼入室的風險，求我們來幫襯著你做盧氏家主，你真當盧道林不知這個祕密？我能不說，許殷勝卻早就透露給他了。這些年姑幕借盧氏的勢暗中壯大，狼已經入了室，你卻讓你父親大失所望。盧道林是好人不假，可如何能與姑幕許氏這幫陰險小人占得便宜？

遠的不說，你盧氏摻和進了許淑妃的事情，趙皇后冷眼旁觀，可都記在了心裡。真以為趙皇后會與那許家女子情同姐妹？這次那北涼世子一番興風作浪，江南道士子群情激憤，京城國子監三萬學子受了挑唆，你兄長在國子監裡還能安穩？不出意外，裡外都做不得人的盧道林便要引咎辭去右祭酒，與你兄長鬥了好些年的桓溫自然樂得順水推舟。盧氏在京城受挫，說到底還不是我泱州的損失？若非如此，我一個一隻腳都在棺材裡的老不死來這裡作甚？聽那無聊的王霸之辯？還是想被你仗劍相脅？」

棠溪劍仙平淡道：「與我說這些，伯父就不怕對牛彈琴嗎？」

不知是怒其不幸還是哀其不爭，老供奉隱約怒氣橫生，提高嗓音說道：「棠溪，我可以不讓許慧撲去做那事情，可你這次卻是必須要出來替盧氏分憂。否則以我的脾氣，姑幕許氏這些年的手腳，讓一個無足輕重的許慧撲去丟人現眼，只是給他們提個醒罷了。棠溪，我最後問你一次，你願不願意去京城做兵部侍郎，你且不管如何能做這四品京官，我只問你願意還是不願意！」

盧白頡苦澀道：「只求伯父莫要讓人為難她。」

老供奉微微一笑，恢復雲淡風輕的閒散常態，和顏悅色說道：「棠溪啊棠溪，當局者迷，你若是肯出仕，誰敢與她過不去？」

盧白頡搖頭道：「連北涼王的女兒都有人敢如此欺負，她只是姑幕許氏的棄子，如何能讓我放心。」

老人平淡道：「好吧，我可以與你約定，你去京城，她終歸是庾氏名義上的孫媳婦，沒誰能欺負。」

棠溪劍仙盧白頡起身作揖後平靜離去。

老人眯起眼，靠在椅子上，心思讓人琢磨不透。

竹樓中走出一對主僕，赫然是酒樓中見識過北涼輕騎跋扈行徑的拿扇公子與青衫劍士。

風流倜儻的公子哥換了一把象牙骨扇，扇面上繪有三位風情迥異的美人。他蹲在老供奉庾劍康身邊，伸手摸了摸獅子貓，抬頭笑道：「老祖宗，何必要費心思讓棠溪劍仙出仕，盧氏底子本就不比我們庾氏差多少啊？一個盧道林不足懼，可加上這位，就不好說了。伯柃袁氏跟姑幕許氏哪裡能入老祖宗的法眼，但盧家一旦有棠溪劍仙坐鎮，只要稍稍賺取一些軍功，真做了實打實的兵部侍郎，再等個七、八年，有盧氏家底支撐，執掌一部不是難事，比起一位許淑妃，分量只重不輕啊。」

老供奉笑道：「許淑妃算什麼，實話與你說了，不管是誰家的女子，進了宮，都不是趙皇后的對手。當今走外戚路數，是最蠢笨的法子，姑幕許氏不信邪，日光短淺，遲早要惹來禍事。但王朝軍政一途，卻是大有可圖，我們江南道讀書人不缺，唯獨缺盧白頡這般可馬上建功的人物，不論長遠還是公私，我都會讓他進入兵部，至於盧白頡能否在徐瘸子、顧劍棠和幾大藩王三足鼎立的夾縫中冒頭，得走一步看一步。依盧白頡的性子，最多是做到大將軍，做不成兵部尚書的，但可以讓盧氏在他身上分心分神，可以讓盧、許兩家生出嫌隙，可以讓這些年得志倡狂與盧氏摩擦不斷的伯柃袁氏如芒在背，還可以讓盧氏念我們庾氏的人情，你算算看，一舉幾得了？」

公子哥雙指捏著扇柄，笑道：「四得。」

略作思量，年輕俊逸的公子哥啪一下撒扇開來，小心翼翼道：「老祖宗，徐、盧兩家畢竟是姻親，棠溪劍仙日後執掌兵權，似乎還可以讓朝廷更忌憚北涼。」

老人欣慰道：「這只算是半得半失，不好妄言。徐瘸子和盧白頡的性格天生不合，陛下未必看不出來，即便陛下看不出來，趙皇后卻是看得清楚。天底下門閥聯姻，牢固的唯有我們這般讀書讀出來的世族，區區將種，不可以常理推斷，更何況是徐瘸子。徐、盧兩家其實骨子裡是誰都瞧不起誰的。不過你能看到這一點，算是不錯了。」

年輕公子笑了笑，打開了扇子，卻是替老祖宗與那隻獅子貓扇起一陣清涼。

老人輕聲道：「我雖罵那傢伙是徐瘸子，可到底是毀滅了八國近半青壯的人屠魔頭，更是連春秋大義都給踐踏得一乾二淨了，不是你們這些孩子能去隨意挑釁的。因此酒樓上的小打小鬧，你別想著如何去出氣，一個不好，就是引火上身。徐瘸子的護短，你們這些孩子都沒有切身體會，我不管你現在如何不理解，只要記著這些話就行了。官場小吏的『拖』字訣，能讓尚書將軍們都頭疼，擱在你們身上，就要學會『等』字訣。年輕是好事，能等。張巨鹿也好，顧劍棠也罷，能有今天成就，都是等出來的。」

公子哥點了點頭，對於老祖宗的叮囑，絲毫不敢掉以輕心。雖然無法馬上對那北涼世子下絆子有些遺憾，但既然連老祖宗都說要等，他不過是庾氏一名庶子，當然不敢違逆，也更能體會耐心的重要。

◆

此時，徐鳳年只帶著靖安王妃在報國寺內走走停停，走著走著就來到了寺外牆根的臥龍松下。有樹蔭、有清泉，徐鳳年坐在泉邊石頭上，在酷暑中格外愜意。

今日報國寺有一場盛況空前的王霸之辯，一般香客已經進不去寺內燒香拜佛，寺內幾個僧侶在門口把關，除了熟面孔，一般人要遞出名刺，身分足夠，方可入內。

徐鳳年看到一名窮酸書生在寺外徘徊許久，日頭正毒，很快就出了一身汗，估計是牆根泉水這邊的徐鳳年錦衣華服，更有一名手韻卓絕的「侍女」伺候，他不敢上前乘涼。在江南道，世族子孫連與寒門子弟同席而坐都視作奇恥大辱，那書生當然不敢自討苦吃，只是實在熬不過大太陽熏燙，猶豫了半天，終於來到泉邊離徐鳳年最遠的地方蹲下，捧了一把水撲在臉上，舒服至極，長呼出一口氣。蹲了會兒，見徐鳳年並未出聲，這才小心翼翼坐下，在衣袖上擦了擦沾水的手，從懷中掏出一本書，默聲誦讀。

徐鳳年餘光瞥了眼，竟然不是江南常見的書籍，而是北涼那邊當朝大儒姚白峰的《四經章句集注》，看這書生唇語，更加有趣，簡直就是離經叛道到了極點。

「姚先生解經，據一時所見，未必是聖人本旨，多有商量處。」

「立言太高，然發揮己意太過，溢出原本經文，有欲求高於聖人之嫌，以致凌虛蹈空而無實，非解經正統。」

「但比較學宮朱門理學的一絲不苟，仍有諸多可愛處，拘謹更少，通達更甚。」

徐鳳年觀察著書生唇語，覺得十分有意思。尤其是當那寒酸書生闔上書籍說了一句「我輩書生死當謚文正」，他忍不住笑出聲，把那書生嚇了一跳，手一抖，《四經章句集注》就跌入水中。

書生忙不迭跳入水中，看到濕漉漉淆成一團的典籍，心疼得臉色苦悶，爬上岸後魂不守舍。這濕透了的書籍哪怕一頁頁撕下來曬，估計都要損耗大半，一時間在那裡唉聲嘆氣。

徐鳳年打趣道：「一本書值得了幾個錢？」

那書生頭也不抬，說道：「這書的確不值幾個錢，但由我來讀便能讀出好些錢。」

徐鳳年嘖嘖道：「飽讀詩書售帝王，說是這麼個說法，可你連報國寺都進不去，誰理你？」

窮酸書生笑了笑，低頭自顧自說道：「誰說我要賣給帝王家？聖人云修身、齊家、治國、平天下，獨獨沒有了卻君王事一說。」

徐鳳年彎腰從泉水中拿起一個冰鎮了有些時候的西瓜，伸手一敲，剛好一敲為二，笑道：「吃不吃？」

書生抬頭一臉疑惑。

徐鳳年笑道：「不敢？」

書生默不作聲，只是皺眉。

徐鳳年乾脆將一半西瓜輕輕丟了過去，書生手忙腳亂好不容易接住，看到徐鳳年埋頭大啃，這才低頭吃了一口，涼透心肺。

徐鳳年打趣道：「死當謚文正，好大的野心。」

書生頓了一下，這下子當真是心肺涼透了。

儒家解經就跟釋門說法一樣，解經不是讀經，說法不是說經，皆是非大士所不能為，世子殿下眼前這位窮酸書生卻敢對解經著稱的理學鴻儒姚白峰說三道四，本就是一件大逆不道的事情。至於所謂謚號文正的野心就更驚世駭俗，連泱州老供奉庾劍康也只是奢望身後能有個文忠的謚號便是大幸。

春秋群雄逐鹿，離陽問鼎後，對臣屬諡號有了明確規範。文官以文正為魁，只是此諡早已空懸百年；文貞緊隨其後，朝野上下都將其視作首輔張巨鹿的囊中物；接下來依次是忠、端、康、義等，既然文正、文貞都不敢奢望，那文忠便成了王朝內各路諸侯與頂尖文官最熱烈追求的五石散。如今的天下，考究世族豪閥高下，諡號多少和輕重無疑是一項極為重要的標準，一般士子哪敢說死當諡文正，連狂士都不敢。

一經揭穿，往小了說去，就是品行不端，往大了說，指不定就要有牢獄之災。那個讀書人一本《四經章句集注》落水都心疼得不行，顯然是寒門出身。心事被外人說破，這位書生神情慌亂稍縱即逝，很快就雲淡風輕，繼續低頭吃那半個冰鎮西瓜。

徐鳳年說穿其心事後，卻沒有得勢不饒人，而是被諡號一說勾起了心事。文臣重諡，理所當然，武將功勳也不例外。與武字搭配的相對較少，但也有十八字之多，故而有「大丈夫當諡十八」的說法。武諡中「毅」字奪魁，前九分別是毅、烈、寧、靖、平、襄、敬、敏、肅，傳言大將軍顧劍棠已經欽定諡號武敬，毅、烈、寧三諡，仍是巨大懸念。

武官不比文臣，諡號歸屬往往偏低，一般而言能有前九就是莫大榮耀，這與世族當政鄙視將種有關。當然，若武將能以文字諡，更是榮上加榮。這只獨寵於那些出身豪門的武官，例如棠溪劍仙盧白頡能夠入仕，死後諡號未必不能以文字帶頭；徐驍對此一直不太上心，總說三代以後還能有個過得去的美諡就足夠。因為朝臣諸公不管當時如何得寵，如何功冠朝野，死後美諡追改惡諡不是特例。

徐鳳年怔怔出神，被報國寺內一陣哄然叫好聲給驚醒，想必是王霸之辯已經開始，某位清流名士的言談得到了好評。

寺內有曲水流觴，清談名家們沿水繞廊席地而坐，酒杯漂流到誰面前，就有美婢負責端起，交由辯士，一飲而盡後，便可抒發胸臆，若是引來共鳴，獲得叫好，便可再飲，若是言談泛泛，則要自罰三杯，一旦有人起身反駁，輸者便要退場。

江南道推崇清談，沒有哪位清談大家不是這種戰場上的常勝將軍。私下有人記錄退場人數，湖亭盧氏的盧玄朗，退場六十二人，未曾被誰退場，穩居江南道清談名士前三甲。但與未嘗一敗的盧玄朗地位並列的其餘兩個，都列席參與了今日報國寺王霸之辯，可謂是一樁罕見盛事。其中一人是共計退場一百餘人的袁疆燕，被譽為江左第一，喜好執麈尾，瀟灑出塵，另外一人則是報國寺的高僧殷道林，士林尊稱不動和尚，不言則已，一鳴必驚人。

他當年與劉燕和盧玄朗的成名兩戰，〈易象妙於見形〉與〈才性四本〉之爭都在報國寺，可以說報國寺能成為江南道清談聖地，除了風景優美，借勢於魏紫姚黃在內的數千株牡丹，更多歸功於這個口碑極好、風雅一流的老和尚。

徐鳳年啃完了西瓜，問道：「你想不想參加這場辯論？聽說只要隨便贏幾個，比考取功名還有用。」

只咬了幾嘴西瓜的書生笑著搖了搖頭，自嘲說道：「曾經有幸參加過一次，才說了幾句就被趕出來，也不知道是贏了還是輸了，應該是輸了。與我辯論的那位袁氏士子，估計會被記錄退場一人吧。」

徐鳳年餘光瞥見女冠許慧撲出了報國寺，徑直走來，他視而不見，只是看著眼前書生，微笑道：「這不是情理之中的事情嗎？我猜辯論時你就孤零零一人坐著吧？」

走近了的道姑出聲道：「殿下這次猜錯了。」

徐鳳年一臉恍然道：「是許姐姐帶著進去的？」

道姑許慧撲笑著點了點頭，解釋道：「陳公子滿腹經綸，尤其精於王霸之辯，獨具匠心，曾托我給許拱闡述軍政利害，簡稱〈呈六事疏〉，被大將軍評點為不拘一格，殊為不易。」

徐鳳年略微驚訝地「哦」了一聲。午飯時與大姐徐脂虎閒談聊起了許慧撲的家世，姑幕許氏以龍驤將軍許拱為家族砥柱，這位清談、軍政兩不誤的大將軍出身豪閥高門，主持江南道三州軍務，頗有小藩王的架勢。任內做了許多大刀闊斧的改革，整飭吏治，毀譽參半。

徐驍對此人評價不低，既然能被公認眼高於頂的徐驍說成不錯，自然是相當厲害的角色了。至於那份在泱州泥牛入海的六事疏，說出來可能連許慧撲都不信，徐驍書房就有一份，親自圈畫了許多，對於如何鞏固邊防以及解決財用大匱，更是有過拍案叫絕的舉動，這是徐鳳年親眼所見，其分量毋庸置疑。

來湖亭郡的途中，他曾專門讓祿球兒弄來一份，只是沒料到出自眼前窮書生的手筆，不知這位陳公子與許慧撲怎麼就有了關聯。豪門女子與寒士的瓜葛，只是才子佳人小說裡的美好橋段，尤其在門第之見深重的江南道，更是不現實，這恐怕也是王東廂《頭場雪》在江南道市井中格外搶手的根源。

宴席上，徐脂虎直截了當說了許慧撲與盧白頡以及盧、庾、許三家的恩怨情仇，這名女冠與窮書生有貓膩兒顯然不可能，那就更讓徐鳳年好奇了，難不成這書生真是經邦治國的大才？出身市井寒門，卻有高屋建瓴的格局眼光，可就是真的難得至極了，徐驍當年左膀右臂「陽才」趙長陵和「陰才」李義山都不算是寒士，是正兒八經的士族出身。

徐鳳年剛想客套寒暄，發現棠溪劍仙竟也出現，許慧撲立即沉了臉，視而不見。

盧白頡輕輕苦笑，窮書生見到這位盧氏琳琅七玉之一，也沒有卑躬屈膝，似乎並不陌生，主動作揖，只是執侄輩禮自居，這等傲氣，落在士子眼中還不得氣得怒髮衝冠。棠溪劍仙是何等神仙人物，你這無名小卒又是哪門子角色？竟敢不退不避，就不怕汙了盧七先生的眼睛？

盧白頡似乎對書生也十分青眼相加，並不空洞地由衷勉勵了幾句，這才轉頭看向許慧撲，猶豫了一下，還是說道：「與妳說幾句。」

許慧撲冷笑道：「盧七先生避嫌了這麼多年，為何今天破例了？」

徐鳳年和窮書生都自動轉頭，很有默契地打定主意不去看、不去聽。這對當年惹起江南道軒然大波的男女僵持不下，最終還是女冠許慧撲敗下陣來，與盧白頡沿著清靜無人的報國寺牆根走去。許慧撲臨行前不忘對世子殿下告辭，再對書生說道不妨去寺內辯論，她已與報國寺說了，不會有人阻攔，於是泉畔又只剩下三人。

姓陳的書生輕輕皺眉，徐鳳年笑道：「我姓徐名典匣，經典的典，劍匣的匣，名字如何？」

窮書生笑道：「典在匣中不得鳴，嗯，好名字。」

面罩輕紗的靖安王妃裴南葦忍不住白了一眼。

徐鳳年問道：「既然得了允許，不進去聽辯論？我呢，草包一個，既然許姐姐說你才學不俗，想沾沾光，跟你坐一起好了。」

書生反問道：「與我同席而坐，公子就不怕被士子名流笑話？」

徐鳳年笑容古怪，沒有回答，而是轉頭詢問裴王妃：「妳說說看，我怕不怕？」

一路上沒少吃苦頭的靖安王妃不敢把問話當作耳邊風，語調生硬清冷道：「不怕。」

徐鳳年心滿意足，笑望向窮書生。後者嘆了口氣，點點頭，將吃完的西瓜放下，拿起地上曝曬的《四經章句集注》，小心翼翼放入袖中。

三人走出古松陰涼樹蔭，走向報國寺，徐鳳年居中，靖安王妃在左，窮書生在右，先後又有區別。三人才走，徐鳳年便看到一個徘徊在牆根下的小女孩小跑到泉水邊，先前因為他在，這個面黃肌瘦小乞兒模樣的孩子不敢上前乘涼，就躲在牆角，三人離開後，終於壯起膽子。她到了樹下泉邊，先將兩半西瓜抬起，擱在泉畔石頭上，但無意間與轉頭的徐鳳年對視後，衣衫襤褸的小女孩臉色唰一下雪白，趕忙將西瓜放回原地，見這位富貴氣派的公子哥並未惱怒，這才怯生生蹲在樹下。

書生生怕這位與棠溪劍仙和許慧撲都熟悉的世族「士子」心有不快，輕輕說道：「這孩子是可憐人，乞討為生，與一個癱瘓的爺爺相依為命，若不是她，老人早就熬不過上個冬天了，我教了她一些字，乞討時能討些巧。唉，肯定是她爺爺又犯病了，否則她不會來報國寺撿銅錢，她每次撿得都不敢多，只是幾枚銅板，能買半籠饅頭罷了，卻是她與爺爺好幾天的飯食了，至於那西瓜……」

徐鳳年面無表情道：「西瓜皮切片以後可當菜炒。」

窮書生愕然後點頭道：「是的。」

靖安王妃肯定是第一次聽說西瓜皮可以做菜，下意識多看了一眼那小女孩。

◆

報國寺王霸之辯，招來許多江南道士子，有資格參與盛況的早已入寺入座，還有身世與名聲都不夠格的許多尋常士子，則湊個熱鬧，只能在寺外逛蕩晃悠。臥龍松下是一塊風水寶地，原先被徐鳳年霸占，世子殿下這等不需說話就自有跋扈氣焰的紈褲，一看就是不易親近的主，加上他是寺中走出，寺外士子們就只得遠遠站著，更多是對那名看不清容顏卻身段妖嬈的「侍女」指指點點，秀色可餐啊。

這世道，大戶富貴人家出行，一般是看人看馬，至於清流名士，則是看他們身邊的佳人美眷。以高門出身的女冠道姑為第一等，像許慧撲之流，更是可遇不可求；接下來才色俱佳的名妓並列為第一等；自家府上的年輕美婢又次之，數量越多越顯身分。江南道上的玄談大家，如伯柃袁氏的袁疆燕，曾有出行帶近百位童子童女的浩蕩壯舉。

好不容易等到徐鳳年騰出位置，幾對衣裳華貴的公子千金立即上去乘涼。那捲起褲管去泉池裡彎腰撿錢的小乞丐無疑成了礙眼的東西，一位三角眼公子哥嗤笑著伸腳將西瓜踹入泉中，濺起水花無數，嚇得渾身濕透的小乞兒瑟瑟發抖，再不敢撿銅板，想要躲閃，在水中走急了，一不小心就撲倒在泉中，惹來一陣哄然大笑。

一個濃妝豔抹的士族女子幸災樂禍笑過以後，尖聲刻薄地罵道：「小賤種，誰讓妳來這撿許願錢的，不怕被寺裡和尚打死嗎！」

泉池被這些乘涼的膏粱子弟圍住，小乞兒無處可躲，只能站在泉水中，紅著眼睛低頭說道：「寺裡說只要每次撿幾顆銅錢，就不打緊。」

那女子嚷道：「還敢頂嘴？」

她惱怒之下，反正沒有外人在，懶得裝名門淑女，撿起地上石子就狠狠砸了過去，小乞丐本能躲了一下，女子沒砸中。她本來不得入寺就有些火氣，如此一來更加惱火，撿起一顆雞蛋大小的石子，陰沉笑道：「還敢躲，再躲就打斷妳的腿！」

她使勁丟擲過去，砸在小乞丐胸口，砰然作響，身邊男女都拍手叫好，誇讚好準頭。小女孩竹竿一般的瘦弱身軀哪裡吃得消這般折騰，搖晃了一下，臉色痛苦，但仍然不敢躲避，站在水中帶著哭腔說道：「我再也不敢撿了，再也不敢了！」

年輕女子冷笑著再撿起幾顆石子，還分發給身邊狐朋狗友，獨樂樂不如眾樂樂嘛，準備一起玩類似竹箭投壺的遊戲。江南道雅士素來有雅歌投壺的助興習俗，許多名士都擅長屏風盲投與背坐反投，龍驤將軍許拱甚至能在一壺中插滿百餘竹箭，最後呈現出一幅攢簇如箭林、箭山的畫面。

這投壺算是君子六藝中「射」的演化，在江南道上十分風靡，只不過今天竹箭換成了石子，陶壺變作了小乞丐，在公子千金看來也有異曲同工之妙，拿到石子的都躍躍欲試，在那裡瞄準，看樣子，是不在乎那小乞丐的身板是否撐得住幾下丟擲的，對江南道士子來說，砸死一個行乞的小賤種，算得了什麼事。

本已一隻腳踏入報國寺門檻的窮書生告罪一聲，反身跑去，怒道：「住手！」

一吼之下，紈褲千金們愣了愣，但也只是一愣，隨後相視大笑，不再理睬。兩個性急的公子哥反而加重了力道朝水中小乞丐丟去石子，一個砸中胸口，一個砸中手臂。小乞丐咬著嘴唇不敢出聲，只是蹲在及膝的冰涼泉水中，蜷縮起來。

在哪裡不是人心比水冷？可痛苦到了極點的小乞丐仍是擠出蒼白笑臉，對挺身而出的窮書生說道：「陳哥哥，沒事的，砸幾下，不痛。」

不痛。

能不痛嗎？

面對盧白頡、許慧撲這般泱州最拔尖人物仍能不卑不亢的窮書生跳入水中，再顧不得是否會濕了袖中典籍，護在小乞兒身前，望著這群靠著家族一生衣食無憂的士族男女，面容悲慟。

哀莫大於心死，他連質問都不去質問。

那始作俑者的驕橫女子一臉不屑，居高臨下說道：「你又是哪裡來的寒門豬狗？」

這時候，士族子弟身後傳來一個醇厚嗓音，「本世子從北涼而來。」

於江南道而言，士子成林，那些寒門子弟、市井百姓就都是依附士子秀木而生的雜木草藤，砍去幾棵惡木雜草不算大事，這是公認的道理。但大族士子自矜身分，倒也不如何去刻意針對尋常百姓人家，估計是嫌掉價，倒是比寒門高出一線的役門、吏門的兩門子弟尤其行徑惡劣，不遺餘力地去顯擺身分。

報國寺這些為難小乞兒的公子千金，便屬於這個高不成、低不就的範疇，對上搖尾乞憐，世族士子放個屁都是香的；對下斜眼看人，寒門人物便是寫出了真正的錦繡文章都覺得俗不可耐。

這兩批人別的不說，眼力見兒無疑是極好，面對窮書生一眼看穿家底，當然肆無忌憚，可轉身後看到那名自稱世子的年輕人，就有些忐忑了，畢竟那身裁剪質地都考究的華服以及那高高在上的氣態，都作不得假。世子一說，在先古是唯有帝王諸侯嫡子才能擁有的名號，近五百年來豪閥漸起，掌控朝政才略顯氾濫，王孫子弟與大家族的嫡子都可被稱作世子。

在江南道上，將種後代，除去大將軍許拱的子女，也沒誰敢佩刀出行，況且龍驤將軍本就出自姑幕許氏，不是正統意義上的將門。江南道崇尚的是羽扇綸巾，是牛車執麈，可不興下等遊俠才耍的刀劍，那眼前這位世子是？

他們一時間有些吃不准，畢竟這個俊逸得不像話的傢伙方才還與棠溪先生和許女冠言笑晏晏，怎麼揣測都不至於是普通出身。但話說回來，若真是家世非凡，又怎會與泉池裡的那個窮酸廝混在一起？世子，江南道這邊有資格稱上這名號的倒也超出了一雙手，可不曾聽說有哪位世子喜歡佩刀啊。

北涼而來？是出身蠻荒北涼還是遊歷歸來？

率先對小乞兒發難的女子只覺得眼前一亮，來不及深思，暗嘆一聲好俊的公子哥，長得實在好看，若不粗魯佩刀，而是搖扇或是執麈就更好了。她偷偷鬆手丟掉手中石子，媚眼望向這瀟灑走來的陌生面孔「世子」，正要輕彎小腰施一個萬福禮。

徐鳳年有些無趣，看來這些個傢伙多半是沒聽懂自己的話，沒將自己跟那個拖死劉黎廷的北涼魔頭聯繫在一起，否則這個娘們兒哪裡還有膽量在這裡拋媚眼。江南道與唯有他才可自稱世子的北涼不同，世子不那般值錢金貴，大門戶裡的嫡子、長子說是世子，沒誰會追著打，在北涼敢這樣，當年早就被徐鳳年帶著惡奴惡犬登門「拜訪」了。

徐鳳年笑著緩緩抽刀，正要行兇。投壺很風雅是吧，這些顆人頭本世子不屑收。手臂收下了，江南道不是很會罵人嗎，留著你們的嘴去罵好了。

徐鳳年這個細微動作似乎被窮書生察覺，他輕呼道：「不可。」

徐鳳年轉頭眼神詢問，窮書生撇了撇頭，示意身後還站著一個在陽春城中無依無靠的小女孩，當下快意恩仇，事後小乞兒如何經受得住報復？徐鳳年皺了皺眉頭，拇指始終按在繡冬刀柄上。那群後知後覺的膏粱子弟總算回神，媚眼女子嚇得後退幾步，若非有被見上阿諛、相貌奇峻的三角眼公子攙扶，差點就要掉入泉水。

一言不合拔刀相向，這是何等無禮的蠻子才會做的蠢事！

世子，世子個屁！肯定是小地方來的將種衙內。

衙內是江南道對將門後代官家子弟的特稱。軍營以獸牙作飾，營門又稱牙門，所以衙內一說，十分熨帖形象，很快就流傳開來。只不過在江南道上，再大的衙內都極度不喜這個說法，將種本就是士子給予的貶稱，衙內能好到哪裡去。除非是有藩王駐紮的那些個邊防重鎮，武夫勢大、文官低頭，衙內才有自負的本錢。

家族有譜品，官宦富貴子弟自然也有個三六九等的排列。且不去說那權貴多如牛毛的京城，在地方上，豪閥嫡長子以及正三品的刺史與督案之子，當然是第一等的公子哥；接下來是郡守子孫，加上一般世族的後代；再次之則是士族與一般實權官吏的公子；最後才輪到役門、吏門子弟。父親品秩是最重要的考量，家學淵源的鴻儒名士雖無冕但勝似尋常官員，出身這類家族，也不是役門、吏門可以輕易媲美。

如果加上天子腳下的京畿重地，就更複雜了，那些個殿閣學士、六部尚書、幾位大將軍、根深蒂固的百年家族，這裡頭又分正在其位的權臣和退下來的功勳，再來一個隱貴至極的外戚子弟，一個個顯赫圈子犬牙交錯，誰拎得清？但撇開京師，有一點所有人心知肚明，在地方上，在六大藩王，尤其是那位王朝唯一的異姓王面前，任你是誰都好，都得老老實實，是蛇就盤著、是虎就趴著。淮南王趙英算是藩王中最與世無爭的一位，可淮南王世子誰敢小覷？

因此從北涼而來的所謂世子，哪怕最近陽春城中滿是北涼世子殿下暴虐舉止的傳聞，即使真正站在眼前，仍是沒人會往這個方向設想，委實是過於顯赫超然了。

徐鳳年撇撇嘴，繡冬悄然歸鞘，有些懷念以往在北涼橫行跋扈的時光了。左擎蒼右牽黃，身後是惡奴，固然上不得檯面，但想起來還真是痛快。那會兒沒有練刀，花架子都欠奉，不過每次塵埃落定後再捲起袖管來一套奪命十八腿什麼的，還是很解氣的。

那幫紈褲千金大概是有些忌憚這將種衙內的腰間雙刀，沒有打腫臉充胖子，紛紛散去，在遠處散而再聚，交頭接耳，認定這外鄉佬公子哥是不知禮為何物的可憎衙內。徐鳳年懶得計較，否則被折騰成落水狗的靖安王世子趙珣就得叫屈了，沒理由將他跟這些螻蟻一般的役吏子孫擺在一個層面上嘛。

徐鳳年跳入池中，繞過窮書生，伸手扶起小乞兒，在她胸口一探。世子殿下幾番磨難，久病成醫，以武當大黃庭替小女孩緩緩化去瘀血。小乞兒不敢動彈，怯生生站著，所幸臉色不再慘無人色。

徐鳳年見小丫頭忐忑得厲害，都不敢正眼看他，也不知如何安慰，只是對窮書生說道：「沒事了。」

窮書生如釋重負，猶豫了片刻，到底還是沒有出聲道謝。

靖安王妃見到世子殿下捋起袖子，撿起一捧二十幾枚香客許願的銅錢，遞給小乞兒，她沒有接過手，神色慌張地朝書生看去，見陳哥哥點頭，這才伸出常年凍瘡過後格外滿目瘡痍的泛黃雙手。

徐鳳年說道：「接著聽王霸之辯，帶上她一起。」然後世子殿下撿起兩半西瓜，上岸以後不由分說交到靖安王妃手中，「妳拿著。」

靖安王妃臉色鐵青，一手一半西瓜，成何體統，但最後還是沒勇氣忤逆這個殺人不眨眼的混帳傢伙。這世上到底不是誰都有資格與靖安王趙衡叫陣的，更罕有人能讓一位權勢藩王在精心布局後無功而返。

◆

窮書生幫著小乞兒藏好銅錢，再牽著她的手一起走入報國寺。這樣的行為不合規矩，但不如此，天曉得一轉身，那些紈褲會不會就將火氣撒在身邊孩子頭上，就當給她求一張不大不小的護身符好了，只希望那些個陽春城的權貴子弟聰明些。

窮書生踏過大寺門檻，瞧見前頭「徐典匣」一襲錦綢袍子濕透，笑了笑，有些匪夷所思。

徐鳳年好似猜透心思，領路時頭也不轉，打趣說道：「別以為我是什麼好東西，那些人欺負這孩子，我欺負他們，都是一路貨色。」

窮書生聽到這個極盡揶揄的說法，啞然失笑，一肚子無限委屈的裴王妃深以為然。

報國寺內人聲鼎沸，除去可以參與曲水談王霸的百餘清談名士，旁觀者便有足足三、四百人，樓臺亭榭都簇滿了人頭。徐鳳年徑直走去，挑了個相對空閒的角落，拿繡冬刀鞘敲了敲兩位名聲相對輕淺的儒士，示意他們挪一挪，把席子讓出來。

能入席的儒士，都不簡單，王霸之辯正到了酣戰關頭，冷不丁被打攪，兩位江南道上久負盛名的儒士剛要訓斥，就看到這不知從何處冒出來的蠻子拿刀鞘做了個抹脖子的手勢，嚇得他們只得不情不願與附近名士擠在一張席子上。

徐鳳年大大咧咧入席後，招手讓窮書生一起坐下，後者也不客氣，坐下後神情恍惚，好似百感交集。

徐鳳年抬頭看去，挺遠的一個地方，一位執麈的中年名士站著慷慨言談，身材修長，三縷鬍鬚尤其飄逸，稱得上是一位美髯公了，幾乎每說一句，都要引來滿堂喝彩，抑揚頓挫，極富感染力，每次巧妙停頓明顯都給了聽眾鼓掌的空隙，顯然是一位清談經驗豐富的名士。

徐鳳年對王霸之辯不好奇更不擅長，聽在耳中自然沒什麼感觸，倒是盤膝而坐的窮書生閉目凝神，喃喃自語道：「義利王霸，先朝諸賢未能深明其說，本朝一統江山，先是上陰學宮兩位祭酒辨析天理人欲，後有姚、盧、朱三家各執一詞，才算水落石出，使我輩讀書人不至掉墜雲霧中。袁鴻鵠以醇儒自居，尊王賤霸，貶斥義利雙行、王霸並用，認為這等事功心態，只會毀去儒家根基，最終棄王道而尊霸道，繼而墮入法家之霸術。」

徐鳳年外行歸外行，還是能聽一個大概，轉頭問道：「眼下這位是在以天理論王道，認為王霸迥異？」

窮書生睜開眼點了點頭，感慨道：「袁鴻鵠一直堅持先古盛世才是王道的盛世，如今王朝的盛世，只是霸道的衰世，認為世人事功心過重，此風不可漲，否則大難將至。」

徐鳳年笑道：「這種言論，不怕京城那邊雷霆大怒？」

窮書生搖頭道：「此言不說對錯，確實是發自肺腑，且不說朝廷是否介意，讀書人豈可因此而噤聲？我雖更推崇功到成處便是道德，事到濟處便是天理，但也佩服袁鴻鵠的學識和遠見，他雖憎惡無節制的一己之私利，但對本於人心的濟民之利，並非一味排斥。可如他所說，即便一退再退，承認王霸不可割裂，但五百年後興許就真的再無一名儒士了，走入唯利是圖一途，只剩下蠅營狗苟的功利者。因此袁鴻鵠曾在立濤亭中幾近醉死，呼號我輩當哭五百年後。我看不得那些空談人十的散發袒胸，唯獨對袁鴻鵠這一醉一哭，深有戚戚焉。」

徐鳳年不以為然道：「就你們讀書人憂國憂民，但有幾個做了一輩子道德聖人，可曾真正摸過銅錢？知道一個饅頭得花幾文錢嗎？」

窮書生微笑道：「大儒袁鴻鵠興許不知，我卻是清楚。」

這次輪到徐鳳年啞然。

兩人只顧著閒談，沒注意到曲水流觴，酒已緩至眼前。人隨酒走的美婢姍姍而來，拾起白玉酒杯。一時間，這個角落成了眾矢之的，眾目睽睽下，隔壁席子上參加了無數次清談盛會都沒能舉杯幾次的老夫子們瞪大眼睛，被世子殿下拿刀趕走的兩位儒士更是滿目嫉妒，恨不得彎腰去搶過酒杯。

要知道今日王霸之辯，分外不同尋常，袁疆燕與殷道林兩位首屈一指的名士位列其中，能夠在兩位清談大魁面前訴說己身理念，可謂千載難逢的機會，除了兩位當世鴻儒，更有與姚白峰地位並肩的理學大家程嘉在場旁聽，這位老者可是與姚大家書信來往交鋒的理學聖賢，哪次書信內容不被天下傳閱？

程子自言遲鈍暗愚一生只在文義上作窠窟，以此反諷姚大家解經的舒闊肆意，試問天下士子誰不為之會心一笑？雖說姚大家回信既然添一字不得、刪一字不可，後人何必解經，也十分暗藏玄機，可江南道上顯然更親近程子學說，堅持認為哪怕姚大家學問更高，但程子卻要道德更高一些。今日曲水流觴辯王霸，彙聚了儒釋兩門三位當代聖人，陽春城吸引了何止幾百慕名而來的讀書人？只不過那位程子一直在書上做學問，不愛與人打交道，甚至許多當地士子幾十年都緣慳一面，恐怕就是走到了跟前都不認得。

美婢端酒而來，原本百無聊賴的徐鳳年瞪大眼睛，他潑婦罵街在行，世子殿下遊歷三年，學了不少罵人不帶髒字的絕學，可惜與人死板說理，真心門外漢，於是沒有起身，拿刀鞘頂了頂身邊的窮書生。

徐鳳年看到窮書生竟不怯場，灑脫起身，接過酒杯一飲而盡，交還酒杯給貌美體嬌的婢女後，朗聲道：「若能經世，義必有利。若可濟民，道必有功，因而霸固本於王！」

報國寺內頓時一片譁然。

大抵是一些類似「此子嘩眾取寵」、「豎子空談」的冷言嘲諷，怒意洶洶。遠處同坐一席的江左大賢袁疆燕與不動和尚殷道林相視一笑，顯然並未動心，只覺得多了個事功小兒罷了。但接下來一句「二十五年顛簸，始悟今世士林儒士自以為得正心誠意者，皆麻木不仁、不知痛癢之輩」，則讓心生輕視的兩位大家名士目瞪口呆，此子當真是語不驚人死不休啊。

並未參與辯論的一位傴僂老者原本一直搖頭，唯獨聽到這句話，自顧自哈哈一笑。接下來那狂妄書生所言就更荒誕不經，矛頭直指江左第一號名士袁鴻鵠，「若是全然不顧利，哭五百年後有何益？當下百姓不飽腹，又該與誰哭去？」

美髯公袁疆燕不怒反笑，不似故作大度，而是真的笑了。只是書生這一席，離眾人較遠，看不太清這位江左大賢的細微變化。

報國寺住持殷道林輕輕說道：「怪論是怪論，但也有趣，就看他接下來有無真才實學去論證了。」

袁疆燕點了點頭。

結果出人意料，整個人報國寺幾乎無人認識的寒門窮書生一談王霸便談了半個時辰，細緻入微，這與尋常清談名士惜字如金的做法截然相反。一般的談玄，既然是玄，當然要玄而又玄，只求讓人一頭霧水，那才是真本事，聽懂了便是釋門當頭棒喝，聽不懂，誰管你？清談若苛求邏輯縝密，豈不是無趣得很？詞不達意，離題萬里，才算趣味，白馬非馬不算境界，白馬是鹿才是境界。

一百餘入席名士，加上幾百聽眾，定力極好的，還在勉強聽著這不識大體的傢伙在那裡聒噪；定力稍遜的，則開始與身邊的熟人聊些能提神的事情；定力差的，早就恨不得破口大罵，打著哈欠，若是冬日，肯定要掀裘捫虱，這可不是無禮，是名士風流、賢士風采！

徐鳳年瞇著眼，膝上疊雙刀，托著腮幫抬頭，跟那個被窮書生滔滔不絕的架勢嚇得瞠目結舌的清秀婢女「打情罵俏」，笑嘻嘻道：「姐姐，打賞杯酒喝唄。」

生得十分可愛的婢女抬著一壺酒、三酒杯，早已手臂發麻，被這登徒子調侃，鼓起腮幫瞪了一眼。

徐鳳年並不氣餒，「姐姐累不累，坐下來歇息會兒？要不我幫妳抬？」

她趁人不注意，再瞪了一眼。

這公子長得挺端正，怎的如此放浪！

徐鳳年笑容燦爛，不依不饒問道：「姐姐何方人氏，家住何地，芳齡幾許？」

靖安王妃恨不得挖個地洞把這世子殿下給埋了，省得在大庭廣眾下丟人現眼。

所幸沒誰關注留心這位正跟婢女眉來眼去的公子哥，因為已小十年不曾公開與人辯論的袁疆燕破天荒出聲了。袁鴻鵠才學冠絕江左，略加追本溯源，就可看出書生的王霸並用與上陰學宮姓王的稷上先生是同根連氣，當年這位稷上先生只要在三場辯論中贏得兩場，便可擔任學宮大祭酒，只是先贏名實之辯後輸了天人之爭，最後一場本該是王霸之辯，王姓稷上先生出人意料地放棄了，但世人皆知這位大先生是推崇王霸兼用。

袁疆燕沉聲問道：「北涼姚學只是涉禪，你卻明言功利，學禪後來者，往上追尋，無可摸索，自會離去，迷途知返。若是功利，學者習之，立竿見影，一時僥倖立功，見利忘義，後世當如何自處？我輩讀書人與百姓笑在一時，後輩卻哭百年、千年，這便是你的王霸？」

更大的譁然！

袁鴻鵠此說，分明已經將近在咫尺的釋門高僧殷道林都裹挾其中，可見這位江左第一名士真正重視那位所有人都以為是信口開河的書生，眾人皆是精神一振，開始正襟危坐起來。

徐鳳年死皮賴臉跟端酒美婢搭訕時，又瞥見高處一座黃琉璃瓦亭中的大姐徐脂虎做了個敲板栗的威脅手勢，他翻了個白眼，正要再與那婢女說上幾句，餘光瞅見一個踉蹌走向亭子的中年儒士，老劍神擋在亭子臺階上，劍意勃發。

那等如臨大敵的姿態，即便是蘆葦蕩面對身負素王的吳六鼎都不曾出現過！

世子殿下猛然起身。

身形一掠再掠，在人流中游魚一般穿梭而過。

徐鳳年臨近亭子，只看到那青衫儒士距涼亭二十步時，雙袖交相一揮，似要揮去塵埃以示莫大尊崇，然後轟然下跪！

這儒士淒然淚下。

一字一字咬牙說出口。

聲音不大，卻在徐鳳年耳畔炸開。

「西楚罪臣曹長卿，參見公主殿下！」

1 恩蔭：宋朝執行之特殊制度，依官員所任官職、差遣對其弟、姪、子孫等親近幼輩授予一定位階。

第二章 話長卿國士無雙 道姜泥去留彷徨

徐鳳年頭皮發麻。

要來的終究是要來，可是西楚遺孤餘孽無數，怎就偏偏碰上了眼前這一襲青衫？

曹長卿，亡國西楚史載寥寥，只知出身庶族，幼年身體孱弱，以棋藝名動京華。九歲奉召入內廷，西楚皇帝臨時興起考校生死這般宏大命題，不說稚童，恐怕花甲老人都未必能以棋說人生，曹長卿以「盤方規矩若義，棋圓活潑如智，動若騁材棋生，靜如得意棋死」策對，皇帝御賜「曹家小得意」，將其家族破格拔擢入士品，因其家族位於龍鯉縣，日後曹長卿又別號「曹龍鯉」。

十二歲與國師李密手談三局，先手兩局早早潰敗，唯獨最後一局酣戰至兩百手，愈戰愈勇，讓黃三甲說成是李密一死敵手難覓的西楚帝師稱作可以稱霸棋壇三十年的天縱奇才。少年時代神童曹長卿仍是射不穿箚，馬非所便，候命於皇宮翰林院，並無官銜品秩，只是候命於天子宣召對弈。

曹長卿得到帝師李密傾囊相授，才學冠絕翰林，青年時這位難開弓弩、不擅騎馬的曹家龍鯉開始掌教內侍省，但難逃內廷侍臣窠臼。帝師李密死後，得意弟子曹長卿便復而歸於寂寂無名，三十歲前都隱匿於重重宮闈之中不為人知。

當時春秋諸國中以西楚士子最盛，唯楚有才！曹長卿二十年浸淫棋道，在大內贏得了人生中第三個名號「曹頭秀」，取自木秀於林一說，足見曹長卿才學之大。他幼年入京城，直到三十二歲才去南方邊陲獨掌一兵，抗拒蠻夷，常設奇謀，每戰必以少勝多，再獲曹北馬稱號。可惜西壘壁一戰，西楚大勢已去，大廈將傾，曹頭秀獨木難支，世人只知遁走江海，不知為何眾人皆知弓馬不熟、刀劍不諳的曹長卿，搖身一變竟成了一力當百萬的武道大宗師。

以棋奪「曹官子」稱譽，再以武學贏「曹青衣」的說法，二十年間，兩次武評都穩居前三甲，風頭無兩。前十年被這一襲亡國青衣刺殺的離陽重臣不下二十人，每次獨身翩然而至，再攜人頭而去。後十年曾三次入太安城，其中兩次殺入皇宮，先後面對兩朝天子，殺甲士數百；最近一次離現任皇帝只差五十步，若非有人貓韓貂寺護駕，說不定就要被曹青衣在千軍叢中摘去那顆世上最尊貴的頭顱。

據傳這位曹青衣曾面對皇帝笑言，天子一怒固然可以讓春秋九國伏屍百萬，我匹夫一怒，如何？

只要世間尚有青衣，便教你得了天下卻不得安穩。

武夫至此，該是如何的氣魄？

隨著西楚亡國，曹得意、曹龍鯉等名號都已不被熟知，只剩下曹官子與曹青衣兩個，前者是武林、弈林兩林中俱是官子無敵的曹長卿，後者更是世上唯一將離陽皇帝頭顱視作囊中物的狂儒，任意揀選出一個說道說道，都能讓人神往不已。

而這位傳言只穿素衣不好絲竹的西楚舊臣，此時就跪在亭前，跪在了那名亡國公主面前。

天地君親師，家族早已與國一起覆滅，恩師李密更是早已逝世，如今除去萬古長存的天地，還有誰值得曹長卿去一跪？

答案就在眼前。

徐鳳年想不通為何這位青衣能一眼看穿姜泥的身分，是那玄妙晦澀的氣運洩露了天機，還是小泥人過於形似身為西楚皇帝皇后的父母？但這些都不重要，對於世子殿下來說，最緊要的是思量自己這一行人能否擋下公認餘孽賊子的曹青衣。

自己與大戟寧峨眉估計面對這位成名已久的武評三甲宗師，就與蘆葦蕩對上第十一的王明寅差不多，只有拖延時間的份，最後還得看老劍神李淳罡能否竭盡全力，問題在於羊皮裘老頭兒與徐驍約定只是保證世子殿下不死，以老劍神的角度而言，巴不得小泥人能夠逃離北涼王府的樊籠，才好與他習劍，怎會願意與曹官子以死相搏？

亭中，徐脂虎瞇起秋水眼眸，神情有些陰沉。

泱州這次在弟弟大開殺戒的敏感時期進行王霸之辯，湖亭郡陽春城聚集了不下千人的外地士子，僅是報國寺內便有數百泱州的世族名士。這等精心設置的大手筆無疑是出自那幾位老供奉，就等著弟弟再度挑釁江南道士林，便可一呼百應。

一個宮中娘娘撐腰的劉黎廷掀不起風浪不假，可江南士子集團的整體反撲，若是再讓國子監三萬學子遙相呼應，可就是無數缸的口水了，也是可以淹死人的。如果這時被捅破北涼私藏豢養西楚公主一事，想必徐驍再無視禮法，都要頭疼。

徐脂虎瞥了一眼臉色雪白的姜泥，眉頭舒展開來，伸了個懶腰，好整以暇，靜待變局，這等死局，就交由鳳年去破局好了。

十數年雕琢一記勝負手，還不夠嗎？

亭子四周雖說沒什麼外人，但曹長卿到來之後，還是引來遠處一些好奇探究者面面相覷。徐脂虎輕聲吩咐寧峨眉驅散一些個試圖靠近的泱州名士，她坐近了姜泥，萬一那堪稱可怕的中年青衣想要對弟弟不利，她還能以身邊的亡國公主做要脅。

徐脂虎心底對姜泥還是有些真正的憐愛，當年那些點點滴滴，並非一味作假，這裡頭當然也有與妹妹徐渭熊作對的意思。徐渭熊對她欺負得厲害，徐脂虎便偏偏分一些寵溺在姜泥身上，兩女的性格實在不像親姐妹。

姜泥不是世子殿下，從小在北涼王府寄人籬下，沒人教她如何生活，學不來那種戴著面具去虛與委蛇的人情世故，被王府僕役丫鬟惡言相向或者偷掐得皮膚青紫後，誰都不怨，只會跟著感覺走，去記恨那個常年玩世不恭的世子殿下。這廝總是在她面前笑咪咪的，瞧著便可憎可惡，她不去恨他恨誰去？

對於西楚，那個曾經疆域版圖比離陽還要大的帝國王朝，她的記憶早已模糊，許多時候躺在冰涼床板上，去記起父王、母后的溫暖容顏都已很吃力，想著想著便要哭泣；至於那帝王家的殿閣巍峨、富麗堂皇，更是遙不可及，她也不願意去想這些。每日起床，需要她去想的，只是勞作疲憊的瑣碎小事，哪裡有雙手凍瘡的公主？

姜泥聽聞青衫儒士那句話後，恍如聽聞一聲晴天霹靂，嚇得後退幾步，緊接著看到老劍神攔在石階上，她更是不知所措。越過腰杆挺直如古松的李老頭兒，再越過跪地不起的中年文士，看到了世子殿下，手心滿是汗水的亡國公主，懵懵懂懂，失魂落魄，本該是她揚眉吐氣的豪氣時刻，竟是這般萎靡姿態，委實要冷了西楚士子的心。

這二十年，西楚士子除去數撥類似洪嘉北奔的集體遷移，留於故國不肯出仕，死於筆下忠烈文字的何止千萬人？她又如何對得起這些西楚棟梁的一次次動輒數百人共同慷慨赴死的壯舉？

所幸，她當下需要面對的只是曹長卿一人。

而這位驚才絕豔的國士奇人，非但沒有惱火於小公主的失態，一垂再垂地低頭時，感受到本名姜姒的姜泥由衷懼意，沒有失望，唯有說不清、道不明的悲憤與自責。

士子風雅比江南道任何名流都要出彩的曹長卿始終沒有起身，雙膝跪地，雙手撐地，旁人只看到他雙鬢已有霜白，但這並未折損曹官子舉世無雙的雅氣風流，聯想到他的坎坷一生，愈加平添了這位西楚股肱臣子的第一等名士風範。曹家有子最得意，三十二歲領兵出京城，最後與帝王一弈，權傾宮廷的大太監親自為其脫靴，西楚皇叔親自為對弈兩人倒酒，遍數天下士子，可謂是前無古人、後無來者。

曹長卿緩緩抬頭，淚眼望向那個記憶中當年只是活潑小女孩的公主。

他曾牽過她的小手。

萬重宮闈中，投子於枰，布陣列勢，與君王指點江山，曹得意卻不是求富貴，只是求一個君王身側的佳人笑罷了！

年輕最為意氣風發時，他攜琴而行，與她在花園一隅偶遇，夕陽銜山，她哼著鄉音姍姍而來。棋詔亭中，她慢慢挽起的衣袖，輕輕落下的一枚枚烏鷺棋子，重重落在了他心頭上。

後來，她成了皇后。

他與帝王最後爭勝於棋枰，她見陛下將敗，以懷中紅貓亂去繁複棋局，陛下出聲呵斥，她只是嬌憨一笑如當年，他只得低頭不去看。否則以曹得意的才學，輕鬆復盤有何難？趁行移手巡收盡，數數看誰得最多？盤上棋子最多有何益？

那一日，曹長卿灑然起身，獨然離京，不曾想一去便再無相逢。

曹長卿記得她，自然記得她的女兒，那個與她一樣天真無邪的小女孩。

抬頭看去。

真像她啊。

再低頭時，曹長卿清冷嗓音再度響起，「誰敢擋我？」

徐鳳年苦笑。這尊大菩薩真他娘不講理啊，武力高如九重樓就是了不起，連京城那位都無可奈何，自己憋屈也不算丟人。他心思百轉，第十一高手的王明寅可以不怕，但一品四境界，怪物王仙芝是一騎絕塵的仙人，接下來兩位也是公認相當接近陸地神仙的大神通角色，新劍神鄧太阿與曹官子與榜上剩下七位有著涇渭分明的境界區別，也就是說一旦發力，一個曹官子絕不可簡單視作一個半或者兩個王明寅。

這裡終究不是北涼地盤上，可以輕易調動幾百鐵甲、數千鐵騎來圍剿，再者即便有千百披甲軍士圍困，曹官子這樣全天下獨有的大宗師，一心要走，或者鐵了心要殺幾人再退，根本不至於像畫地為牢的西蜀劍聖那樣戰至力竭而亡，這才是天象境高手的恐怖之處。法天象地，是謂得道，此道非狹義上道門的道，而是幾近聖人了。

老劍神嗤笑道：「曹長卿，你大可以試試看。」

曹長卿撐在地面上的雙掌猛然握拳。

塵土暴起。

轟然兩股龍捲風！

一圈圈剛烈氣機以曹長卿一襲青衣為圓心，捲蕩而去。

李淳罡羊皮裘上的絨毛猛然翻捲。

站在曹長卿身後的徐鳳年被撲面而來的無形氣機逼退三步，咬牙後雙手按刀，雙腳在地面上踩出兩坑才硬生生止步。

曹長卿只是輕輕起身，不見其他動作，才入武道佳境的徐鳳年扛不住這股壓力，卻是又退了十數步。

李淳罡瞬間攀至劍意巔峰。

曹長卿望向姜泥，柔聲道：「公主，要這些人是生是死？」

此話一出，徐脂虎勃然大怒，繼而面無人色。

若是李淳罡還是當年劍道第一人的劍神，今日興許還能擋下一往無前的曹官子。可如今江湖，齊玄幀已是登仙而去，除了王仙芝一人，誰又敢說能勝過眼前神色落魄的中年文士？

世間誰能登頂武帝城？

唯有曹青衣。

亭下青衣。

亭上老頭袖有青蛇。

亭上亭下站著兩代翹楚。

江湖永遠都是一浪高一浪，即便天賦異稟的天縱英才，一般也是至多各領風騷十年、二十年，三十年已是極致，近百年有些古怪，弈林中出了個黃龍士，武林中有王仙芝坐鎮東海武帝城，算是真正的百年一遇，比較世間氾濫成災的所謂百年難遇，不可相提並論。

除去這兩位亦仙亦魔的傢伙，大致上都是後來者居上的大勢所趨，上代四大宗師之一的槍仙王繡輸給了弟子陳芝豹，武當山出了個一瞬得天道騎青牛的，老劍神李淳罡消沉遁世後，劍道只是出現短暫的晦暗期，很快就由桃花枝鄧太阿領銜冒頭占據劍道鼇頭，更有龍虎山齊仙俠、劍塚吳六鼎、棠溪劍仙盧白頡紛紛橫空出世。

老一輩江湖人士可能曾經真止折服於那句「李淳罡一劍大江東去」的豪氣，可等到他們老的老、死的死，如今又有幾個年輕人物真記得老劍神踏劍飛江的劍仙風采？

如果聽到「天不生李淳罡，劍道萬古長如夜」的說法，都要覺得過於自負荒唐了。

此時青衣曹長卿對上昔日劍道魁首的兩袖青蛇，口出狂言。以曹長卿的浩然氣概，應該沒有小覷老一輩劍神的心思，可話裡話外的意思，誰都聽得懂，恐怕是李淳罡踩踏陸地劍仙境時，他曹長卿今日對上了，都絲毫不懼。連領教過兩袖青蛇的世子殿下都憂心忡忡，生怕李老頭兒年歲大了，加上缺了一臂，終究比不得正值修為巔峰的曹官子。

高手過招，鬥智鬥勇鬥力，更鬥心，曹青衣一生跌宕，儒家本就擅養正氣功夫，他亡國後以匹夫之身去抗衡天子之怒，手不沾兵器，身不覆護甲，一襲青衣三進三出皇宮，心智、心胸都無疑比尋常武夫要堅韌和寬闊無數。官子無敵一說，毋庸置疑。

王仙芝無敵於天下後，於東海建城，築解兵樓，頂樓以下有六層，有六位武奴分別坐鎮，應對天下挑戰者。一般絕代高手都是勝過一人後便休息一些時日，等到精氣神飽滿才再戰，即便不可一世如鄧太阿，彈指間破敵，但仍是勝後退出解兵樓，半日一戰，三日過後敗去六人才到了樓頂。唯有曹長卿接連兩日大戰，一舉登頂，據說面對王仙芝時仍是氣定神閒，被譽為氣機浩大只輸齊玄幀。

徐鳳年怎能不怕萬一老劍神鑽牛角尖？這老頭最為愛惜羽毛，真惹惱了他，存心去與曹長卿拚死一戰，會不會被活活耗死？

這邊殺機四伏，曲水談王霸也臨近尾聲，被世子殿下帶進報國寺的窮書生與美髯公袁疆燕酣戰一場，竟是絲毫不落下風，義利王霸龐雜學說，宛轉關生，無所不入，三、四百旁聽眾人澈底收起輕視之心，再不敢將這年輕人視作故作聳人聽聞的寒門書生，尤其是對孝悌忠信與才術辯智兩者功用先分談再併攏，最終殊途同歸，引得許多以醇儒自居的名士都略有驚醒，窮書生那句「本領闊闊，工夫至到，便做得聖賢；有本領無工夫，空有玄談，只做得迂儒」算是打臉至極。

可袁鴻鵠仍是毫不生氣，一笑置之，對書生不遺餘力推崇君主事功事能的觀點也氣量宏大地不予計較，否則以袁疆燕的地位，一言足以定生死。雖然平心而論，這場辯論，仍是袁疆燕贏了，但他親自評點此辯不勝不負，報國寺住持殷道林點頭稱是，如此一來，自然無人敢有異議。

庶族寒門想要出人頭地，參與名流薈萃的清談辯論是一條終南捷徑，可說來容易、做來難，寒門子弟要想入席就難如登天，能入名士法眼又是難上加難，更別說是辯贏了袁疆燕這類名副其實的一流名士，因此沒人懷疑這陪坐末席的書生已是一鳴驚人，富貴可期。

自恃清貴身分的世族興許尚未心動而準備行動，一些個二、三流士族與高等庶族已經思量著是否能夠先下手為強，散會後搶認了這名便宜女婿，納入家族後，多參加幾場曲水流觴，博取聲名水到渠成，先入士品，再謀仕途，這比起聯姻於才庸學淺的士子人物，並不遜色。若是運氣好，這小子能被袁鴻鵠這等豪閥嫡系真正青眼相加，何愁沒有一個大大的錦繡前程？

亭中偷閒的徐脂虎冷眼旁觀，冷笑不止。袁鴻鵠之所以如此大度作態，何嘗不是那書生借了她弟弟的東風？這書生操著地道的江南道口音，分明是泱州寒門人士，既然你北涼世子能領進寺內入席而坐，我泱州名士便更不介意你的低賤出身，親自讓你聲名鵲起。兩種恩惠，孰輕孰重，還真不好說。

徐脂虎心想，袁疆燕能夠做江左士子集團的領頭羊，眼力的確不差，噁心人的本事相當爐火純青。居高臨下的徐脂虎瞅見那書生一舉成名後，並未流露出絲毫志得意滿，他灑然起身，環顧一周，竟有些不符情境的蕭索意味。

身世起伏的徐脂虎看待男子，極少有偏差，眼光可謂爐火純青，這就有些奇怪了，寒門士子鯉魚躍龍門，喜極而泣者有之，瘋魔癲狂者有之，記憶中，這個叫陳亮錫的書生與許慧撲相識相親，擅畫龍虎，今日與弟弟偶遇，其中會不會有玄機？

許慧撲性情雖冷傲，可終歸是高門大閥裡的一隻籠中雀，小事散漫無妨，大事卻無一例外的身不由己，就像自己當年，何曾就想遠嫁江南了？

被世子殿下三番五次調戲的美婢癡癡望著身邊的書生，心馳神往。他方才的揮斥八極，風采絕倫，哪怕與袁鴻鵠這般首屈一指的碩儒名士爭鋒，仍是毫不怯場，再者她參與清談不計其數，相當識貨。能參與曲水流觴的丫鬟，都不簡單，首先要是世族清白出身，其次需要貌美脫俗與才情上佳，像她便是自幼有幸進為伯柃袁氏的婢女，天資聰慧，被相中後教授詩書琴棋，今日端酒婢女無一不是伯柃袁氏調教出來的妙人。

她見陳亮錫起身後，趕忙遞去酒杯，後者溫良一笑，接過酒杯一飲而盡，以酒解渴。她心中難免要將眼前俊彥與那浪蕩子做對比。哼，那無賴輕浮的公子哥白長那麼俊逸好看了，可惜了皮囊！

窮書生陳亮錫沒有看見那個「徐典匣」，有些遺憾，本想由衷道一聲謝的。既然找不著，他也不杞人憂天，轉頭看見面黃肌瘦的小女孩，心生憐意，跟婢女討要了一些瓜果點心，拉著小乞兒重新坐下。美婢端來餐盒後，小乞兒不敢動手，便由他撿起精緻點心交給孩子，小乞兒低頭吃得忐忑，也不知道記住了這滋味沒有。他時不時笑著幫小女孩擦去嘴角糕點碎屑，美婢看到這幅以往在世家豪門中註定無法想像的溫情畫面，心頭又是一柔。這位公子，真是好人。

◆

亭外，徐鳳年只能保證不再後退，想進一步已經是蜀道之難難於上青天。

從不帶兵器對敵的曹長卿目中無人，即便對上了昔年江湖奉為傳奇的李淳罡，仍是徑直前行，無視老劍神一漲再漲的磅礴劍意。

羊皮裘老頭兒尚未抬起手臂，兩者之間的地面上便瞬間出現數十道縱橫交錯的溝壑。

劍氣滾龍壁！

李淳罡曾與西蜀劍聖在皇宮一戰，李淳罡劍氣所及，一整面存世數百年的恢宏龍壁碎裂不堪，這之前，李淳罡放話西蜀無劍子，單身入蜀，斬殺攔路劍術高手十六人，無一例外皆是被滾動劍氣碎屍。

那時候，無疑是李淳罡的劍道頂點，幾近舉世無敵。

一條條溝壑龜裂，觸目驚心，唯獨蔓延至曹長卿身前時，無形中彷彿被阻隔，硬生生停住。曹長卿平靜道：「前輩何止第八？世人只知李劍神兩袖青蛇不可匹敵，卻不知劍氣開天門的厲害。」

這位中年儒士愈是前行，裂痕愈加粗大。

兩人僅僅相距十步。

羊皮裘老頭兒一副老神在在的悠哉神情，任由曹官子一進再進，只是瞇眼笑道：「說甚廢話。」

曹長卿輕輕一笑。

亭中，總算有膽量盯著曹長卿看的姜泥半信半疑輕輕出聲問道：「棋詔叔叔？」

曹長卿猛然停下身形，重重點頭，百感交集。

姜泥突然紅了眼睛，想要起身，卻下意識先去看了下世子殿下，見到他面無表情，再轉頭小心翼翼望向徐脂虎。

曹長卿見到這一幕，心酸至極，無需老劍神劍氣滾動，亭前地面轟然下陷。

姜泥看到徐脂虎笑著努了努嘴，這才起身怯生生說道：「棋詔叔叔，能不能不要動手？」

濺起塵土一層層如漣漪般向外鋪散而去，居中的曹官子柔聲道：「曹長卿聽憑公主吩咐。」

便是徐脂虎都忍不住瞠目結舌，當真是正應了那個曲水王霸中陳亮錫定下的結論，醇儒近腐，不可理喻。

老劍神冷哼一聲，終於收起劍氣。

曹長卿走上臺階，並未走入亭子，再度跪下。

這一次，卻是為當年那個春秋鼎盛的西楚而跪了。

徐鳳年神情複雜地看著站著的小泥人、跪著的曹官子。

要走了嗎？

為何同樣是江湖中最高的高手，差距卻這麼大。羊皮裘老頭兒李淳罡沒事就愛掏耳屎、摳腳丫，而曹長卿則是符合江湖後輩心目中絕世高手的一切憧憬，身材修長，神華內斂，風度神逸，連下跪都跪得驚心動魄，雖說已是兩鬢微白的老男人了，但若仔細打量，仍是頗有一罈老酒的綿醇味道，相信那些個徐娘半老、閱歷豐富的女子，都要被曹長卿的儒雅風範折服。

徐鳳年站在臺階下安靜旁觀，扳手指算來。十大高手已經見到三位，不過莊稼漢子模樣的王明寅已經被一記手刀刺死，這樣的收官，誰能預料到？徐鳳年看到姜泥傻乎乎望著曹官子，似乎不知所措，欲言又止，便有些好笑。

這個笨蛋，哪裡會想到什麼借勢，若是稍稍聰明的別人，好不容易有曹官子這般大菩薩、大神仙撐場子，還不得一朝得志便倡狂？管你是什麼北涼世子殿下，都讓天下第三的曹長卿拿兩根手指捏個半死，最不濟也要打成豬頭才解氣。

徐鳳年笑了笑，對站在姜泥身後的大姐徐脂虎搖了搖頭，悄悄示意她不要有所動作。在曹官子面前還是不要畫蛇添足了，即使老劍神肯出死力攔阻，曹長卿要傷誰一樣輕而易舉，天底下能讓這位青衣大官子低頭的，唯有那個被他欺負了許多年的笨女子了。

世子殿下不服氣、不憋屈不行啊，江湖百年，武夫百萬，才出了幾個曹長卿？不知為何，姜泥撞見了徐鳳年的嘴角勾起，本能地狠狠瞪了一眼，她這一瞪只是習慣性小動作，毫無殺傷力可言，但今時不同往日，有瀟灑起身的曹官子在場，僅是背對世子殿下，徐鳳年都立即感受到一股濃郁的殺機。

曹長卿緩緩轉頭，平淡道：「殿下可否將公主交由曹長卿？只要點頭，曹長卿可以答應替殿下辦一件事情，只要力所能及，絕不推託。」

力所能及？連離陽王朝兩任皇帝都被這位亡國舊臣禍害得睡不安穩，還有什麼事情是曹長卿做不成的？常理來說，姜泥只是徐人屠當初帶回當作北涼王府的小花瓶，並無實質意義。春秋八國，龍子龍孫，皇后嬪妃，何止數百？落在燕刺王、廣陵王手裡，女子貌美的，撐死了淪為妾婢，姿色平庸的，大半充為官妓，至於皇子，不乏被十個一同格殺的淒慘下場，成為撐著成王敗寇的慶功宴的助興曲目。留著這些曾經的天潢貴胄，若是說作懷了不臣之心去圖謀不軌，會被笑掉大牙。

既然如此，一位西楚公主送出去便送出去好了，還能交好於天下前三甲的曹官子，何樂不為？

被曹長卿洩露出除了兩袖青蛇還有壓箱本事的老劍神對此不聞不問，老頭兒按照約定，只要保世子殿下一個不死，再就是想著讓小泥人跟他學劍，至於其他狗屁倒灶亂七八糟的事情，就不煩心了。再說，活了八十幾年可都沒活到狗身上去的李淳罡心裡跟明鏡似的，小泥人只要待在這世子殿下身邊一天，習劍的事情十有八九沒戲，還不如早點斬斷孽緣，天下何處去不得？

老劍神幸災樂禍地斜眼瞥了一下世子殿下，看這小子如何應對。蘆葦蕩以後，大概是生怕被那神出鬼沒的刺客取走頭顱，咬著牙都要隔三岔五去扛兩袖青蛇，這份毅力與狠辣，委實不像一個板上釘釘要世襲罔替北涼王的世子殿下。

徐鳳年嬉皮笑臉道：「不給，她是我的。」

姜泥怒道：「誰是你的！」

曹長卿古井無波，興許是慶幸於這次的踏破鐵鞋無覓處，得來全不費功夫，心情沒有因為世子殿下不知天高地厚的一句話而變壞，微笑道：「無妨，過些時候，殿下自會改變主意。」

徐鳳年還是吊兒郎當的姿態，笑咪咪道：「別的事情不敢保證，但這件事兒，真沒的商量。」

曹長卿瞥了眼世子殿下，笑意玩味道：「殿下雙手先別握刀了，擦擦汗，否則從東越皇室學來的拔刀術可就要大打折扣。」

臉皮不薄的徐鳳年哈哈一笑，果然鬆開春雷、繡冬雙刀上的手，在袖口上擦了擦。

亭中重新坐下的徐脂虎會心一笑，心中陰霾散去些許。她並不識得曹長卿，曹官子倒是依稀聽一些半吊子的遊俠兒及官宦子弟說起過，自然不知道眼前能讓李淳罡劍氣滾龍壁的青衫儒士便是那大名鼎鼎的高手，但徐脂虎何等敏銳眼力，敢無視老劍神，更無視整個北涼勢力，她如何能夠鬆懈？她惦念著弟弟的安危，看了看姜泥，紅顏禍水，的確不假。她本來對這位亡國公主的憐惜，當曹長卿出現後，便一掃而空。性情涼薄？最是樂意自汙名聲的徐脂虎可從不否認。

曹官子不說話，徐鳳年不說話，加上姜泥不說話，一時間亭上亭下氣氛凝重。

還是徐脂虎出面打圓場，笑問道：「姜泥，一起喝茶去？」

姜泥「嗯」了一聲。

曹長卿皺了皺眉頭，不過好歹沒有出聲。好像打定了主意在姜泥面前執臣子禮節，一絲不苟，不敢越雷池半步。

一行人回到茶室，女冠許慧撲在裡頭，客套寒暄過後，又是一番嫻熟煮茶，手法老到，賞心悅目，世家女子於細微處見風雅。她顯然留意到跪坐一旁的陌生儒士，豪門大族出身的男子，尤其是不惑之年以後，不說容貌，大多有一股子精神氣支撐，甭管是正氣還是陰氣，都與市井百姓迥異，這便是所謂的底蘊了。許慧撲忍不住多看了幾眼，越發覺得深不可測。

姜泥喊了聲「棋詔叔叔」，遞去一杯茶，曹長卿低頭默然接過，所幸沒有再稱呼公主。

徐脂虎彷彿沒心沒肺問道：「姜泥，為何喊棋詔叔叔？」

姜泥柔聲道：「棋詔叔叔是大國手，我經常看他下棋。」

曹長卿喟然搖頭道：「罪臣稱不得國手。」隨即補上一句，「罪臣終有一日要割下黃龍士頭顱，祭奠先帝。」

許慧撲被結結實實嚇了一跳。黃龍士，這位可是不似凡世人物的半仙，春秋不義戰，皆因他而起！那盤大棋，前無古人後無來者。取黃三甲的項上頭顱？先帝？心中驚駭的許慧撲面不改色，急急思量著中年儒士到底是何方神聖。

徐鳳年不想在這個話題上被許慧撲順藤摸瓜。冷不丁冒出一個陳亮錫，已經讓他心生警惕。江南道崇尚清談不假，但那些個老狐狸一隻比一隻老奸巨猾，天曉得這個一戰成名的大才士子是不是一手精心暗棋，況且冒險招攬陳亮錫與這趟遊歷初衷背道而馳。北涼世子才及冠，徐驍才在京城討要來世襲罔替，便開始急不可耐蓄勢養士了？是何居心？

徐鳳年轉移話題笑問道：「許姐姐，陳公子去哪兒了？」

許慧撲悄不可見地猶豫了一下，溫婉說道：「在禪房與鴻鵠先生等人深談王霸義利，約莫是先前對峙，尚未盡興，要分出勝負才行。」

徐鳳年喝茶如飲酒，半點不解風雅，覥著臉再跟徐脂虎討了杯慢飲入味的野茶，笑道：「陳公子一席高談闊論，奈何本世子聽不太懂，好在袁鴻鵠這些名士識貨，要不然就埋沒了。」

許慧撲皺了皺黛眉，眉梢隱約可見幾絲魚尾紋。女子不再年輕，但氣質若好，也是獨到韻味。她捺著性子看似漫不經心地說道：「殿下，陳公子雖健談不輸名家，但確有安邦救世的真才實學，不可視作尋常的玄談人士。」

徐鳳年心不在焉道：「這樣啊，那回頭我讓大姐跟盧府說一聲，盧玄朗不惜才的話，就讓棠溪先生去提拔。」

哪壺不開提哪壺，說到棠溪劍仙盧白頡，許慧撲臉色立即沉了下去，不再言語。

徐脂虎嘴角翹了翹。

曹長卿平淡道：「此子是極端外王者，王霸兼用只是遮掩，日後如果能自立門戶，所崇學說必然比姚白峰心學更貽害無窮。姚學於儒家正統只是有失偏頗，即使姚氏家學變國學而盛行天下，士子仍是士子，儒生仍是儒生，好似人身偶有小病，長久看來，反而有益身體。但此子學說一旦風靡，卻是儒家內傷，禍根在肚皮裡，病入膏肓，再想撥亂反正，就不是剮下幾兩半斤肉的皮肉小痛了。內聖外王，內不聖，何談外王。根子上，與黃龍士學說分明異曲同工，此子若是名聲不顯也就罷了，若是有開宗立派的跡象，我定要手刃之。」

許慧撲聽得臉色發白。

老劍神譏笑道：「就數你們讀書人最狠毒，尤其是讀書人殺讀書人，比誰都肯出力氣。文人相輕這個臭毛病，比婦人相妒還無藥可救，老夫看著就嫌膩歪。曹長卿，老夫今天就把話撂在這裡，以後你要為難那後生，知會一聲，老夫與你鬥一鬥。」

曹長卿神情淡然，不置可否。

許慧撲牢牢記下了曹長卿這個名字。

她與徐脂虎一樣不清楚曹長卿便是那刺殺天子的曹官子，否則哪敢同居一室，被京城那邊知曉，就是一樁潑天大禍。這根刺紮在了兩位皇帝心頭二十年，先皇駕崩前便曾真真切切說了一句不殺青衣不瞑目，為此專門有一批游弋潛伏在江湖上的大內侍衛，個個武功絕頂，更有數目可觀的軍伍銳士輔助，常年刺探消息，只求剿殺掉曹官子。

傳言當今天子登基後，也沒有下旨召回這些死士。他們都由人貓韓貂寺直接負責，需知這位號稱天底下陰氣最重的天字號大宦官，是可以指玄殺天象的變態。韓貂寺白眉白面，說好聽點是鶴髮童顏，說難聽點就是成妖了，皇宮裡頭多少聳人聽聞的血腥事兒，不都是這隻人貓親手造就？世人都說他駐顏有術，因為喜好人心人肝作食，切片做下酒菜，且不說真假，聽著就透著股滲骨寒氣。

茶熱便有冷時，一行人離開報國寺打道回府。

曹長卿站在門口，親眼看著姜泥上車。

徐鳳年登上馬車前，問道：「曹先生，你是要向全天下人挑明她的身分？我如果不放人，你便跟著我，讓所有人都知道我身邊有一位曹官子？」

曹長卿微笑道：「世子殿下是聰明人，北涼王虎父無犬子。」

徐鳳年默不作聲。

曹長卿不去看世子殿下，只是望著姜泥所在的馬車，笑道：「殿下還在權衡利弊嗎，這份果決，可就輸給徐驍了。連你們皇帝都殺不了我，你如何殺得？」

曹長卿察覺到徐鳳年的氣機，搖了搖頭道：「起碼你現在不能。可惜我現在就找到了公主。」

此話一出，是否可以判定曹官子都不敢小覷世子殿下的造化？

徐鳳年當得起這份重視？

曹長卿伸出手掌，做了個反復動作，一語道破玄機：「殿下只要肯順勢而為，曹長卿便可以替你殺掉陳芝豹。徐驍不好殺，你不易殺，我卻是輕而易舉。」

徐鳳年一臉苦笑。

青衣殺白衣？

◆

徐鳳年進入車廂，仍是只有徐脂虎和靖安王妃兩人。

徐鳳年盤膝坐下，靠著車壁，眉頭緊皺。

徐脂虎有些心疼，伸手抹平弟弟的眉頭。

徐鳳年笑了笑，有些苦澀。

北涼微妙局勢已經清晰可見到連曹長卿都一眼洞穿的地步了嗎？帝王，尤其是開創朝代的曆位太祖皇帝，有幾個不是借刀殺人後就要收回刀，對身邊那些個原本掌刀的同伴捅刀子了？養狗是為咬人防賊，賊沒了，還留著狗浪費口糧不成？

但北涼畢竟不是王朝，封疆裂土，偏居一隅，徐驍不管如何被稱作二皇帝，名義上對京城那位還得畢恭畢敬，准你人屠佩刀上殿，是天恩浩蕩，是要讓蠢蠢欲動的北莽知道朝廷這邊不會傻到自毀千秋基業；而徐驍是梟雄不錯，但也不是那種狡兔死、走狗烹的冷梟，對待北涼舊將更不會寡恩輕義。相反，徐鳳年比誰都清楚徐驍這些年很大程度上都為安撫照料舊部子孫耗費心神，朝廷那邊似乎也樂此不疲，敲打拿捏的力道恰到好處，不至於逼著你這位異姓王造反，但也不讓你徐驍真正舒坦，叛出北涼的嚴杰溪便是個典型例子。

有意無意中，白衣儒將陳芝豹大權獨攬，自有班底，即便沒有武將如雲、文士如雨這麼誇張也差不太遠，況且一個陳芝豹能敵半個西楚的說法，是先皇駕崩前在保和殿上當著徐驍、當著滿殿文武百官的面親口所說。

陳芝豹公認最擅國戰，十萬以上兵力的調兵遣將，出神入化。據說他記得住每一名校尉的名字，以及他們各自領兵作戰的優、缺點。戰機稍縱即逝，陳芝豹卻總能做出點睛之筆的排兵布陣。西壘壁一戰，酣戰了三個日夜，陳芝豹不眠不休，身後舉旗的號令卒整整輪換了六批十八人，負責記錄過程的軍史官寫斷了硬毫不下十支，從頭到尾，陳芝豹一襲白衣紋絲不動，在他精確到極致的無數次發號施令下，硬是耗光啃死了西楚最後的數十萬青壯。

傳聞如今天子讀此記錄，一讀再讀，精彩處圈畫無數，卷尾重重寫下八字：真堪神往，不愧戰仙！

這兩年裡徐鳳年不得不去設想，當時名聲威望直追當年另一襲白衣的陳芝豹如果答應皇帝趕赴南疆，北涼會不會更簡單一些？這些年徐驍也從未提起有關義子陳芝豹的任何話題，徐鳳年雖是世子殿下，也不知道徐驍內心的真正想法。

要說徐驍是留著陳芝豹做一方磨刀石，就更不像那種屠戮殆盡功勳元老為繼任者鋪平路子的帝王心術了。陳芝豹這位白衣戰仙勢力坐大後，當下就已是尾大不掉，就真的一點不怕徐鳳年輸給陳芝豹，幾十年把腦袋拴在褲腰帶上的戎馬生涯，會不會到頭來輸得一乾二淨？只要陳芝豹一天在北涼冷眼相向，徐鳳年如何能真正活得不管不顧？

徐脂虎安靜望著深思的弟弟，後知後覺，悚然一驚，「那曹長卿姓曹，又能讓老劍神那般緊張，該不會就是曹官子吧？」

回過神來的徐鳳年無奈道：「不幸被妳說中了。此人正是那無聊了就去皇宮大內跟韓人貓玩捉迷藏的大官子。」

靖安王妃也不笨，姜泥姓姜，明為婢女，但與世子殿下相處，何曾有半點做奴做婢的覺悟？裴南葦冷笑道：「私藏亡國公主也就罷了，還被西楚舊臣找上門，殿下如何去跟京城交代？這事要是被江南士子知道，大肆渲染一番，惹來龍顏震怒，殿下豈不是氣勢洶洶乘興而來，灰頭土面敗興而去？」

徐鳳年心情本就跌在谷底，沒好氣說道：「輪不到妳來偷著樂，本世子太平，妳的日子就舒服一些，本世子不太平，妳能好到哪裡去。以妳的氣量，能做成靖安王府的正王妃，趙衡真是瞎了他那一雙火眼金睛，再加上一個覬覦妳身體的趙珣，家門不幸啊。本世子救妳於水深火熱中，不感恩戴德也就罷了，還敢在這裡幸災樂禍？忘了繡冬刀鞘拍臉的滋味了？」

裴南葦只是冷笑。

徐脂虎頭疼道：「茶室中老劍神道出了曹官子名字，以許慧撲的謹小慎微，註定要說與幾位老供奉聽，到時候曹長卿與姜泥的真實身分一同水落石出，這件事的確棘手。」

徐鳳年想了想，笑道：「麻煩是麻煩，但不是大事，江南士子集團裡那幾位精明一世的老王八，雖說不是善茬，喜歡渾水吃魚，可未必就樂意跟我們北涼撕破臉皮。與徐驍結下死仇有何益？莽夫動刀，文人動嘴，井水不犯河水，不到萬不得已，都不至於要慘烈到來一場筆刀互砍。也好，我殺了幾個不成氣候的末流士子，現在曹官子出來攪局，就當送個把柄給幾位老家主好了，如此一來，他們心裡也能平衡，省得老傢伙覺得丟了臉面。

不出意外，我離開陽春城前，會有人來提醒，無非是『殿下啊，你殺了人是不對的，咱們泱州這趟揪住了你的小馬腳，但沒關係，咱們不計前嫌，就當睜一隻眼、閉一隻眼，所以殿下你是不是收斂些，別鬧騰啦，對大家都不好嘛』這類無趣腔調。哈哈，姐，妳說說看，這算不算以德報怨，名士風流？」

徐脂虎聽著弟弟學那老學究的腔調說話，使勁點頭，忍不住捧腹大笑。

靖安王妃不敢置信地喃喃道：「國事如此兒戲？」

徐鳳年冷笑道：「兒戲？這哪裡是兒戲，妳當真以為世族豪閥的根本是朝廷恩寵？得向君王搖尾乞憐才行？國事是國事，便比得上家事了？真是如此，數百年來那些個嫁不入大族的各國公主、娶不得豪門女子的皇子不是都白白遭受屈辱了？」

徐鳳年腦袋磕了一下車壁，手指輕彈膝上繡冬，瞇眼笑道：「現在才過了二十年，百足之蟲死而不僵，再以後興許就不好說了。不得不說，徐驍是真的猛啊，十個盤根交錯不知帝王只認家門的家族，一通砍瓜切菜，那些死在徐驍手中的帝王，說不定會有一、兩個雖死猶笑的聰明人吧。咱們的皇帝陛下怎會容忍一馬平川的宅裡院中，出現那麼多個泱州四族的坑坑窪窪？封王裂土，坐鎮八方，為的就是鈍刀割肉慢慢收拾這些個肌膚頑疾。此舉有利有弊，但退一萬步說，這些大權在握的藩王想要九五之尊的位置，不論勝負，到底還不都是姓趙？天下還不都是趙家的天下？其實春秋國戰，輸得最慘的可是裴王妃妳所在的這些個眼高於頂的家族。當今士子叫囂謾罵得厲害，徐驍之所以不怕，就是算准了帝王心思。我敢在泱州殺人，一樣的道理。裴王妃，要不然我們打個賭，當下江南士人正在聯手國子監學子彈劾本世子無視國法為非作歹，我們就來賭誰被皇帝陛下拿板子打下去？」

靖安王妃點頭道：「好！我偏不信天子連一個口頭責罰都不給你！」

徐鳳年趁熱打鐵說道：「賭注妳來想。」

裴南葦也果決，沉聲道：「好。」

徐脂虎不介意這種小打小鬧，對付女子，弟弟拿手得很哪。她挪了挪位置，靠著世子殿下，問道：「曹長卿武功真如世人所吹捧的那般了不得？」

徐鳳年長呼出一口氣，輕聲笑道：「厲害得一塌糊塗，生猛得稀里嘩啦。」

徐脂虎小聲問道：「那姜泥？」

徐鳳年沒有說話。

他能胸有成竹地與裴南葦打賭，連賭注環節都藏了心機，便是吃定了心高氣傲的靖安王妃不是精明生意人，一旦輸給自己，盈利反而要大過由自己說出的賭注，但是對上了打不過、罵不過更算計不過的曹官子，實在是無可奈何，武道成就一旦到了頂點，自有傲視群雄的資格。

曹長卿首次闖入皇城時如入無人之境，口中所說更是霸氣得無以復加：「誅趙自是平生志，莫笑儒臣鬢髮蒼。楚剩三戶又如何，我入皇宮如過廊。」

對於這種不惜性命如同走火入魔的高人，不說徐鳳年，幾乎誰都奈何不得，除非齊玄幀之流陸地神仙出世，否則恐怕連王仙芝都擋不住曹青衣拚死要做的事情。那一番亭下對敵亭上，不是說曹長卿便能穩敗老劍神，只是對於此生不忘西楚的曹棋詔來說，認定了的事情，漫天仙佛都可無視。當年數千鐵甲禁衛在前，照樣一路殺將過去，王仙芝在樓頂，便一氣登樓，今日李淳罡在前，自然也是走上前去，曹青衣的浩然正氣，倒是與李淳罡的劍意殊途同歸。

放不放姜泥？

◆

徐鳳年到了盧府寫意園也沒有給出答案。曹長卿沒有入府，似乎沒有急著給世子殿下刻意施壓。徐鳳年有些明白王朝兩位皇帝的心理了，臥榻之側，太安城中，有這樣一個儒士不知何時出現在眼前，有一種不可言喻的窒息感。曹長卿三次入京，三次入宮，便是要離陽王朝的趙姓天子知道，整個天下是你的，但你未必能安心享用。

整個下午，臉色如常的世子殿下都待在寫意園中跟大姐徐脂虎閒聊。徐鳳年與她說起了登上三樓的白狐兒臉，說起了襄樊城外偶遇的密教女法王，城內意外相逢最終還是分道揚鑣的木劍溫華，更說起了那位在寺中長大的李子姑娘，說起了爛漫少女的王東廂與春神湖上的大魁黿，對於練刀的艱辛，反而三言兩語便跳過。

正午時分，世子殿下離開報國寺後，窮書生和小乞兒也踏過門檻，禪房再續王霸辯論，天時地利人和都在袁鴻鵠那邊，這次是真正地輸了，寒窗苦讀的陳亮錫也不氣餒，袁疆燕的清談江左第一的名銜實至名歸，並非沽名釣譽。

江南士子有三好：好蓄妓、好養名、好造勢，登峰造極者，大抵便是袁疆燕以及能與鴻鵠先生地位並肩的寥寥數人了。住持殷道林不愧不動和尚的外號，一直不言不語，但陳亮錫起身告辭時，袁疆燕沒有動作，只是點頭示意，德高望重的年邁江南名僧倒是親自起身相送到門口。

小乞兒當然不能入禪房，一直站在門口，手裡還捧著那個腹中空空的西瓜，滑稽可笑。走出報國寺，陳亮錫轉頭看了眼寺門，隱約有失望神情，自言自語道：「道不同，非我所謀啊。」

小乞兒滿臉好奇地輕聲問道：「那個好心的哥哥呢？」

陳亮錫摸了摸她的小腦袋，溫柔道：「應該比我們早離開報國寺。」

小乞兒「哦」了一聲，很是失落。

陳亮錫彎腰幫忙拿過西瓜，玩笑道：「咋了，小叮咚，喜歡上那位大哥哥了？確實，他比陳哥哥可要好看百倍。」

小乞兒小臉漲得通紅，嚅嚅囁囁，煞是可愛。

陳亮錫不再打趣小女孩。

小乞兒攥著窮書生的袖口，走在路上，猶豫了許久，鼓足勇氣抬頭正要說話，陳亮錫低頭柔聲道：「知道小叮咚還是最喜歡陳哥哥了，對不對？」

小乞兒燦爛一笑。

陳亮錫仰頭望向天空，笑臉醉人，說道：「以後陳哥哥要是能夠一腳踩入歷史的泥濘，僥倖留下足印，一定也要讓小叮咚陪著。」

自古多少草莽英雄、亂世梟雄，又有幾個能青史留名？哪怕是短短幾十字都成奢望！這個死當謚文正的窮書生，所謂足印，分明是野心勃勃地要在正史中留名，而非私家編撰的野史、稗史。

小乞兒哪裡懂得這些，在她看來可能都不如晚飯有的吃炒西瓜片來得實惠慶倖。她只當是陳哥哥說了件好事，開開心心，蹦蹦跳跳，這是她難得的無憂無慮了。

陳亮錫也知道小女孩聽不懂，所以才說。一股腦丟開那聖人教誨的格物、致知、誠意、正心、修身、齊家、治國、平天下八條目，不去管什麼內聖之基、外王之業，甚至連自己今日一場曲水談王霸是否成了奇貨可居都不去想。他只是笑著說道：「走，咱們去廟外石板上給妳和爺爺畫條龍去，老規矩，陳哥哥畫龍，小叮咚來點睛。」

小乞兒重重「嗯」了一聲。

許慧撲站在報國寺門口，遙望著一大一小兩個漸漸逝去的貧寒背影，怔怔出神。世家女的她能與寒門書生陳亮錫相識相交，緣於一場寺外牆根泉邊的邂逅。小乞兒入水撿錢，被寺內和尚斥責，入寺借景繪牡丹的陳亮錫恰巧路過，為小乞兒解圍，許慧撲當時心情不錯，便讓報國寺以後都不攔著小女孩在池裡撿許願錢。後來無意中發現陳亮錫竟然私自畫龍，起先震驚於他的膽大包天，細看之後緊接著便驚駭於他的精絕畫工。一幅蛟蟒鬥龍圖，上方天龍隱現於斑斕凝結的雲霧，墨氣淋漓，天龍長鬚巨口，凌雲駕霧，蒼老可畏；下方大蛟出水，足爪奮攫，巨蟒盤山，朝天吐芯。當時圖畫已至末尾，許慧撲真是被光怪陸離的奇詭畫面給嚇得不輕，陳亮錫被窺破祕密，也未有絲毫慌亂，交談過後，二人皆歡。

許慧撲對於陳亮錫是極為欣賞的，唯獨此人稜角太過分明，許慧撲自知唯有父親這些個江南一等名士才可馴服，便存了徐徐圖之的意思。本意是陳亮錫再被生活磨礪幾年，便破格薦舉給許氏娘家，從幕僚小吏做起，說不定就可化龍而起，日後陳亮錫自然感恩於許氏賜予雲雨，才算真正被家族所用。只是那繡花枕頭的世子殿下出現後，一切都亂了套，烏煙瘴氣，她的數年布局毀於一旦！

如今獨占曲水流觴風頭的陳亮錫已算得了騰飛之勢，很快名聲就會傳遍江南道，許氏再要招攬，一則要明目張膽進行，二來所耗本錢註定要比原先多了數倍，許慧撲如何能不惱恨那世子殿下？更大隱情是，若非盧白頡露面，她差點就落魄到要給這無良世子暖被的下場，許慧撲潛心修道，自然而然視作奇恥大辱。

方才寺中見到伯柃袁疆燕，這位成名已久的大人物眼神隱晦陰沉，更讓許慧撲毛骨悚然。能說出口「養士不類豢養走狗，實如熬鷹，饑則為用，飽則颺去」的名士，豈止是只會玄談妙論的道德儒士！

許慧撲嘆了口氣，心灰意冷。

她獨自走出報國寺，瞇起眼，緩緩走向牆根，面容淒豔道：「曹長卿？與我何關？我只當沒聽到過！」

這名女冠低頭望著一叢雜草，冷笑道：「女子賤如草呢。」

◆

一個下午有世子殿下插科打諢，徐脂虎歡聲笑語不斷，她這樣發自肺腑的嫵媚笑顏，足以讓江南道那幫假道學神魂顛倒，可惜他們見不著。

徐脂虎很鍾情木劍溫華的幾句口頭禪：

「小年，我當下很憂鬱啊！」

「老子能餓得不想吃飯，也是本事嘛。」

「小年，你瞅瞅，那小娘子還沒你長得白，沒你好看，你給兄弟笑一個，解解饞唄？」

徐鳳年說起這個曾經一起偷雞摸狗的哥們兒，嘴上惱火，眼神卻是柔和。而世子殿下說到李子姑娘和王東廂，可以明顯察覺到大姐徐脂虎的喜好程度有一個鮮明高下，出乎意料，徐脂虎被《頭場雪》勾去不少眼淚，但似乎對胸有錦繡的王初冬並不看好，反而倒是對那個名字古怪的李子姑娘十分喜歡，說這丫頭做側妃是極好的，嬌憨可掬福嘛，而王東廂，對女子來說，驚才絕豔不是幸事啊，說不定會難逃薄福短壽的下場。

這些話徐脂虎都是直言以對，想說什麼就說什麼，半點不隱瞞，徐鳳年笑著說不會的，王丫頭既然能引來魁黿出水，肯定福緣不淺。

徐脂虎一聽這個解釋，點了點頭。

她看了眼窗外天色，臨沂黃昏，該晚飯了。寫意園與退步園在盧府一直特立獨行，兩個園子都可以不參與家族宴席。徐脂虎嫁到江南後，入鄉隨俗，逐漸習慣了這邊的飲食，但為了照顧弟弟的口味，她專門讓二喬請了城中酒樓兩位名家廚子來寫意園做一桌辣烈北涼菜，不是行家可不敢嘗試北涼獨有的石烹法與溫焓法，做地道了，才是大俗出大雅，做差了，就難登大雅之堂。

江南道胭脂虎徐寡婦的兩百兩銀子可燙手得很，其中一位聽說是要給那當街殺人的北涼世子做菜，臨行前趕忙跑回家對著妻兒一頓痛哭流涕，再看那成天就知道嘮叨雞毛蒜皮的媳婦就格外順眼，許諾若是能活著走出盧府，以後再不去窯子裡揮霍銀子。

◆

盧氏府邸氣象不大，勝在格局巧妙，深諳藏風聚水的韻味。

一襲青衫踩踏牆頭、山頭與亭尖，翩然而至，恍若仙人。其間俯視盧府山水樓榭布置，這位青衣略微點頭，最終在湖畔落下。腳尖才落地，一人一劍奔襲而至，劍氣森寒。

青衫文士略皺眉頭，身形也不後掠，雙足站定，一指敲在劍尖上，硬生生壓彎了這柄榜上有名的霸秀古劍。兩者之間橫著一把彎曲成弧的劍，雙鬢白霜點點的儒士單指看似不離霸秀，實則瞬間一敲再敲，指玄一十二次，霸秀劍終於撤離。

中年儒士不動如山，身後整座小湖竟掀起巨大波瀾，層層推去，將對岸花木衝擊得搖晃不止。盧府出面拒敵的當然是棠溪劍仙盧白頡，一劍無功而返，他已經猜出眼前儒士身分，立即收劍入鞘，面露驚訝道：「曹官子？」

曹青衣微笑道：「棠溪劍仙果真深得羊豫章劍道精髓，巍然正氣，曹長卿不虛此行。」

盧白頡將霸秀劍交給小跑而來的書童，面朝青衣，行禮恭敬道：「曹先生謬讚，盧白頡惶恐不安。」

怪不得棠溪劍仙如此謙恭，此時面對的可是那個在皇宮內匹夫一怒雙手撼城的曹青衣。若說一般江湖人士，哪怕強如王明寅這些散仙式的高人，也都不會輕易啟釁官府與豪閥。徐驍當年馬踏江湖後，向皇帝陛下建議建立起一支半軍半武的祕密機構，被武林中人膽戰心驚地稱作「趙勾」，專門針對以武亂禁的江湖莽夫，一旦有人惹禍犯事，就要應付這個機構裡刺客不知疲倦的追殺。

這十多年，多少自恃武力超群的武夫被格殺後「傳首江湖」了？

傳首一說原本出自邊境重鎮的嚴酷軍法。將領反叛，屍首就會被送去邊鎮示眾，此舉乃人屠徐驍首創，擱在江湖中，震懾效果一樣巨大。傳首江湖的具體地點又有講究，大江南北不幸被點名的宗門教派共計十六個，其中起初連龍虎山這等道統仙地都難逃羞辱，後來天師府這些年在京城運作，不知道獻了多少仙丹妙藥給達官顯貴，才好不容易免去傳首地。除了龍虎山，東海武帝城也赫然在列，不過在趙勾特使連續六次傳首東海都被殺後，傳首依然傳首，不耽誤，但都不入城，只是在城外象徵性宣示一下即刻返回，應該是朝廷與武帝城雙方都互退一步。

這些鮮血淋漓堆出來的規矩，對曹青衣來說太不痛不癢了，早些年趙勾整整有一半規模都在焦頭爛額地追剿大官子，但哪次僥倖碰頭，不是被曹官子一殺再殺？到最後這個劊子手機構乾脆不再讓屬下直接參與撲殺行動，而是傳遞消息到總部，再由趙勾裡四位最拔尖的殺手集體出動。

所以說曹長卿如果此行而來是要尋江心盧氏的晦氣，事後如何姑且不言，當下盧白頡肯定攔不住，棠溪劍仙幾近宗師境界，可惜對上曹官子何來半分勝算！

盧白頡難免喟嘆，武道一途，最忌心有旁騖。他幼年偶遇羊豫章，也算一樁奇緣。羊豫章非世間最頂尖的劍術高手，卻是一流劍道大家，學識駁雜，並不拘於劍道一域，見識往往高屋建瓴。

盧白頡本就是家學淵源的世家子，修道講究苛求法財侶地，習武也是如此，棠溪先生自然都不缺，天賦異稟，得到羊豫章傾囊相授，自然事半功倍，在劍道江河上一日千里，最終隱約有要獨樹一幟的氣象。

這麼多年清心寡欲，不沾俗務，很大程度上是不得已而為之，委實是武道修為唯有如此才有氣候，可惜幾近大宗師境界時，還是不能免俗，要入仕朝廷，以後多半是無法百尺竿頭更進一步，對於立志於登頂江湖的武夫來說，這種抉擇，無異於自斷一臂。

棠溪先生在這裡頭的付出，許慧撲當下又怎會知曉？等到明白盧白頡的苦心，那時候他已身在京城，兩人又能如何？世間不如意事七八九，能與人言一二三都無，才算坎坷。

盧白頡穩了穩心神，揮手示意遠處一批盧府武士退下，這才問道：「不知曹先生此行所為何事？」

曹長卿淡然道：「看看而已，逗留不會太久。」

盧白頡鬆了口氣。既然曹官子不是來盧府興風作浪，盧白頡當然就不需如臨大敵，泱州誰都沒這份底氣，唯獨棠溪劍仙有，故而盧白頡盛情邀請道：「曹先生能否去退步園一敘，白頡有許多劍道結症想要向先生請教，希望先生可以解惑，白頡感激不盡。」

曹長卿笑道：「勞煩棠溪劍仙帶路。」

寫意園很寫意，退步園裡盧白頡果真向曹長卿詢問了許多積鬱心中的劍道疑難，曹官子知無不言、言無不盡，言談舉止俱是風流。盧白頡是第一次與曹長卿見面，起先更抱有戒心，才寥寥幾個時辰，便心生佩服。

曹長卿全無門戶之見，講解疑惑，深入淺出，娓娓道來，且半點不以前輩自居。聖人有云：「獨學而無友必孤陋寡聞」。這道理誰都懂，可類似棠溪先生這個境界的人物，如何去找那值得相談甚歡、開誠布公的友人？

在劍道上豁然開朗的盧白頡心中感慨，曹長卿不愧曹八斗的名號。

黃昏中，盧白頡正襟危坐，再一次問道：「曹先生所要何物？」

這一次，棠溪先生心誠意正。

曹長卿搖了搖頭，只是問道：「相信棠溪先生比我更了解世子殿下徐鳳年，若是他極為在意一樣東西，有人想拿走，他會不會給？」

盧白頡記起了盧府門口那一幕，思量以後沉聲說道：「若是重要如他至親，此人絕不會給，除此之外，並不是小氣的人物。此子心機城府極輕又極重，不好妄言。」

曹長卿笑了笑，道：「那就行了。」

姜姒對他來說才是西楚公主，對那世子殿下來說，算得了什麼？

◆

盧白頡和曹長卿結伴而至寫意園，棠溪先生這份魄力，讓徐鳳年刮目相看，連自己都要視曹青衣如豺狼虎豹，他卻與之言笑晏晏。盧家根基在江南，雖說離京千里之外，終歸不如北涼那般天高皇帝遠，如今豪閥式微，由謀略江山自主轉為內部傾軋，皇帝陛下對高門世族的掌控越發稱心如意，一旦盧氏被獲知與曹長卿「有染」，指不定就要連累家主盧道林丟了國子監祭酒的清貴權位不說，能否活著走出京城都難說。

如此一來，有盧白頡和曹長卿大駕光臨，寫意園的晚宴變得更加熱鬧。這一桌子，武評登榜的便有兩位，加上一位棠溪劍仙，傳出去很能嚇唬江湖人士。桌上北涼菜占了三分之二，經典江南菜也有三分之一，碗碟俱是出自江南大官窯燒造。

春秋時碗瓷上不興題款，此時海晏清平，再興題字風氣。曹長卿低頭望著眼前一只紫口鐵足小瓷碗上的「天地同春」抹紅款，嘆了口氣，神情頗為遺憾。碗瓷易碎，碗碎字亡，哪裡稱得上一樁雅事，只不過外人不知曹長卿的書生意氣，只當作高人心思不可揣度。

徐脂虎左邊徐鳳年、右邊姜泥，也不偏袒，都給夾菜。北涼世子偶爾與太平公主下筷到了同一個菜盤，按照以往情形，徐鳳年多半是要經歷一番龍爭虎鬥才能勝出，這次姜泥卻霜打茄子，見到徐鳳年伸出筷子就縮回手，一頓飯吃得不溫不火。這張桌子上反而是魚幼薇瞧著最淡泊平靜，明眼人都看得出徐脂虎對這位花魁出身的女子並不親近，進盧府以後，竟並未說上一句話。

一頓豐盛晚宴過後，徐脂虎拉著弟弟去散步，姜泥和老劍神、曹青衣以及盧白頡四人留在寫意園中乘涼。徐脂虎坐在湖畔涼亭中，憂心忡忡說道：「曹長卿對姜泥志在必得啊。」

徐鳳年揉了揉臉頰，見附近沒外人，平淡道：「這位曹官子放話說只要肯交出他的太平公主，就去殺陳芝豹。」

徐脂虎倒抽一口冷氣，皺眉道：「當真？」

徐鳳年自嘲道：「以曹官子身分，豈會跟我這個後輩開玩笑。」

徐脂虎自言自語道：「你說這是不是咱們爹早就想好的路子？」

徐鳳年皺眉道：「姐，你是說徐驍預料到了會有今天？由曹官子這個外人去破局？會不會太神了點？要知道徐驍的棋力實在不堪入目啊，跟上陰學宮的王祭酒都能殺得你來我往的。再說了，徐驍也未必對陳芝豹有必殺之心。」

徐脂虎想了想，小心翼翼字斟句酌道：「若是在可殺不、可殺之間，留著陳芝豹，大可以讓你慢慢去較量爭鋒；若是心存必殺之心，再讓你出面當劊子手，興許可以立威，但對咱們北涼損耗太大。陳芝豹除了義子身分，還是北涼僅次於咱們爹的第二號實權人物，這位白衣戰仙可不是省油的燈，甘心給咱們爹做義子，可不一定情願做你的踏腳石啊。一旦北涼內亂，朝廷可就澈底沒忌憚了。張巨鹿、顧劍棠是死敵，兩人暗中眉來眼去已久，到時候陳芝豹不說別的，便是僅僅單身逃出，對北涼來說，不單單是四分五裂和軍心渙散，陳芝豹說不準就是第二個顧劍棠啊！」

徐鳳年點頭笑道：「確實，顧劍棠這輩子都鬥不過徐驍，不代表另立門戶的陳芝豹鬥不過我這個庸碌世子。看來曹官子出手，最符合北涼的長遠利益。徐驍要麼是有李義山這樣的高人指點，要麼純粹是一記沒頭沒腦的無理手，被他歪打正著了。」

徐脂虎輕聲問道：「鳳年，你打算放人了？」

徐鳳年轉頭望著暮色，自言自語道：「說不放，就有點死鴨子嘴硬的嫌疑了。誰都能不知死活跟曹長卿對著幹，大不了就是丟一條命，我似乎不太行，畢竟徐驍一大把年紀了，總不能光給他添堵。何況與曹長卿私交一事，肯定過了京城那位的底線，哪怕徐驍不敢說全部扛不下。這趟算是被曹長卿真正給打蛇打七寸，篤定我不是真無知到大無畏的世子殿下，加以投下殺陳白衣的天大誘餌，估計當下正心裡偷著樂吧？」

徐脂虎小聲問道：「很喜歡那丫頭？」

徐鳳年沒心沒肺地做了個鬼臉笑道：「能不喜歡嗎，看了這麼多年，越長越好看，總看不厭，當然喜歡。」

徐脂虎嘆息道：「只是喜歡嗎？」

徐鳳年頓時愣了愣。這個不是問題的問題，似乎從未深思過。

徐脂虎摸了摸弟弟眉頭，笑問道：「姐姐很好奇你會怕誰嗎？」

徐鳳年笑道：「當然，怕大姐你不開心，怕二姐生氣。」

徐脂虎搖了搖頭，認真說道：「姐不是說這個，是你真的怕，睡不著覺的那種人。」

徐鳳年猶豫了一下，緩緩說道：「怕京城那位，怕他覺著連借刀殺人都嫌麻煩，終於撕破臉親自舉刀殺人。」

徐脂虎「嗯」了一聲，深以為然。京城那位若是一般意義上的明君也就罷了，可事情並不簡單，那位勤政幾乎到了病態的境界。按理說這種畸形的勤懇理政行徑唯有出現在那些布衣出身的開國皇帝身上，但是那位登基繼位以來，治理天下的勁頭就跟一位畢生積蓄攢買了幾畝田地的老農一般，簡直就是兢兢業業、不知疲倦。去年禮部便有一份可以管中窺豹的驚人記錄，元旦過後七天中，共計收到內外三省六部諸司奏劄一千五百餘件、三千六百餘事！

事實上這位九五之尊的御書房幾乎夜夜燈火通明到三更，以至於傳聞大太監韓貂寺不得不數次冒死直諫，懇求稍多雨露後宮。這位一次在宮中召見江南外戚，作詩一首，其中便笑言「百官已睡朕未睡，百官未起朕已起」。傳言此詩一出，朝廷再無人敢質疑首輔張巨鹿的整頓吏治。這等雄才大略更是勤勉非凡的天子，哪位功勳權臣不怕？忠臣怕昏君，得勢權臣卻是最怕明君啊。所謂一朝天子一朝臣，只是比狡兔死、走狗烹說得更光鮮溫淡一些罷了，但也道破所有玄機，有幾個舊臣不陪著舊君去地下繼續「盡忠」的？

徐鳳年繼續說道：「怕徐驍。」

徐脂虎訝異打趣道：「奇了怪了，天底下誰都可以怕北涼王，可你都會怕咱們老爹？」

徐鳳年喃喃道：「怕，怕徐驍老了。」

徐脂虎默然。

徐鳳年平靜道：「再就是怕陳芝豹反了。」

徐脂虎點頭，這個答案在情理之中。陳芝豹既有將將大才，也有將兵中才，除了資歷，當真是不輸北涼王徐驍半分，否則也撈不到戰仙和小人屠的兩個綽號。如果是論對敵的手段陰狠，其更勝過徐驍。這樣的梟雄，做朋友無疑是幸事，做敵人，則是莫大的不幸。

西壘壁前，葉兵聖目睹妻兒被活活拖死而嘴角滲血的一幕，雖不見於任何正史、野史，但春秋落幕以後的所有當局者，都心有餘悸。上陰學宮曾有兵學執牛耳者坦言，給陳芝豹和碩果僅存的兵法大家顧劍棠各自十萬兵馬，勝負在五五分，但給三十萬甲士以後，卻是陳芝豹穩操勝券，當然這是不考慮戰場以外的前提下，但足以證明陳芝豹的可怕。朝廷不敢過度彈壓徐驍，裡頭未嘗沒有生怕陳芝豹藉著理由舉旗造反的原因，需知京城那一位對白衣戰仙可是神往已久。

徐鳳年突然笑了笑，瞇眼柔聲道：「最後就是怕老黃了。」

徐脂虎徹底懵了，一臉疑惑。

徐鳳年微笑道：「跟他一起遊歷時，整天提心吊膽，生怕他死了，沒了老黃，我哪裡走得下來六千里，六百里就累死餓死無聊死了。」

徐鳳年望著大姐徐脂虎，說道：「六千里都熬過來了，老黃沒死、我沒死，都沒死，可老黃怎麼到頭來就跑去那狗屁武帝城死了？」

徐脂虎自然給不出答案。

徐鳳年抬起頭說道：「死在西蜀也好啊，好歹是故鄉。」

徐脂虎哭了。

徐鳳年啞然失笑，幫忙擦去淚水，「姐妳哭什麼，當年老黃給妳餵馬，妳每次見著這缺門牙的老傢伙，可都沒好臉色。」

徐脂虎瞪了一眼。

徐鳳年終於說道：「姜泥啊，記得第一次見面還是那麼小的小丫頭，就背著國仇家恨了。其實國仇什麼的，她也不懂，但家恨，要她去跟徐驍報仇，她那麼個怕打雷、怕鬼怪，什麼都怕的膽小鬼哪裡敢，瞪大眼睛找來找去，還不就數我這個無良無品還好色的世子殿下最好對付了？不找我找誰去？

她除了太平公主的身分，哪裡有啥出奇的，堆個雪人會手冷，洗個衣服會怕累，看到我在武當山上練刀的場景後更是怕死了習武的苦頭。小心眼的妮子，也不算太笨，有我撐腰，就敢跟隋珠公主不依不饒的，還真當大家都是平起平坐的公主了啊。後來怕心軟了，就寫了個誓殺帖，到頭來又被回到北涼的二姐給狠狠拾掇了一通，還不是記仇記到我頭上？不僅小心眼，還小氣，沒事就偷偷數銅板。但說她小氣也不對，神符說送就送出去了，說到底，她就是一個簡簡單單的小女子。

她的那些自以為隱藏很好的心機，我都看得出來，明明白白的，我也不說破，就覺得挺好玩。小時候娘親曾拉著姜泥的手指著丫頭的臉頰跟我說過，那倆小酒窩兒，是過了鬼門關、黃泉路來到那奈何橋，不願忘卻前世牽掛人，才沒有喝下老婆婆的孟婆湯，跳入橋下忘川水受十世水淹火炙才投胎轉世，只為了能找到牽掛之人。我當時也小，就懵懵懂懂想啊，可不就是我站在她眼前嗎，就想著不管怎麼樣，這輩子都不能讓這小臉蛋上有倆酒坑兒的丫頭被外人欺負了。」

徐鳳年瞇眼笑道：「現在看來，她要能後悔，一定在奈何橋上下決心跟我來生相見不識了。」

徐脂虎無奈道：「這個說法你也信？」

徐鳳年點頭道：「娘說的，都信。」

徐脂虎剛要調侃，看到姜泥在亭外扭捏著不敢走入，起身走出亭子，把她推上臺階。

徐脂虎笑著搖了搖頭，然後徑直離開。

曹官子攪局以後，氣氛微妙的兩人相對無言。

徐鳳年率先沒好氣說道：「幹什麼，要債來了？本世子付了銀子好一拍兩散？」

姜泥撇過頭，伸出一隻小手，氣呼呼道：「兩百一十二兩銀子七十二文錢。」

徐鳳年冷笑道：「行啊，本世子都折算成一顆顆銅錢，讓妳背著大麻袋離開這裡。」

姜泥冷哼一聲，轉身就走。

走出亭子，她轉了轉頭，看到他面朝湖水，背影有些冷清。

許久，徐鳳年出聲道：「妳還不走？曹官子再厲害，逼急了本世子，大不了玉石俱焚，誰生誰死，就看他和李淳罡誰更牛氣了。」

姜泥聲若細蚊道：「是不是我走了，就殺不了你了？」

徐鳳年轉身笑道：「當然不會，有曹官子和老劍神兩位高人教妳，說不定過個幾年就能殺我了。走吧走吧，省得天天在本世子面前晃蕩，沒妳在，記得殺我之前通知一聲，我也好睡安穩覺，我能睡幾年是幾年。」

姜泥咬著嘴唇道：「那我就不走！」

八斗風流的曹官子要是聽到這話，還不得吐血？

第三章 惱姜泥青衣相隨 嘆徐驍別京無回

徐脂虎是知人情冷暖，讓青鳥給涼亭這邊送了幾份沁著涼意的點心瓜果，很能解暑。

徐鳳年盤膝而坐，與重新入亭站著的姜泥面對面。

徐鳳年仰頭目不轉睛盯著胸口景象已澈底不太平的太平公主，沒來由想起北涼王府書房中一幅〈春雷惡蛟驚蟄圖〉，蛟龍踞江心大石而蹲，自然壯觀，但徐鳳年卻在意江畔一位竊眸欲語不語的執爐天女，與眼前女子根本就是一個模子裡刻出來的。那幅天王天女圖據說出自前朝大煉氣士之手，暗藏讖語，讖語分佳讖和惡讖兩種，徐鳳年幼時常與娘親一起觀摩，也看不出什麼玄機名堂，只覺得惡蛟氣勢凌人，估摸著大抵逃不過惡讖的下場。

徐鳳年撿起一片冰鎮西瓜，邊啃邊問道：「妳知不知道那位棋詔叔叔到底是誰？」

姜泥猶豫了一下，靠著朱漆廊柱坐下，搖頭道：「只知道棋詔叔叔姓曹，娘說他才高八斗。」說到「娘」這個字時，神情黯然，本該是稱呼母后的。

徐鳳年白眼嗤笑道：「何止是才高八斗，老劍神在武評上排第八，曹長卿已經做了連續兩屆的探花郎，江湖人稱曹無敵、曹官子。現在妳發達了，有老劍神青睞，哭著喊著收妳做徒，加上這會兒曹官子屁顛屁顛跑來給妳當侍衛，比我這個世子殿下可排場大了無數倍。

我就納悶了，常人求師學藝像條狗，妳倒好，高人們跟路邊大白菜一樣不值錢，難怪李義山說妳身負氣運，不服氣不行。我琢磨著妳嬌軀一震是不是就可以引來天生異象？小泥人，要不妳震一震？」

姜泥晚宴上動筷極少，看著琳琅滿目的點心難免嘴饞，礙於臉皮薄，不好意思伸手，本來餓著肚子心情就不好，聽到世子殿下的促狹打趣，驀地一股怒氣從心中來，瞪眼道：「震你個大頭鬼！」

徐鳳年先把裝滿各色點心的蝦青官窯餐盤推向姜泥，冷不丁正色道：「跟妳說些正經事，練武如修道，都逃不過根法侶財地五字。根是根骨，居首位，自身資質下乘，一切休言，不過相信妳的天賦再差也差不到哪裡去。接下來是法，即法門，入道無門，便是滴水澆頑石，人生不過百年，如何能有成就？有名師領路，事半功倍，這點上，妳比我還要幸運。我得了武當大黃庭才能在蘆葦蕩活下來，妳有曹長卿、李淳罡兩大百年一遇的高人傾心傳授，算起來妳的機遇怎麼著都是五百年一遇了。侶財地三項，對妳來說自然更無妨礙，無侶不可安心治生，無財不可一心養道，妳我相比，我侶財勝妳，地，卻要輸妳。例如在這盧府，我便不能輕易向老劍神討教兩袖青蛇，以後若是進了北涼軍，也未必能專心習武。妳不一樣，有曹長卿遮擋，哪怕他存心要打著妳太平公主的旗號去復國，妳照樣可以無憂無慮。輸了，無非是遁走江湖；萬一贏了，妳說不定就是千年以來第二位女皇帝了。到時候妳即便學武不成氣候，要殺我，也不過是彈指的小事。這種沒啥本錢的大買賣，傻子才不做。」

姜泥才將一塊小軟脂塞進嘴裡，腮幫鼓鼓，梨渦撐起，含混不清氣哼哼道：「你說得天花亂墜，其實不就是想我走嗎？我可不笨，棋詔叔叔是很了不起，但復國何其難，北涼王有三十萬北涼鐵騎都不敢自己做皇帝，棋詔叔叔是天下第三又如何，就打得過三十萬人啦？我要是走了，才是一輩子都殺不掉你，你以為會讓你得逞？」

徐鳳年笑咪咪道：「喲，妳不是真的笨嘛。」

姜泥咽下點心，從餐盤中端起一碗冰糖蓮子百合，入口入腹後只覺得沁人心脾。

徐鳳年雙手交叉，膝蓋抵在春雷、繡冬刀身上，笑道：「那妳留在我身邊就能殺我了？妳扳指頭數數，我們一路行來，都碰上多少個美人了，我身邊現在就有魚姐姐，還有舒大娘，她們這裡，何等來勢洶洶，妳再瞧瞧妳自己。」徐鳳年鬆開十指在胸口做了個捧起的姿勢。

姜泥惱羞成怒，拿袖子擦了擦嘴角，挑眉氣怒道：「累贅！」

「咦？蓮子百合到妳嘴裡還能吃出酸味來？」徐鳳年白了個眼，繼續說道：「好，不說這個。就說容顏身段好了，靖安王妃裴南葦長得不漂亮？人家可是胭脂評上的大美人！她讀書還不收錢呢，還能陪我下棋解悶，完全沒妳什麼事情嘛。」

姜泥置若罔聞，很聰明地沒有跟世子殿下鬥嘴，只是狼吞虎嚥。

徐鳳年扭頭望向湖水，亭邊附近有幾十尾錦鯉游弋，與北涼王府沒法比，不過聊勝於無，他從餐盤裡虎口奪食搶了些螺絲酥糕，丟入湖中。

小泥人可以對那些個榜上有名的高手無動於衷，他不行，以往遇到那些個，不管是背匣老黃還是白髮老魁，或者是李淳罡和王重樓，終究不是需要自己正面對付的敵人，感觸不深，直到襄樊城外見到第十一王明寅以及現在敵友僅在一線間的曹官子，才知道這些個頂尖人物的恐怖。

當時王明寅硬抗兩袖青蛇前衝而來，殺意撲面，曹長卿看似溫文爾雅，同樣殺機四伏。要是能選擇，徐鳳年寧肯與靖安王趙衡同桌而坐，再如履薄冰，總不至於當場被殺斃。

◆

湖亭中與寫意園中，雙方都是偷得浮生半日閒，寫意園走了個早已被人忘記的太平公主，曹長卿和盧白頡所談就顯得汪洋恣肆、無所顧忌，不知如何提起了張巨鹿雙手翻天覆地的治政。

離陽王朝沿襲舊例施三省六部制，三省中以尚書省職責最大，分六部，六部尚書皆是朝廷當之無愧的第一線實權重臣；其餘兩省中內史省俗稱黃門省，大小黃門郎之所以被譽作清流顯貴，便是出自這裡。

在京城做官大體而言有兩條路數，一條是入尚書省六部，做到極致頂點便是六部尚書。短期來看，相比入其餘兩省進階要快，獲利要多，油水豐足，不需削尖腦袋去積攢太多清譽口碑、好名聲，兢兢業業做個能吏即可。但對大多士族儒生來說，心底卻要更看重內史省入職，因為一旦登閣入殿，獲封大學士頭銜，不說首輔、次輔這兩個超一品位置，隨便拿下個六部尚書輕而易舉，都算是屈尊了。可由六部攀爬到了頭再轉身去爭學士身分，卻十分罕見。

京城流傳武當執金吾文做黃門郎的說法，道盡了百官心態。京輔都尉金吾郎大多由皇親貴族出身的高門子弟擔任，大小黃門郎則更難獲批。當朝在位與已退的殿閣大學士十有八九都出身黃門侍郎，而這個地位超然的一小撮群體如何晉升，往常都是以文章詩賦取人。這套官場規則十分含糊不清，出自黃門的首輔張巨鹿手執權柄後整頓吏治，第一個目標竟不是尚書省六部，而是黃門！當時馬上就招來漫天非議，一說這個紫髯碧眼兒忘本，二說他只敢揀軟柿子捏。

曹長卿輕聲道：「詩賦取士是古法，固然流於空疏，詩寫得好未必能治理得好天下，但若按照張碧眼的八段文考究經義來篩選儒生，利弊大小，也不好說。」

棠溪先生盧白頡笑道：「本以為曹先生對張首輔此法是大力鞭撻的。」

曹長卿搖頭道：「鯉魚跳龍門，張巨鹿是親手給讀書人豎起一道龍門啊，這般氣象宏偉的大手筆，只輸黃龍士。此法一出，若能功成，再推廣到全天下，等於替寒門士子謀了條坦途，豪閥門第的根基就要再度鬆動，與兵書上的圍城三闕空出一門有異曲同工之妙。張巨鹿確有經濟才華，深諳民意堵不如疏的道理，春秋便是徹底堵死了百姓晉身的路子，才有亂象。只不過那些個世族門閥，也不都是睜眼瞎。」

說到這裡，曹長卿不再言語。

盧白頡情不自禁泛起苦笑，開明如長兄盧道林，不一樣對八段取士深惡痛絕？更別說袁疆燕之流。只是迫於張巨鹿時下得寵如日中天，有皇帝陛下不遺餘力的支持，才忍氣吞聲。恩寵再盛終有淡薄日，到時候豪閥激憤迸發，張巨鹿的下場如何，天知曉。以張巨鹿的眼光，未必沒有看到這股潛伏越深反彈、越大的危機，只是不知為何這名王朝第一棟梁始終執意而為。

曹長卿身在局外，再者不像盧白頡那樣多年專注於武道修為，對天下大勢看得要更透澈。他之所以推崇那碧眼兒，在於此人對北涼徐驍深有忌憚，甚至與以顧劍棠為首的兵部大佬都懷有成見，卻不局限於廟堂爭權，真正意義上為王朝長治久安而雷厲風行地布局。若是稍稍念權的翹楚人物，就會花許多精力去對付異姓王徐驍甚至六大藩王來穩固皇帝心中地位，但張巨鹿不同，為了大局，可以與顧劍棠為伍共同謀事，可以與八國遺老推心置腹。

曹長卿善觀象察地、擅審時度勢，大致看得出張巨鹿生前興許可以有大恩於離陽王朝，以至於授首席大學士和諡號文正都不足以表其豐功偉績，但死後多半就要禍及家族，遠不如黑衣病虎楊太歲智慧圓滑。曹長卿心中感慨，釋門修己身自有氣象法門，可要說救民於水火，如何比得儒生！

我輩書生當仁不讓！

只可惜張巨鹿沒有早生在西楚。

盧白頡欲言又止。

曹長卿微笑道：「棠溪有話直說。」

已經猜出內幕的盧白頡開門見山問道：「就不怕世子殿下主動與趙勾聯手，既可留下太平公主，又能向朝廷表忠嗎？」

曹長卿哈哈笑道：「如此正好，實不相瞞，這種看似有理的無理手，卻是正中曹長卿下懷。」

在一旁摳腳的老劍神冷笑著插話道：「你放心，徐小子沒這麼蠢。」

曹長卿不以為然，緩緩起身，走出寫意園。

羊皮裘老頭兒嘖嘖嘆息道：「老夫大致猜出這傢伙是如何收官了。讀書人就是一肚子壞水，唉，看來這次徐小子是要輸了。」

◆

青衣曹官子來到涼亭。

姜泥正巧出了亭子站在臺階上。

曹長卿作揖道：「公主若想嫁入北涼王府，曹長卿今日便可離去。」

姜泥如遭雷擊，臉色蒼白。

有些話不說透，自欺欺人，就可以糊塗一世，打打鬧鬧輕輕鬆鬆。可挑明瞭，便是仙人也斷然沒有斡旋餘地。

亭中徐鳳年下意識抬起手，好似想要去拉住什麼，但還是放下。

拿起什麼不算重，放下，才吃力。

姜泥轉頭看了一眼總是玩世不恭、總能嬉皮笑臉的世子殿下。

盤膝坐在長椅上的徐鳳年嘴角扯起一個笑意，揮了揮手。

曹長卿面無表情，說道：「曹長卿定會信守承諾。」

徐鳳年收斂笑意，只說了一個字：「滾！」

世子殿下咬牙切齒說了個大快人心的滾字，結果整座涼亭便寸寸龜裂。曹官子陪著這一日重新恢復太平公主身分的姜泥背對亭子緩步而行，等徐脂虎、老劍神等人聞聲趕來，只看到徐鳳年坐在塵埃碎屑中，臉上神情瞧不出是狼狽還是憤懣。

最心疼這個弟弟的徐脂虎遮掩不住滿臉怒意，恨不得調動兵符圍剿了那行事悖逆的曹官子。

這兩日陽春城有兩件大事，一件是報國寺名士薈萃，曲水談王霸，再就是顧劍棠舊部嫡系心腹領兵入城，無疑是要針對北涼世子。以徐脂虎這些年在江南道上積蓄的人脈，不是不可以借力打力，最不濟也能讓那曹長卿無法繼續閒庭信步地裝神弄鬼。

但被毀亭示警的徐鳳年沒有喪心病狂地跟曹長卿死磕，起身後走向大姐徐脂虎，握了握她的手，擠出一個笑臉，看得徐脂虎心裡更難受，但她總算勉強隱去臉上的怒容，姐弟倆回到寫意園房中坐下。

沒過多久，青鳥站在門口稟告道：「長郡主、殿下，姜泥與曹長卿已經坐上棠溪劍仙安排的馬車離去。」

徐鳳年問道：「李淳罡跟著走了？」

青鳥搖頭道：「沒有，老劍神讓我捎話給殿下，哪天返回北涼了他才會離去。」

徐鳳年呵呵笑道：「好大一顆定心丸。」

徐脂虎猶豫了一下，從袖中拿出一封信，笑道：「真是屋漏偏逢連夜雨，你二姐剛寄信過來，說讓你別去上陰學宮，即使去了，她也閉門不見。看來這次是真生氣你先來湖亭郡而不是她那裡了哦。咋辦？要不姐幫你求個情？」

徐鳳年苦笑道：「別，千萬別火上澆油，大不了我先繞道去龍虎山找黃蠻兒，既然沒有先去看二姐，好歹弄出個把上陰學宮當作壓軸的心誠架勢，否則二姐說不見我，就肯定會給我吃閉門羹。」

徐脂虎提及徐渭熊也是刀子嘴豆腐心，終歸是親姐妹，點頭柔聲道：「你這二姐心氣高，獨獨對你是很在意的，你見過黃蠻兒後也別寄信說要去學宮探望，給她個驚喜，她也就沒法板著臉給你看了。」

徐鳳年思緒偏離，皺眉問道：「這次我在陽春城大打出手，會不會讓盧道林很難堪？」

徐脂虎胸有成竹道：「這事不打緊，國子監祭酒的位置當然清貴，可到底不如六部尚書來得實在。以往要顧忌儒士風範，放不下身段去做，這次吃了虧，說不準就會因禍得福。而且小叔已經打定主意去兵部任職，雖說豪閥之間相互爭權，可一直在有顧劍棠坐鎮的兵部討不到半點好，六部中就數兵部凹族子弟最說不上話。這回小叔出馬，哪怕是跟盧氏不對路的，估計都得捏著鼻子點頭答應下來。若是盧氏家主再能執掌一部，盧氏就算上了個臺階，不至於跟以往般做個小媳婦兩頭受氣。各大殿閣學士、兩省主官、六位尚書，加上六部侍郎二十餘人，這幾類稱得上是第一線京官，一個家族是否得勢，關鍵就看能否在這裡頭占據一、兩個位置了。中書省因為長久不設中書令，十幾位大黃門各有山頭，況且京城那位也不允許這些人抱作一團，反而不如尚書六部來得勢大。」

徐鳳年嘆道：「想想就頭疼。」

徐脂虎問道：「就讓他們這麼走了？」

徐鳳年無奈道：「曹長卿這傢伙是春神湖上的老麻雀，什麼大風大浪沒見過，沒對我出手已經是看在姜泥的面子上。擺在我面前就兩條路，一條是寄希望於李淳罡出死力，拉上趙勾、官府和軍隊三大勢力，一同絞殺曹長卿，這樣往死裡得罪的話，壞了曹長卿的大局，一旦被他逃脫，別說是我，可能連徐驍都要硬著頭皮應對他的刺殺。

我是知道這種高手偷襲的無解，一個呵呵姑娘數次讓我命懸一線，曹官子要殺誰，也就京城那位勉強可以撐著不勝不負的場面。另外一條就是眼不見、心不煩，認命了，誰讓自己技不如人，沒辦法的事情。江湖險惡，所以人在江湖飄，哪能不挨刀，這話是溫華說的，真他娘的有道理。要不然我倒是想豪氣地跟曹官子說一句有本事來跟本世子互砍。可我能嗎？保不齊才說完就被人家拿腦袋蹴鞠去了。」

徐脂虎拍了拍世子殿下的手背，安慰道：「早點掌握了北涼鐵騎，誰都不怕。」

徐鳳年笑了笑，「姐，妳放心好了，跟老黃走的六千里不是白走的，小心肝沒那麼容易碎。溫華狗嘴裡吐不出象牙，但『哪能不挨刀』後頭還有句話，很有嚼勁。」

徐脂虎好奇問道：「說來聽聽。」

徐鳳年哈哈笑道：「人在江湖飄，哪能總挨刀！」

徐脂虎捧腹大笑，猛地笑出了眼淚，不知是被逗樂，還是心酸。

徐鳳年今天是第二次幫著大姐擦去淚水，溫柔道：「姐，差不多我也該走了，再哭我可就走不了了。」

徐脂虎壓抑下心中的戀戀不捨，故作大度道：「去去去，本來想幫你引薦一些身世清白的美人兒，江南道上的女子，可都水靈靈的，你走了更好，省得我家二喬魂不守舍。」

徐鳳年啞然失笑道：「二喬那丫頭犯渾了還是瞎了眼，會看上我？」

徐脂虎眼眶中不知不覺又泛起淚花，帶著哭腔氣極而笑道：「你以為誰都跟姜泥那丫頭沒良心？說走就走，就是養一條狗，都養出感情了！」

徐鳳年嘆氣道：「姐，這話說過頭了啊。」

徐脂虎重重呼出一口氣，憤憤不平道：「她也不容易，那麼小小的肩頭就得扛著整個西楚。說來說去，曹長卿才不是個東西，要說這些年三入皇宮聽著挺英雄氣概，到頭來還是要拿姜泥這麼個小閨女頂缸，當真是一世英名晚節不保！」

徐鳳年起身道：「我出去走走。」

徐脂虎擔憂道：「沒事了？」

徐鳳年做了個豬頭鬼臉，徐脂虎這才放行。

青鳥沒有跟著，徐鳳年獨自走到院門口，縮回腳，走回院中一間廂房。

廂房雅淡潔淨，房中角落放著一只大書箱，徐鳳年看到桌上凌亂放著十幾枚銅錢，坐下後一枚一枚拾起握在手心。

當年她孤苦伶仃走入北涼王府，今天也是不帶一物走出院子。徐鳳年將銅錢疊在桌上，下巴擱在桌上怔怔出神，察覺到下巴有些濕潤，驟然醒悟，苦笑一聲，繼而眼神堅毅起來，一抹手將銅錢收起，急急走出房間，拿了劍匣，去馬廄牽馬，單騎而出。

在官道追上曹長卿親自做馬夫的那架馬車。

曹長卿緩緩停下馬車，並未再度刻意為難這名言語不敬的世子殿下。

只是單騎而來，已經足夠誠意。

曹長卿連皇帝陛下都可殺，豈會真去斤斤計較一個「滾」字？

若非驚覺真相，曹官子大可以徐徐收官，不至於折騰成當下這幅看似相安無事其實兩敗俱傷的最壞場景。

曹官子可以不在乎全天下人的眼光，唯獨不願讓太平公主記恨。

徐鳳年等姜泥掀起簾子，探出腦袋，送出裝有大涼龍雀的劍匣，雲淡風輕道：「送妳的。」

她眼神渙散，沒有伸手，馬上要放下簾子，看也不看一眼紫檀劍匣。

徐鳳年彎腰放在曹長卿身後，她眼前。

劍匣上還擺有一串銅錢，世子殿下笑咪咪道：「本世子委實沒有隨身攜帶銀子的習慣，其餘銅錢先欠著，什麼時候窮得叮噹響揭不開鍋了，來北涼找本世子，管飽。報仇是報仇，兩碼事。」

小泥人怔怔望著劍匣上的銅錢，眼睛一亮。

雙鬢霜白的曹長卿雖是背對兩人，但仍是輕輕嘆息。

徐鳳年深深看了一眼沒能擦乾淨淚痕的太平公主，玩笑道：「都要分別了，有棋詔叔叔在身邊，以後恐怕就找不到誰來欺負妳了，要不笑一個？」

姜泥下意識瞪眼，但如何都凶不起來也笑不出來。

馬背上徐鳳年直起身，不再猶豫，掉轉馬頭，策馬緩行，駿馬才踏出幾步，世子殿下一拉馬韁，停馬沉聲道：「曹長卿！」

青衣曹官子不需徐鳳年說話，便平靜道：「趙勾算得了什麼，以前公主不在，曹長卿就容得他們蹦跳，這次出行，就讓他們死絕。」

徐鳳年不再言語，策馬狂奔而去。

姜泥捧著劍匣坐回車廂，悄悄將一枚緊緊攥在手心沾滿汗水的銅錢與那十幾枚銅錢放在一起。

曹長卿喃喃道：「此子大氣。」

◆

說來也巧，北涼王徐驍正要離京，大將軍顧劍棠便從兩遼歸來上朝。今日早朝，不設在保和殿，而是在尋常以供上朝的養神殿。

正南大門外，首輔張巨鹿領頭的張黨，獨霸兵部的顧部武將，溫太乙、洪靈樞做老供奉的青黨，被離陽王朝本土權貴腹誹成兩姓家奴的西楚老太師孫希濟則領銜八國遺老新貴，四大派系紮堆，涇渭分明。

張首輔一向不早不晚臨朝，曾與上柱國陸費墀後在青黨內三足鼎立的溫、洪兩位柱國年歲大了，一般情況下也來得較晚；反倒是眉髮雪白的孫希濟素來提前來到太安皇門外，以示老驥伏櫪，但習慣性寡言少語。這位曾與春秋武聖葉白夔並稱西楚雙璧的老頭兒如今身居王朝高位，執掌門下省，有封駁之權，有諫諍之責，入仕王朝後，不曾折節，從未有泛泛之談，不言則已，一言必是有的放矢，深受皇帝陛下敬重，傳言馬上就要獲封一閣大學士頭銜。

孫希濟滿頭鶴髮，皮膚褶皺如老松，身體不太好，時不時就要冬染風寒夏中暑，陛下甚至專門為這名老臣破例賜座，不過現在看上去孫老頭的精神氣卻依舊很盛。他身邊圍聚了一幫都差不多花甲之年的八國遺老，第二輩「新遺」們倒是不介意堂而皇之與其餘三黨站在一起客套寒暄，說些無傷大雅的諧趣樂事。

孫希濟抬起頭，看到遠處走來的兩位同僚，老太師臉上神情冷淡。當文武百官都察覺到兩人露面，立即不約而同噤聲禁言。那兩人中一人穿一品繡仙鶴文官袍，紫髯碧眼，身材高大，相貌清奇，步子不急不緩。另外一人穿一品繡麒麟武官服，長了一雙狹長丹鳳眸子，看人看物總喜歡瞇著眼，非但不給人秀媚的感覺，反而平添了幾分陰沉。他步伐堅定，此人與首輔張巨鹿一同下車、一同走來，約莫是他步子更快，起先兩者並肩而行，逐漸便超出了張首輔一個身位，但他仍是彷彿毫不自知這有何不妥，徑直走向太安門。

滿朝文武，也只有顧大將軍如此不拘小節。

顧劍棠行事略有跋扈嫌疑，言談還算合乎禮節，不與顧黨嫡系說話，而是先給門下省左僕射孫希濟打招呼，孫老僕射笑著點了點頭。老人對這位春秋名將並無惡感，畢竟滅亡西楚的是徐人屠和陳白衣這對義父子。

中書省大黃門是中樞內廷的天子近臣。此黃門郎非閹宦黃門，兩者不可同日而語。官宦位尊者才可稱呼太監或者大貂寺，權臣見到這些個大宦官不敢掉以輕心是不假，唯獨內史黃門離皇帝最近，絲毫不輸宮內宦官，再者內史大小黃門郎在士林大多都口碑極佳，是以對宦官最是底氣十足，恨不得逮著把柄就要清君側才顯忠臣本色，因此很受宦官忌憚。故而中書大黃門身分清貴顯赫，十幾位直達天聽的當朝紅人，卻沒有自立山頭與四黨對峙地站在一起，分散開去。

這個群體年紀懸殊，長者年邁如孫希濟不乏其人，壯年如顧劍棠最多，最年輕的幾個還不到而立之年。其中一位最新補缺大黃門的是個外地佬，名聲倒也不差，薄有清譽，自製的蘭亭熟宣在京城這邊當下廣受吹捧，只不過正常情況下按照資歷才學，還遠不夠格進入中書省擔任黃門郎，小黃門都玄乎，何況是大黃門。可沒奈何這小子不知怎的就被北涼王親筆信推薦，這不前段時間徐大柱國尚未到京，晉蘭亭進入中書省的諭旨就快馬加鞭送到了西北那邊去。

這次是晉黃門頭回正式早朝，這小子出身地方上一般士族，在京城談不上根基淵源，眼高於頂的京官也不待見這個祖墳冒青煙的幸運傢伙。北涼王招惹不起啊，你小子是北涼王的門生？好，咱們不找你麻煩，但想要與你相談甚歡，沒門！你是新任大黃門又如何，這個位置京城內原先多少大佬眼巴巴盯著？結果被一個外地的無名小卒給從碗裡扒走一塊大肥肉，能不氣惱？

從未與京官打過交道的晉蘭亭顯得有點局促不安，孤零零站在角落，被四周冷冽眼神盯著，出了一身汗水。初入京城時的躊躇滿志一掃而空，更有附近門下省一位散騎常侍嗓音不弱地譏笑出聲，「人言西北蠻子沐猴而冠。以前不信，如今看來，果然！」

很快幾位與那散騎常侍身為門下省同僚的起居郎、拾遺等諸多青壯年官員都附和笑著重複「果然」兩字，這讓孤立無援的晉蘭亭恨不得挖個地洞鑽下去。晉蘭亭這下真切感受到了京官的排外，他身體孱弱，性格也不算堅毅，受了這等以往遇不上、想不到的委屈，立馬眼睛通紅，竟然隱約有落淚的跡象，更惹來一些欺軟最是擅長的京官冷笑嘲諷。

這時，首輔張巨鹿遙遙望來，看到這一幕，微皺了眉頭，停下腳步。顧劍棠本意是讓張首輔先行入皇城，但見到首輔折了個方向轉身走去，顧大將軍也不客套，率先走入大門，顧部將軍們自然跟著魚貫而入，孫希濟和青黨兩大供奉也都緊隨其後。朝中張黨勢力最大，人數最多，首輔不入城門，當然不敢輕舉妄動，只好停在原地，齊齊望向首輔，面面相覷，都瞧出對方眼中的疑惑。

極有官威的張巨鹿來到垂頭喪氣的晉蘭亭身邊，溫言微笑道：「晉黃門，前幾日我厚著臉皮特意與桓祭酒討要了幾刀蘭亭熟宣，那老傢伙心疼得割肉一般，回府上一試，才知桓老頭為何視作心頭肉，委實是輕如白蟬翼，抖不聞聲。若不介意，我可要再跟你這蘭亭宣的監造人求幾刀熟宣。」

晉蘭亭抬頭一臉匪夷所思，囁嚅不敢言。那些個原本等著看好戲的官員緩緩散去，再不敢在明面上譏笑這個僥倖竊據高位的外地佬。

張首輔也不以為意，拍了拍晉蘭亭肩膀，擦肩而過時淡然說道：「君子方能不結黨絕營私。今日笑且由人笑去，不妨再過十年看誰笑誰。」

晉蘭亭雙腿一軟，幾乎就要為那個背影跪去。

士為知己者死！

本朝高祖始定腰帶制度，自天子以至諸侯、王公、卿相以及三品以上許用玉帶。腰帶嵌玉數額又有明律規定，當朝大柱國徐驍因戰功卓著，先皇特賜白玉帶鑲嵌十五玉，大將軍顧劍棠十三玉。到了當今天子，御賜腰帶寥寥無幾，被天子公開倍加推崇的陳芝豹曾獲賜紫腰帶鑲玉十二枚，老首輔病逝後，兩年連升十幾級的首輔張巨鹿曾接連獲賜紫腰帶四條，鑲金一條，其餘嵌玉數目六、十、十三，依次遞增。本朝朝服腰帶鑲嵌材質以玉為最尊，其次才是金銀銅鐵，除非皇帝特賜，否則不可逾越官爵。

玉腰帶規格不可越雷池，但君子好玉是古風，朝廷對腰懸玉佩並不禁止。晉蘭亭跟隨著文武官員走入城門後，一路行去，玉佩敲擊，叮咚作響，一片清越空靈聲。

晉蘭亭心神搖曳。

這便是整個離陽王朝的中樞重地啊。

◆

要說這段時間有什麼大事，比起盧道林請辭國子監右祭酒一職並且天子御批獲准，無名小卒的晉蘭亭進入中書省就顯得無足輕重了。北涼世子在江南道上亂殺士子一案，在耳目最靈通的京城這邊馬上就掀起軒然大波，國子監太學士三萬人，群情激昂，喧囂揚塵，哪怕明知那位異姓王還逗留在京城，仍是抵擋不住這幫王朝未來棟梁的學子炸鍋一般議論。

太安城國子監最早規模極小，限定宗室、外戚以及三品以上功勳大臣的子孫入學，到先皇時有所擴大，增補五廳六堂十八樓，等到春秋落幕，一統天下，國子監徹底廣開門路，至今已經容納學子三萬人，國子監建築足足綿延十里，蔚為壯觀，盛況空前。國子監設置左右兩位祭酒，與上陰學宮相似，這些年太學士如過江之鯽湧入國子監，自成士林，隱有與學宮一較高下的巍巍氣象。

泱州盧氏家主盧道林作為右祭酒，地位僅在曾是張首輔同門的左祭酒桓溫之下，這次受累於親家子弟在江南道上的兇惡行徑，名聲受損，自認再無法給國子監三萬學子做表率楷模，主動請辭右祭酒，至於這其中有無左祭酒桓溫的推波助瀾，恐怕就只有當局者盧道林知曉了。

盧道林這些日子閉門謝客，讓人覺得這次陰溝裡翻船的盧祭酒是真的心灰意冷了。

盧道林坐於書案後，捧著一本聖人典籍，神情自若，看不出半點頹喪。

大管家快步行來，到了門口才放慢步子，躬身說道：「老爺，大柱國造訪。」

出乎意料的盧道林略作思量，沉聲說道：「開中門！」

大管家臉色古怪道：「啟稟老爺，大柱國說開中門麻煩，便直接從側門走入了，馬上就到這兒。」

盧道林笑著搖了搖頭，有些無奈，起身正了正衣襟，才一腳踏出書房門檻，就看到內廊行來一個駝背傢伙，冷不丁被這老頭給摟住脖子，帶著興師問罪的意味大笑道：「親家啊親家，你做人可不地道，下馬嵬驛館離這兒才幾腳路程，咋的，非要我來見你不成，就不肯賣個臉面給我啦？有你這麼做親家的嗎？」

一位是權勢顯赫的北涼王，一個是清貴至極的昔日國子監祭酒，結果兩親家相逢後，後者就被摟著脖子差點喘不過氣來，所幸大管家是一輩子都侍奉盧府的自家人，始終目不斜視。

原先在南北士林口碑都極佳、公認深得古風的盧道林只得歪著脖子，一臉無奈道：「大柱國，這、這成何體統？」

徐驍鬆開手，負手走入書房，盧道林眼神示意大管家關上門。

書房只剩下這對飽受世人矚目的親家。

徐驍大大咧咧坐在椅子上，笑呵呵問道：「一下子沒官兒當了，是不是心裡空得慌？」

盧道林笑道：「尚可。」

徐驍一擺手，直來直往道：「不跟你彎來繞去，你說吧，尚書省六部，你想去哪裡？事先說明白嘍，當然兵部你不用去想，顧劍棠那王八蛋一貫視作他自家床上的婆娘，外人誰去他就跟誰急。吏部嘛，也難，張碧眼的鐵打地盤，差不多也算油鹽不進。至於刑部，你去也不合適。禮部、戶部、工部，親家，你自己挑一個。嘿，想讓我早點離開京城，總得給點本錢才行。」

盧道林雖說早有此意，既然國子監待不住，跟桓溫爭了這麼多年還是爭不過，還不如另闢蹊徑，只不過以往再怎麼說，國子監祭酒都是一等一的頂尖清貴，當朝中書門下兩省不設正省令，連德高望重的孫希濟都只是門下左僕射而已，兩個祭酒就成了清流名士最頂點的位置。話說回來，這些年盧道林在國子監既然僅是略輸桓溫，自然栽培了不在少數的心腹，也算是門生桃李滿天下了，唯一的遺憾便是若去了六部，恐怕今生都無望殿閣大學士的頭銜。盧道林再性情豁達，終歸難逃名士窠臼，不過這次順勢退一步，倒也不至於傷心傷肺，皇帝陛下也有暗示要他入主一部。

盧道林自認清水衙門的禮部可能性最大，本有些許遺憾，但是當收到族弟盧白頡的家信，說要爭取一下兵部侍郎，盧道林當時便浮了數大白，直呼痛快。如此一來，去禮部反倒是最合時宜了，否則就要觸及泱州其餘三大家族的底線。盧道林不願在這時候橫生枝節，反正只要弟弟盧白頡肯出仕，萬事皆定矣！此舉於盧氏而言，於泱州士子集團而言，皆是萬幸！

四下無人，也不再喊徐驍為大柱國，喊了一聲親家翁後，盧道林笑著含蓄說道：「劉尚書年歲已大，身體不適，年前便向陛下提過要告老還家。」

徐驍撇撇嘴，直截了當道：「就這麼說定了。」

盧道林猶豫了一下，輕聲道：「此事親家翁不出面也無妨。」

徐驍「呸」了一聲，伸手指著盧道林的面，毫不留情罵道：「你這迂腐親家，真當六部尚書是你囊中物了？我若不出面，信不信張碧眼稍稍聯手孫希濟，就能把你死死按在一個破爛地方上抬不起頭？」

盧道林悚然一驚。

徐驍搖頭笑道：「親家你啊，讀聖賢書是不少，大道理懂得也多，可這做官，不是面子薄就能做成的。醜話說前頭，你要還是把禮部尚書當國子監祭酒來當，過不了多久就要捲鋪蓋滾蛋。」

盧道林嘆氣一聲，說道：「受教了。」

徐驍擺擺手，笑了笑，瞇眼道：「鳳年在江南道上胡鬧，讓親家丟了國子監的基業，惱不惱？」

盧道林正色道：「說不惱那是矯情，不過這事說實話怪不得世子殿下生氣，自家人不幫自家人，再大的家業都得敗光。這點鄉野村夫都懂的道理，盧道林還是懂的。」

盧道林繼而面有愧疚道：「我已寫信給玄朗，以後由不得他意氣用事！」

徐驍這才睜開眼，起身緩緩說道：「親家，這話才像一家人說的話。」

盧道林如釋重負，看徐驍架勢，像是要才坐下便要走，訝異道：「親家翁這是要走？」

徐驍沒好氣道：「不走難道還跟你打官腔啊，走了，回北涼。」

盧道林無言以對。

徐驍走出書房時輕聲笑道：「不用擔心陛下對你我猜忌，法不外乎人情，既然是親家，就得有親家的做法，生疏得比外人仇家還不如，才叫有心人想不明白，想不明白了才會去瞎琢磨，琢磨琢磨著才容易出事，對不對？」

心底有陰霾的盧道林這時澈底鬆了口氣。

北涼王來也匆匆、去也匆匆，盧道林不知道的是，府外馬車裡坐著一位微服私訪的隋珠公主。

徐驍坐入馬車後，公主殿下扯著他的袖口，愁眉苦臉道：「徐伯伯，可以不離京嗎？小雅好無聊的。」

徐驍笑道：「沒法子啊，伯伯就是勞碌命，要不我讓鳳年來京城陪妳玩？」

隋珠公主眼珠子滴溜溜轉動。

徐驍揉了揉她腦袋，說道：「妳看看，心裡還是有芥蒂不是，得，伯伯只能拿出撒手鐧了，帶妳吃幾大碗杏仁豆腐去，到時候再生鳳年的氣，伯伯可就不樂意了啊。」

公主殿下撒嬌地晃著大柱國的袖口，哼哼了兩聲，燦爛笑道：「好啦好啦，看在徐伯伯的面子上，不跟那傢伙一般見識！」

這一日與隋珠公主吃過了三文錢一碗的杏仁豆腐，史書上記載這是北涼王徐驍最後一次進京與離京。

依舊是一身富家翁裝束的北涼王出城後，走下馬車，雙手插袖，望著巍峨城頭。

身旁站著黑衣病虎楊太歲。

徐驍感慨道：「楊禿驢，今日一別，估摸著咱倆這輩子都見不著了吧？」

國師老僧木訥點頭。

徐驍笑道：「誰後死，記得清明去墳頭上酒。」

楊太歲平靜道：「貧僧很貧，買不起好酒，所以肯定先死，賺了。」

徐驍伸手摸了摸這國師的那顆光頭，道：「你啊，一輩子連小虧都不願意吃，跟你做兄弟，虧了！」

曾談笑間傾覆八國的兩人就此別過。

黑衣老僧駐足原地，望著馬車漸行漸遠，摸了摸自己的光頭，最後低頭雙手合十。

世間能讓這位老僧心甘情願低頭的，唯有北涼徐驍一人而已！

◆

武當三十六宮，以大蓮花峰上太虛宮最高，翹簷被喚作大庚角，因懸掛一柄曾屬仙人呂洞玄的佩劍而名動天下。此時身穿與武當道袍迥異的年輕道士坐在呂劍仙佩劍附近，腳下是一架長梯，容顏清逸的道士拎著個木桶正在給掉漆斑駁的大庚角屋簷重新刷漆，赫然是龍虎山天師府的齊仙俠。

張目望去，雲霧翻滾，風起捲濤，武當七十二峰宛如海上仙島，令人心曠神怡；耳畔是山上晨鐘悠揚，齊仙俠一時間有些出神。

這些日子在武當山上結茅而居，一心要勝過那騎青牛的武當掌教，動手次數很少，多是被迫與那膽小道士嘴皮子打架，無意間卻也受益匪淺。聽說大庚角要刷漆，想著這邊掛了一柄從小便心馳神往的仙劍，就答應那姓洪的憊懶貨來勞作，這些細枝末節，齊仙俠從不上心，不怕遭受天師府非議。

想到這裡，齊仙俠略微失神，這武當山與天師府當真不太一樣，簡直是與人無爭、與世無爭過了頭，偶有爭執，盡是一些讓齊仙俠不屑理睬的雞毛蒜皮。對此，齊仙俠沒有妄加評價，只是歪頭瞥了眼呂洞玄佩劍。

劍名無法考證，道統典籍中並無記載，只有一些街談巷說、遺聞佚事私下給這柄仙劍取了一些類似「斬龍」、「青霄」的名頭，聽上去極有氣勢。齊仙俠當然不會信以為真，但這把仙人佩劍原本並無劍鞘確有其事。

呂洞玄曾言「唯有天地，方可做此劍劍衣」，劍衣，即劍鞘。但此時古劍卻有桃木劍鞘，粗鄙不堪，齊仙俠記起這一茬，實在哭笑不得。前段時間跟姓洪的掌教問起，那傢伙扭扭捏捏說出真相，齊仙俠才知道是這姓洪的年幼時給仙劍做了劍鞘，至於緣由，年輕掌教打死都不肯說了。

若是在天師府，呂真人遺物，早就被藏於大殿供奉起來，層層符籙加持，別說擅自加鞘，便是想要見上一面都難得。退一萬步而言，真要給仙劍尋一劍室，起碼也得蟒蛟皮筋才符合身分。

這武當山，規矩太少了。

齊仙俠低頭看去，姓洪的正起手打拳。這位青年掌教身後跟著近百習拳的武當道士，老幼皆有。起先與騎牛的練拳的只是些覺著好玩的掃地小道童，久而久之，被幾位老輩道士咂摸出古韻高風，每日晨鐘暮鼓兩次都自主來到太虛宮跟著練習。騎牛的這套拳起勢平淡，純任自然，總體而言，拳架是大圈套小圈，大圓環小圓，猶如春蠶抽絲連綿不斷。

齊仙俠從未見識過這套拳法，後來提起才知是姓洪的在山上常年觀撞鐘敲鼓而首創。齊仙俠雖自小習劍，但萬川入海，自然識貨。此拳綿裡蓄千鈞，拉大架如籠天罩地，入小勢則芥子納須彌，不說實戰效果如何，貴在立意超然。齊仙俠說實話難免有些嫉妒這傢伙的天賦根骨，這懶散傢伙從不去刻苦習武修道，與自己一刻不敢懈怠南轅北轍。

廣場上，行雲流水的年輕掌教緩緩收拳，其餘道士動作如出一轍，已有兩三分神似。

一位老道士上前與掌教討教，說著說著就稱讚這拳練久了定可以臨淵履冰卻不動如山，擊水中流而心有八荒，年輕掌教聽著不得意、不臉紅，呵呵笑著說哪裡哪裡。老道士憂心忡忡說這套拳若是山上人人可學，難保不會被山下閒雜外人偷學去啊。掌教搖頭笑道不礙事，這套拳法勝在養生、養神，多一人學去，武當就多一分功德。老道士笑了笑，不再杞人憂天，掌教年輕又何妨，這份胸襟氣度，何曾輸給那天師府了？

洪洗象見齊仙俠拎著木桶走下梯子，跑過去幫忙接過木桶，一同下山並肩往小蓮花峰走去。

廣場上一些個掃地道童見著，心裡那叫一個自豪。瞅瞅，小天師咋了，還不是被咱們掌教給折服了？

齊仙俠對這些小心思也無所謂。下山途中，洪洗象牽了青牛，依然是牛角掛經的悠然，另外一隻牛角，則懸上了木桶，搖搖晃晃，十分滑稽。他笑道：「打拳時，感到古劍與你有一絲共鳴，你哪天離開武當與我說一聲，我把劍送你，你要覺得不好意思，就當借你好了。」

齊仙俠不喜反怒，訓斥道：「呂祖遺物，是你武當五百年鎮山之器，怎可兒戲，說送便送？」

洪洗象不以為意道：「不是說了嘛，借你的。」

齊仙俠冷哼一聲，「此事休再提起。」

洪洗象感慨道：「還是世子殿下膽大，下山時若非小道死活抱住他大腿苦苦哀求，你就見不著這柄劍了。」

齊仙俠對此無動於衷，只是由衷慨然道：「匣外天地滿，室內劍氣長。呂祖當年風采，可見一斑。」

洪洗象嘀咕道：「呂祖可是叮囑過帝王自擔氣運，不可以內外丹法紛擾君主勵精圖治之道。古來方士釀禍，招來國難，皆因遊仙入朝，為『利』一字去修法，這哪裡是修真，修假還差不多。像你那位在京城布道的師叔趙丹坪，參與宮中醮事，聽說給天尊書寫奏章，辭藻華麗，故而被京城百姓稱作青詞學士。這位大天師就不羞愧嗎？因他一人得寵，不知多少道人方士想著靠這條路平步青雲，未必不是給道統開啟禍端。」

齊仙俠約莫是為尊者諱，即便心中對龍虎天師趙丹坪此舉頗有異議，仍是臉色平淡，不置可否。

洪洗象帶著齊仙俠來到了當初北涼世子練劍時住的茅屋，屋外菜圃綠意盎然，今年都是他在打理。他摘了一根黃瓜，抹去細刺，放入嘴中啃咬。

年輕掌教嘆氣再嘆氣，想起了那個背負上山的纖細女子，想起了她在大庚角下被小王師兄譽為有劍意的誓殺帖。對於世子殿下跟她之間的恩怨情仇，他一個外人，總覺得有些霧裡看花。若說世子殿下不在乎她，洪洗象打死都不信，為了那有些事上傲氣到不可理喻的婢女，殿下吃癟的次數不在少數。山下的女子是母老虎啊。洪洗象抬頭望向天空，喃喃道：「這太平公主，活得實在不算太平。」

齊仙俠站在菜園外，看著唉聲嘆氣的青年掌教，問道：「打算何時下山？」

洪洗象無奈道：「不敢。」

齊仙俠平淡道：「都敢把呂祖佩劍送給外人，偏偏不敢下山？」

洪洗象默不作聲，一如既往的膽小退縮。

齊仙俠冷笑道：「怕誤了玄武當興？怕愧對山上列祖與那些師兄？」

洪洗象搖頭道：「不是啊。」

齊仙俠轉身離去，留下一句，「這屆龍虎山峰頂三教辯論，你去還是不去？」

洪洗象低頭掐指，道：「容小道算上一算。」

齊仙俠譏笑道：「算什麼算，反正怎麼算都是不下山，何苦自欺欺人。」

脾氣好到讓人嘆為觀止的年輕掌教輕聲道：「放你的屁！」

齊仙俠大笑而去。

◆

北涼邊塞，巨鎮重兵，鐵騎勇悍。

這一日沙暴驟起，堪稱一川碎石大如斗，隨風滿地石亂走。城頭望去，便是滿目塵土暴虐，透著股邊塞獨有的荒涼。但在這等亂象下，仍有一襲白衣出城而去，身邊馬上坐著一位面罩黑紗、身段婀娜的女子。

白衣牽馬而行，架子擺得極低極低，真不知道邊境六大雄鎮誰當得起這份殊榮。女子氣質出塵，懷抱一把「撥彈樂器首座」的琵琶。

面對風暴，遙望而去，可以看到一條龍捲沖天，她坐於馬上，嗓音清冷輕聲道：「堂而皇之私縱北莽大敵出城，你就不怕北涼王對你這位義子心生嫌隙？」

白衣男子依舊牽馬緩行，不動聲色。人馬所至周圍，風沙不得入。

黑紗黑衣卻穿了一雙雪白繡花鞋的女子也跟著沉默起來。

白衣終於開口，「陳芝豹只知北莽『馬上鼓』第一手樊白奴入城，不知北莽青鸞郡主出城。」

黑衣白繡鞋的女子言語泛起笑意，「白奴怎敢稱作第一手，荀子剛右手剛猛無匹，撥若鐵騎突出；祖青山左手按弦通玄，大珠小珠落玉盤，才算得上琵琶大家。」

男子淡笑道：「這兩人善於攏撚不假，但格局單調，不如樊小姐自詞自曲、自彈自樂，融會貫通。」

面紗遮掩看不清容顏的女子轉頭看著白衣男子。這位讓她不惜親身涉險入北涼境內的兵法巨擘，行事實在不可按常理論，她這一趟目的明確的北涼行竟硬生生被他拖入含糊不清的境地。一咬牙，她沉聲道：「將軍，白奴可以確保將來北莽有你一席之地，比起離陽王朝只高不低！」

陳芝豹微微搖頭道：「那就無趣了。」

身分特殊的女子皺眉道：「將軍確定北莽會輸？將軍能夠再立下不遜春秋的功勳？北涼鐵騎確實可當無敵一說，但有朝廷掣肘，將近二十年都施展不開。但如果將軍進入北莽執掌兵權，奴家可以保證將軍可無所顧忌，天底下難道還有比與北涼鐵騎為敵更有趣的事情嗎？一旦平靖北涼，將軍再南下長驅直入，有顧劍棠，還有燕刺王、廣陵王，春秋戰局再現，將軍以一人之力顛倒乾坤，豈不快哉？須知我北莽皇帝雄心遠勝你們趙家天子！」

白衣陳芝豹似乎不為所動，微笑道：「樊小姐何時學會了畫餅充饑。」

女子先是嗔怒，繼而大喜，卻沒有趁熱打鐵，低頭伸手攏撚琵琶弦，頓時銀瓶乍破如裂帛，音質鏗鏘，輕輕吟唱道：「少年十五馬上飛，白髮生頭不得回。不得回！黃沙滾石捲單騎，平生意氣今日頹，今日頹！鐵衣如雪戰鼓擂，白衣霸王何時歸？何時歸？」

陳芝豹聽在耳中，一笑置之。

女子收起琵琶，金石鳴聲斂去，笑道：「興許此生都註定要將軍敵我分明，但能與陳白衣陣前相望，奴家生逢其時。」

陳芝豹點了點頭，鬆開韁繩。

女子也不作兒女情長姿態，柔聲低眉道：「既然將軍暫時不願決斷，那麼奴家靜等將軍坐擁北涼三十萬鐵騎。」

陳芝豹失笑道：「樊小姐想多了。」

女子並未反駁，彎腰伸手似乎想要去撫摸陳白衣的臉頰。陳芝豹沒有躲閃，但她沒有觸碰便縮回手，直腰不敢與他正視，撇過頭苦澀道：「將軍恕奴家無禮。」

北莽琵琶聖手有三，荀子剛有右手，祖青山有左手，終究不敵樊白奴雙手。

陳芝豹笑著拍了一下馬臀，不再送行。

駿馬奔馳而去。

心如止水的陳白衣轉頭瞇眼遙望城頭徐字王旗，怔怔出神。

離陽龍，北涼蟒，北莽蛟，白衣或可一併斬。

這大惡至極的讖語是誰說出口來著，黃龍士？

殊不知滿口胡謅洩露天機的黃三甲此時便在幾十里外，逼著一個窮酸遊俠追逐那道龍捲瘋狂練劍。

陳芝豹走回邊城，面無表情。

第四章　雲錦道士釣蛟鯢　世子夢中斬天龍

世人皆知劍州有「江西龍虎，江東軒轅」一說。

劍州被歙江一劈為二，江西有龍虎，江東有軒轅。前者是道教祖庭，與天子同姓的道門趙家已是世襲道統六十餘代，奉天承運奕世沿守一千六百年，方圓百里龍虎山是天師教肇基之山，以天師府為核心。峰巒對峙如龍虎相爭，山丹水綠，紫氣升騰，美不勝收。

若是廣義來說，龍虎山道區更是廣袤，歙江以西，幾乎一半都屬於這座道家仙都。與北方那個出了一位至聖先師、萬世師表的張家並稱「北張南趙」，北夫子南真人，交相輝映已千年。

師徒二人走出一座龍虎山腳的破敗道觀，乘上竹筏漂流直下，持竿的邋遢老道士唾沫四濺，給趴在竹筏邊上伸手撈魚的憨傻徒弟介紹些有關劍州的風土人情，「不說咱們這龍虎山，那江東軒轅既然在劍州能與龍虎山並肩，也著實不簡單，雖說不幸與咱這道教祖庭處於一州，數百年來仍只是略遜一籌。更難得的是這個家族不入仕，亂世任你亂，太平任你平，我自獨獨修身齊家，巋然不動。

說來奇怪，軒轅只在江湖上行江湖事，高手輩出，江西龍虎據稱山底埋有一枚篆刻『奉天承運』的神仙玉璽，才得以成為百神千仙受職敕封之所，軒轅便立有一塊古碑，上書『獨享陸地清福』六字，是真是假，早已不可考據。不是為師故意偏袒，要詆毀那江東軒轅，反正為師年輕時候問過老祖宗山下到底有無玉璽，老祖宗也說天知地知就是他不知。我看玄，所以嘛，軒轅那塊碑十有八九也是子虛烏有的事兒。

這江東軒轅不是道門，卻占據了大半座徽山，故而擁有洞天福地中第六福地的天姥岑。為師以前沒事就去那邊賞景，風光一點不差啊。尤其是主峰牯牛大崗純是一塊巨大青石，形似青牛頂天而靜臥。山下有六疊姐妹瀑，每逢夏季，萬千條鯉魚溯流跳躍而上，嘖嘖，壯觀得很，與你北涼王府的聽潮湖萬鯉出水有異曲同工之妙。同時因有潭底禁錮有一位龍王的說法，又稱龍門或者大門，劍神李淳罡曾一劍讓六條瀑布齊齊逆流，連建在牯牛大崗上的軒轅府邸大門都給大水沖塌，李淳罡為世人稱道的一劍開天門，正是由此而來。

這代軒轅家主武功應該不弱，如今是指玄是天象還真不好說，不過當年先後與人比劍比刀比內力，接連三場都輸了，真是可悲可嘆。沒法子，算他運道差，跟正值峰頂的李淳罡比劍，能不輸？後面更慘，當時還是無名小卒的顧劍棠一路殺到牯牛大崗，棄劍入刀才十年的軒轅老頭又輸了一招半式。最後更可笑，老傢伙乾脆兵器都不要了，眼見著齊玄幀要羽化登仙，就不知死活來龍虎山跟齊玄幀比內力。

起先齊玄幀沒理睬，這傢伙便糾纏不休，在山頂待了半年，這不是給臉不要臉嘛，活該他輸得乾淨俐落。不過老傢伙活了一輩子、倒楣了一輩子，結果愣是兒子、孫子都出息得相當生猛，獨苗的子孫兩人，就是性子都太差，沒半點仙氣，性倨少禮，好面折辱人，不能容人之過。陰陽不濟，武功再高，碰上道統大真人一流，也得乖乖俯首。呃，話說回來，如今道統青黃不接，真人也沒幾個。

軒轅老頭不愧是會享清福的，老不知羞，越活越回去，沒事就與年輕到能給他當孫女、曾孫女的女子雙修，虎毒還不食子呢。老傢伙倒好，家族裡出挑的，大多被早早禍害了一遍，好的留下視作禁臠，稍差的，才送出去嫁人，真是可惜了軒轅家族女子天生貌美。那些迎娶軒轅女子的世族門閥，偏偏不怒反喜，這世道人心，為師看不懂啊，看不懂。」

忘乎所以說到口渴，撐筏的老道士蹲下，捧水而飲，「咦」了一聲，猛抬頭，才發現不知何時徒弟在筏頭那邊撒尿，老道士苦著一張皺巴巴的老臉，連忙吐出本該甘甜清冽的溪水，笑罵道：「你這頑劣徒兒！」

沿青龍溪乘筏直下，先匯入徽山龍王江，再入歙江。老道士才抬頭，看到一艘兩樓大船沿溪而上，不用想都知道是軒轅那邊的人士，也就這個家族敢擺闊擺到龍虎山來。兩層樓船已是青龍溪的極致，再大、再高就要擱淺，尋常探幽攬勝的文人騷客都只能向道區的漁家借條小筏代步。

游賞龍虎山有三條路徑，又有大講究，分身心神三遊。身遊最累，沿香道翻山越嶺，雖可登山俯瞰祖庭全貌，但中途取景才十之二三；心遊要更勝一籌，可坐幾條大索道，取景可達十之五六；神遊最佳，先乘筏環繞青山，後在雲錦山拾級而上，再過懸於兩大主峰間的索道流籠到達龍虎山，道都仙境大可以一覽無餘。一般而言，想要神游龍虎，沒有雄厚的家世背景根本不用去奢望，這些年能入天師府飲茶論道沾點仙氣的，十有八九都是軒轅這個闊氣佬帶過去的。

龍虎山與軒轅好歹做了幾百年鄰居，都說遠親不如近鄰，當年徐人屠用鐵蹄把好好一座江湖踐踏得烏煙瘴氣，到頭來連龍虎山都不放過，也就軒轅世家敢壯著膽子來助陣，這份天大的香火情，天師府自然得念舊。趙希摶再怎麼對軒轅老傢伙看不順眼，也不好多說什麼。

看上去面黃肌瘦的徐龍象繼續趴在竹筏上撈取遊魚，抓了放、放了再抓，其樂無窮。老道趙希摶舉目望去，船頭站著幾位年輕男女。女子他認得，是軒轅家的寶貝疙瘩，自幼好彈弓，父親軒轅敬城對其極為寵溺，銷金為丸，交由女兒，每逢踏春秋狩，必會彈出金丸幾十，視金如土，江東稚童聽聞軒轅仙子出行，大批尾隨，只等金丸落地，瘋搶拾取，她從不收回，在劍州江左一帶是一樁趣談。

這女子身材修長，穿窄袖紫衫白犀帶，與男子著裝無異，與時下貴族女子喜好寬博對襟大袖截然相反。若非她以絲帶纏額，綴有一顆大品珍珠，增添了幾分女子氣息，否則配合她的英氣容貌，恐怕會被女子視作熬鷹走狗的英俊豪奢子弟。她在宛若軒轅家「行宮」的徽山上，穿戴更是隨意，甚至衣蟒腰玉，遠超世俗規格。

她出身王朝一等大族，卻有濃重的草莽氣，經常攜婢帶僕行走江湖。軒轅嫡系成員，大多名字古怪，她也不例外，女子竟然名青鋒。軒轅家的女性，幾乎個個長得沉魚落雁，而且環肥燕瘦各有千秋，並不是同一個死板套路。劍州每有孩子誕生，會有抓鬮習俗，軒轅青鋒沒抓那胭脂水粉，卻抓了柄小巧青玉劍，無愧家族賜予的名字。

軒轅青鋒身邊站著兩名青年男子。左側一人襦衫，頂華陽巾，踩雲頭履，相貌俊逸，唇紅不輸婉約女子，他負手而立，卓爾不群。

軒轅青鋒右手邊那位則廣額闊面、虎體熊腰，有趣的是偏偏長了一張娃兒臉，湊在一起更是讓人過目不忘，尤其是一雙眼眸，精光流溢。以趙希摶內丹家兼鍊氣士的眼力，一望便知此子內力不俗，若得機緣，步入江湖武夫夢寐以求的一品境界，絕非癡人做夢。

此子佩一柄百辟刀樣式的重刀，散發著一股尖銳的剛烈氣機。趙希摶皺了皺眉頭，好大的煞氣，莫非是殺人堆裡練出來的刀法不成？別說外人，便是龍虎山都有大半人認不得大天師趙希摶，尤其近二十年，這位最不像趙家天師的老道士與軒轅家從無走動，軒轅青鋒自然認不得。

竹筏與樓船一上一下在溪上擦身而過，軒轅青鋒與家中男子如出一轍的性子倨傲，對邋遢老道和瘦弱少年視而不見。那年輕俊雅儒士一直仰望雲錦峰頂，詩意勃發，大有不開口則已，一開口便要賦詩百篇的架勢。唯有佩刀青年瞇眼朝師徒二人望去，嘴角一勾，持竿撐筏的趙希摶咧嘴笑了笑，算是回應。

軒轅青鋒瞥了眼身畔的宋家雛鳳，略有恍惚。這人無疑是出彩的，祖父宋觀海可謂通禪理、善鑒藏、工詩文、擅書法、精水墨，無所不通，年輕時候散盡千金求學拜師，宋觀海的恩師隨意拎出一人都是大家名士，與北地大真人楊芾學道，字畫師從黃巨望，宋觀海治學刻苦，博聞強識，最終融會貫通，老而彌堅，自創心明學。

春秋一統後，宋觀海受命編撰《九閣全書》，卷帙浩繁，二百卷，歷時十五年。皇帝陛下龍顏大悅，特賜宋夫子可在皇城內騎馬而行，本來王朝內外預測宋夫子可按例遷禮部尚書，卻出人意料地被原國子監右祭酒所頂替，而宋觀海則轉去清貴更勝的國子監，眾望所歸。

隨著老一輩文壇巨擘逐漸凋零，宋觀海成為文壇當之無愧的執牛耳者，近年開始做十五評，每逢月十五，評點天下士子，盛極一時，一經宋夫子親口評題，士子頓時身價百倍。登評士子，無不以宋夫子為師。

祖父已是如此顯貴無邊，他父親宋至求竟還有青出於藍而勝於藍的趨勢，尤其是書法被譽為書家神品。僅以國子監作例，一半學子都以「宋體」書寫。宋小夫子最大的手筆則是以禪宗南北兩派附比書畫，崇北貶南，雖說有一味抬高書院畫地位的嫌疑，但在北方士子集團獲得了巨大的人望。再者宋至求率先以韻法意神劃定書法境界，稱「蜀字取韻，中品。越字取意，上品。楚字取法，一品。而我朝重神，當是神品」，此言一出，宋家自然再次讓原本就私下經常臨摹宋體的天子大喜，擢宋至求入禮部，任右侍郎，加學士銜，恩寵浩大。

世人不禁去想，若是宋夫子能再活個二十年，等到桓溫讓出左祭酒，國子監兩祭酒豈不就都是宋家父子的囊中物了？

宋家才兩代人便樹立起豪閥的底子，有這樣的祖父、父親，軒轅青鋒旁邊這位宋家雛鳳，怎會是庸碌人物？

軒轅青鋒忍不住瞥向另一側，若說雛鳳宋恪禮是第一流世家子，那懸刀的同齡男子可算是另一個極端。他出身市井貧賤，因緣際會，落草為寇，無意中得到了殘缺的半部刀譜，自學成才，命懸一線地搏殺無數，硬是被他殺出一條前程。後被一位刀法宗師相中根骨，收作關門弟子，但旋即師門被滅，他忍辱蟄伏三年，一擊斃命，以三品實力殺二品，殺盡仇家族內六十二人。後再獲一本祕笈，境界大漲，刀法趨於圓滿。去年此人上徽山來到牯牛大崗，站於雪中一日一夜求學上乘刀法，家族不許，但准其在山上逗留，他便在六疊瀑獨自練刀，性格極其冷冽，堅韌不拔，初見軒轅青鋒，便直言要娶她做妻。

軒轅青鋒對這個被老祖宗說作「狼子野心」的傢伙談不上生氣或者高興，但委實厭惡不起來。這趟來龍虎山，一來遊覽散心，二來要去深澗抓幾種龍虎山獨有的靈禽珍獸，有他在，可省去許多氣力。

正當酷暑時節，龍虎山雖清涼，但嬌生慣養的軒轅青鋒還是走回船內。井蛙不可言海，夏蟲不可語冰？鐘鳴鼎食之家便不是如此，如同那北涼王府有大湖可聽潮，這艘樓船內則擺有四只大桶，盛滿冬季儲藏起來的冰塊，到了夏季再從冰窖取出。

滿室涼爽如秋，軒轅青鋒坐下後望向瀟灑不群的宋恪禮，笑道：「宋公子為恩師護柩南下數千里，此舉大善。」

宋恪禮搖頭道：「禮當如此。」

凝神閉目靜坐的佩刀青年嘴角悄不可見地勾起一個弧度，隱約有譏諷意味。

軒轅青鋒天生性情冷淡，哪怕與宋恪禮相處，也不會刻意籠絡人心，客套寒暄點到即止。她望向窗外的青山秀水，沒來由想起幾年前一對王八蛋，不覺微微皺眉。本來早就忘卻那倆浪蕩子，只是遇上世家子宋恪禮，此時發覺兩個渾蛋中有一人眉目要更勝宋恪禮一籌。

兩年還是三年前在綿州遊玩，在元宵燈市碰到倆衣衫襤褸的登徒子，一個長得不錯，就是下作得很；另一個相貌不起眼，只模糊記得佩一把滑稽可笑的木劍。他們在綿州燈市上狹路相逢，長得人模狗樣的乞丐擋在道路上不肯讓行，笑得十分面目可憎，眼神直溜溜在她胸口轉悠，便起了言語爭執。不承想那佩木劍的是個瘋子，對路旁一條狗喊了幾聲「爹」，然後喪心病狂地轉頭便喊她「娘」！

一旁還蹲著個看樂子的老傢伙，缺門牙，張嘴笑起來就格外不正經。軒轅青鋒何曾受過這等奇恥大辱，立馬讓僕役追著打了幾條街，本意是打斷六條狗腿出氣，殊不料莫名其妙兩個王八蛋就被缺門牙老頭給拎著溜之大吉。

那傢伙最該死的是消失前還嚷著：『小妞兒，記得老子姓徐，妳等著，下次見面給大爺來次兔吮毫！』

軒轅青鋒咬牙切齒，心中默念道：『姓徐的，別讓我在劍州碰上！』

◆

軒轅青鋒一行人入雲錦山，揀了一道通幽小徑去尋靈物，除了宋家雛鳳和佩刀的青年，軒轅家族這邊還有精悍扈從十餘人。龍虎山作為道教祖庭，自然沒有誰吃了熊心豹子膽敢在這裡造次。軒轅青鋒出身武道世家，底子不差，但沿著滾石灘行走，仍是吃力艱辛。再看那飽讀詩書的儒生宋恪禮，出人意料的輕鬆閒逸，踩石過澗，十分輕靈，頗似修習上乘內功而返璞歸真，這讓青年刀客收起了輕視，小心地冷眼旁觀。

不知不覺便走了兩個時辰。軒轅青鋒此行要找三樣靈物，第一樣是大蛟鯢；大鯢不稀奇，額上有角才罕見；第二樣是紅背蠑螈，第三樣則是烏腳雪狸。後兩者相對好找，大蛟鯢屬於可遇不可求，古書上說此鯢存活百年生角，再五百年可化身山蛟，軒轅青鋒也不奢望能一趟功成，她已經在山中孜孜不倦尋了幾十趟。

坐石休憩時，宋恪禮看了眼天色，微笑道：「軒轅小姐，再不返回，恐怕就得在山上過夜了。」

軒轅青鋒「嗯」了一聲。此行收穫不大，只逮住了幾尾蠑螈，至於那烏腳雪狸，一頭也沒撞見。這也在情理之中，這種小傢伙一般只在夜間出沒，形如狐狸，卻懷有天然麝香，製成閨閣香囊最是上品，只不過採擷麝香的過程十分血腥殘忍。軒轅青鋒伸出手指逗弄著裝在琉璃瓶中的可愛蠑螈，心想差不多可以打道回府了。這時，沉默寡言的青年刀客瞇眼望向山林深處，淡然道：「再行五里。」

宋恪禮溫雅一笑，不置可否。軒轅青鋒望向言之鑿鑿的刀客，記得父親說過此人直覺敏銳堪稱生平罕見，她想了想，點頭道：「那就再行五里路。」

軒轅青鋒不忘轉頭看向宋恪禮，問道：「宋公子，如何？」

宋恪禮笑道：「還走得動。」

軒轅青鋒起身呼出一口氣，帶頭而行。

仍是尋覓無果。軒轅青鋒正要轉身出山時，遙遙看到一個小小的綠水碧潭，水色碧綠透青，雖不大，但顯然極深，更奇怪的是小潭邊上盤膝坐著一位中年道人，背對眾人。

宋恪禮皺了皺眉頭，青年刀客抱以冷笑。

軒轅青鋒不擔心有歹人出沒於龍虎山，何況身邊十餘人都武力不俗，讓她更是放心。她輕輕躍過幾塊溪中大石，來到小潭附近站定，這才看到身穿龍虎山道袍的道人容貌平平，道袍有縫補，只算是簡樸素潔，並非最能彰顯天師府身分的紆黃拖紫。

軒轅青鋒心思縝密，躍上有清泉淌過的青石落地時，刻意加重了步伐。但那中年道人並未第一時間察覺，呼吸吐納功夫也僅是一般。道士神情專注，面朝幽潭，手中提著一根青竹魚竿，似乎在垂釣。竹竿長線沉潭，不是那些持竿無線故弄玄虛的風流名士。軒轅青鋒實在膩歪了那些沽名釣譽的讀書人，若是這道士甩出魚竿卻沒魚餌，以軒轅小姐的脾性，定要一頓痛打！

道士身側擺了個竹編小籠，放了幾顆香氣撲鼻的朱紅野果。

軒轅青鋒微笑道：「是不是打擾了仙長垂釣？」

中年道士目不轉睛，泛起笑容，搖頭道：「不打緊，驚擾不到貧道想要釣起的魚兒。」

宋恪禮環視一周，坐下後溫聲道：「不知道長以何物做魚餌？又不知此潭深幾丈？」

青年刀客已經手握刀柄。

連軒轅青鋒都察覺到這名日後有望與顧劍棠一較刀法高下的莽夫那股子殺氣。

他認定一事後，從來是直來直往，上徽山牯牛大崗是如此，見到她後亦是，軒轅青鋒對此無可奈何。

中年道士宛若不覺殺機四伏，指了指竹籠野果，給出第一個答案，繼而平靜道：「貧道至今也不知此潭深幾許。」

宋恪禮明面上依舊溫良恭儉，追問道：「敢問道長所釣何物？」

道士絲毫不藏著掖著，以淡然語氣說了個石破天驚的真相，「是一尾大鯢，牠曾吞了件器物，貧道想討要回來。」

軒轅青鋒試探性問道：「仙長可是垂釣那大蛟鯢？」

中年道士當真是不諳世情，點頭道：「正是。」

青年刀客冷笑一聲，也是直來直往，即將抽刀，他不出刀則已，一出必見血，也絲毫不在意這裝神弄鬼的道士是否感知到殺意。

我有一刀，天下哪顆頭顱割不得！

道士輕輕嘆氣，放下竹竿，瞥了眼竹籠，轉頭笑道：「今年釣不成了，剩下幾顆果子，你們不嫌山野果實髒的話，可以充饑解渴。」

宋恪禮笑而不語，紋絲不動。

莫名鬆手的青年刀客大大咧咧坐下，抓起野果，先遞給軒轅青鋒，她搖了搖頭，他便直接丟入嘴中，籠中剩下三、四顆，也一併吞下。

中年道士笑了笑。

軒轅青鋒問道：「仙長在山中哪座道觀修行？」

道士搖頭道：「孤魂野鬼一般，居無定所，好在偌大一個道教祖庭還容得下貧道。」

宋恪禮冷不丁問道：「小子有一事不解，請道長解惑。」

中年道士點頭道：「請說。」

宋恪禮揮袖坐下，像是要與道士好好坐而論道一番，沉聲道：「家父論及儒釋道三教，曾言佛是黃金道是玉，儒教方是糧食。金玉雖貴，但有它不多，無它亦不少，但世道如人身，一日不可無糧。」

中年道士語調古板地插了一句，「一日無糧其實沒關係，餓不死人。」

軒轅青鋒目瞪口呆，心中大失所望，哪有這般胡攪蠻纏的辯論，原本因道士於深山碧潭垂釣大蛟鯢而生出的神仙氣度，都一掃而空。

刀客哈哈大笑。

宋恪禮養氣功夫不弱，半點不怒。

好在道士附加了一句，「可若是無糧斷炊久了，確實要出事。」

宋恪禮繼續心平氣和說道：「家父承認正邪之別，但否認有三教之分，道長以為如何？」

中年道士點頭道：「善。」

宋恪禮臉色凝重了幾分，「可家父忌憚於朝野上下仍未蓋棺論定的王霸義利之爭，只敢公然訴說三教宗旨皆要為萬民謀一條出路，提出『修身利人』四字，儒偏此道不成儒，佛離此道不算佛，仙差此道不登仙。無論三教，只要常行陰德，忠孝信誠，全於人道，離大道便不遠矣。」

道士微笑道：「君子不立危牆下，這是兩千年前張夫子所言，你父親能有這等眼光魄力，已算不易。貧道竊以為人能修正身心，聚真精真神，自可孕育大才大德。至於根柢何在，是在儒家那邊，是釋門那邊，還是貧道所在的道教這邊，倒也無關痛癢。不過道教既然以道字帶頭，不管百年、千年，後人說起，終歸占了先天優勢。至於那張夫子門生編撰而成的聖賢書，可算是道理講盡，但書生氣難免重了，訂了規矩是好事，也樹起了樊籠。夫子聖賢，毋庸置疑，仰之彌高，可再高的門戶，也有門戶之見，若能早生兩千年，貧道倒要去面對面斗膽說上一句：『夫子以為孟浪之言，而我以為妙道之行也。』」

不說宋恪禮與軒轅青鋒，連這輩子就沒碰過書籍的青年刀客都呆若木雞。

這道士瞧著撐死了才到不惑之年，口氣倒是能把天地都塞入嘴中！

夫子兩千年前已將道理說盡，這道士今日卻把話說得差不多沒餘地了。

宋恪禮起身恭敬作揖，只是不知這位雛鳳清於老鳳音的宋家世子心中到底作何想法。

軒轅青鋒告辭一聲，帶頭離去。

走出一段距離後，她下意識轉頭望去，那武功應該一般，言談卻嚇人的道人仍然沒有動靜。

等到眾人遠去，中年道士手腕一抖，魚線拖曳而起，拋向雲霄。

竟然沒個盡頭，許久不見魚鉤。

這根魚線得有多長？

百丈？

兩百丈？

中年道士靜等魚鉤出水，輕聲道：「罷了，再等十年。」

◆

竹筏由青龍溪入龍王江，江水湍急，竹筏依然穩當，老道趙希摶此行不過是帶徒弟出來看那一線劈劍州的歙江風景，徐龍象蹲坐在筏上，不再跟以前那樣畏水。

老天師心中大感欣慰，黃蠻兒生而金剛境是當世罕見的雄奇根骨，比起武當那年輕掌教洪洗象天生心竅多一絲毫不差。洪洗像是多出一個一，以一衍萬物；徒弟黃蠻兒恰恰相反，是少一個一，天生無須去擔心那道經上所言的「積年不悟長生理，心竅黃塵塞五車」，故而老道士授予徐龍象夢春秋法門，最是因材施教。

世人修道求養氣，趙希摶反其道而行之，只要徐龍象僅剩一氣撐起金剛體魄，臻於佳境後，即可達到老祖宗所說的「春秋大夢三百年，輕呵一氣貫崑崙」的境界。徐龍象先前學龍虎山其餘上乘道門心法寸步不進，如今一身暴戾氣機逐漸內斂，距離道教真人「榮枯盡在手中移」的小長生境界只差半線。現在趙希摶只需要耐心等著徒弟臨淵一躍就行，趙希摶能不開心？這比山下世人的老來生子都開心啊！

與徐龍象在山腳逍遙觀朝夕相處了小兩年，處出了感情，如今完全不需世子殿下書信威脅，誰他娘敢欺負黃蠻兒，他趙希摶第一個不答應，真當天師府裡輩分排第二的趙姓大天師只是個老朽牌位？老道士豪氣迸發，撐筏的力道也就加大，如箭矢疾飛。

突然看到徒弟站起身，伸脖子遙望峰頂斬魔臺方向，發出一聲怒吼，震耳欲聾，趙希摶愣了一下，隨即斬魔臺便傳來一聲嘶吼，猶如蠻荒巨獸的咆哮。老道士驚愕半晌，撫掌大笑道：「好好好！能與齊玄幀座下黑虎心生感應，不愧是我徒兒，當真是一山不容二虎。」

徐龍象作勢便要躍出竹筏，踏江而衝，趙希摶連忙喊道：「徒兒，不急不急。」

如果是徐龍象剛上山那會兒，早就不管不顧跳入江水，與那畜生戰個痛快。他年少時便活生生撕裂了幾頭虎豹熊羆，膂力驚人，那些個在戰場上斬將搴旗的猛將都自慚形穢。不過這時老道士出聲阻止，天生不開竅的癡兒竟然果真停下腳步，只不過仍有不滿，扭頭瞪了一眼老道士，憋氣蹲在筏邊發呆。

後者心情酣暢如飲醇酒，爽朗一笑，語重心長道：「徒弟啊，那黑虎可不是一頭簡單畜生，本是在咱們龍虎山的百獸之王，體架幾乎是尋常大蟲的兩倍，通體漆黑，不知怎的就去斬魔臺聽齊玄幀講經，聽了好些年月，很有靈性。嘿，論資排輩，這傢伙在山上得是靜字輩哩。師父早前就尋思著什麼時候讓你跟牠過招，不必急於一時，早晚會讓你與牠打個痛快。」

徐龍象「哼」了一聲。

約莫是提及齊仙人座下黑虎，趙老道思緒便飄了去，輕輕道：「徒兒，師父與你說些祕事，不吐不快，積鬱心胸總不舒服。以為師的眼界而言，當代道門真人寥寥無幾，要不是武當出了個洪洗象，王重樓一走，就越發屈指可數了。對龍虎山而言，一家獨大太久，小字輩們難免誤以為天底下老子第一，也不是什麼好事。

容為師算一算，我哥當然是，丹霞也能算一個，趙丹坪嘛，太聰明了，事事恨不得機關算盡，反而損了運道。白煜與齊仙俠兩個小輩俱是奇葩，一個像為師那個爹，一個像呂洞玄，相信以後成就真人無礙，但還需要時間。至於靜字輩其餘的，都玄。天師府趙姓的幾位，以後難當大任。北地道統，倒是還有兩個散仙人物，可都一大把年紀了，指不定哪天說沒就沒了。唉，算來算去，也就這幾個了，一隻手就數得過來，怎麼一個慘字了得，遠比不上釋門哪。」

天曉得徐龍象有沒有在聽，趙希摶也不在意，掉轉筏頭返回，望向綿延山巒，突然一笑，語帶自豪緩緩道：「這也無妨，龍虎山還是有陸地神仙鎮山的。」

徐龍象側了側腦袋。

趙希摶見破天荒有了聽客，撫鬚瞇眼笑道：「世人甲子前只知我爹與齊玄幀，卻不知道真人之上有神仙啊。」

老道士本想故意賣個關子吊起胃口，見徒弟立馬低頭繼續抓魚去，他訕訕一笑，趕緊說道：「不過這位神仙如何個神仙法，為師也不好說。只記得年輕時候進山採藥，遇上個中年道士，後來齊玄幀都羽化二十多年了，師父再偶遇那道士，看去竟是半點不曾衰老，好奇萬分，與老祖宗一問，你知道你師祖是如何說法？老祖宗說他年輕時候也遇到此人數次！徒兒，你想想，這得多大歲數了？武當宋知命活了一百五十，號稱天下最長壽，為師保守估計山中那道人只會更年長。當然了，這事就跟山底有無道寶玉璽『奉天承運』相仿，不易考證。」

徐龍象翻了個白眼，這個習慣是跟他哥學來的。

趙希摶呵呵一笑，緩慢撐杆，咂摸咂摸嘴，嘖嘖道：「當年你父王帶兵來龍虎山，大勢所迫，便是老祖宗都不好明著擋路。天下人皆知數名驛卒足足跑死了六匹驛馬，才將那道聖旨送到龍虎山腳，卻不知最後一名驛卒早就與馬匹累死於六十里以外，是一名寂寂無名的中年道人接過，手持聖旨，身形所至，箭雨不侵，劍戟盡折，其間北涼麾下二十餘位頂尖高手都沒能攔下，甚至連道士容貌都沒看清。半炷香內便到北涼王跟前，道袍不染半點塵埃。」

老道士一臉恍惚道：「這還不是陸地神仙嗎？不知今生可否再見一面。」

◆

那北涼世子一走，陽春城總算是重現太平安樂了，不管湖亭郡士子如何否認，有那世子殿下在陽春城一天，就一天渾身不得勁兒。原本期待宮中娘娘給琳琅盧氏大宅裡的那位寡婦施壓，不曾想雷聲大、雨點小，不了了之，後邊誠齋先生竟被打殺致死。

據傳京城裡整座國子監都鬧起來，足足有數千名學子連袂上書，可惜仍是沒能求來一道聖旨下江南，那名王朝內最大的將種子弟吃乾抹淨拍拍屁股，就離開了陽春城。

馬隊由盧府出城，不在泱州逗留，直奔道家仙都龍虎山。兩架馬車，身體痊癒神速的青鳥和百無聊賴的老劍神分別駕車，徐鳳年讓魚幼薇和靖安王妃同坐一車。兩名命途多舛的女子約莫是同病相憐，相談言語雖不多，但琢磨著還真有點同仇敵愾的味道，不過魚幼薇顯然要冷淡一些，裴南葦更熱切。徐鳳年對這位胭脂評上的王妃那點小心機視而不見，就當看個無關大局的小樂子，相信魚幼薇不至於被三言兩語就糊弄得轉換陣營。

徐鳳年坐在車廂內，扳手指計算家當，自言自語道：「符將紅甲到手大半，可惜破損太多，不知道能否修復如初。大體上可以確定符將戰力與傀儡生前實力直接掛鉤，龍虎山是這門驅神役鬼的老祖宗，這趟上山絕不能空手而歸。採集祕笈招式入刀，從紫禁山莊《殺鯨劍》中取殺意最沉的刺鯨，《綠水亭甲子習劍錄》取疊雷，趙姑姑劍譜取一式覆甲，偷學了老劍神的一劍仙人跪，這段時間翻看《手臂錄》，跟青鳥學那招逆轉脈絡的卸甲，拔刀術學自東越皇族，收刀模仿南海尼姑庵的定風波，林林總總，加上老黃的九劍，也算湊齊了二十來式，有大黃庭做底子，不敢說是根腳盤來爪距粗，好歹有點粗糙架勢了。只要架子立起來，接下來就容易多了。」

徐鳳年伸手撫摸著武媚娘的腦袋，笑道：「顧劍棠是當世用刀第一人，不知真正對上，能擋下幾刀？」

魚幼薇意料之中輕淡道：「不知。」

徐鳳年也沒奢望能從魚幼薇嘴中得到答案，她的劍舞再絢爛，終歸不是殺人劍道。他拿手指彈了一下白貓腦袋，自顧自說道：「曹長卿無意間說到李老頭除了兩袖青蛇舉世無匹外，還有更霸氣的劍開天門，貌似很牛氣，怎的以前沒聽說過，江湖上也沒半點傳聞，這事情沒道理啊，有古怪。老劍神的兩袖青蛇劍招、劍意並重，次次繁簡不同，說是一招，其實窮極變化，每次躲避逃命都來不及，想要分心去偷師實在是難難難。老劍神說得好聽，說是要傳授絕學，分明是無聊了拿我出氣嘛。」

靖安王妃陰陽怪氣道：「人心不足蛇吞象。」

徐鳳年有樣學樣，針鋒相對，極盡揶揄道：「吞？知道王妃這張小嘴兒靈巧，就別在本世子面前炫技了。小心偷雞不成蝕把米，本世子把裴王妃給就地正法了。」

裴王妃一而再、再而三地被世子殿下拿床笫私事打趣羞辱，好似被抓住軟肋，以往次次都要惱羞成怒，今天出奇地沒有神情變化，只是冷眼相向，反過來冷言冷語譏諷道：「原以為世子殿下連藩王都不懼，蘆葦蕩讓我刮目相看，不承想才離開青州到了泱州就露餡，是只紙糊的過江龍罷了。碰上一個江湖中人的曹官子就得捏鼻子受氣，乖乖將婢女雙手奉上，由此可見，去了幾大天師坐鎮的龍虎山，也只能碰一鼻子灰。」

徐鳳年沉著臉陰惻惻笑道：「裴王妃小嘴越發刻薄了，可喜可賀。」世子殿下拿繡冬刀鞘掀起車簾，揚聲道：「舒羞，別騎馬了，領咱們裴王妃去後邊馬車坐著，好好熬一熬她的骨氣。」

裴王妃正要說話，就被徐鳳年一腳踹出車廂，繼而被舒羞探臂擄去。魚幼薇搖了搖頭，但那張清減幾許的臉龐沒有流露喜怒。

徐鳳年瞥了她一眼後，坐到車門附近，將簾角掛鉤，看著青鳥的纖細背影，柔聲笑道：「如何了？」

正揮舞馬鞭的青鳥斂了斂駿馬前奔勢頭，轉頭一副猶自懊惱的神情，低眉道：「兩顆千金難買的金丹呢。」

徐鳳年被靖安王妃一席話折騰得大惡的心情瞬間好轉，哈哈笑道：「青鳥，妳這樣子，很像是夫君在集市上買貴了魚肉的吝嗇小娘，節儉持家，會過日子！」

青鳥溫婉一笑，略微赧顏。她的表情總是淺淺淡淡的，蘆葦蕩那般身陷死地的大風大浪，她不一樣是如此，在她臉上，似乎永遠見不著啥大悲慟，女子常有的懷春與悲秋，跟她沒關係。

徐鳳年與青鳥一直言談無忌，直來直往說道：「讓舒羞跟裴王妃共處一室，以舒羞的南疆易容祕術，不知道最終能得幾分形似、幾分神似。徒有其表的話，多半還是白費氣力。到龍虎山之前先看看咱們舒大娘的成果，是否真的能以假亂真。」

青鳥疑惑道：「舒羞是要造一張人皮面具？」

徐鳳年笑著搖頭道：「還要高明些。要不咋說畫虎畫皮難畫骨。這門易容術，分陰模、陽模兩個環節，尤其是後者，幾乎到了易骨、剮骨的地步。舒羞粗略跟我講過步驟，十分複雜，跟道教丹鼎一個路數，是最高明的內外兼修，想要大功告成，舒羞少不得吃苦頭，不過吃得苦中苦、方為人上人，這話擱在舒羞身上，最妥帖不過。僥倖成了，可就是王朝內屈指可數的正王妃，這種氣運機遇，以舒羞的性格便是拚死都要搶到。」

青鳥輕聲小心問道：「靖安王這老狐狸，最是陰賊險狠、人心叵測，會認不出來？」

徐鳳年點頭道：「色欲熏心的世子趙珣未必能看破，他老子趙衡肯定能幾眼就看穿，所以我要先寫封信試探一下口風，乾脆把底子透露出去，靖安王府樂意收下偽王妃當牌坊擺起來，保證面子不丟，那是皆大歡喜；不願意，拒之門外，也在情理之中，我就當讓舒羞調教裴王妃好了，也不虧。冒險留著中看不中用的靖安王妃也就罷了，這娘們兒還不知好歹隔三岔五來刺我，天底下沒這樣的憋屈事情。」

青鳥仍是不敢相信靖安王府那邊會接受這個荒謬安排，由得一個偽王妃去鳩占鵲巢？靖安王趙衡一直被世子殿下罵作小肚雞腸如妒婦，忍得住？

徐鳳年看出青鳥臉上的匪夷所思，笑道：「就當賭一回好了。」

徐鳳年聽聞青白鸞鳴聲，掀開車簾，這頭神駿靈禽瞬間刺入。

世子殿下架臂停鳥，右手摘下一節玉筒，取出密信，看完後交給魚幼薇。後者仔細流覽，抬頭說道：「朝廷要改州郡制為路道制，設天下為十六路道，在路道以下，重新劃定州府縣？」

徐鳳年笑問道：「妳說說看妳的想法。」

魚幼薇略作思量後柔聲道：「平定八國後，王朝的疆域版圖擴張數倍，如今府縣激增到一千八百多個，當初遷就舊八國而設的大州容易自成藩鎮，帝國中樞確實不便控制。從信上來看，全部打亂，重新設十六道七十六州，大州割裂作幾個小州，大府一律升州，一千八百個縣的底子變更相對稍小，設置節度使、經略使兩位軍政大員，再設置監察使監督一道，北涼王與六大宗室藩王各領一道。」

徐鳳年平靜道：「聽徐驍說首輔張巨鹿等這一天，已經等了差不多該有二十年了。」

魚幼薇皺眉道：「可州郡縣三級變作四級，帝國就不怕政令受阻嗎？如果說是為了削藩才這般，代價是不是大了點？」

徐鳳年搖頭道：「沒這麼簡單，除去徐驍在內的七位藩王，其餘節度使、經略使、監察使都要四年或者六年一換，只不過目前還未公諸明令下發，大概等個三、四年後，局勢大體平穩，就該張巨鹿出手了。」

徐鳳年指了指密信，冷笑道：「別忘了除了路道制，朝廷同時對佛道兩教出手了。以往對釋門管理不嚴，只在禮部鴻臚寺設崇玄署管理僧籍和任命三綱，這以後就要有僧正一職了，只是不知道哪位和尚有這個資格做第一任天下僧人頭領，我猜楊太歲未必肯冒頭。至於道教那邊，朝廷伸手更長，對所有道觀弟子都要進行考核，分十一級，除了天師府是唯一特例，天下道人都要在這個框架裡晉升。再聯繫前不久率先拿黃門郎開刀的取士制度，妳覺得有沒有可能儒釋道三教，將盡在朝廷掌控之中？」

魚幼薇喃喃道：「天網恢恢，疏而不漏。」

徐鳳年掀開簾子，振臂讓青白鸞飛出車廂，拍掌笑道：「妳這話說得好，這張天網撒下，誰都做不得逍遙狗了。張巨鹿這個織網人，手段可厲害得無法無天了。」

魚幼薇眼神迷離道：「王朝鼎盛嗎？」

徐鳳年躺下，枕在魚幼薇彈性十足的雙腿上，閉眼道：「所以我就勸徐驍不管發生什麼都別想著造反了。」

魚幼薇低頭柔聲問道：「哪怕你被朝廷害死都不造反？」

徐鳳年嘴角勾起，伸手去撫摸她的下巴，笑咪咪不作聲。

半晌，魚幼薇惱怒道：「你摸哪裡！」

徐鳳年愕然睜眼，訕訕縮回爪子。原來是摸到一座挺拔山峰了。

徐鳳年鬼鬼祟祟輕聲道：「我想看劍舞，允許妳最多只披一件薄紗。」

耳根紅透的魚幼薇扭頭罵道：「去死！」

徐鳳年撇撇嘴靠著車壁，道：「不解風情。」站起身，徐鳳年無奈道：「出去透透氣。」

魚幼薇眼眸含笑。

徐鳳年坐在青鳥身邊，問道：「還要多久能到劍州？」

青鳥想了想，說道：「快則一旬，慢則二十天。」

徐鳳年「嗯」了一聲，抬頭望見此州境內最高的匡廬山，笑道：「我們今晚就在山頂歇腳，劍崖背面山腰有一條千丈瀑垂流直下，據說運氣好的話，清晨日出時分，在山巔可以看到瀑布變成金色。到龍虎山，差不多立秋。」

◆

上山過程中，徐鳳年始終跟青鳥插科打諢。

傍晚登頂，點燃篝火，吃過野味豐盛的晚餐，徐鳳年走到劍崖附近，大風撲面，他盤膝坐下。

羊皮裘老頭兒走到身後，徐鳳年問道：「開始？」

老劍神搖頭道：「今天算了，看看風景也好。」

徐鳳年有些遺憾，兩袖青蛇能多扛一次便是一次福氣啊。

李老頭兒傴僂著站在崖畔，眺望蜿蜒如長蛇的壯麗山川，輕聲說道：「為什麼不留下姜泥？」

徐鳳年平靜道：「這次留不下了。」

李淳罡點了點頭，沒有在這個問題上為難世子殿下。要徐小子與曹長卿這老儒生鬥法，實在是強人所難。

徐鳳年欲言又止。

老頭笑道：「想知道老夫那從未跟你提起的一劍開天門？」

徐鳳年嘿嘿一笑。

老劍神淡然道：「有些話本想回到北涼分離時再說，既然天時地利人和都齊全了，老夫也就不吝嗇這點陳年舊事。」

徐鳳年下意識正襟危坐，豎起耳朵仔細聆聽。

李淳罡自嘲一笑，緩緩道：「可知老夫當年為何下了斬魔臺便境界大退？」

徐鳳年搖頭道：「不知。」

李淳罡停頓了片刻，許久才回神，嘆氣一聲，道：「老夫用劍，劍意極點，比兩袖青蛇猶有遠勝，便是那撞響天鐘，洞開天門殺天人。曾有劍道前輩嘲諷，既然世上無蛟龍，那你這幾劍，便是那屠龍技，只是個笑話。」

徐鳳年正有疑惑，老劍神擺擺手，反而道：「何謂天人？」

徐鳳年苦笑道：「小子見識短淺，自然不懂。」

老劍神李淳罡嘿笑一聲，道：「三教教義不同，根柢卻同。古人說易與天地准，故觸彌倫天地之道。這便是天人門檻，儒家聖人，道教仙人，釋門活佛，莫不是如此，陸地神仙的說法，由此而來。一品四境，不是瞎掰的，金剛出自禮佛，指玄讚道，天象則是溢美儒家，唯有陸地神仙，無分三教，到了此境，便是神仙，便是天人。」

徐鳳年只覺得眼前豁然開朗。

李淳罡沉聲道：「老夫練劍，立志一劍出鞘殺天人，那一式，劍術、劍招，甚至劍意、劍罡都不算頂尖。可老夫誤打誤撞，每次使用此式，都力求一劍殺敵，試想老夫二十歲便幾乎站在劍道巔峰，此後二十年逍遙天地，每次遞出此劍式，一往無前，從未有人能活下。老夫的劍，越發凌厲無匹，一劍遞一劍，真正是算得上無敵了。當年輸給王仙芝，木馬牛被折，這並非老夫鬥不過那時候的王仙芝，惜才而已，才未遞出這一劍，否則如今世間便再無武帝城天下第二了。」

徐鳳年如遭雷擊。

老頭兒無限感傷道：「直到老夫去龍虎山求仙丹，齊玄幀飛升在即，講道理，我與齊老頭分明是雞同鴨講，誰都說不服誰，齊玄幀便說要試那一劍，贏了，他便交出丹藥，輸了，當然是一切休說。」

徐鳳年喃喃道：「老前輩輸了？」

李淳罡瞇眼喃喃道：「輸了，從此老夫再無劍道，境界一瀉千里。」老頭兒冷笑道：「既然到頭來殺不得天人，這一劍便是空中樓閣了。」

徐鳳年心神激蕩，好奇問道：「何謂神仙天人？」

李淳罡猶豫了一下，道：「儒釋道三家，老夫只見識過一個天人齊玄幀，只知道道門真人到達陸地神仙境，精神氣爐中相見結嬰兒，可出竅遠遊千萬里，五百年前呂祖飛劍千里斬頭顱，便是這個道理。」

徐鳳年輕輕道：「如此一來，世間還有敵手？」

李淳罡譏笑道：「到了這等境界，誰還去理會俗世紛爭？比如你是北涼世子，會去跟乞丐爭搶那幾個銅板的施捨錢？再者到此境界者，誰的心性不是堅若磐石，與天地大道契合。心思乖張者，墮於旁門左道，無法證道。那黃龍甲，自詡黃三甲，武功、智力皆是當世超一流，可他何嘗悟了？不是他不願，委實是挾泰山以超北海，他不能也。」

徐鳳年「哦」了一聲，跟隨李淳罡一同望向遠方天地。

心曠神怡，胸中氣機如雷鳴蟒遊。

老劍神摘下插於髮髻的匕首，丟給世子殿下，沒好氣說道：「姜丫頭臨行前，說將這柄神符轉贈給你，老夫不捨得也沒法子。」

徐鳳年握著神符，怔怔出神。

李淳罡轉身離去，嘀咕道：「一個贈神符，一個送大涼龍雀，都他娘的是敗家子。」

徐鳳年摘下春雷、繡冬雙刀，插入地面，閉目養神，右手托著腮幫，左手五指轉旋匕首神符。

似睡非睡，似醒非醒。

不知是短暫一刻鐘，還是漫長千百年。

徐鳳年猛然睜眼，握住神符。

只聽見懸掛劍崖的千丈瀑布轟然炸響，刺破耳膜。

崖外天地間雲霧彌漫，紫氣升騰，伸出一顆巨大頭顱，那頭顱，分明與徐驍蟒袍上所繡繪的蟒龍景象有七八分相似！

天王怒目張鬚！

牠口吐紫氣，雙目緊盯徐鳳年，猙獰恐怖至極。

一道身影如彗星流螢彷彿千萬里以外飛掠而來，落到不知是蛟龍還是大蟒的頭頂，人未至前聲已到，「得道年來三甲子，不曾飛劍取人頭。天庭未有天符至，龍虎山間聽泉流。」

徐鳳年癡癡望去，只看到來人通體晶瑩如玉，雙眼光華流轉，只有身上穿著的一襲龍虎山道破如凡間物品。

徐鳳年猛然驚覺。

有天人出竅乘龍而來！

◆

徐三是個郵子，家裡排第三，就被喚作徐三。小夥子長得結實，年輕力壯，可惜遲生了十年，沒那福氣摻和到春秋大戰中去，撈不到啥功勳。他所在的雞鳴寺驛站官老爺劉老頭運氣好，在西壘壁一戰中斬落首級六顆，年紀大了從北涼軍退下後，博取了個驛站頭頭的小吏官職。

他雖是兩遼人氏，但在戰場上顛簸太多，身子骨不如青壯，畏懼北地寒冷，便舉家遷到了南方，平日裡沒事就跟徐三這些小夥子說那春秋九國大戰是如何驚心動魄，尤其喜歡說那北涼王何等英雄氣概，每次都要唾沫噴人滿臉。

劉老頭嗜酒如命，說起往事時酒氣格外的重，徐三在內的十幾個郵子也愛聽劉老頭說那些兵戈硝煙，次次聽這些常彈老調，也不厭煩。徐三最是如此，恨不得爹娘早把自己從胎裡趕出來。別的不說，現在天下乾坤大定，鄉里百姓再貧苦不濟，都不用擔心出現掉腦袋的災禍，守著幾畝、幾分地，家家戶戶好歹總有個盼頭。逢年下了幾尺厚的大雪，以往老人家都感慨這天氣又得有誰熬不過去了吧，可現在不同了，在火爐上看雪都笑著說瑞雪兆豐年哪。

徐三不曾讀書識字，但道理還是懂的，劉老頭說這驛站是北涼王親手打造的，三十里一驛，誰敢剋扣郵子即驛卒的薪錢，甭管你是多大的官老爺，那就是喀嚓一聲，給拿下當場斬了。再者徐三與那北涼王兼大柱國的大將軍同姓，成了郵子後，每次跑馬遞信都格外勤快，只覺得不能辱沒了這個姓氏不是？

去年雞鳴驛站近幾年內頭回遇上需要六百里加急的貨物要送往北方，徐三體魄、馬術都是驛站裡最拔尖的，當仁不讓地擔當起重任。不料禍福相倚，原本是劉老頭要栽培徐三，中途卻出了意外，交給下一個驛站時，被告知貨物受損，那邊一個交接貨物的宦官跟死了祖宗十八代一般尖著嗓子喊著要把徐三抄家滅族。

徐三沒見過大世面，但跟著劉老頭耳濡目染，也知道京城裡出來給帝王家辦事的宦官連正三品的刺史都惹不起，當時便磕頭求饒，只求那位白面無鬚的太監老爺只殺他一人出氣。宦官哪裡理睬升斗小民的哀求，逼著身邊幾位郡內大官表態，說這是宮裡娘娘要的新鮮荔枝，以玲瓏冰窖珍藏，這該死的郵子顛簸碎了盒子。盒子本就千金難買，南疆運來的荔枝更是了不得，宦官陰著臉問當死不當死。

官員只得附和「當死」二字，徐三如何不認命？可不知如何馬蹄轟鳴，幾百鮮明鐵甲簇擁著一名將軍走到驛站，見到這情形，直接拔出北涼刀將那宦官的腦袋給斬落了。將軍讓徐三起身，再對身旁個個噤若寒蟬的郡府官員笑問道，擅殺驛卒當死不當死。官員們一日連續兩次說了當死當死，死裡逃生做夢一般的徐三最後才獲知那名將軍便是北涼王！

徐三面無人色，仍舊不顧一切驅馬狂奔，斜挎一只包裹。他早已無汗可出，嘴唇乾裂，只剩下血絲。雙目已不太看得清道路，驛馬也不知能支撐多久。昨晚八百里加急而至雞鳴驛站，劉老頭嚇了一大跳，要知道將宮府文書送來的健壯驛卒才到驛站，只說了一句「奉旨送往龍虎山交由大柱國」便連人帶馬力竭而死。

劉老頭環視一周，只有徐三不言不語，火速從馬廄牽出一匹比對待媳婦還愛護的駿馬，解下包裹繫在脖中，快馬加鞭，直奔龍虎山。北涼王打造王朝驛站將近兩千，曾言驛卒上食天祿當拚死一馬當先。徐三粗鄙，大道理說不出，但知道一馬當先是在說什麼！

此時此刻，徐三已經只剩下最後一口氣吊著，幾近人死燈滅，他不斷告訴自己再有二十里地就到了，再撐會兒，不能死啊！若是耽誤了北涼王的大事，愧疚那一命之恩，徐三有何臉面立於天地間？視野朦朧中，道路上一人飄然而來，徐三所乘的馬匹前足一軟，當場暴斃在塵土中，將徐三狠狠摔出去。徐三滾落於官道，看不清那人容貌，只依稀見得道袍，他攥緊包裹，竭盡全力嘶啞道：「雞鳴驛站徐兵，八百里加急，求道長送往龍虎山……」

道人蹲下身點了點頭。

鄄子徐三艱難轉頭看了眼當場斃命的愛馬，再望龍虎山方向，氣機斷絕，竟是死不瞑目。

中年道士輕輕一嘆，替這名年輕驛卒闔上雙眼，拿下包裹解開，露出一卷明黃色聖旨。他右手持旨，左手負後，腳尖一點，身形如驚虹貫日，世人不得見真容。

中年道人長驅直入，直到徐字王旗下，丟出聖旨轉身飄然遠去，空中左右兩撥箭雨凝滯，不前不墜，等到那道人身形逝去，才轟然落地。

那一年千鈞一髮，山上黃紫道士與山下北涼鐵騎，終於因為這一道聖旨換來可貴的相安無事。

◆

今夜，姓名道號不見於龍虎山的中年道士元神出竅，駕臨匡廬山。

見世子殿下收好匕首神符，隨意別在腰間，拔出雙刀，站於龍頭之上的中年道士古板說道：「貧道曾與徐驍在山腳見過一面。」

徐鳳年記起一樁從褚祿山嘴中偶然得知的塵封往事，仰頭問道：「你是龍虎山下那名送旨道人？」

中年道人面無表情道：「正是。」

徐鳳年猶豫了一下，倒握雙刀，彎腰行禮道：「徐鳳年見過仙長。家父私下曾言龍虎山上通玄第一，而非五十年前登仙的齊真人。」

中年道士無動於衷，只是俯瞰徐鳳年，以及那柄神符。

徐鳳年依舊低頭行禮，問道：「小子很好奇為何仙長可登仙而不登，可入天門而不入？」

中年道士平淡道：「貧道姓趙。」

與天子同姓嗎？

寥寥四字，足以解釋許多謎團了。為何上代大天師不惜以壽換壽為先帝續命？為何朝廷要對龍虎山敕封再敕封，將這座道統祖庭的地位層層拔高？為何當代天師趙丹坪能在京城如魚得水？為何白蓮先生能得聖寵？

徐鳳年雙手微顫，抬首咬牙道：「仙長已是方外人。」

猜不透年紀大小與修為高深的道人淺笑道：「可有聽聞一人得道、雞犬升天？何況貧道尚未登仙，庇佑後人一二又何妨？」

徐鳳年一問再問，再次詢問道：「不知仙長這次以出竅元神大駕光臨，有何教訓？」

中年道人並未回答問題，而是伸手指了指徐鳳年身後。

徐鳳年不敢轉頭，生怕自己怎麼死的都不知道。

道士皺眉道：「貧道雖稱不上道德聖人，但也不至於與你這小輩計較，當年與徐驍也是這個道理。子孫自有福禍，只要不是被人故意偏岔，便是國亡族滅，貧道也不會出手擾亂天機。」

徐鳳年這才轉頭，瞪大眼眸。

不知何時自己身後盤踞著一頭吐露紅芯的巨蟒，與那條張鬚天龍對峙！

大蟒對天龍。

這條似乎已經盤踞整座山頭的巨蟒屹然不懼！

徐鳳年對那探出頭顱的金黃天龍十分敬畏，不知為何對雪白大蟒竟是半點不怕，反而有一股發自心底的親近氣息。而那巨蟒見到徐鳳年轉身後，低下碩大如籮筐的腦袋，蹭了蹭徐鳳年額頭。

天龍似乎對這大蟒生出怒意，口噴紫氣越發濃郁，身形再升高，露出半截，張牙舞爪，對著匡廬山巔一聲怒吼，紫氣猶如實質，凝結成一根紫柱衝撞而來！

老子管你是天人還是神仙，天底下沒有讓他徐鳳年認命求死的道理！

徐鳳年剛要拔刀，盤虯山頂的大蟒嗖地抬頭，直起身軀，一口咬住龍氣紫柱，瞬間便將其咬碎。

恍恍惚惚猶如站在眾生之上的中年道士只是冷眼旁觀。

天龍吼叫，徐鳳年看到天空中再見不到半點繁星，雲氣翻滾，洶湧如怒濤，在天龍頭頂彙聚，層層疊加，越發硬密。

「鳳年。」

徐鳳年正恐懼於那金黃天龍無可匹敵的威勢，耳畔聽聞熟悉入骨的嗓音，猛然轉頭，看到那人，在這生死關頭，竟然對天地萬物都渾然不覺，只是淚流滿面。

有白衣女子，袖袂飄搖。

她曾一劍出劍塚，她曾白衣擂響魚龍鼓，她曾罰他捧書面壁，她曾穿著徐驍親手縫製的布鞋，孤身入皇宮！

徐鳳年嗓音沙啞，小心喊道：「娘。」

只怕喊大聲了，她便隨風而逝。

她身軀通透，緩緩飄蕩而來，猶如敦煌飛天。

她懸浮空中，似乎想要輕撫兒子的臉頰。

中年道士終於說話，冷哼道：「陰魂不散，有違天道！」

他一揮道袍袖口，將巨大白蟒的頭顱砸在地面上。

「吳素，還不速去黃泉！」

再一揮袖，罡風大起，距離徐鳳年才幾尺距離的白衣女子隨風後退。

女子抬頭冷笑道：「趙黃巢，那你又為何不入天門？」

徐鳳年看見娘親身體逐漸模糊不清，化作流華散去。他澈底陷入癲狂，雙眸赤紅，伸手就想要去抓住。

那中年道士終究是當之無愧的陸地神仙，玄力通天。

本就違逆天機的她艱難前行，任由魂魄消散，伸出一隻幽瑩的手，「握住」徐鳳年的手。

中年道士浩然道氣鋪天蓋地傾瀉而下，抬起手掌，怒道：「天道巍巍，邪魔退散！」

瞬間天雷滾滾。

道人一掌拍下！

道士替天行道，天發殺機。白衣女子由腳及腰，與巨蟒一同緩緩消逝如塵埃。

淚流滿面的徐鳳年撕心裂肺，喊道：「娘！」

她微笑，面容慈祥道：「鳳年，娘照顧不到你了，真捨不得啊……」

徐鳳年瘋魔一般，只是搖頭，那一瞬，二十年人生，在腦海中走馬觀花，一閃而逝。

直到浮現起李淳罡那一句我有一劍開天門。

徐鳳年只覺得渾身炸開，竅穴炸雷，經脈炸雷，血肉炸雷，魂魄炸雷，所有的所有，都炸得一乾二淨，老子今天便是死又何懼？娘親死了，你這死道士連娘親的魂都驅散，老子便殺不得你了？

他轉身面朝金黃天龍與中年道士怒吼道：「去你媽的天道！」

「我有一刀，可斬天龍！」

徐鳳年手中本無刀，此話一出，巨蟒流螢彙聚，一柄雪白神兵握在徐鳳年之手。

「我有一刀，可殺神仙！」

一刀破空。

天地變了顏色。

再無天龍，再無仙人。

徐鳳年緩緩睜開眼睛，匡廬山巔分明雲淡風輕，也無李淳罡與青鳥等人聞訊趕來，徐鳳年低頭望去，神符仍在手指間，繡冬、春雷插在地上。

徐鳳年摸了摸臉頰，盡是淚水。

原來是做了個夢啊。

徐鳳年轉頭，擠出一個笑臉，望向寂靜無聲的虛空，喃喃道：「娘，走好。」

再轉頭，望向星空，徐鳳年一字一字說道：「我有一刀，可殺天龍天人！」

◆

徐鳳年霍然起身，內視體內氣機流轉，並無異樣，四樓大黃庭只是四樓。剛要去抽出繡冬、春雷回歸刀鞘，心神一凝，下意識後仰而去，與地面平行，腳尖踢在春雷刀鞘上，刀鞘撞擊刀身，破土折回，一柄不知是否淬毒的匕首堪堪在鼻尖劃過。

徐鳳年左手握住春雷，右掌拍地，身形向後飄出兩丈距離，立定後望向劍崖峭壁，看到一個纖細身影輕盈躍出，手中仍舊握有一柄匕首。

她呵呵一笑，不急於貼身廝殺，歪著腦袋疑惑道：「喂，你怎知我會從懸崖攀到山頂？」

徐鳳年目不轉睛地盯著這個神出鬼沒的少女刺客，強忍住心中怒火，平靜道：「妳能從馬腹下鑽出，能從水中跳出，能從城門空洞裡跳下，為了靖安王趙衡付給妳的一千兩黃金，妳有什麼不能的？」

少女「哦」了一聲，再無下文，望向徐鳳年左手握刀，一副就知道你是左撇子的表情。

徐鳳年突然問道：「妳爬上來的時候可曾遇到異象？」

少女搖搖頭，「爬山很無聊。」

徐鳳年神情複雜，望向天空那一抹魚肚白，無奈道：「呵呵姑娘，妳以雙手匕首插入石壁，足足爬了一晚上？」

本該是思春懷春大好韶光的小姑娘以手刀刺殺王明寅後，近期已經在江湖上引發軒然大波，刺殺對象，可是成名二十年的天下第十一高手啊，這消息可比胭脂評某位美人與哪位公子踏春來得震撼人心。

江湖中，最猛的春藥永遠是祕笈、女人和一戰成名這三樣玩意，追逐者絡繹不絕。尤其是後者，要不然東海武帝城能有那麼多死活要登上城樓的武林人士？上得去二樓，就足以讓人出樓後一生不愁榮華富貴。

徐鳳年不是沒說過給她兩、三千兩黃金只求別他娘的玩貓抓老鼠了，可她從不理睬有啥辦法。這次本以為身後有老劍神李淳罡等人護衛，身前又是峭壁天險，就可以換來一夜清靜，哪知一面劍崖都擋不住呵呵姑娘。徐鳳年就想不通了，真是圖那千兩黃金的酬勞？還是有不為人知的不共戴天之仇？

她換個方向歪腦袋，問道：「喂，你怎麼不喊狗腿子來護駕？」

徐鳳年苦澀道：「我要是喊了，沒退路的妳還不得馬上拚命？這不尋思著看能否與呵呵姑娘化干戈為玉帛嗎？」

她搖頭一本正經道：「不用，你喊好了，大不了我刺死你後跳下懸崖，富貴由命、生死在天。」

徐鳳年苦笑道：「沒餘地？」

少女重重點頭。

徐鳳年瞇眼望向天際，日出蒸霞，他吐出一口氣，指了指小姑娘身後，微笑道：「因為光線照射角度的關係，劍崖瀑布馬上會變成金黃色，要不咱們先賞個景再搏命？」

她沒有作聲，始終面對徐鳳年，往後緩慢退去，在崖畔站住，眼角餘光一瞥，果真看到劍崖懸掛著一條下垂的金色綢緞，景色絢爛迷人。徐鳳年天人交戰，終於還是放棄轉身逃命的念頭，走到崖畔，一同欣賞這天地造化。

呵呵姑娘習慣性「喂」了一聲，算是打招呼，問道：「你怎麼哭了？」

徐鳳年平淡道：「做了個夢，夢到我娘了。信不信由妳。」

本以為註定得不到回應，打死都沒想到小姑娘「嗯」了一聲，腔調中帶著些許莫名其妙的顫抖。她蹲下身，嘴叼著匕首，雙手托著腮幫自言自語道：「你娘長得好看嗎？」

徐鳳年笑了笑。

少女殺手嘴角輕微勾了勾，含糊不清道：「你長得這麼好看，你娘肯定更好看。」

她緩緩起身，一條手臂下垂，掉出一柄匕首，笑了笑，怎麼看都透著股血腥冷酷。徐鳳年如臨大敵，心中咒罵，這小姑娘說翻臉就翻臉，果然得找個機會斬草除根才行，否則即便有李淳罡隨行，難保不會被她一擊得逞，自己腦袋只值一千兩黃金，想想就惱火！

呵呵姑娘不愧是呵呵姑娘，每次把握殺人的時機都出人意料，行事也一樣奇怪難測，這會兒她盯著徐鳳年說道：「今天算了，我不殺你，我按照原路返回山下，如何？」

徐鳳年毫不猶豫道：「可以！不過妳若信得過，我可以許諾不讓老劍神等人殺妳，呵呵姑娘大可以輕輕鬆鬆走著下山。」

她用看白癡一般的眼神看著世子殿下，說道：「不殺我不意味著可以不抓我啊。你當我是靖安王妃那個笨蛋，白長屁股不長腦子。」

徐鳳年會心大笑，說實話，要不是非要分出死活的難解死結，他還真想好好跟她談談心，想知道到底是誰教出這麼個妙人。徐鳳年伸出一隻手掌，示意不送。

小姑娘警惕道：「你先不拔繡冬，離崖百步。事先說好，你若敢反悔，我以後便不按規矩來了。殺你和那摳腳老頭不容易，可一個一個直到殺光一百鳳字營輕騎，不難。」

徐鳳年點點頭，眼睜睜看著少女刺客壁虎般雙匕插崖，緩緩下降。但也只是看似緩慢，若是身臨其境，便知每次刺崖都間隔著兩、三丈距離。換作徐鳳年實在沒這膽量掛在峭壁上，山風掃壁，異常剛勁，她身形飄搖而下，連旁觀的徐鳳年都替她捏把汗。很奇怪，徐鳳年半點都沒有希冀著她因此墜崖身亡，說來哭笑不得，有她如影隨形，才使得如芒在背的世子殿下在武道修行上一刻不敢喘氣。

◆

日出東方，整個兒躍出雲海，徐鳳年不知站立了多久，直到李老頭兒慢步踱來觀看日出，徐鳳年才轉身微笑道：「我有些明白老前輩的劍開天門了。」

李淳罡一臉不信，訝異道：「哦？」

徐鳳年轉身望向雲海，瞇起那雙很能讓女子心動的丹鳳眸子，笑意醉人道：「一劍遞一劍，劍劍疊加，不去管什麼劍招劍術，將劍意遞加到無窮無盡，立志一劍殺不得人，便不出此劍。賭上一生修為，押注在這一劍上！我若學刀，也應如此，要求那孤注一刀有可殺天龍的氣魄！」

李老頭不動聲色，沉聲道：「說得還算在理，可以你目前境界，如此耍刀不是找死？」

徐鳳年搖頭道：「當然不是現在，等我入金剛境後再說。」

李淳罡傲然冷笑道：「不是老夫瞧不起你小子，只要你一天是世子殿下，就一天練不成這一刀。沒了老夫做你的護身符，徐驍就不會給你找其他高手做免死金牌？你有恃無恐，如何真正險中求境界？」

徐鳳年平靜道：「只要成就金剛境界，回到北涼，我會馬上孤身入北莽。」

李淳罡冷哼一聲：「還算有點志氣，沒浪費老夫那兩百手青蛇。」

徐鳳年一笑置之。

老劍神突然問道：「昨晚你小子靜坐後差點走火入魔，咋回事？」

徐鳳年輕輕搖頭，淡然道：「沒事。」

老頭裹了裹羊皮裘，撇嘴不再追問。

魚幼薇和裴南葦也都醒來看景，青鳥跟在她們身後。不得不承認，被呵呵姑娘詆毀成不長腦子的靖安王妃當真當得「閉月羞花」四字美譽，女子漂亮到這個境界，似乎長不長腦子都沒關係了。再者世上哪來那麼多大智近妖的嬌豔女子？世子殿下的二姐徐渭熊算是韜略驚豔，可不就長得平常？以徐鳳年的百文錢去評判姿色，生平所見諸多尤物美人中，不說那胭脂齋奪魁的白狐兒臉，裴南葦無疑當屬第一，該有九十四、五文錢的水準了。

她落魄以後是一身市井婦人的木釵窄袖布裙，但難掩丰韻，這段時間若是需要露面，她都被世子殿下要求戴上一頂軟胎觀音兜風帽，垂有及肩輕紗。家風保守的婦人出行，大多頂著這種帷帽；年輕些待字閨中的小娘子，則一般戴透額羅，色彩相對明亮，臉龐能被看清楚七八分，戴與不戴意義不大。

魚幼薇不需如此謹慎含蓄，穿有樣式腴美的織錦大袖，刺繡手工精美，踩著一雙富有西域風情的透錦靴。僅論容顏，她自然比公認肌膚勝雪的裴南葦輸兩、三文錢，可擋不住魚幼薇胸口的一覽眾山小，只要是嗜好把玩胸口那雙剝殼荔枝肉的，沒誰能不臣服在她裙下。

這次出北涼，有意無意與魚幼薇談及一些廟堂政治，興許是出生官宦家族打小耳濡目染的緣故，她總能表露出相當不俗的見解。

徐鳳年將繡冬、春雷一併歸鞘，重新懸在腰間，徑直走回鳳字營駐紮的營地。

魚幼薇和裴南葦結伴站在一起，望向絢爛天空，眼神迷離。

而她們腳下，如仙人一劍斬出的峭壁上，一名少女單手握住刀柄，身形搖晃，在風中如一株倔強的縫間小草。

上不著天、下不著地的她癡癡望向朝霞，沒有呵呵一笑。

只是在那兒發呆。

第五章　救姐弟鳳棲梧桐　羞憐惱最是慕容

長安鏢局在號稱無鏢不成州的劍州看來，規模不大不小，但勝在老鏢與青鏢搭配得當，人數才五、六十號，但由於老鏢中多數是綠林好漢和退役悍卒，戰力不弱。前者過膩了刀口舔血的日子，做了鏢客，不但武功底子在，老當益壯能打能殺，而且人脈底子也在，出門靠朋友，既然走鏢，難免要經過許多當地寨子，扛上鏢旗報上曾經廝混江湖的自家名號，說不定當年就一起搶過黃花閨女，因此對方大多能買幾分薄面。

至於那幫曾經在戰場上待過的老鏢，單人廝殺興許不如江湖莽夫的手段乾淨爽利，但若結陣而戰，刀弓馬步，更能震懾對手。長安鏢局的青鏢們，這些年在老鏢們手把手調教下比較那前幾號的大鏢局子弟絲毫不差，欠缺的只是鏢號裡沒上乘祕笈撐場子而已，這是最無奈的事情。

鏢局大小，說到底還得看局裡養了多少個武功拔尖的活鏢旗，長安鏢局能拿得出手也就總鏢頭石青峰，以及這趟行鏢負責人的武術教頭俞漢良，而客卿一名都沒有。劍州幾家老字號鏢局，客卿多則數十人、少則十幾位，都在江湖上闖蕩下亮堂名聲。

韓響馬是名孤兒，那時候春秋大戰接近尾聲，襁褓中的韓響馬被狠心爹娘丟在雪地裡，被途經的俞教頭撿到，自小便在長安鏢局長大。韓響馬打小心眼活絡，習武也肯吃苦，被金盆洗手的江洋大盜俞漢良視作親生兒子。年輕的青鏢裡以他和總鏢頭兒子石襄陽各自為首，分別拉攏了兩批青鏢。

鏢局有個青梅竹馬一起長大的女孩，石襄陽愛慕得要死要活，偏偏那女孩只對油嘴滑舌的韓響馬眉目傳情，韓響馬卻對她沒啥感覺，越發讓石襄陽視作眼中釘、肉中刺。其實小時候兩人常一起用尿活泥巴，長大後落得這般水火難容的田地，實在讓韓響馬頭疼。長安鏢局，取自「長命久安」的意思，立鏢三十多年，尚未丟過鏢，故而在鏢局多如牛毛的劍州總算是站住了腳跟。

按照往常規矩，鏢局走鏢，都是老鏢帶青鏢，比例以鏢貨貴重程度而定，但韓響馬琢磨著這趟走鏢有些古怪，青鏢裡竟然就他一人，其餘都是鏢局裡經驗最豐富的老鏢，由俞老爹親自壓陣。出劍州境前，長安鏢局的名頭還有些管用，但出劍州這一旬多時日，明顯就有些棘手了。

俞老爹是個老酒鬼，但尋常走鏢偶爾歇腳在熟店，關門後會小喝上幾盅，權作解饞，但這趟乾脆連酒壺都沒帶。韓響馬就騎馬佩刀護在鏢箱邊上，箱子不大，據俞老爹私下透露，當日總鏢頭接鏢時說是一塊家傳美玉，鏢局裡有行家專門鑑定，手腳顫抖著說那玉起碼能值大半座長安鏢行！

韓響馬瞥了眼鏢箱，再轉頭看了眼簾帷重重的馬車，是兩個女扮男裝的劍州當地小娘。別看她們戴著嚴實遮面的厚重帷帽，但八、九歲就陪著俞老爹去窯子探望姨嬸姐姐們的韓響馬眼光何等毒辣，光是偶爾她們夜深人靜時下車散心的驚鴻幾瞥，真相便水落石出。打小在妓院裡察言觀色混飯吃的韓響馬深信這兩個小娘絕對是大美人，一次擦肩而過，那叫一個香嘖嘖。韓響馬不用值夜時偶爾躺在床鋪翻來覆去，想著這趟走鏢能看清楚她們一面就賺了。

教頭俞漢良背負一張牛角大弓，腰懸一柄環首大刀，策馬繞行鏢隊，見到怔怔傻笑的韓響馬，抬腳踹去，罵了一聲。

韓響馬拍拍屁股，覥著臉笑道：「老爹，啥時候把你這弓傳給我，我手癢啊。」

俞老爹是個目不識丁的莽夫，義子韓響馬這名字還是跟鏢局裡一位先生討要來的，破費了好幾斤酒。雖說當成親生兒子養大，自然望子成龍，可怎麼個成龍法子，俞漢良一點不懂，反正犯事了就拿鞭子打，覺得這小子出息了就拿出銀子讓他跟狐朋狗友耍去，喝酒也好，逛窯子也罷，都是大老爺們，裝什麼讀書人。

那石家小子就瞧著不順眼，明明是個習武之人，卻成天吟詩作對、舞文弄墨，你他娘念詩給聾子聽啊，活該柳丫頭不喜歡。老一輩傢伙，不管年輕時如何心狠手辣，年紀大了，最大的樂趣可不就是比對子孫誰更出息一些？俞老爹就覺得韓響馬很不錯，再打磨幾年就是條漢子，不愁沒飯吃、討不到媳婦。俞漢良心情不錯，指了指韓響馬腰間佩刀，笑罵道：「別不知足，鏢裡加上總鏢頭那兩把，總共也就六把麒甲刀！」

俞老爹摸摸背後牛角大弓，深情款款，跟撫摸姘頭柔滑肌膚似的，見韓響馬一副肉麻噁心的抖擻神態，瞪眼說道：「最早也得等老子進了棺材才傳給你，這趟鏢你要沒走好，這弓，老子就帶進棺材，傳給你個屁！」

韓響馬攏了攏韁繩，讓兩馬並行，勾住俞老爹肩膀一臉諂媚道：「老爹，這話見外了吧。咱做牛做馬攢錢給你老人家養老送終，沒點家當怎麼闖蕩江湖。你又不是不清楚我膂力在鏢局裡數一數二，如今連總鏢頭都不敢跟我比試箭術了，好馬配好鞍，老爹，辱沒這把寶弓，是要遭天譴的。」

俞老爹白眼道：「去去去，好好盯著前頭，咱們這趟走小路，不安生，千萬別折了鏢局幾十年辛苦積攢下來的口碑。」

韓響馬笑著說了聲「得令」，驅馬前奔。俞老爹眼神慈祥，實在無法想像當年這傢伙是殺人如麻的大盜。他望著兒子的背影，心中俱是欣慰，這小子能獲准佩麒甲刀，可不是因為韓響馬是自己義子，在鏢局裡捧飯碗，靠的是實打實的真本事。

鏢局任何一件武器，都要跟官府詳細報備，增添一件、折損一件都要記錄在案。長安鏢局才六把麒甲刀，這種刀仿製式北涼刀，百煉成鋼，刀身狹窄，樣式輕巧而劈砍鋒銳，馬戰、步戰都是一等一的趁手好寶貝。

鏢行裡有幾名廣陵軍退下的悍卒，韓響馬性子好動，但跟廣陵老卒學刀絕對沒二話，只要讓他握刀，就能屁股生根，能苦練一宿都不喊累。其實這撿來的兒子箭術更好，連軍旅悍卒出身的老鏢們都說韓響馬猿臂善射，是頂好的苗子，奈何相比練刀，韓響馬練箭始終不肯用心，這讓吐了幾大缸口水都沒轍的俞老爹來了脾氣，偏不肯把牛角弓交給這小王八蛋。

俞漢良押鏢出劍州，十分謹慎，一來鏢物異常貴重，一旦丟鏢，長安鏢局虧損巨大不說，十有八九再無法在門戶競爭激烈的劍州樹旗接活，所以除了他這個武術教頭，還有韓響馬這個心思縝密、武力不差的青鏢，其餘清一色是老江湖的鏢師，足足三十多號人，可謂精英傾巢而出，加上夥計雜役也有將近五十。浩浩蕩蕩，哪怕不走官道走小路，一般山寨都不敢露頭來攔路剪徑。走鏢求穩和字當頭，這沒錯，但沒的商量的話，還得靠硬刀硬槍。

俞老爹想到車裡頭坐著的兩位，皺了皺眉頭。心想這趟鏢不簡單哪，明面上護送那塊價值連城的玉佩去松州，是走鏢裡最稀鬆平常的貨鏢，可暗地裡更像是人鏢。車廂兩人深居簡出，俞老爹大半輩子都在亡命生涯，入了鏢局才安穩下來，但這輩子沒見過啥大家閨秀，連小家碧玉都沒接觸幾位，可沒吃過豬肉好歹見過豬跑，車裡兩位，實在不像是一般門戶裡出來的女子，打著貨鏢名號出走劍州，怎麼看怎麼像是在逃禍。

長安鏢局幾位當家的起先聚在一起也做過計較，俞漢良就不太想接鏢，可長安鏢局近兩年生意清淡，被幾個大鏢局壓榨得不輕，加上對方兩人出手豪氣，押金就有六百兩銀子，許諾到了松州，再拿出六十兩黃金！總鏢頭一咬牙，接了！

鏢隊前頭的韓響馬抬手做了個手勢，老鏢們立即抽出兵器，如臨大敵。但刀只出鞘一半，這是走鏢不成文的規矩，對面既然沒有偷襲出手，而是明著來攔路，只要沒有真正撕破臉皮，鏢局若是刀鋒率先全部出鞘，就等於是砸山寨的場子，是一種大不敬行徑。出門在外行走江湖，情義禮三字，都不得有絲毫馬虎。

小道兩旁密林中嘩啦啦跳出七、八十號人，刀矛鮮亮，岔路上更殺出二十餘騎，皆是人強馬壯。俞漢良走鏢二十年，當然看得出這一夥劫道賊匪不比尋常，多半是那種放小蝦逮大魚的大寨。俞漢良一肚子納悶，以往沒聽說這座山上有如此扎手的山大王啊。

他去年還來過這裡，記得占山的是秦鴿子那夥熟人，姓秦的擅長三皇炮捶和十六路鞭腿，單對單，俞漢良沒有半點勝算，但大寇秦鴿子手下嘍囉很不濟事，屬於老弱殘兵，因此以往走鏢至此，也就是掏點碎銀當作「敬太歲錢」，雙方面子都過得去，一來二去，俞漢良跟秦鴿子還算混了個半生不熟。

按照總鏢頭石青峰的意思，這趟看能否趁機拉攏秦鴿子做長安鏢局的客卿，哪裡料到換了山頭王旗，來勢兇猛。騎匪二十，這可不是普通山賊能有的家底，一匹馬昂貴不說，而且有價無市，養馬就更不輕鬆了，這下子棘手了！

俞老爹長呼出一口濁氣，握緊腰間環首刀，驅馬前行，先讓初生牛犢不怕虎的韓響馬乾淨滾回來，面對那幫精裝山寇，抱拳大聲道：「劍州長安鏢局俞漢良，向諸位好漢借道！」

對方人馬毫無動靜，俞老爹硬著頭皮掏出兩袋子碎銀，揚聲道：「太歲孝敬錢二十兩！」二十騎照舊在小道上紋絲不動。

原本被俞老爹勒令去殿後的韓響馬大怒，尋常過路的太歲錢，十兩已是一般鏢局相當闊綽的出手，這幫兔崽子仗著人多勢眾給臉不要臉。他掉轉馬頭，就要澈底抽刀，熟諳這小子暴躁脾性的俞老爹生怕誤了大事，轉頭罵道：「響馬，不得胡來！」

韓響馬只得悶悶收刀，驀地瞪大眼睛，紅著眼喊道：「老爹小心！」

路旁一棵樹上躍下一人，黑衣帶刀，疾奔前衝，俞漢良才生出寒意，甚至來不及抽刀格擋，就被來者抽刀一抹，連人帶馬給當頭劈成兩半。

眾人皆是肝膽欲裂。

這一刀只瞧見了刀鋒暴起的半圓形流華，這種冷冽無言的殺人手法，實在恐怖。

小道上，鮮血淋漓，人與馬的屍體都斷作兩截。

與俞老爹相依為命二十多年的韓響馬已是怒極，喪失理智，夾了夾馬腹，抽出麒甲刀策馬疾馳。

站在小道上的青年刀客手腕輕輕一轉，刀鋒上鮮血在地面上濺出一條猩紅血線，側鋒直指借馬勢、壯刀勢而來的韓響馬，不退反進，迎面狂奔。

敵對雙方瞬間擦身而過，韓響馬落刀後驚覺根本沒有砍中那挨千刀的仇家，下一刻他便墜下馬背，滾落在道路上。原來馬匹四蹄已經被那名刀客齊齊削去，再低頭看自己，雙腿膝蓋以下早已離身，只是刀鋒太銳，直到現在，韓響馬才察覺到那刺骨的疼痛。

堅韌如他也哀號起來，十指下意識地在道路上彎曲成鉤，刺入泥地，指甲翻起都不自知。自打記事起便有著一個江湖夢的韓響馬，抬頭看到不遠處的俞老爹，緩緩爬去，這時這名年輕鏢師腦海中再無什麼逍遙江湖、揚名武林的念想了，只想著見到老爹一面。

行兇的刀客連看都不看一眼無名小卒韓響馬，面對倉促結陣的鏢局眾人，閒庭信步般前行。他輕鬆挑落幾枚激射而來的羽箭，鋒芒清亮如雪，刀勢大氣磅礡，在陣式最前面的廣陵老卒根本抵擋不住，面容生硬的青年刀客每次都只是乾脆俐落的一刀，就如砍瓜切菜般將這些長安鏢局老鏢斬死在血泊中，除去韓響馬沒有當場斃命，接下來與他照面的，無一例外都是瞬間被殺。

才小半炷香工夫，車隊便被殺得七零八落。老鏢拚死護著馬車，夥計雜役沒這膽識四散逃去，刀客也不追攆，自然有那二十彪悍騎匪驅馬追殺，手起刀落，輕而易舉就在後背上拉出一條深可見骨的致命傷口。

體魄魁梧的青年抽出那捅在最後一名老鏢心口的刀尖，刀身在緩緩倒地的屍體上擦了擦，拭去血痕，再用刀尖挑起車簾子，冷淡道：「被軒轅老祖宗看中，逃得到哪裡去。」

簾子掀起，一柄匕首刺出。

青年刀客兩根手指夾住匕首，隨意扭斷，丟在路上，再伸手捏住她的纖細雪白脖子，先將她拖出車廂，再懸在空中。她的帷帽已經掉落，露出一張清冷絕世的容顏，但冷血刀客對她相貌並不留戀，只是略微低了低視線，看到她離地頗高的雙腳腳尖劇烈顫抖，雙手徒勞地拍打他那隻粗壯手臂，臉色由紅轉紫。

待在車廂裡的另外一人鑽出來，看到這一幕，摘下帷帽，臉龐與命懸一線的女子一模一樣，她嗓音冷清道：「放了我姐姐！」

他眼角餘光瞥去，覺得有趣，竟然有不怕死的？

她突然抽出一柄藏在袖中的匕首，抵在自己脖子上，刺入吹彈可破的肌膚，割出一道血槽，冷冷道：「我死了，看你如何去跟軒轅老變態交差！」

殺人如麻的青年皺了皺眉頭，今天這檔子祕事在他看來談不上什麼，既然上了徽山牯牛大崗拜師學藝，受人恩惠當然要給人賣命。軒轅老家主無女不歡的癖好，尤其喜好豢養孌童和虐殺幼女，在劍州早已路人皆知。老傢伙精通房中術的密宗歡喜法門，採陰補陽已經幾十年，內力堪稱通玄，更是刀法宗師。

青年刀客半個多月前領命攔截一對被軒轅老祖相中的仙品鼎爐，劍州鏢局被他掀了個底朝天，這才連路趕來，耽誤了六疊瀑練刀，這讓嗜武成癡的他心情很糟糕。面對車上女子威脅，一手提著脖子、一手握刀的他拿刀尖抵在獵物心口，冰冷道：「自盡？不攔著，只不過我敢保證妳姐姐肯定會死在妳前頭，一刀刺入，只要找準心竅，攪爛心臟後，我就能讓妳姐姐半死不活，生不如死，比妳一抹脖子要不幸百倍。」

她雪白牙齒死死咬著嘴唇，滲出血絲，眼眸中的怨毒顯而易見，緩緩道：「你是誰？」

青年刀客無所謂道：「記住了，袁庭山。想要報仇，就老老實實跟我回徽山，把軒轅老祖宗伺候舒服了，多吹幾年枕頭風，才有希望給我找點麻煩。」

她果真丟掉匕首，嫣然一笑道：「你等著便是。」

自稱袁庭山的刀客隨手將做姐姐的女子丟在地上，二十騎已經將鏢局裡的雜魚砍殺殆盡，一個不剩，刀客朝後邊那些貨真價實的劫匪扭了扭脖子，刀鋒上尚在滴血的騎士個個嘴角獰笑，拍馬前衝。

她眼神冷漠地望著抱住刀客大腿求饒的姐姐，無動於衷。

青年刀客安靜地等著騎兵收工，見人頭收割得差不多，便低頭望去，「聽說你們雌雄難辨，我很好奇你們中誰是男的。」

說話間，道路盡頭出現一位佩雙刀的白馬錦袍。

◆

在劍州地勢上，江東牯牛大崗與江西龍虎斬魔臺雄峰對峙，格局形勢上也差不多，雙方秉著遠親不如近鄰的原則大體上井水不犯河水，如同兩位相敬如賓的老嫗。軒轅家族的老祖宗雖說道德堪憂，為劍州士林所不齒，但武德不低，廣結天下英雄好漢，一些被官府上榜絞殺的漢子只要上得了徽山，都可托庇於這個當今武林屈指可數的豪族，官府也只能睜一隻眼、閉一隻眼。

把持家族半百年的軒轅老家主對登山求學的武道後輩也樂意大力栽培，曾替許多如今名動江湖的高手指點迷津過。袁庭山報仇雪恨後，作為被官府重金懸賞緝拿的亡命之徒，甚至上了趙勾名單，若非軒轅老家主願意讓其上山，他在山腳就要被趙勾拿去傳首江湖了。

對生性涼薄的袁庭山來說，這份救命恩惠且不去說，他若想在刀法上有所建樹，打破瓶頸，就得心甘情願給軒轅家族做一些見不得光的陰暗勾當。當牯牛大崗一名管事在六疊瀑布下找到袁庭山，這名刀客正在以後背硬抗那條百丈高崖跌落的水柱，以此錘鍊筋骨。徽山瀑布六疊，以這一疊下墜最急，號稱龍吐水，軒轅家族近三十年已經沒有年輕後輩能夠如此極端地鍛鍊體魄。袁庭山聽說大概後，就領著二十輕騎下山辦事，攔截兩個從小門小戶裡出逃的妙齡玩物，實在提不起大精神，但既然寄人籬下，拿人好處了總得替人消災。

袁庭山只要答應去做，就務必做到最好。他查清鏢局路線後，先將那擅長炮捶鞭腿的秦鷂子砍斷雙腿，攏起一夥不成氣候的草寇，倒不是說要借力，只不過總要給官府擺出劫匪與鏢局同歸於盡的障眼法。聽說那對尤物在劍州極負盛名，早前才十二、三歲時就早已豔名遠播，軒轅老祖青眼相中，視作床帷玩樂的禁臠，早已在江東半公開，就等著何時出手「請」上山享福去了，不承想那對被譽作「一人已傾城，一人更傾國」的小璧人竟然跑了。

在很多事情上都後知後覺的袁庭山瞥了眼臉蛋身材幾乎完全相同的兩人，拿刀尖指著站在車上的那位，哈哈笑道：「妳這皮囊可比娘們兒還好，難怪軒轅老祖對妳更上心些，就是不知道妳這細皮嫩肉的，跟姐姐一起能被玩弄幾天。記住了，我叫袁庭山，在我刀法大成之前，怎麼都別死，要不然就不好玩了。」

袁庭山已經看到那名氣質不俗的不速之客，高坐於駿馬上，遙遙相望。袁庭山嘴角勾起，殺意湧現。他出身貧賤，習武後從不掩飾對豪門公孫的憎惡，初入劍州，就在江上殺雞般宰了一整船的膏粱子弟。袁庭山朝軒轅傾注心血培養出來的悍勇輕騎做了個斬頭手勢，刀背輕輕敲打肩膀，走向那名仍在地上爬行的青鏢，不忘轉頭笑道：「好心提個醒，我在徽山上聽說軒轅老祖癖好古怪，到時候老傢伙讓妳與妳姐姐歡好，妳該如何做？」

脖子上烏紫痕跡觸目驚心的姐姐癱軟在地，聽到這句話，嬌軀顫抖，臉色蒼白。站在車上的那位嘴角血絲更濃。

袁庭山做了個充滿暗示性的挺腰動作，大笑著走向那名苟延殘喘的年輕鏢師，留下一對雌雄難辨、神情迥異的姐弟。坐在地上的姐姐恐懼地抬頭，望向那個從小就極有主見的弟弟，後者恰好居高臨下冷冷望來，她打了個冷自骨髓的寒戰。

袁庭山根本不在乎被那對姐弟記恨，以他們的姿色，如果真的能夠對軒轅老祖曲意逢迎、婉轉承歡，在牯牛大崗得寵幾年想必不難，只不過到那時候，軒轅青鋒都已是他的女人，一對連命運都掌控不住的軟弱寵物能掀起什麼風波？

失去雙足的韓響馬還在血泊中艱難爬行，只是憑著一股執念苟活。

袁庭山站在韓響馬與老鏢屍體之間，將刀插入地面，彎下腰笑咪咪道：「再努力一點，就快看到你老爹的腦袋了。」

當扭動殘軀木然前行的韓響馬頭顱到達刀鋒下，袁庭山冷笑著在道路上緩慢劃出一道溝壑，順便將這顆頭顱輕輕割下，拔起刀後拿腳尖一踢，腦袋濺著血液滾到老鏢屍體附近。

「江湖兒郎江湖死，死得其所。」

袁庭山喃喃道：「我是好人哪。」

這一幕讓姐弟兩人看得作嘔，尤其是姐姐已經膽寒，當場昏厥過去。身體筆直站在車上的那位，喊了一聲「慕容梧竹」後，見沒有回應，他面無表情地提起袖口抹去血跡。這些年在劍州江東無數詩篇讚譽姿容風采的「她」，眼神木然。

慕容家族在劍州是末等士族，遠比不上那些龍盤虎踞的豪閥世族，相傳慕容姐弟出生時有術士路過，留下歌謠「一雌復一雄，雌傾城，雄傾國，雙雙飛入梧桐宮」。世人皆知梧桐宮是太安城宮殿，隨著慕容姐弟逐漸長成，劍州士子交口稱讚，姐姐已是奇質美人，弟弟慕容桐皇更是美若蓮花。都說自他誕生後，府中蓮花池便不曾綻放過，每年滿池青蓮只長至花苞，故而慕容桐皇又被譽作蓮花郎，加上那傳唱多年的歌謠，慕容家族無形中對此雙姐弟抱有極大期望。

曾有族人色欲熏心，對年僅十歲的姐弟試圖猥褻，但不知為何最終沒有得逞，還瞎了一眼，被逐出家門。可惜姐弟十三歲時，一次前往龍虎山燒香，在徽山山腳被軒轅老祖宗一見之下驚為天人，欽定為禁臠。慕容家族面對在劍州隻手遮天的龐然大物毫無抗拒之力，不知是不是狗急跳牆，熬到了三年期限的尾巴上，鬧出姐弟倆離家出走的鬧劇。軒轅老祖宗倒也沒對做出小動作的慕容家如何為難，只不過蒙在鼓裡的長安鏢局就遭殃了。

道路盡頭，得到空中青白鸞消息，只是聞訊趕來湊個熱鬧的世子殿下瞪大眼睛，看到二十騎朝著自己衝殺過來，一時間沒弄明白。難道是賀州這邊軍旅甲士？可不像啊，真要動手的話，二十餘騎是不是太寒磣了點？不知道本世子屁股後頭跟著一百鳳字營嗎？因為有青白鸞示警在先，這次急行，就沒讓一百輕騎拉開距離。錦衣華服的世子殿下本來臨近龍虎山，心情就好不到哪裡去，尤其看到那刀客割頭顱踢腦袋的殘酷動作後就越發火冒三丈，他一抬手，以大戟寧峨眉為首，一百輕騎分作兩縱，鐵蹄踏地，轟鳴刺耳。

那二十騎也不傻，呆若木雞後立馬轉身狂奔！他娘的，又不是瞎子，誰看不到那幫橫空出世的騎兵不僅人手一把制式刀，更背負有一副勁弩。弓箭還好，朝廷不禁民間私藏，但弩這玩意，可絕對是若非軍隊不可配置，一經發現私藏，輕則充軍發配三千里，重則以叛逆罪論處，是要掉腦袋的！更要命的是賀州、劍州、湖州三地境內有資格持有軍方強弩的，只有廣陵王麾下蒼鷹營和游隼營，軒轅家族可以不把那些個郡府放在眼裡，卻也不敢與藩王精銳叫囂抗衡。

驕橫跋扈如袁庭山，也不禁下意識皺了皺兩道劍眉。

廣陵王的人馬？那高高在上惹人討厭的公子哥是將門子弟？

若還是以前單槍匹馬的日子，他早就拔刀衝去，事後逃命歸逃命，當下怎麼都要把那錦衣公子哥劈落馬下。

袁庭山擺擺手，示意二十騎去姐弟倆所在的馬車，他獨自站在原地，死死盯住那個被兩批驍騎夾在中間的紈褲。

狹路相逢！

只見紈褲雙手按刀，以刀鞘拍馬，瀟灑前行，離袁庭山還有五十步時，冷淡問道：「你們是廣陵王趙毅那邊的人？」

廣陵王趙毅，六大宗室藩王中權柄僅次於燕剌王，為人十分有趣，殺人如麻，揮金如土，尤其是好色如命。春秋大戰落幕後，就數這位藩王占有亡國皇后、公主、嬪妃最多，母女同床，姐妹同被，甚至三代同眠都有，花樣百出。

正所謂一龍生九子，靖安王趙衡等皇兄、皇弟相貌都算當世美男子，趙毅卻相貌醜陋，體態臃腫黝黑，與北涼褚祿山號稱南北兩肥，都是凶名震天下的豺狼。但廣陵王雖說人品低劣，領兵卻極有心得成就，與王朝「首藩」燕剌王相比，只是差了數量而已，單個武卒甲士的技擊並不遜色。趙毅所轄是春秋昔日第一強國西楚的故土，能夠在二十年間彈壓得楚人抬不起頭，絞殺士子無數，可見這位藩王的鐵血手腕。

這下輪到袁庭山納悶了，但隨即這名無法無天慣了的刀客開始冷笑起來，顯得十分猙獰。

徐鳳年問道：「這是在剿匪？」

袁庭山笑著反問道：「那你是不是寇匪？」

徐鳳年被這名出手殘酷的刀客逗樂，陰惻惻笑道：「是又如何，不是又如何？」

「馬上就知！」

袁庭山無視那當先輕騎二十柄勁弩所指，身形暴起，拖刀奔走。

二十根箭矢激射而出，袁庭山輾轉騰挪如靈猿，五十步距離，一瞬就清晰可見那倨傲公子哥的臉孔，小白臉一個，這種富貴人家的腦袋割下來才解氣！但為了前程，先忍一時，頭顱且讓你再留一會兒，等老子刀法超越軒轅老祖宗，到時候徽山在手，軒轅青鋒淪為胯下玩物，到時候再慢慢收拾也不遲。但暫時留你一條小命不假，並不意味著就讓你繼續高坐馬背頤指氣使，能在老子這柄刀面前裝大爺的傢伙，還沒從娘胎裡滾出來！

可袁庭山躲過了一撥羽箭，才騰空躍起，想將那名將門子弟重傷，一匹黑馬就從旁刺出，武將手持一杆卜字大戟，直插袁庭山胸口，若被刺中，十成十就要被透心涼。

袁庭山千斤墜下身形，落地後再重新躍起，手中名刀剛好斬向馬頭。

沉重大戟當空一掄，恰恰針鋒相對，橫掃向刀鋒。

袁庭山瞇眼，手中刀不再退縮，砍中卜字戟身，大戟向後一蕩，袁庭山看似傾注全力後被迫後退，但雙腳在地面上倒滑而去，單手撐地。腳下才揚起些許塵土，身形再衝，速度幾乎是方才一倍，分明是示敵以弱在先，一旦探知深淺便突兀殺人在後。

身披重甲的寧峨眉怒喝一聲，一杆堅硬大戟在他手中隱約震出層層疊疊的微妙弧度，嗡嗡作響。袁庭山快，他的大戟一樣不慢，卜字戟尖向這名青年刀客的腰部鉤去，一旦鉤中，定要這個刺客腰斬！

袁庭山笑著「咦」了一聲，空閒的左手猛地按在刀背上，與大戟再度接觸，這次不再硬拚氣力，而是手掌發力，帶動右手刀，整個人以卜字鐵戟為中心，在空中靈巧畫出一個半圓，再度與那馬背上巋然不動的無知公子哥欺身接近！

袁庭山是市井巷弄裡殺出血路來的狠辣匹夫，敢拚命，同時卻也惜命，既擅長死纏爛打，又熟知如何占得最大便宜。大概是知道那名使戟將軍的武力，他繞過鐵戟後，不是趁勢直接出刀，如此一來就要將整個後背留給那重甲將領。老子的命比天王老子還金貴，以命換命太不划算，所以他非但沒有立即出刀，反而弓腰側到馬腹下，這才提刀。

這一刀向上撩起，他算準了位置，要讓那紈褲斷了子孫根！大戟出人意料沒有尾隨襲來，但大戟沒到，一杆猩紅鐵槍卻角度刁鑽地陰毒刺來，袁庭山要是不收手，太陽穴就要被槍頭紮出個窟窿。

他身體一扭，左手這次是貼上刀身，刀身側面抵住那槍尖，刀片彎出一個弧度，繼而借這一槍之力驟然如羽箭般後射，從紈褲的白馬腹下退出，再滑出寧峨眉黑馬馬腹，腳尖一點，拔起身形，撞在路旁一名輕騎的馬身上，將其撞倒後，成功沒入密林，袁庭山大笑道：「後會有期！」

先前在白馬馬腹下，他清晰看到那一杆紅槍，以及那一雙青色繡鞋。

揮出這霸氣一槍的，還是個娘們兒不成？

從頭到尾，徐鳳年都沒有任何動靜，看到袁庭山逃入密林，他眯眼道：「楊青風，你與舒羞跟上這傢伙。寧將軍，帶上十騎下馬追蹤，天黑之前如果沒追上就算了。」

◆

道路那頭的二十騎看得有些呆滯。袁庭山在山上練刀誰都知道，這小子的刀術是死人堆裡滾出來的，不是一般的狠辣剛猛，雖說在那邊輕騎人堆一進一出很了不起，但那將門子弟能夠毫髮無損，便更能說明狀況了，能如此輕鬆化解袁庭山殺機的傢伙，家底可不薄啊。

何況除了真正出手的大戟將軍和青衣女子，其餘幾位都在旁觀，接下來躍入密林追殺袁庭山的幾個扈從，似乎也不簡單。咋辦？廢話，為首騎士顧不得袁庭山安危生死，撥轉馬頭，直接就撤了。路過馬車時，他彎腰將傻傻坐在地上的慕容梧竹抱到馬背上，另外一名騎士有樣學樣要去擄走站在馬車上的慕容桐皇，孰料這位愧煞蓮花的俊美「女子」伸手就刺，沒防備的騎士一陣吃痛，回頭狠狠瞪了一眼，繼續前衝。

慕容桐皇不等下一位騎士出手，迅速退入車廂縮在角落。

徐鳳年轉頭對躍躍欲試的袁猛笑著吩咐道：「袁校尉，帶人追上去。留不留活口你看著辦。」

兩隊輕騎銜尾一追一逃，小道上十分喧囂熱鬧。

徐鳳年來到馬車附近，拿刀鞘挑起簾子，看到一張雖稍顯稚嫩但冷豔動人的容顏，以及一雙陰冷仇視的秋水眸子。

徐鳳年才剛剛張嘴微笑道：「這位姑娘……」那位虎口脫險的「姑娘」便怒目相向，忘恩負義地罵道：「你才是姑娘！」

徐鳳年只是略微失神，所幸有白狐兒臉珠玉在前，很快就醒悟過來，但還是有些匪夷所思。七十文上下姿色的女子不好找但也不難找，可眼前這位怎麼都有九十文，還他娘是個爺們？這不暴殄天物了，世子殿下可不是李翰林那個有龍陽斷袖癖好的，可以男女通吃。

徐鳳年對雛妓都沒興趣，更別提那毛骨悚然的孌童了。江南道名士倒是不乏其人，廣陵一帶更有專門調教兩者的行家高人，幼時幾兩、十幾兩銀子廉價買入，到了十二、三歲以十金乃至百金天價賣出，供士大夫和達官顯貴狎玩，這在江南士子集團裡蔚然成風，視作高妙雅事。文人之間比詩詞歌賦、金石玉器已經比膩歪了，好不容易迎來海晏清平的盛世，於是開始比拚家中歌姬美婢。徐鳳年仔細瞅了瞅這名「姑娘」，果然胸脯一馬平川，不似女子。

慕容桐皇顯然對徐鳳年這種眼神習以為常，嘴角泛冷，陰差陽錯以虎驅狼嗎？世間烏鴉一般黑，眼前這位，也不是個好東西！

徐鳳年久經花叢，拿捏人心恰到好處，笑道：「對，我的確不是好東西。」

被看破心事的慕容桐皇臉色冷得越發生硬刻板，身體本能地往後縮了縮。

徐鳳年不以為意，好奇問道：「看情形你和那幫騎兵不是一夥的，怎麼回事？這是地方豪紳強搶民女？」

慕容桐皇咬著嘴唇，對這位外鄉口音的傢伙不加理睬。

徐鳳年轉頭望向小道上追殺而去的輕騎。以鳳字營的馬術和馬匹的腳力，九十對二十，雙方人數懸殊，根本不用擔心戰果。袁猛要是吃不掉，就可以提頭來見了。至於那名殺伐果決的青年刀客，楊青風精通追蹤術，舒羞武學駁雜，再加上大戟寧峨眉和十名白馬義從，連魏爺爺都說要舒展一下筋骨參與圍捕，那位刀客再生猛，都是九死一生的境地，徐鳳年不擔心這是有人調虎離山。

蘆葦蕩一役後，頭頂那頭青白鸞方圓十里內有風吹草動就會鳴叫警戒，這還不止，徐鳳年從鳳字營精心挑選出五名腿腳伶俐的矯健士卒司職遊哨斥候，確保能夠第一時間把握戰機主動。

徐鳳年不急不躁地問道：「被抓走的那個是誰？我當時沒看清楚，你要是再跟我練閉口禪，等會兒我手下把人帶回來，就不管生死了。」

慕容桐皇好似被抓到致命軟肋，猶豫了一下說道：「我姐姐。」

徐鳳年追問道：「那抓你們的是什麼人？」

慕容桐皇咬牙，神經質般微笑著，一臉陰冷道：「江西龍虎、江東軒轅聽過嗎？」

徐鳳年裝瘋賣傻道：「龍虎山那幫牛鼻子老道要抓你們上山？做道侶修習房中術？」

慕容桐皇狠狠撇過頭，懶得跟這個腦袋被門板夾到的傢伙廢話。

徐鳳年微笑道：「江東軒轅，正好正好，你可知道這家族裡有個叫軒轅青鋒的娘們兒？」

慕容桐皇腦中念頭百轉，語氣平淡道：「軒轅青鋒，在劍州可比郡主還要威風八面，怎麼，你慕名而來？」

始終拿刀鞘挑起車簾的徐鳳年一手捧腹哈哈大笑道：「慕名而來？沒錯沒錯，我得愛慕這娘們兒愛慕地得相思病了，這說法挺好，溫華那傢伙聽到後一定會滿地打滾。要知道當時被這娘們兒追著打，溫華還調戲她腋毛沒刮乾淨來著。」

慕容桐皇怔怔看著這個傢伙，敢情是腦袋真有毛病？

徐鳳年收回繡冬，緩緩放下簾子，一肚子壞水開始蕩漾起來。

竟然是軒轅家族的私兵，簡直是要睡覺就遞個枕頭過來嘛！擅殺鏢局幾十人，這個罪名捅出去，不怕兩州刺史睜眼瞎？這會兒正值州郡制變更路道制，原先朝廷裡那三十多個刺史個個都削尖了腦袋想百尺竿頭更進一步，這段時間估計張首輔的府邸門檻都被踏爛了，遞過去的名刺沒有十籮筐也得有八九個，因為無論是經略使還是節度使，都可謂是實打實的封疆大吏，僅就轄區疆域而言，幾乎無異於春秋時期的一國君王。雖說賀州、劍州這邊刺史頭頂有藩王趙毅壓著，無望節度使，但經略使的寶座還是可以搏一搏的。這個節骨眼上，徐鳳年把馬蜂窩一捅，不信兩個刺史不服軟，徐驍的厲害在於是沒辦法讓這兩位重臣當上經略使，但絕對有能力讓他們當不上！

徐鳳年看到手持剎那槍的青鳥，總覺得不協調，無奈道：「累不累？」

青鳥很認真地搖搖頭。

◆

九十鳳字營輕騎迅捷追擊，馬蹄震地，強弩激射，一旦有人落馬，就彎腰補上一刀，或者後邊弩手再精準補射一箭，將其釘死在地面上。

幸好這裡並非官道，否則老百姓見到這種血腥場面能嚇得魂飛魄散。

對陣弓馬嫻熟的騎兵，一旦潰敗，就會淪為一場毫無生機的游獵，白馬義從本就選自北涼鐵騎中的善戰銳士，騎術都能與北莽草原上的那些遊牧騎兵一較高下。北涼軍雖說這些年稱不得橫掃大漠，但兩國邊境上的邊城巨鎮犬牙交錯，每年都有中小規模的激烈交鋒，尤其是在大柱國徐驍的刻意安排下，以及北莽那邊的默契配合下，兩邊斥候習慣性以百人到一百二十人之間編為一尉，捉對廝殺，一旦觸及，就必定是獵殺與反獵殺的殘忍戰役，北涼騎兵的卓絕馬術就是這麼硬生生磨礪出來的。

燕刺、廣陵兩大藩王的甲士當年也算豺狼悍卒，為何這十多年間越發無法與北涼抗衡，爭奪天下第一雄的頭銜？正是因為北涼有北莽這塊磨刀石，那磨刀石上可都是流淌著雙方鮮血，不等乾涸，就會有新鮮血液濺上。

二十騎不經殺，很快就只剩下那名馬背上馱著個女子的騎兵了。

袁猛與那廝齊頭並進，手中北涼刀不急於出刀，咧嘴一笑，「兄弟，你要是轉頭，乖乖去見我們家公子，把這美人雙手奉上，咱就饒你一命。再跑下去，可就要把你射成刺蝟了。」

那名出自軒轅家族的騎士哪敢相信，恨不得坐騎多出四條腿狂奔，往死裡甩著馬鞭。

袁猛冷笑道：「急著投胎是吧？」

刀光一閃，騎士頭顱飛起，無頭屍體搖搖晃晃，最終墜落在道路上。袁猛從馬背上躍起，跳到無人驅策的馬匹上，一勒馬韁，駿馬抬起馬蹄，終於停下，袁猛大笑道：「回了！」途經那些敵對騎兵散落在路上的屍體，袁猛陰狠道：「再給老子補上一箭，記得射腦袋，哪個兔崽子他娘的敢射偏了，就滾下馬去撿箭！」

驍勇到可怕的輕騎們傳來哄堂大笑，原來是一名炫技的白馬義從試圖去射一名屍體的眼珠子，結果擦臉而過，落在了地上，袁猛轉頭笑罵道：「王東林，給老子滾下去，一根一根撿回來，少一根就讓你屁股開花！」

叫王東林的精悍輕騎罵罵咧咧翻身下馬，拿北涼刀把那個害他丟臉的屍體砍成一攤爛泥，接著還是乖乖地去一具一具屍體上拔出羽箭，不忘扯嗓子喊道：「誰敢跟世子殿下說這個，老子就跟他沒完！」

袁猛笑聲遙遙傳來，「毛都沒長齊的雛兒，還老子老子的。世子殿下說了，到了劍州，就給兄弟們每個都找兩個花魁開葷去！」

正從屍體上拔箭的王東林騰出手抹了抹嘴角口水，結果一臉血腥。

◆

徐鳳年閒來無事，親自駕馭慕容桐皇所乘坐的馬車，三架馬車緩緩前行。當下三名馬夫，分別是世子殿下、槍仙王繡之女、老劍神李淳罡，這支馬隊，實在是令人髮指！

與袁猛碰面後，這名武將動作盡量柔緩地將慕容梧竹交給世子殿下，撓撓頭咧嘴笑道：「都殺光了，沒留活口。」

慕容梧竹見到袁庭山割人頭顱的手法後原本已經昏厥，稱得上不幸中的萬幸，可惜被軒轅家族騎士撿到馬背後一陣劇烈顛簸，驚醒過來，那楊柳小蠻腰差點活生生折斷，疼得滿臉冷汗，被陌生公子哥溫暖雙手捧著接回馬車後，只知道前途未卜，迷迷糊糊，不敢抬頭。

慕容桐皇不去看姐姐，主動掀起簾子，望著那個寬闊背影，冷冷問道：「去劍州？」

徐鳳年沒有轉身，點頭道：「去龍虎山，順道見識見識江東軒轅。」

慕容桐皇問道：「你到底是誰，明知道這些騎士是軒轅家族的傀儡，你還敢殺？」

徐鳳年微笑道：「我啊，姓夫，夫子的夫，名君，君子的君。」

慕容桐皇冷笑著鬆開簾子，眼不見為淨。

慕容梧竹躲在車廂內，強忍著疼痛，怯生生道：「謝公子救命之恩。」

幸虧徐鳳年耳朵尖才聽得到，他笑道：「按照江湖規矩，小姐妳得以身相許才行。」

慕容梧竹錯愕後，兩頰通紅。

慕容桐皇看在眼中，眉頭緊皺，姐姐看到他這個表情，馬上噤若寒蟬，臉色雪白。

徐鳳年哪壺不開提哪壺，嘮叨問道：「軒轅家族抓你們作甚？你們姐弟手無寸鐵的，總不至於跟這麼個武林中能排前三甲的世家結仇吧？還是說哪位軒轅公子貪圖你們美色？軟的不行就來硬的？」

慕容桐皇默不作聲，嘴唇緊緊抿起，陰冷而堅毅，與嬌柔軟弱的姐姐形成鮮明對比。以世子殿下天馬行空的想像力，仍然想不到會是軒轅家的老祖宗看上了這對玉璧。慕容梧竹都能做老傢伙的曾孫女了，老牛啃嫩草啃到了極點。

徐鳳年招招手，對袁猛說道：「領五十騎去賀州刺史府，把這裡的情況說上一聲，如果老傢伙跟你打馬虎眼，你就直接把褚祿山搬出來，再不行的話，他媽的，就只好我親自出馬了。」

袁猛領命而去。

慕容桐皇臉色終於變作跟姐姐一般無二的毫無血色，顫聲道：「你是北涼褚祿山的手下？」

徐鳳年都有些嫉妒這死胖子聲名遠播大江南北了，沒好氣道：「放心，褚祿山不會動你們。」

確實，按照祿球兒的脾性，哪怕是世子殿下的一條狗，這個胖子都能當親生爹娘供奉起來。只不過不知內幕的慕容桐皇能放得下心？落在褚祿山手中與那軒轅老變態手中，不都是一樣悲涼淒慘嗎？慕容梧皇將匕首交給姐姐，冷聲道：「沒了匕首，知道妳沒勇氣咬舌自盡，這是最後一把，藏好了！」

慕容梧竹顫抖著接過匕首，低下頭不敢正視慕容桐皇。

◆

車隊駛入賀州邊境的知章城，其實世子殿下這邊路引官牒一應俱全，只不過出示與否就看心情了。徐鳳年仰頭看著城頭，這座城池在春秋硝煙中不幸被徐驍屠城過，十戶不餘一戶，只比襄樊略好。

徐鳳年漠然駛入城門，雖說身後只有三十多輕騎護衛，但城門校衛已經沒那個膽量去當難纏小鬼，跟誰過不去都行，就是不能跟軍旅悍卒過不去，碰上有背景後臺的兵痞，不被狠狠剝下一層皮才叫怪事。徐鳳年之所以對這座知章城記憶深刻，慘絕人寰的屠城還是其次，最主要是這裡出了一位徐驍年輕時最佩服的讀書人。

此人姓荀名平，很簡單的名字，甚至不見於任何正史。沒有任何詩賦傳世，沒有任何風流韻事供人茶餘飯後資談，但徐鳳年卻知道當年這名把老首輔論辯得嘴唇發青的年輕士子，是太安城裡最有遠見的讀書人。在那裡，頭回入京的徐驍，還不是國師的楊太歲，與學貫儒法、辯才非凡的國子監學士荀平相逢，荀平尚未及冠，卻接連給先帝上書〈兵事疏〉、〈取士疏〉、〈術數疏〉等足足二十一疏，可惜全部石沉大海，當時只是最不出彩皇子的當今天子，三顧國子監，引為智囊，最終被清流攻訐，退居老家知章城。

春秋亂世中，荀平替現在的皇帝陛下背了個天大黑鍋，被腰斬於城內鬧市口，當時還是西楚治下的城內百姓，分取荀平血肉歸家烹食。

那一年，他年僅二十四歲。

當年的二十一疏，現在已經悉數成為治國綱領。

徐驍常念叨著這個手無縛雞之力的讀書人對他說過的一句話：「讀書人只會錦上添花，武夫才能給老百姓雪中送炭。春秋九國，就是一塊大砧板，徐驍你把自己當作屠夫就行，別做其他事情，只要剁人剁人再剁人，一路剁過去，就能剁出一個太平盛世了。」

徐驍就是這麼幹的，於是成了王朝內唯一的異姓王。

而荀平卻沒有機會去錦上添花。

◆

徐鳳年進城後挑了家大客棧。按王朝軍規，身後輕騎要去官府遞交軍牒，然後由知章城安排軍營駐紮，世子殿下豈會當真。下車時慕容梧竹、慕容桐皇姐弟倆已經戴上厚實的帷帽，遮住臉孔。

慕容梧竹看到抱著武媚娘的魚幼薇後愣了一愣，顯然沒料想到馬隊中還有如此美豔的女子。經過那場驚心動魄的劫殺與反劫殺後，她的精氣神低落到谷底，低頭緊緊跟在徐鳳年身後，踏上臺階，冷不丁撞到世子殿下的後背，她心中駭然，生怕惹惱了這位言笑溫柔卻手段血腥的外地將種。

徐鳳年只是抬頭打量懸掛在各棧門口的兩只大紅燈籠，燈籠上懸有一副聯子：「未晚先投二十八，雞鳴早看三十三」。劍、賀兩州的客棧旅舍大概十有五六都掛這麼個對聯，以前遊歷中也琢磨不出味道，問老黃、溫華那更是問道於盲。他招手把魚幼薇喊來一問，才知道是缺字聯，上聯缺「宿」字，下聯少「天」字。道教有二十八星宿、三十三天的說法，擱在住宿上，很是諧趣應景，足見龍虎山這座道教祖庭對山下世俗的滲透。

客棧老闆見到公子哥帶著美眷不說，還有一大幫虎狼甲士，不敢怠慢，親自出門相迎，顧不上腰杆有毛病不容易下彎，見到這名錦衣玉帶的俊逸世家子後，腰彎下去就沒直起過，殷勤推薦店裡的招牌酒肉。

拿到房牌後，饑腸轆轆的徐鳳年讓客棧老闆在獨棟小院裡擺下桌子，一名半老徐娘的女子親自端來一壺酒，徐鳳年狼吞虎嚥時只瞥見勒緊到纖細至極的腰肢，因此她的豐碩臀部顯得格外弧度驚人，視線再往上移動，胸部也算壯觀。客棧老闆長相賊眉鼠眼，不討喜，這位身分約莫是老闆娘的婦人倒是出落得豐腴誘人，看來客棧是鐵了心要把這幫外鄉豪客軍爺給伺候舒坦了。

婦人看到這一桌子客人自備碗筷，銀筷鑲玉，翡翠酒杯，有青衣婢女試毒，當下更加心驚。

徐鳳年啃了一塊糕點，抬頭笑問道：「這糕點不錯，叫什麼？」

婦人將酒壺小心翼翼地放在桌上，弓腰斂袖，側身施禮，豐滿胸脯便是一顫一蕩，帶著獨有嗓音嫵媚道：「回稟公子，是奴家店裡的特產燈芯糕。」

徐鳳年聽到那悅耳的腔調，「咦」了一聲，訝異道：「夫人是吳州人氏？這口音可是地道的吳杭湖小片，好聽好聽。相比毗陵溪小片要軟一些，也要更糯一點。」

婦人一手捂嘴，一手捧胸嬌笑道：「公子好耳力，便是一些吳州人，都分不清吳杭湖與毗陵溪口音哩。」

徐鳳年招手，瞇眼笑道：「夫人不介意的話就坐下聊，站著怕夫人累著了。」

眼觀四面的伶俐婦人瞅見英俊公子哥說這話時，眼光就在她胸口上悄悄抹過，她心中竊喜，也不故作靦腆羞赧，大大方方坐下。她深知自己已不是那妙齡青蔥，若是故作少女嬌憨，只會惹人厭煩，還不如直截了當些，仗著身子豐腴成熟，更能撩撥男子。不過她入院子後沒敢仔細打量，只一門心思注意眼前皮囊好到生平僅見的男子身上。

她坐下後略微環視，才猛地自慚形穢起來。那抱白貓的大袖女子，可真是水靈，三名帷帽遮面的女子雖見不得容顏，但脫俗氣質擺在那裡，讓她如坐針氈，欲哭無淚，這趟丟人丟大了。好在公子哥不嫌棄她殘花敗柳，與她聊些吳州風土人情，這讓原本心如死灰的她死灰復燃，暗想莫不是這位俊哥兒吃膩了燕窩魚翅，想嘗嘗這難登大雅之堂卻別有滋味的燈芯糕？

徐鳳年冷不丁問道：「牯牛大崗上的那個軒轅，最近看上了誰？」

婦人下意識道：「公子是說慕容家的那對姐弟吧，聽說最近就要被帶上徽山，劍州那些愛慕相思他們的年輕士子都在跳腳罵人呢。」

徐鳳年輕輕笑道：「是哪位軒轅公子如此好福氣？」

婦人猶豫了下，見到對面好看到不行的俊哥兒竟然親自倒了杯竹葉青，遞過來，她受寵若驚地雙手接過，觸碰到他的手指，心神搖曳，再不管什麼忌諱，竹筒倒豆子一股腦說道：「哪裡是什麼軒轅家的公子少爺，是老祖宗看上了慕容姐弟，姐姐叫慕容梧竹，弟弟叫慕容桐皇，是隔壁劍州最出名的一對美人兒，還有一首歌謠來捧他們來著哩，把他們說成是以後可以去京城皇宮的天大富貴人兒。京城不是有座梧桐宮嗎，姐弟兩人出生時，一位仙長道破天機，留下歌謠作讖語，大概意思就是雌雄雙雙入梧桐。」

婦人見公子哥笑臉溫柔，再喝了口酒，膽氣更盛，小聲說道：「奴家還聽說軒轅那邊生怕姐弟兩個名聲太盛，會傳到皇宮裡去。江湖上不是有個胭脂評嗎，為了不讓慕容雌雄登評上榜，軒轅家的老祖宗可是出了大力氣的。」

徐鳳年瞇起丹鳳眸，眉心一抹紫紅印記如豎眉，越發顯得清逸出塵，柔聲玩味道：「那軒轅家老祖宗的口味，是不是太駁雜了點？連慕容桐皇都不放過？」

婦人已然看呆了，等到一旁青衣女婢咳嗽一聲，才回神，藉著低頭喝酒遮掩尷尬，然後抬頭使勁瞧了幾眼年輕公子哥，媚笑道：「奴家可聽說那慕容桐皇生得比女子還美呢。」

靖安王妃坐在桌上，慕容姐弟則站在徐鳳年身後，帷帽下的神情各有不同。慕容梧竹哀怨憂思，彷徨無助，只是癡癡望著那個背影，只覺得僥倖抓住一根救命稻草，不管軒轅掀起多大風浪，也不管這根稻草是否會被根深蒂固的軒轅世家隨意捏斷。她本就不是堅韌的女子，若非弟弟堅持，便是她被擄去徽山做那軒轅老祖宗的玩物，也只會偷偷哭幾回就認命。慕容桐皇則怒氣橫生，抿起嘴唇，一言不發。

徐鳳年呵呵笑道：「夫人給說說那慕容桐皇是怎麼個好看法，我不太相信一個男人能漂亮到哪裡去。」

背後傳來慕容桐皇一聲冷哼，如果不是最後一柄匕首交給了慕容梧竹，他都想朝這個後背捅下去。

老闆娘眼神古怪，起了一些雞皮疙瘩，誤以為眼前公子有那名士癖好。

徐鳳年一臉委屈，看得老闆娘心疼得恨不得摟入懷中好好憐愛一番，她馬上神情恢復自然，秀眉一挑，一下子就掛出千百斤的少婦風情。女子風韻，果真是小的有小的好，成熟的有成熟的妙，她嫵媚道：「奴家也沒真正瞧見，只聽說長得能讓蓮花不開，劍州都稱這位慕容為蓮花郎。」

徐鳳年點頭，感慨道：「軒轅老祖宗，不愧花叢老饕的名頭。」

婦人再不諳世事，也知曉江東軒轅的家世顯赫，緊張萬分地提醒道：「公子小心些說話才好。這裡雖還不是劍州，可小心駛得萬年船哪。」

徐鳳年笑著點頭道：「夫人的好意，心領了，無以回報，只能多跟夫人討要些美酒點心。」

風情萬種的老闆娘極為識趣，妖嬈起身，再次斂袖施禮，胸脯當即顫顫巍巍，轉身走出院子。

徐鳳年等到她離開院子，這才讓三位戴帷帽的絕色佳人摘下束縛，坐下進食。慕容姐弟看到靖安王妃的容貌後都是一愣，顯然沒想到世間還有如此冷豔美人。慕容梧竹眼神黯然，倒是慕容桐皇悄悄鬆了口氣，對那個行事叵測的將種子弟敵意消散幾分。

徐鳳年看著三人細嚼慢嚥，讓青鳥去跟鳳字營拿來一柄北涼制式短弩。天下軍旅，「成制」是很敏感的關鍵，北涼大到軍伍馬政，小到弓弩佩刀，皆是條例清晰、章法鮮明，北涼刀不去說，世子殿下手中這弩也有大講究，橫姿著臂、施機設樞便是弩，與弓的張滿即發不同，弩的優勢在於張弦與發射分離，北涼弩更有連射功能，此弩便可四矢連發。

徐鳳年低頭，手指撫摸短弩的懸刀與鉤心，神情專注。

慕容桐皇看似無意問道：「弩？」

徐鳳年沒有理睬，只是想起了北涼軍中赫赫有名的流弩風采。弩手策馬在戰陣上遊動，穿梭來往，狙殺敵將，取人性命在百步以外，是北涼一支久負盛名的精銳勁旅。要想成為流弩手，殊為不易，騎術與箭術都要出類拔萃，位列北涼六等甲士中的第一等，共有一千二百餘人，其中六百整編成大廬營，其餘多為斥候遊哨。

北涼有一條不成文的規矩，膏粱子弟想要去邊境撈取實打實的軍功，首先要被老卒調教得掉幾層皮、少幾斤肉，合格並且優異，就會被丟入哨子營擔當一名斥候，跟北莽探子真刀真槍廝殺過，割下三顆首級，才算在北涼軍中立足。

前不久李翰林寄來書信，說他成功當上了遊哨，做夢都想跟北莽那幫蠻子碰上頭。信上說他老爹聽聞他不安分地待在後邊而是跑去做斥候後，氣得七竅生煙，顧不得繁忙政務就跑去邊境軍鎮，要把這個要給李家傳宗接代的獨苗五花大綁回家，差點跟北涼軍起了衝突，幸虧大柱國從京城馬不停蹄返回邊境，才將馬上就要擔任北涼道經略使的李大人勸回去。

那個在離陽王朝臥榻之側常年大興兵戈的北莽啊。

徐鳳年怔怔出神。

王朝邊塞詩人都喜歡將那幫蠻子視作茹毛飲血的牲口。百蠻之國，民風彪悍，蠻兵盡為甲騎，控弦之士數十萬。上至帝王、下至百姓，都有父死妻後母、兄死妻寡婦的習俗，這在王朝這邊看來簡直就是驚世駭俗，毫無倫理道德可言。但北莽這些年最大的醜聞卻是一個禍亂宮闈的女子做成了皇帝，三十年間先後服侍三位皇帝，其中父子皇帝二人，最後一位才登基十三天的短命皇帝在血緣上甚至算是她的侄子，這在離陽王朝是絕對無法想像的事情。這位女帝據稱有面首三千，年過半百，卻性欲旺盛，前些年甚至讓密使傳話給徐驍，只要徐驍肯降北莽，她願意「妻徐」，與徐驍共用天下。對這個半離間、半籠絡的天大餡餅，徐驍也乾脆，先斬使者，再捎信去北莽，就五個字——奴徐仍嫌老。

徐鳳年笑了笑，徐驍也忒陰毒了，那老嫗好歹也是北莽女帝，做奴婢還嫌棄她年紀太老。可那老嫗的心機委實恐怖，對此滔天羞辱竟然絲毫不怒，只是一笑置之。

徐鳳年放下短弩，抬頭看到一臉不悅的慕容桐皇，皺眉說道：「別跟我擺譜，路邊救了野貓、野狗還知道搖一搖尾巴。」

慕容桐皇眼神陰冷，死死盯著徐鳳年。

徐鳳年伸手一彈繡冬刀鞘，繡冬翹起，啪一聲，把這名劍州最出名的慘綠美少年打得踉蹌後仰，跌倒在地，徐鳳年冷笑道：「老子又不是軒轅大磐那個變態，對你沒興趣。長得像娘們兒了不起啊，你他媽的能給老子生出崽來？公驢和母馬交配出來的騾子，知道不，你就是。」

慕容梧竹被徐鳳年這番惡毒至極的言辭給嚇得目瞪口呆。

慕容桐皇低著頭，笑聲從牙縫裡一絲一絲擠出。

慕容梧竹不知哪裡生出的膽量，雙手握住一把匕首，面朝徐鳳年。

徐鳳年重新拿起短弩，抵在慕容桐皇腦袋上。

滿臉淚水的慕容梧竹驚呼道：「不要！」

慕容桐皇抬起頭，那張弓弩頂在他眉心處，仰視徐鳳年，竟然笑了，笑得禍國殃民，尤為天然嫵媚，柔柔道：「奴知錯了。」

慕容梧竹匕首掉落在地上，怔怔望著慕容桐皇，像在凝視一個陌生人。

靖安王妃笑意古怪，魚幼薇則不去看這一幕，撫摸著武媚娘的柔順毛髮。

徐鳳年蹲下去，看著那張臉龐，平靜道：「真可憐。」

◆

參與絞殺袁庭山的有楊青風，其人所學龐雜，精通旁門左道，擅長驅役禽獸。南疆巫女出身的舒羞也不差，懷有頗多錦囊祕術，與楊青風拉開百步距離，齊頭並進。寧峨眉丟開卜字鐵戟，身背戟囊，手中持有兩枚飛戟，率領十餘輕騎棄馬入林，呈現扇面陣形持有短弩碾壓過去。九斗米老道魏叔陽則身形如山魈，在枝椏間縱躍，與寧峨眉高下呼應。三股追蹤勢力，撒下天羅地網，追殺那名青年刀客。

楊青風入林後，時不時彎腰查看地面蛛絲馬跡，起先還能在林間泥地上看到間隔與深淺都有跡可尋的足印，追躡輕鬆。但很快腳印就開始漸行漸淺，步伐驟然拉開，逃亡路徑不再簡單踩在地上，而是將落腳點放在樹幹或者石頭上。

楊青風停下腳步，身體半蹲，伸出兩根病態雪白的手指捏起一些泥土，嗅了嗅，另一隻手從繫於腰間的小兜囊中抓出三頭紅爪黑鼠，把土壤在牠們鼻尖灑下，小傢伙們嗖一下竄入密林深處。

舒羞不知何時來到楊青風身邊，雲淡風輕道：「沒料到這小子還有些道行，我覺得要不咱們乾脆分兵行事，把距離澈底拉開，否則不小心一棵樹上吊死，就沒臉去見世子殿下了。」

性情陰沉的楊青風點了點頭，他本就不願與這個娘們兒共事，能單槍匹馬最好，一些隱蔽手腕也施展得開。

舒羞不敢怠慢了世子殿下吩咐的大事，兩袖一揮，折了個方向，如蒼鷹騰空掠去，踩在枝椏上蜻蜓點水，幾次彈跳，站到樹冠頂點，卻不是張目遠眺，而是閉目皺了皺小巧鼻子。下一刻猛然睜眼，嘴角一勾，嬌軀俯衝而下，體迅飛鳧，在林中折了個方位，尋著一股氣息緊追不捨。那耍刀的小子狡猾得很，已經謹慎刻意地隱蔽腳印，可舒羞卻依舊能夠憑藉著逆風迎面的氣息盯梢不斷，嘴上喃喃狐媚道：「小傢伙真頑皮，累得姐姐出了身香汗，被姐姐逮住了，非要把你剝皮抽筋哦。」

小半個時辰中，舒羞兩次成功看到那小子背影，其中一次這小子竟然不跑反而給舒羞來個伏擊，整個健壯身軀如壁虎貼在一根樹幹後面，若非舒羞察覺到氣息重了幾分，斷定這小王八蛋就在附近，否則從樹旁掠過的時候就要被一刀劈成兩半。

舒羞靈活躲閃掉這一記兇狠必殺刀勢後，身體倒退，雙手雙腳黏在附近一根大樹主幹上，俯視那名獰笑的青年刀客，一手輕輕拍打沉甸甸的胸脯，媚眼嬌笑道：「喲，小弟弟，都不知道憐香惜玉呀，姐姐這一路可白心疼你了。」

被這娘們兒如影隨形追殺的袁庭山絲毫不見氣急敗壞，收刀後嘿嘿笑道：「我小弟弟可不小，姐姐要不信的話，回頭只剩下咱們倆了，袁庭山定要讓姐姐銷魂登仙。」

如同蜘蛛貼在樹上的舒羞媚眼如絲道：「這小嘴兒真甜。」

袁庭山耳朵始終保持小幅度的顫抖，拿刀敲擊雙腿，兩圈纏繞小腿的沉重鉛塊碎裂墜地，笑道：「姐姐的姘頭馬上要到了，弟弟我可沒兩龍戰一鳳的喜好，先走一步。姐姐要是娘親尚在，倒是可以喊來跟弟弟一起滾大床，姐姐這般好看，想必娘親也風韻猶存，雙峰對峙，前後夾擊，弟弟我可就要束手就擒了，可惜今天才姐姐一人，恕不奉陪！」

言語調戲間，雙腳失去足足十幾斤重量的袁庭山沒了累贅，身形後退敏捷異常，瞬間沒了蹤跡。

不急於追剿的舒羞緩緩落地，伸出丁香小舌舔了舔嘴角，嘖嘖笑道：「調戲到老娘頭上了！」

這次短兵相接後，腦子靈光的袁庭山便開始順風而逃，不再逆風給舒羞留下線索。這讓舒羞心中的怒意暴漲，重新與楊青風在溪畔會合後，她見到楊青風蹲在地上撿起一件沉重的鐵制內襖，附近一隻黑鼠被枝椏釘死在地面上。

舒羞心情轉好，望向小溪對面，嗅了嗅，皺眉道：「這小子武功還好說，可狡猾如狐，這麼追下去不是個事。修習輕功分明是走負碑的愚笨路子，估摸著他身上負重起碼有二十斤，單單比拚腳力，你我都不怕，可他接下來出刀肯定越來越快，姓楊的，別陰溝裡翻船。呂錢塘死了，你可別再折在這裡，姐姐我孤單得很。」

楊青風冷哼一聲，踩石準備躍溪而過，舒羞雖看似閒聊，但一直在嗅著袁庭山的氣味，那氣味從遠處飄散而來，加上那邊溪畔地上沾水的足跡所指，照理來說，他已是過溪入林，但舒羞聞著聞著就臉色劇變道：「小心，這小子反身窩在水中！」

話音剛落，小溪中心水花暴濺而起，一刀刺出，他算准了楊青風的氣機流轉，在一氣歇二氣生、溪上身形斜下的節骨眼上，這狠辣一刀便恰到好處地刺了出來。所幸楊青風雙腳一撞，梯雲而升，硬生生將身體拔高了一丈，可止步於此的話，袁庭山志在必得的一刀仍能重創楊青風雙腿。

舒羞瞬間心思百轉，一咬牙，腳尖踹出石子，激射向宛如青龍出水的袁庭山的太陽穴。這個瞬息萬變的局勢，局外的舒羞占據主動，不出腳干擾，楊青風十有八九要吃虧。舒羞出腳又分成兩種微妙情形，石子擊中刀鋒，是最利於楊青風的解圍，可這枚石子卻是直指袁庭山死穴，舒羞的坐山觀虎鬥，時機拿捏可謂巧妙。

袁庭山毫不猶豫地收刀，擋下石子，身體下沉溪中，繼而炸開溪水，掠入對岸，大笑而去，「姐姐有了我這新歡還不忘舊愛，如此貪心，小心撐壞肚子！」

面無表情的楊青風腳尖在水面一點，燕子抄水般掠到對岸，平淡道：「欠妳一次。」

舒羞瞇眼並未言語。

袁庭山在林間亡命疾走，兩次占盡天時地利的精心設伏，都沒能斬落那對狗男女，雖未氣餒，但胸中卻還是有些憤懣怒意。正如舒羞所說，他修習輕功，是走後天的負碑路數，那些生在武林世家的子弟，誰他娘的不是四、五歲時甚至在襁褓中便被族內高人推筋揉骨？

練武要練早，一則年幼時心無雜念，心境最符合武道「澄清意淨」四字，幼年練武不僅可以塑形鍛體，熟稔各個架勢，可以打下厚重根基，而且兒童時筋骨柔軟，專而易成，事半功倍。

袁庭山出身市井底層，哪有這等先天占據優勢的大好機會？袁庭山無依無靠，這十多年為了習武，裝孫子給人做狗算什麼，心狠手辣六親不認又算什麼？他一次次拚了命去富貴險中求，攢錢買刀，入了一個二流宗門拜師學藝，連睡覺時都手腳掛鐵，與人對敵，哪次不是當作生死戰。師門被滅，若非那半部刀譜不曾到手，且仇家也有祕笈，他才懶得去報仇雪恨。

他忍了兩年時間才一擊必殺，得手後一刀一刀去剮那名二品高手的仇家，桌上足足剮下了兩盤肉片，才逼出了祕笈所在。若是世家子孫，不說軒轅這般高高在上的，便是尋常二流宗派，稍稍嫡系，何須他這般為了一本破爛的半部祕笈就要豁出命去？因此軒轅青鋒必須要成為他的女人，入贅軒轅也無妨，只要成了被軒轅世家器重的人物，在牯牛大崗上潛心修行，輔以龍虎丹藥，內外兼修，才能登頂武道巔峰！至於軒轅大磐是不是個好東西，軒轅家族是不是把他看作一條喪家犬，等到他掌控徽山的那天，不說整座牯牛大崗所有軒轅女子都是他的胯下玩物，便是道教仙府龍虎山，他都敢一刀斬去。

老子大好前程，怎能死在這裡！

袁庭山面容猙獰，在山間癲狂奔走。但愈是瘋魔，袁庭山心思愈是縝密，以草木枯葉和泥土塗抹在身上掩蓋氣味，順風而行。只要不死，便是爬都要爬到那萬人之上的地方，那兒有天下第二王仙芝，有桃花劍神鄧太阿，有官子無敵曹長卿，更有無數祕笈、神兵利器，和那一位位眼高於頂等著他去踐踏的絕代佳人，這樣的美妙江湖，袁庭山如何捨得去死！

◆

知章城，慕容桐皇坐在被褥寒酸的床板上。客棧牆壁多是以竹篾夾抹石灰，隔音極差，泥壁更有許多寒酸羈旅士子寫在上面的打油詩，或者粗鄙旅客的粗言穢語。

慕容家雖說族品不高，但好歹是正兒八經的士族，便是在劍州也算是小有名氣的書香門第，慕容梧竹顯然住不慣這簡陋居室，憂心忡忡。

慕容桐皇反而瞧上去似乎是打定主意身在龍潭虎穴，既來之則安之。桌案上有文房四寶，他流覽著牆壁上的字跡，讓心不在焉的姐姐磨墨，接過一支劣質軟毫，對牆壁上的歪詩雜言一一點評。

慕容梧竹望著他的後背，顫聲道：「你真的打算對那位恩人……」性子軟弱的她不敢捅破那一層窗紙。

慕容桐皇筆勢不停，譏諷冷笑道：「恩人？信不信晚上他就讓妳我去暖床？妳以為這種將門宦子弟能有幾個是好人？即便那人按捺得住一天、兩天不動手，妳就心軟了？溫水煮豆腐，到時候再下嘴，妳被吃得連骨頭都不剩。慕容梧竹，事先說好，那柄匕首是給妳自盡的，妳若是敢做那人的侍妾賤婢，我就找機會一刀捅死妳！」

慕容梧竹淒然道：「到今天你還想著去那座梧桐宮嗎？」

慕容桐皇猛然轉頭，面沉如水，慕容梧竹被嚇得後退幾步，靠在另一側牆壁上，瑟瑟發抖。

慕容桐皇咬牙道：「我只想活得比狗好一點！」

慕容梧竹眼眶濕潤，跑到慕容桐皇身邊緊緊抱住他，泣不成聲。當年若不是弟弟拿匕首刺瞎族內那名長輩的眼睛，她十歲就要慘遭禍害。所以不管她如何膽小、如何懦弱，只要是他說的，慕容梧竹都會去做。

慕容桐皇猶豫了一下，輕柔拍著姐姐的纖弱肩膀。

這對姐弟，生來便是連那勢利陰沉的父母都依靠不得，誰家父母，在兒女年幼時便整天惦念著待價而沽？會坦言「我家雌雄，奇貨可居」？若非家中爺爺死後留下的忠心老僕以死相助，他們相依為命的姐弟連慕容府邸都走不出半步！

若非他謀劃出逃多年，讓三位自詡清流、骨子裡卻是貪戀美色的士子在外策應，一樣走不出劍州！其中一名道貌岸然的士子便曾祕密攔截，結果被虛與委蛇的慕容桐皇乾脆俐落地一刀刺死。一路行來，慕容梧竹可以哭哭哭，慕容桐皇卻不行！

他輕輕推開姐姐，溫柔笑著拿軟毫在臉上鬼畫符，畫了兩撇鬍鬚，終於逗得梨花帶雨的她破涕為笑，慕容桐皇這才擦去她眼角淚水，眼神堅毅道：「天底下不會有人對我們好的。所以要死，我們也死在一起，好不好？」

慕容梧竹點了點頭。

敲門而入，徐鳳年看著這對苦命的姐弟，溫言道：「你們真想去京城那座梧桐宮？」被聽聞心事的慕容桐皇惱羞成怒，從慕容梧竹袖中抽出匕首，就要與這無恥之徒拚命。

徐鳳年看著這個美少年那兩撇鬍鬚，平淡道：「如果我說可以送你們去皇宮，你們真的願意嗎？或者說我可以施捨給你們一份過得比狗稍好的安穩日子，你們答應嗎？」

慕容梧竹眼眸綻放出光彩。

慕容桐皇譏諷道：「你當自己是誰！」

徐鳳年平靜道：「你不好奇我為何能有持弩甲士護駕？不好奇那連珠弩出自哪裡？不好奇那些精悍護衛佩刀叫什麼？慕容桐皇，你不是很聰明嗎，我的口音像是哪裡人？為何我與褚祿山熟悉？」

慕容桐皇記仇道：「你與我這個騾子說什麼廢話？」

徐鳳年笑道：「弩叫黃樞弩，王朝內手弩、踏弩都不罕見，可這黃樞弩，卻不常見。你們是軒轅老頭的禁臠，可這弩卻是我北涼軍的禁臠。」

徐鳳年繼續語氣平靜道：「至於制式佩刀，有個挺響亮的名稱，北涼刀。這總聽說過吧？」

北涼刀。

慕容梧竹還是有些懵懵懂懂，慕容桐皇卻一臉震撼，手中軟毫掉在床上。

徐鳳年走過去撿起軟毫，笑了笑，在慕容梧竹臉上也畫了兩抹，點頭讚許道：「比妳弟弟好看。他啊，臭脾氣，死腦筋，一點都不可愛。以後妳這當姐姐的都兒孫滿堂了，估計他還是孤苦伶仃，活該。」

慕容梧竹俏臉緋紅，吹彈可破的肌膚能滴出水來。

徐鳳年把毛筆遞還給身體緊繃的慕容桐皇，輕聲道：「信不信你們陪我去一趟那啥牯牛大崗就行了？說實話，真要對你們有不軌企圖，我至於興師動眾先殺絕了軒轅二十騎？還得在這裡看你們臉色？」

獨臂羊皮裘老頭兒站在門口，斜靠著房門，一根手指摳著鼻屎，語氣懶散道：「你們別信這小王八蛋的鬼話，那個褲襠裡帶把兒的還好，長得再女人，好歹是個爺們。那個姐姐倒是要真小心點，指不定哪天就被滾被窩了。這小子勾引良家女的本事跟老夫當年有的一拚。」

被拆臺的徐鳳年惱火道：「放你的屁！老子這一路吃了誰，魚幼薇、裴南葦，還是舒羞？老子比和尚還他媽的和尚！」

老頭兒撇撇嘴，拍拍屁股走了，還真放了個響屁。

這下連慕容桐皇都轉不過彎來。

徐鳳年沒心情繼續待在這裡出醜，罵罵咧咧地走出房間，準備去一趟城外的荀平墳地。

慕容桐皇突然說道：「你圖什麼？」

心情大惡的徐鳳年破罐子破摔道：「垂涎你姐美若天仙行了吧，警告你，再敢唆使你姐藏刀子，老子一巴掌把你拍成太監，讓你徹底做個娘們兒！」

◆

徐鳳年沉著臉與那老劍神一同出城上墳，隨行的青鳥帶了知章城最負盛名的當歸酒。

李淳罡嘲諷道：「這般心軟成得了狗屁大事。天底下可憐人何其多，你有三頭六臂還是怎的，顧得過來？」

徐鳳年白眼道：「本就對三足鼎立於武道的軒轅世家不順眼，好不容易抓住把柄，不去牯牛大崗鬧騰一下，就真對不起當年被軒轅青鋒追攆了。軒轅大磐不是將這姐弟視作盤中餐嗎，嘿，本世子就偏要讓到嘴的肉劃到自個兒盤裡。他要不服氣，儘管出手好了，到時候大不了老前輩再來一次劍開天門嘛。」

老劍神斜眼道：「你小子能不能別成天算計老夫？現在沒有姜泥丫頭給你撐腰，真惹惱了老夫，就把你給劍開天門了。」

徐鳳年轉移話題問道：「那軒轅老貨是怎樣個人物？聽說這變態一日不御女，就要兩睛暴赤，顴紅如火，膚欲裂、筋欲抽，聽著像走火入魔嘛。」

羊皮裘老頭兒想了想，歪嘴道：「就那個死樣，還能怎麼樣。」

徐鳳年無奈道：「給仔細說道說道，馬上要去徽山砸場子，總得知己知彼。萬一大張旗鼓上山，結果灰溜溜滾下山，要被軒轅青鳳那娘們兒笑掉大牙。」

李淳罡一臉的不耐煩神情，輕描淡寫道：「這老匹夫大概能算半個武道天才，比不上王仙芝。」

徐鳳年小聲嘀咕道：「廢話，要跟王仙芝差不多，我還去個屁牯牛大崗。」

老劍神一腳踹在世子殿下屁股上，回頭想跟青鳥討要當歸酒解饞，結果被冷眼相向。他嘆了口氣，百無聊賴地隨口說道：「你小子光顧著在姐弟面前逞威風，不知天高地厚！軒轅大磐雖然沒入武評，但比起王明寅只高不低，若非這傢伙太聰明，什麼都想學，還都想拔尖，如果肯一門心思，學刀就學刀，就沒顧劍棠什麼事情了。聽上去這些年他是好色不衰，為老不尊，其實沒這麼簡單，這傢伙很早便精通佛道義理，加上壯年時便已是內力深厚，借陰鼎補陽爐，調伏心障，一旦真被他搗鼓成了，就是黃道赤篆小證長生，修為差不多媲美道門裡的大真人。上不上徽山，你自己掂量著辦。」

徐鳳年揉了揉下巴，一本正經地思量這件事。

老劍神輕聲問道：「那對姐弟璧人，你到底喜歡哪個？」

徐鳳年嘴角抽搐道：「老前輩你這麼說就不對了啊。」

老劍神「哦」了一聲，自顧自道：「確實，有那個借你春雷、繡冬雙刀的傢伙珠玉在前，恐怕那慕容桐皇未必能被你瞧上眼。那你啥時候對那白狐兒臉下手，越以後，你越打不過，到時候連霸王硬上弓的機會都沒有。其實老夫可以傳授你一個簡單法子，你只要把自己當作女人即可，那白狐兒臉男人就男人，反正也是天下第一美人，你也不算吃虧。」

徐鳳年頓時毛骨悚然，起了一身的雞皮疙瘩，滿腹悲憤。

李淳罡不屑道：「咋的，想跟老夫打架？」

徐鳳年馬上諂媚道：「哪能啊，小子還等著老前輩一劍逆流六疊瀑，水淹那牯牛大崗。」

李淳罡不屑道：「德行！」

◆

出知章城後走了一個時辰，才好不容易尋覓到一座孤墳荒塚。三尺孤墳，荒草瘋長，徐鳳年蹲下身，拔去纏繞墓碑的野草，望著這塊豎起不過三尺的墓誌石刻，默不作聲。

二十幾年寒風苦雨，字跡早已斑駁不清，只依稀斷斷續續見到殘篇斷句：「日出東海，地氣湧茫茫；日落崑崙，天穹復歸休」，「春秋春秋復春秋，馬蹄踏破讀書聲」，「吾將囊括宇宙，浩然與青冥同科」。

老劍神閒著沒事，便蹲下瞇眼看著文章斷裂的墓誌銘，嘖嘖稱奇。

徐鳳年從青鳥那兒拿過酒，慢慢灑在墳前。墳在山頭，一壺酒祭奠後，徐鳳年坐在地上，望向遠方田野，自言自語道：「我一向文章做的是狗屁不通，也就只能花錢跟北涼士子買些詩詞。二姐說得對，買來的這些，也大多是為賦新詞強說愁，讀出來就像怨婦叫春，不堪入耳。但墳裡那位，怎麼就不能多活幾年，多寫幾句『五十年鴻業，說與山鬼聽』？」

老劍神盤膝而坐，脫掉靴子，手指摳了摳腳趾，拿在鼻前聞了聞，輕笑道：「死了就死了，一乾二淨。墳裡頭這位，算不錯的了，還能有人來上個墳。像老夫，死後有誰來帶著酒上墳，順手掃掃墓、拔拔草？」

徐鳳年點頭道：「理是這個理。」

老頭搓著腳底板，轉頭問道：「徐小子，你覺得自己可憐？」

徐鳳年啞然失笑道：「我？我他娘的是堂堂北涼世子啊，前朝那個誰不是說過生當鼎食、死當鼎烹嗎，我生下來就金山銀山、衣食無憂，天底下就沒幾個人比我更鐘鳴鼎食，現在連世襲罔替都有了，還他媽的覺得自己可憐，就只好用頭髮把自己吊死了，要不拿娘們兒的胸脯悶死也行。所以那些年去北涼王府尋死的亡國子孫和江湖刺客，只覺得可憐，沒覺得如何可恨。既然是徐驍的兒子，就得有這個覺悟，世上哪有只享福不受凍、不挨餓的道理。跟老黃出門遊歷之前，還有些怨氣，這會兒沒了。」

老劍神大笑道：「你倒想得開。」

徐鳳年自嘲道：「其實也愁啊。」

李淳罡笑問道：「愁什麼？」

徐鳳年拔起一根雜草，手指彈去草根泥土，放在嘴裡細細咀嚼，道：「這不正愁學不來兩袖青蛇嘛。」

老劍神豪氣道：「老夫絕學，豈是那般容易學到手的。」

徐鳳年輕聲道：「其實我知道老前輩那兩百一十六手青蛇，都是像在打鐵，讓我體內的大黃庭更穩固。至於我能學去兩袖青蛇幾分精髓，全看造化，對不對？」

李淳罡瞇眼緩緩道：「你小子的確不笨。說句敞亮話，兩袖青蛇本就劍招繁複到了極點，幾乎無跡可尋，你想學也無從下手，至於那一劍開天門，純是劍意，你也學不來。」

徐鳳年苦著臉唉聲嘆氣，身後青鳥莞爾一笑。

老劍神也撿起一棵野草，嚼了嚼，呸一口吐出，說道：「接下來老夫麻煩一些，替你餵招。你小子也別好高鶩遠，老老實實先把那東拚西湊的二十來招刀法給弄結實了。其實老夫的拳腳功夫，對付王明寅也足夠了。」

不等徐鳳年說話，老劍神抹了抹臉，道：「要是姜丫頭在這裡，肯定得說老夫吹牛皮不打草稿。」

徐鳳年呵呵一笑。

想著那呵呵姑娘，又躲在哪個角落等著出手吧？

三人走下山，行走在田間小徑上。

「徐小子，你真對那叫慕容桐皇的美人沒想法？」

「……」

「這種雄雌難辨的並蒂蓮，堪稱仙品，以老夫這等卓絕眼光來看，也是百年一遇。真不動心？」

「……」

「可以動心！老夫這次可以對你的禽獸行徑，視而不見。」

「……」

「你就當那慕容桐皇是女了嘛，晚上燈一黑，你認得出誰是慕容梧竹誰是慕容桐皇，分得出誰雄誰雌？」

「……」

「小子，你倒是放個屁啊。」

「老前輩，我也就是現在打架打不過你！」

「啥？小兔崽子，別想老夫幫你餵招，以後照樣拿兩袖青蛇狠狠拾掇你。」

「別啊！」

「那你吃不吃這一雙並蒂蓮。」

「滾。」

「你小子憋了快一年多了吧，還沒憋出內傷？」

「滾！」

「怎麼一個慘字了得！這麼多國色天香的絕代佳人在跟前晃蕩，結果一個都吃不到，慘啊慘。」

「老前輩，我滾行不行？」

青鳥走在後頭，聽著世子殿下與老劍神的鬥嘴，她笑得花枝亂顫。

◆

山林中，殺機四伏。舒羞、楊青風和寧峨眉、魏叔陽兩撥人聚集在一起，都有些有力無處使的挫敗感，幾次都要完成圍捕態勢，結果都被那小子找準機會逃走，跟泥鰍般滑溜難逮。

一次大戟寧峨眉的一枚短戟甚至刺入了那人的手臂，那小子硬生生扛下九斗米老道的一袖後，借勢幾個翻滾，戾氣十足地留下一句「孫子今日一戟之恩，爺爺來日一定雙倍奉還」，肩膀撞開身後一名鳳字營輕騎，再度躥入樹林陰影，輕騎被那一記兇猛貼靠給撞出重傷。

楊青風的三隻紅爪鼠已經全部死亡，後面兩隻都是被那廝給活活捏死。舒羞臉色難看得厲害，最好的一次機會，在那滿嘴葷話的小子被勁弩潑射，逼入死地，但以舒羞雙手可摧動符將紅甲的雄渾內力，竟然只是把那姓袁的拍砸在一棵樹上，環臂粗壯的大樹都已折斷，人還沒死，這絕非舒羞心存貓抓耗子慢慢玩的念頭，一手拍去，本該把這傢伙拍得裂肚掛腸才對，舒羞想不透這裡頭的古怪。

若說是簡單的武力疊加，這邊肯定比那小子超出太多，可袁庭山刀法剛烈，性子卻是相當謹小慎微，而且彷彿有一種對危機的敏銳嗅覺，兩次漁網只差一線便成功合攏時都被他腳底抹油。

寧峨眉在溪澗旁捧起水，拍打著臉龐，平靜道：「此人是天生的斥候。」

舒羞微微慍怒道：「寧將軍，這人拿不下，我們就別出山了！」

面容癱瘓的楊青風毫無表情地道：「有世子殿下的海東青幫忙盯梢，就抓得住。」

舒羞怒意更盛，譏諷道：「真有出息！」

魏叔陽當和事佬打圓場道：「不急不急，鳳字營熟悉夜行，我們再追一夜。明早如果還是找不到人，就立即出山趕往知章城。屆時殿下若是生氣，由貧道一人扛下便是。」

舒羞如釋重負。

寧峨眉皺眉，不動聲色，側頭問道：「還剩幾根箭？」

因為忙於追捕，許多射出去的弩箭根本來不及收回，除了重傷的那個，其餘九名鳳字營輕騎各自回稟數目。

寧峨眉說道：「重新分配一下，每人四根。朱志、葉真符，你們兩人護送受傷的邵東祿，故意與我們拉開一段距離，做誘餌。」

兩名白馬義從毫不猶豫地沉聲道：「得令！」

魏叔陽心有不忍，輕聲道：「寧將軍，如此是否有些……」

嗓音軟糯與知章城那位吳州婦人不相上下的寧峨眉笑了笑，沒有任何多餘的解釋，但舒羞都看得出這名將軍眼中的堅定。

舒羞忍不住問道：「寧將軍，你確定那小子會掉進圈套？」

寧峨眉平淡道：「袁庭山是睚眥必報的性子，而且善於投機，便是有風險，他也願意賭上一賭。此次圍剿，看得出來，這人一直很相信自己的賭運。」

舒羞「哦」了一聲，不再說什麼。只要完成任務，陣亡幾個鳳字營輕騎，對她而言不痛不癢，但心底對這名好脾氣的北涼將軍，評價高了幾分。

半個時辰後。

袁庭山蹲在枝椏上，盯著三名脫離陣形的輕騎，手臂血洞早已包紮起來，那根短戟被他叼在嘴裡。

殺還是不殺？

袁庭山在猶豫。

他能快刀殺人，也能鈍刀割肉。

心志堅韌如他也有些心中罵娘，一趟原本輕鬆至極的差事弄到這般淒涼田地，泥菩薩都有三分火氣。袁庭山自認論天賦根骨，絲毫不遜色於那些號稱一流高手的世家子弟。牯牛大崗上的軒轅公子哥兒，其中有兩個下山行走江湖賺取豪俠名頭的，一名差點被他挑斷了手筋、腳筋，另外一個有幾分真本事，鬥了個不分勝負，但袁庭山只是輸在招數上，真要拚命，他自信可以在百招內把那風度翩翩的世家子弄成殘廢。

袁庭山嘴角泛起冷笑，投胎很重要啊，投個好娘胎，一本本上乘祕笈信手拈來，家族內有高人指點，四平八穩，世家裡出來的同齡人，稍有成就便一個個裝得氣度超然，萬一打不過，大不了找爹娘哭喊去，想吃虧都難。那宋恪禮無疑是這些人裡的佼佼者，好事都給占了。袁庭山低頭看了眼如他一樣不起眼的朴刀。自己靠什麼，就他媽只能靠這柄刀殺出個前程！

可恨。

可恨就當殺。

殺了！

老子就不信這條命會撂在這裡，人死卵朝天個屁，只要老子一天沒活夠，我的命連閻王爺都別想拿去。

袁庭山咬著短戟，正要提刀躍下樹枝，身體卻驀地瞬間僵硬，繃如滿月弓弦。

頭頂有人呵呵一笑。

千鈞一髮，袁庭山馬上便要拚死一搏。

那人輕輕說道：「別後悔哦。」

袁庭山果真紋絲不動，不惜氣機逆行，本就受了內傷的他嘴角滲出血絲，但腦海清明至極，從未有如此透澈。

「沒人買你的命，我懶得殺你。我不過是看見你跑來跑去挺好玩，不想你這麼早死。」

袁庭山咬牙問道：「妳是誰？」

沒有回應。

袁庭山冒險仰頭，結果看到一個小姑娘蹲在微微搖晃的枝椏上，扛著一棵金燦燦的向日葵？

樹上樹下，大眼瞪小眼。

「除了一個教我殺人的老頭，我一般只跟死人或者快要死的人說話。超過二十個字的話，不死也要死。你自己數數看多少字了？」

少女說話十分生硬，說罷兩邊嘴角勾起，算是笑了一下？

袁庭山體內氣機暴漲，便不只是嘴角流血，而是猙獰恐怖的七竅流血。但這一瞬，他的刀，綻出寸餘長短的青紫刀芒。

那一日與軒轅青鋒深入龍虎山，見到了一個垂釣的中年道士，只有他沒心沒肺吃光了朱紅野果，起先袁庭山不以為意，但下山登船後，不知怎的傳來一個聲音，是那道人嗓音，只說了「龍吐水」三字，但轉頭四望，哪裡看得到那道人身影。然後他體內就開始氣海翻滾，煎熬到徽山時，上山是一路吐血登山，到六疊瀑後幾乎是爬到六疊姐妹瀑布中的龍吐水下，以後背扛起傾瀉直下的水流。以他的體魄，照理說能支撐半炷香便是極限，再堅持就要傷及內腑經脈，可他一坐就是十二個時辰，玄妙不可言。

境界一日千里。

這是袁庭山敢對那白馬錦衣公子哥出刀的最大依仗。

如今只欠一本刀法祕笈而已！

袁庭山一刀撩起，參天大樹一半枝椏都給斬斷。

小姑娘不知何時蹲在附近一棵大樹上，依然背著那棵礙眼的向日葵，平淡道：「呵，漲境界了。」

袁庭山這次是真的開始逃命了。

◆

雁泣關原名早已被人忘記，只因前朝邊塞詩人一句「南雁至此泣北聲」，就成了雁泣關。此關由北涼重兵把守，以一夫當關之勢，硬生生扼住了北方蠻子南下的通道。黑雲壓城，風雨滿樓，大漠飛沙滾石，但遠處模糊可見北涼士卒繼續在風沙中操練。

北涼此地寒苦與北涼鐵騎一樣甲天下，再往北去，雖是大漠居多，其中卻也有成片的肥美水草，雁泣關一帶盡是滿目荒涼貧瘠。一襲白衣站在城頭，左邊站著毛髮旺盛像頭西域雄獅的典雄畜，右邊則是窮酸老學究般的韋甫誠。

手握六千鐵浮屠重騎的典雄畜張開血盆大口，站在城頭憋了半天，終於忍不住咆哮道：「將軍，如今設立北涼道，大將軍做那節度使自然是天經地義，誰敢搶這個，老典非一板斧將他劈開，可這經略使的位子憑啥讓那豐州牧李功德來坐？這老傢伙撈錢的本事自稱第二，沒誰敢說第一，可由著他來治理北涼？我呸，老子口水吐他一臉，老典把醜話說這兒，李功德有膽量做這經略使，咱就帶著六千鐵騎把他給宰了！」

韋甫誠身子骨弱，風沙一吹，咳嗽連連，抬起袖口遮擋，含糊不清道：「別說混帳話。經略使又不是稀罕東西，誰來坐這個位置都無關大局。倒是那個監察使，不知道朝廷那邊會派遣哪個不怕死的傢伙上任。」

典雄畜大大咧咧道：「韋夫子你他娘的就是窮講究，這經略使咋就不是個東西了，北涼道第二大的官，不該是咱們將軍去當嗎？」

韋甫誠揮了揮袖子，無奈笑道：「你這個光長力氣不長腦子的傢伙，經略使要是由將軍去做，這才會出大事。假使朝廷有意如此，而大將軍不拒絕的話……」韋夫子話說到一半，就不再繼續說下去，眯起眼望向天空滾滾黑雲，只是輕輕一聲嘆息。

典雄畜愕然道：「到底啥個意思，韋夫子你又不是不知道老典這腦袋小時候給馬踢過，不管用，一動腦子就腦殼疼。」

這倒是千真萬確，正三品武將典雄畜年幼便力大無比，一次在街上拽馬倒行，結果被發瘋的大馬轉身踩踏，不說身上，腦袋就被狠狠踩了一蹄，不死簡直就是個奇蹟。不過北涼誰都心知肚明，典將軍的腦子跟是否被馬踏過有個卵的關係。

韋甫誠被這廝的潑皮無賴折騰得無語，字斟句酌打了腹稿後，才緩緩道：「你希望將軍去涼州城做經略使，常年只跟文牘打交道，北涼軍務一概不管了？」

典雄畜愕然，「這……」

白衣陳芝豹始終置若罔聞，只是轉頭望向一名北涼最新冒尖的小將。

此人姓車名野，出身北莽，卻是最低賤的奴籍。他弓馬嫻熟，擅長技擊，本是貴族豢養的一名死士，在北莽那邊犯了滔天大罪，一路南奔，一人一馬一弓便殺了二十多名北莽狼鷹士。這狼牙兵已是北莽僅次於大虎賁的第二等勇士，與北涼鐵士大致相當。須知鐵士篩選是如何的殘酷：分發一把黃廬短弩或者鐵胎硬弓，二十支箭，一柄北涼刀，攜帶三日糧食，五人一伍，就被丟入北莽國境，每人能割下北莽軍士首級六顆，才可返程，此後還有步戰、騎戰考核，北涼鐵士不過九百人。

車野投奔北涼軍後，加入斥候，立即成為斬首最多的流弩手，去年跟隨陳芝豹親率六百騎突襲北莽白日城，一箭將巡視邊防的北莽某位皇室成員射了個通透。這小子與陳芝豹返回時，尾巴上吊著足足三萬北莽鐵騎！

滿打滿算，車野今年也不過十九歲。

車野身披銀甲，手捧頭盔，風沙撲面，巋然不動。

陳芝豹輕輕招手，示意車野上前兩步，並排站在城頭，他微笑道：「你說這天氣會下雨嗎？」

典雄畜拍了拍額頭。將軍也真是，有時間問這雞毛蒜皮的事情，還不如跟老典說說那經略使到底是咋回事呢。

韋甫誠拇指擦了擦眉頭，笑而不語。

年輕的車野搖頭道：「回稟將軍，不會。」

陳芝豹「嗯」了一聲，繼而再度沉默。

典雄畜是耐不住寂寞的性子，就要下城頭去城外操練那幫龜兒子。

驟然，厚重黑雲中展開一絲縫隙，一縷日光投射到城頭，映照在白衣陳芝豹和斥候車野身上，因為後者身穿銀甲，頓時銀光閃閃，猶如一尊神兵天將。

此時，城外五、六里外的那條飲馬河兩端，嚎叫震天。

飲馬河上常年懸掛有一百多條鐵索，這一刻悉數被分別站在兩岸的士卒拉得筆直，五十人對陣五十人，在拔河！

不管士卒校尉，不管寒冬烈日，都得全部上身裸露。細皮嫩肉的，六、七月的時候在這拔上一、兩次，就得皮膚炸裂，如今馬上入秋，算是運氣好的。但再過幾個月，才叫最慘，按照北涼軍規，拔河輸者何謂輸？那就是連人帶鐵鍊都給對方拖進河裡，夏天可以當作洗個澡，大冬天的，掉進河裡能舒服？北涼軍小山頭不少，大柱國對此也從不計較，但禁止私自械鬥，這是鐵律。起了摩擦，行，要麼去校場狠狠打一架，要麼各帶五十人來這裡拔河。

當一個駝背老人在白熊袁左宗陪同下來到飲馬河畔時，所有光膀子的大老爺們瞬間熱血沸騰起來。

娘咧，大將軍到了！

拔河爭勝本就談不上和氣，從京城返回北涼的大將軍一來，誰他媽的願意丟這個臉！

並未身穿甲冑的徐驍負手來到一隊五十人北涼兵士附近，笑咪咪的，也不出聲，只是看著鐵鍊橫河。

一百條鐵鍊，逐漸有人被拉入河。

整整一炷香時間後，只剩下徐驍身邊這條鐵鍊始終橫貫飲馬河！

徐驍瞇眼看著，看到兩岸一百人已經有大半都是滿手鮮血。

嘶吼已經透著沙啞。

左岸有人喊道：「趙鐵柱，你他媽小時候沒吃奶是吧，給老子站起來！」

右岸便喊：「只要手沒斷，都一個一個給老子撐著！誰第一個偷懶，回頭到了軍營老子非讓你撅起屁股！」

「王八！你真當自己是縮頭王八了？加把勁，你小子不是號稱能開三石弓嗎，這次贏了對面那幫龜兒子……」

「黃瓊，你他媽的才是龜兒子！」

誰都沒有料到，鐵鍊竟然被兩撥人給硬生生拔斷！

那一百人全部躺在地上，一根手指頭都動不了，皆是滿手鮮血。

徐驍笑道：「好。」

不知誰第一個喊出聲，所有還能動彈的士卒都扯破嗓子吼道：「大將軍萬歲！」

萬歲！

那個駝背老人沒有阻止。

他不說，誰又敢去京城那邊碎嘴？

徐驍轉身望向城頭，自言自語道：「站那麼高做什麼。」

第六章　世子兄弟喜相逢　軒轅世家生暗潮

牯牛大崗上暗流湧動，二十騎暴斃於賀州知章城附近的消息已經傳遍徽山，領頭的袁庭山杳無音信，一時間流言蜚語，千奇百怪。有說是廣陵王趙毅不惜調動鐵甲重騎搶女人來了；有說是那命犯孤星的袁庭山引來禍水，給趙勾盯上，連累了家族重金培養的騎隊；還有說是慕容家那對小雄雌並非凡間人物，有仙人庇佑……各種言之鑿鑿，各種鬼鬼祟祟，因為老家主已經潛心閉關很多年，主事徽山的軒轅國器又在東越劍池那邊與人論劍，牯牛大崗上的軒轅府邸群龍無首，加上家族內部本就派系林立，長房與其餘幾房勢力貌合神離，根本沒人能彈壓下這股愈演愈烈的喧囂。

軒轅青鋒出自嫡長房，是軒轅世家的大宗，可惜父親軒轅敬城不管老祖宗如何刻意栽培，都顯得不堪大用，扶不起如何辦，大家族也有大家族的優勢，換嘛。軒轅青鋒兩個叔叔，軒轅敬意和軒轅敬宣一個沉穩持重，一個銳意進取，後者武道天賦尤為驚才絕豔，離宗師境界只差一層紙，感覺手指蘸蘸口水，一捅就破，故而軒轅敬宣這一脈，母憑子貴，子憑父榮，在徽山橫行跋扈。但整座徽山，軒轅青鋒最不願意看到的男子，卻是她的親生父親，那個永遠只知道嚅嚅囁囁點頭稱是的男子。

在一般士族，嫡長孫這等行徑，興許還能勉強撐起一個溫良守禮的形象，可這裡是牯牛大崗啊，軒轅是與吳家劍塚以及西蜀劉氏三足鼎立的武學世家，讀書千斤萬卷又如何，比得上別人一雙摧山撼城的拳頭嗎？

山上眾人皆知軒轅敬城不僅對獨生女有求必應，對媳婦更是懼內得無以復加，從未有半點納妾念頭。雖說軒轅家族霸道到任何人想要上山就得改姓軒轅的境界，不乏武道英才入贅軒轅，但堂堂嫡長房沒個帶把兒的子嗣繼承香火，即便日後軒轅青鋒成功讓某位俊彥入贅家族，大宗一脈總是抬不起頭。

這些年他這嫡脈離心離德，門下一盤散沙，門人紛紛改換門庭，去依附蒸蒸日上的其餘兩房，軒轅敬城澈底淪為孤家寡人，甚至所有人都知道給這位嫡長孫生下一女的妻子至今仍愛慕他人。婚姻初始，她便大逆不道地與軒轅敬城約定只生一胎，是兒是女聽天由命，軒轅青鋒呱呱墜地後，軒轅敬城果真守約。

軒轅青鋒年幼時尚且不理睬娘親那眉宇間總化解不了的鬱結神色，覺得從不發脾氣的父親並未做錯什麼，隨著年齡漸長，她終於知道父親的不爭在崇武數百年的軒轅中是如何致命。越長大越沾染人情世故，軒轅青鋒就越想離得這個碌碌無為的男人遠一些，再遠一些。

軒轅青鋒送宋恪禮下徽山，對於這位宋家雛鳳，她自然心懷愧疚。宋家在王朝內穩居一流清貴的顯赫家世，況且宋家三代單傳，宋恪禮的分量不言而喻，與軒轅來往已經算是折了身分。軒轅世家在江湖呼風喚雨，這對於朝廷中樞重臣而言，不值一提。軒轅青鋒遇到護柩南下的宋恪禮後，使了諸多小心思，才得以相遇相知相親。

以宋恪禮的眼力，相信早已看穿，但他仍是不介意軒轅青鋒借他，或者說是借宋家在軒轅家族內部示威，不但來到徽山，還在牯牛大崗看上去與軒轅敬城相談甚歡，給了天大面子。軒轅青鋒即便天生對士子書生沒有好感，對宋恪禮還是生出一些說不清、道不明的情愫，不知是緣於感恩還是敬佩。

那個自負到不遮掩狼子野心的袁庭山？

軒轅青鋒捫心自問，若是他真的死了，她會不會感到遺憾？軒轅青鋒走在下山的青石板路上，眺望了一眼六疊姐妹瀑布。

宋恪禮微笑道：「我與家父學了些面相，袁庭山不容易死。他命格極差，卻偏偏極硬。」

軒轅青鋒有些惶恐，正要解釋什麼，宋恪禮柔聲道：「軒轅小姐多慮了。」

軒轅青鋒不再說話，生怕畫蛇添足，有些事總是越抹越黑。

兩人默默走在路上，行至山腳，可見泊船，宋恪禮突然停下腳步，猶豫了一下，終於還是開口道：「守拙先生學富五車，對三教義理剖析深入淺出，我這幾日與守拙先生秉燭夜談，受益匪淺。先生說凡從靜坐經書中過來識見道理，便如望梅畫餅，靠之饑食渴飲不得。此語讓我豁然開朗，以往我銘記家訓凡事謙恭，不得盛氣凌人，可終歸不懂為何要謙恭，幼稚言行落在賢人眼中，只能貽笑大方。軒轅小姐，請恕宋恪禮直言，守拙先生絕非庸人。」

軒轅青鋒眉梢含笑，頗不以為然，只是打趣道：「是我爹請你做說客？送了你幾本孤本典籍？」

宋恪禮愣了愣，喃喃道：「知女莫若父，一切都在守拙先生預料之中啊。」

宋恪禮在軒轅青鋒納悶中轉身朝牯牛大崗作揖，由衷歡喜道：「小子佩服。」

望著宋恪禮登船的背影，軒轅青鋒一頭霧水。

宋恪禮站在船頭，緩緩駛向歙江，不忘朝岸上軒轅青鋒擺手。上山後宋雛鳳表露出來的世家子氣度，無可挑剔，不說與守拙先生軒轅敬城談佛論道樂此不疲，便是與軒轅敬宣交流習武心得，同樣是不卑不亢。

其實真相是無需軒轅青鋒費心安排，他都會去徽山登門拜訪軒轅敬城，此人且不去猜他是否韜晦，僅是在政事上的算無遺策，就足以讓祖父刮目相看，宋恪禮已經逝世的恩師生前對其大加推崇。

宋恪禮南下劍州，一方面是執弟子禮護送棺柩，但更重要的是想試探軒轅敬城的斤兩，有真才實學，宋家不介意大力提拔一名庶族書生，幫其在家族鞏固地位。假如只會紙上談兵，宋恪禮也可以轉向軒轅敬宣，畢竟這股紮根劍州數百年的勢力，可以幫忙做許多讀書人不當做的事情。

下山前，軒轅敬城恬淡笑道：「書生與屠夫做成了鄰居，講理，就讓書生動嘴，鬥毆，再由屠夫動手。互相攙扶一把，有利無害。」

雖說這顆定心丸不小，但仍不足以讓宋恪禮下定決心與軒轅聯姻。世族與寒門通婚，是士子集團裡的大忌，僅次於子嗣斷絕沒了家族綿延。大船駛入歙江，視野開闊，宋恪禮有唱一曲大江豪氣的衝動。骨子裡，宋家雛鳳十分不恪禮，襄樊鬼哭，蜀道猿啼，江波浩淼，都想要入詩抒發胸臆，可惜講經說理，宋恪禮家學淵源，不遜清談名士，唯獨這提筆寫就雄詩三百篇的宏願，力所不逮。但護柩千里途中，每隔一段時間宋恪禮就會傳出錦繡詩篇流入士林，不為人知的內幕則是其中許多篇，乃是他父親甚至祖父捉刀代筆。

士子想要名聲鼎盛，何其難？奢望一詩出世驚鬼神？幾乎不可能，沒有文壇前輩暖場附和，沒有鼓噪學子追捧造勢，寫得再好，也無非是「尚可」二字，時下那些個美玉名篇，其實在剛面世時可都名聲不顯，是幾百年傳承，大浪淘沙，逐漸被詩壇巨擘認可，點評復點評，讚譽疊讚譽，才得以水落石出，對此宋恪禮再熟悉不過。

世間有幾個王東廂？何況一本《頭場雪》也有洋洋灑灑半百萬字。

宋恪禮百感交集時，瞥見一艘大樓迎面而來，船頭站有一名玉樹臨風的佩刀公子哥，身畔只有一名青衣女婢，和一名羊皮裘獨臂老頭。宋恪禮並未留心，只當作是遊覽龍虎山的尋常香客。

宋恪禮這趟逗留徽山，其實有等待那個北涼世子的私心，可惜他還有父親吩咐下的事情要做，無法再等下去。

◆

兩頭終於不用悶在車廂裡的虎夔在徐鳳年腳下鬧騰撒嬌，徐鳳年伸出手指，指點著徽山青石大頂，問道：「牯牛大崗？」

老劍神「嗯」了一聲。

徐鳳年眯眼望去，手指摩挲春雷刀柄。出乎意料，前段時間追捕軒轅袁庭山的行動竟然無功而返。根據魏叔陽的詳細描述，這名刀客武力倒稱不上驚世駭俗，比起年輕一輩翹楚的齊仙俠、吳六鼎仍有不小差距，可心智、運道都是上佳，對此世子殿下沒有動怒，就許靖安王趙衡在蘆葦蕩賠了夫人又折兵，還不許自己殺不掉一個袁庭山了？再就是袁猛持北涼軍牒拜會賀州刺史，軒轅家族以武亂禁是板上釘釘的事實，可老傢伙竟然置之不理，看架勢，連已經讓襄樊城雞飛狗跳的褚祿山都不放在眼中。徐鳳年喃喃自語：「好硬的骨頭。」

老劍神用手指去摳牙縫裡的菜葉，咧嘴道：「書生就跟這江裡頭的魚一樣多，冒出幾個硬氣不怕死的也正常。」

徐鳳年對此不作評價。

船折入到徽山腳下，徐鳳年急著去龍虎山，就沒打算找軒轅的麻煩，只是和老劍神一起閒聊。

軒轅青鋒駐足山腳良久，終於準備轉身上山，猛然睜大那雙秀氣眼眸，小跑幾步，看清了站在那艘船船頭的傢伙，頓時勃然大怒。這個王八蛋，別說換了身華貴衣衫，就是挫骨揚灰，她都認得！正是這個自稱姓徐的渾蛋，跟一個帶木劍的遊俠兒在吳州燈市上對她百般羞辱。

軒轅青鋒定睛仔細望去，滿腹譏笑，別以為拐騙了幾兩銀子換身行頭就可以裝世家子！不需要軒轅青鋒出聲，本就在指指點點徽山風景的徐鳳年也看到這個娘們兒，真是踏破鐵鞋無覓處。他大笑著讓大船靠近徽山行駛，趴在欄杆上，望向不足十丈距離外的軒轅青鋒，學溫華故意讀錯一字，大聲喊道：「姑涼！」

軒轅青鋒顧不得淑女禮儀，怒道：「姓徐的！」

真是好溫情、溫馨、溫暖的重逢。

徐鳳年嘖嘖道：「燈市一別，姑涼怎的胖了。」

軒轅青鋒咬牙切齒冷笑道：「你有本事來徽山做客，軒轅青鋒定會盡地主之誼！」

徐鳳年托著腮幫，笑咪咪道：「如此思慕本公子？」

山腳停有一艘軒轅樓船，軒轅青鋒跑上船，試圖讓人追上。

一艘不急著跑，一艘往死裡追，很快兩船就相距五丈距離。

徐鳳年緩緩走向船尾，驟然加速狂奔，躍起踩在船欄上，身形如箭激射向軒轅青鋒，在她目瞪口呆中，站在她所在樓船的船欄上，居高臨下望著這名軒轅家的傲慢女子。

徐鳳年瞥了眼蠢蠢欲動的幾名軒轅扈從。

才要說話，江面上異象橫生。

一名邋遢老道撐筏而來，竹筏上枯瘦少年緊抿起嘴唇，輕輕吐納，竹筏一端轟然刺入江水，另一端高高揚起，他借勢彈到大船上，野馬奔槽般撒開腳丫，再腳尖一彈，竟使得整艘大船一沉，這力道？

少年瞬間就高高躍起，再砸到軒轅青鋒所站船頭，樓船又是劇烈一顫，除了老劍神李淳罡，兩艘船所有乘客都微微張大嘴巴，這輕功如何不去說，但這讓船身足足下沉數尺的力氣？

貌不驚人的枯黃少年落地後，轉身就抱住世子殿下雙腿，死死抱住，撕心裂肺地哭喊道：「哥！」

◆

兩艘算準了青龍溪吃水深度的敵對樓船在被枯黃少年一踏後，心有靈犀地都減緩了速度。軒轅家的私船是想悄悄拉開速度，將那對相貌迥異的兄弟留在船上，前頭那艘自不會讓其得逞，一時間劍拔弩張刀出鞘，可軒轅青鋒只看到雙臂枯黃山竹般的少年不管不顧，把姓徐的抱到床板後，死死環住，再不肯鬆手。

軒轅世家稱雄東南武林，有資格逗留在樓船上的都是精銳，兩名劍士在得到軒轅青鋒眼神示意後，兩柄利劍如游龍蕩來，一出手就直刺那名聲勢驚人的少年後背，力求一劍將兄弟兩人洞穿，冰糖葫蘆般釘透在船欄上，給那幫惹惱了軒轅小姐的外地佬一個下馬威。兩條人命，對軒轅家族來說算什麼。

這些年，劍州刺史府為何能在廣陵王鉗制下依然運轉無礙，還不是因為有這條雄踞徽山五百年的蛟龍傾力支持？否則秀才遇上兵痞，早就被強勢藩王趙毅給打壓得喪家犬都不如。既然與劍州官府互利互惠，寄於廣陵軍籬下的劍州刺史也非庸人，給予軒轅極大許可權的便利，對於牯牛大崗手段血腥不遺餘力地剷除異己，暗中支持，否則徽山如何能在朝廷眼皮底下培養起來一支兩百人的私家騎兵？

軒轅青鋒皺了皺眉頭，她清楚地看到姓徐的只是摸著少年的腦袋，對這兩劍似乎恍然未覺，這不符合這傢伙膽小如鼠的風範。

黃蠻兒雖說心竅不開，但對危機嗅覺恐怕還在那袁庭山之上，兩劍襲來，也不見他如何巧妙動作，只是一個轉身，再赤手空拳，雙手握住劍尖。劍士驟然發力，要絞碎這無知少年的手掌，黃蠻兒臉孔猙獰如金剛怒目，猛然一擰，擰蘆葦稈子般輕鬆將劍身扭轉起來，再一扯，踏步前衝，將才一個猶豫便來不及脫手離劍的兩名劍士給拖拽到眼前，兩拳轟出，砸在胸口上，劍士胸膛炸開一團濃烈血霧，當場暴斃，屍體如同斷線風箏直直墜入江中！

其餘幾名原本看戲的軒轅死士見勢不妙，為了護衛船頭呆呆站著的軒轅青鋒，不得不硬著頭皮上前。結果那名少年任由一柄利劍刺在眉心，他只嘿嘿一笑，抬起雙臂，衣衫瞬間鼓蕩，眾人只見那柄劍在兩人之間彎出一個半月大弧，竟是絲毫刺不入眉心。

面黃肌瘦的少年右腳墊步，左腿提膝，重心落於右腿，右腳跟前旋，左膝蓋側向內，腳背繃直向外，驟然騰空小腿鞭出，力達腳背，動作一氣呵成。戰果便是當少年出腿後落地，那名死士的身體還保留前衝姿勢，腦袋卻飛到幾丈高的空中。

少年伸手撥開無頭屍體，盯著嘴唇發白的軒轅青鋒。

幾名相互知根知底的死士面面相覷，都從對方眼中瞧出了震驚與恐懼，這個怪物難怪可以一踏而船搖。他拋卻有龍象之力不說，出擊速度也極快，該死的是，他竟還有傳說中金剛不壞的體魄？

死寂中，打破僵局的是兩頭陸續躍過江面的靈異凶獸，通體赤紅，全身披甲掛鱗，拖曳著一條尾巴，從前頭船上跳到軒轅樓船上，前爪剛好抓住船欄，幾個掙扎，好不容易蹲坐在欄杆上，張牙舞爪。

少年身體前傾，發出一聲怒吼。

軒轅青鋒嚇得踉蹌後退。

樓船外一名邋遢老道撐筏而行，剛巧一顆頭顱砸向他，被他很不客氣地拿竹竿拍到江中，他嘖嘖道：「龍象蹴踏，矮驢劣馬如何承擔消受？」

老道士如同一隻千年王八使勁伸長脖子喊道：「殿下，馬上就到老道的逍遙觀了。」

趙希摶猶豫了一下，笑道：「與軒轅大磐說一聲別再做縮頭烏龜了，不出關就等著老巢都被拆掉。」

徐鳳年不再理睬軒轅青鋒，拉著黃蠻兒沒有返回大船，而是跳落在竹筏上，兩頭虎夔緊跟其後。金剛的眼力顯然不如姐姐菩薩，直截了當地鑽進水裡，濺起水花無數，竹筏上菩薩見弟弟在江水中歡快，也跟著跳下去。

徐鳳年笑咪咪道：「老道，本世子沒說去徽山砸場子啊，你瞎起鬨什麼。是打算將西邊禍水東引？」

天師府中最寂寂無名的老天師故意訝異地「啊」了一聲，生怕這性情乖張的北涼世子就要翻臉不認人。說實話，老道趙希摶身為道都仙府的二天師，在天下道統資歷輩分可謂超然三十三天。龍虎山與北涼也隔了千萬里，老道人什麼風浪沒見過，以前在北涼地盤上不介意與這後輩勾肩搭背，也未必就是真怕了大柱國徐驍，只不過他本就是逍遙散淡的性子，年輕時也是放浪形骸、嗜酒任性，真正是少有逸才，志氣宏放，否則也不至於仗劍去國、辭親遠遊，一下山就能整整二十年不回龍虎山。碰上玩世不恭、禮法不拘的世子殿下，算是頗為對味，要換作趙丹霞、趙丹坪兩個侄子，一位羽衣卿相，一位青詞宰相，與世子徐鳳年待在一起，如何都不會如此態度。

徐鳳年看了眼傻笑的黃蠻兒，抬頭看向老道士，驚喜道：「不怕水了？」

老道點頭道：「早就不怕了，逍遙觀就在青龍溪邊上，老道與他說沿溪到徽山龍王江入歙江，一直北去，岔入八百里春神湖，就離北涼越來越近了。與他說你這哥哥入秋就來龍虎山，龍象沒事就去溪邊上等你，等著等著，也就不怕水了。」

徐龍象一掌擊在水中，一尾大魚給震出江面，他五爪如鉤，逮住了魚，便邀功般望向哥哥，咧嘴憨笑。

徐鳳年摸了摸黃蠻兒腦袋，搖頭笑道：「入鄉隨俗，吃些齋菜就行。把魚放了。」

黃蠻兒把敲暈了的魚重新放入水中，結果被追著竹筏的一頭虎夔撕咬下肚。

徐鳳年突然問道：「你們龍虎山有沒有一個叫趙黃巢的老道士，很老的那種前輩。」

老道趙希摶想了想，搖頭道：「在山上閉關修大黃庭的百歲真人也有不少，可沒有叫趙黃巢的。」

一船一筏悠遊而上，軒轅樓船則狼狽掉頭，返回徽山碼頭。

軒轅青鋒站在船艙視窗，嘴唇鐵青，身軀顫抖，分不清是驚懼還是惱恨。她不是瞎子，雖然自身武學天賦平平，但她記性卻極好，在徽山上也是出類拔萃，再繁複的招數都可過目不忘。

徽山上說好聽點，便是三教九流、擇才納賢，說難聽點就是魚龍混雜、藏汙納垢。軒轅家藏書極豐，別家宗派視作珍寶的祕笈寶典，在徽山牯牛大崗的問鼎閣不計其數，論藏書數量，只比那北涼的武庫聽潮亭遜色。袁庭山說要娶她為妻，便是將她視作登頂武道的終南捷徑，即便無法進入問鼎閣，只要有滿腹錦繡的軒轅青鋒親口相授，所有難題都會迎刃而解。

軒轅青鋒如何看不出那枯黃少年的可怕，兩腳踏船，就有那麼大的動靜，興許偌大一座徽山，能折騰出這浩大聲勢的，不超過十個，如果加上那個後面眉心抵劍尖的金剛不壞，得再去掉一隻手的數目！

這也就罷了。

殿下！

這個陌生詞彙讓軒轅青鋒心驚膽戰。春秋定鼎後，王朝內世子一詞雖說有氾濫趨勢，只要是豪閥門第的嫡子，或者一些庶子都有資格擔當這個稱呼。但殿下兩字卻是越發稀罕珍貴了，唯有宗室皇子公主可被後綴殿下。

王朝東南部，按照律法便只有廣陵大藩趙毅的龍脈子孫可算殿下，趙毅膝下三子六女，世子趙驃，尚未世襲就藩。說來奇怪，大概應了天道報應不爽，好色如命的趙毅擄搶美人無數，逾越規矩的一正六側七位王妃，姿色皆是沉魚落雁，可生出來的子女都肖似趙毅，個個肥頭大耳，臃腫如豬，半點不曾繼承各位王妃的容貌。如此一來，那名被龍虎老道稱呼殿下的傢伙，是誰？殿下身分幾乎已是毋庸置疑，不是藩王子弟，出行誰敢攜帶精銳甲士佩刀持弩？便是權勢滔天的廣陵王趙毅，都不會把這等把柄主動交給朝廷，子女出王府遊玩，簡直比尋常家族還要輕車簡從。

殿下姓徐？

軒轅青鋒面無血色。

軒轅畢竟是最頂尖的世家，消息靈通，她也聽說異姓王徐驍的嫡長子，當年為了逃避嫁入天子家門，遊歷三年才返回北涼。這次不知為何又再度出行，前不久才在江南道那邊惹下禍事，京城國子監幾千士子叫囂著要求皇帝陛下下旨江南，否則國將不國、法將不法，可惜那摘去大柱國頭銜的人屠仍舊聖眷無雙，將那名世子殿下庇佑得毫髮無損。

北涼王在京城一天，就沒有一名四品以上官員膽敢彈劾，只有國子監白身士子們泣淚血書，徒惹笑話。軒轅青鋒至今仍不忘徽山老一輩說起北涼鐵騎屯紮龍虎山下的氣焰，當時根本不是自己家族仗義，而實在是鐵蹄踏平龍虎山後，唇亡齒寒，軒轅家也沒什麼好下場，不得不硬著頭皮與龍虎山道士站在一個陣營。

若真是那北涼世子，她該怎麼辦？

要她咽下這口惡氣還好說，萬一乞丐變殿下那姓徐的來徽山興師問罪，自己家族會如何處置？父親懦弱，肯定嚇得不敢爭執，嫡長房這些年因為父親勢力式微，羽翼少到可憐，其餘幾房就不會落井下石？原本族內要將她嫁給趙毅六子的聲音，因為宋恪禮的到來而略有沉寂，一旦被叔叔軒轅敬意嗅到機會，怎會手下留情？誰不知這位叔叔曾公開調戲她母親說「餃子好吃，好吃不過嫂子」？而父親只知閉門讀書，對此哪裡有半句怨言？這樣的笑話還少嗎？

才停船靠岸，軒轅青鋒失魂落魄地走出船艙。

一葉孤舟激射而來。

雙鬢霜白的老儒生掠過大江，飄落在船頭。

孤舟充滿靈氣地緩緩靠在江畔。

見到家族內唯一心疼自己的老人，軒轅青鋒淚水一下湧出眼眶。

腰懸一柄古劍的老人慈祥道：「誰敢欺負我的孫女？是哪家小子，爺爺幫你教訓。」

軒轅青鋒低頭不語。

老人微笑道：「總不會是那到了劍州的北涼世子吧？這可就麻煩了。」

軒轅青鋒抬頭，一臉驚愕。

在東越劍池論劍歸來的老人便是軒轅國器，傳言可馭劍十丈取頭顱，劍法在東南鶴立雞群，便是劍道威嚴只遜吳家劍塚的東越劍池，也得視作頭號心腹大患。

老人傲然道：「北涼世子又如何，便能欺負我孫女了？我倒是要看看那獨臂李淳罡還能否劍開天門！」

已經可以見到青龍溪畔那座逍遙觀，大船與竹筏一同緩緩停靠，下筏前，黃蠻兒彎下腰，轉頭望向徐鳳年，示意要背這個哥哥，徐鳳年笑著搖頭。

◆

老道士趙希摶心有戚戚然，鐘鼎世家，傾軋冷血，有幾個兄弟如此相親相愛的，細想來固然有徐家男丁稀薄的原因，二子徐龍象又是天生癡傻，兩位郡主當然是潑水嫁人的命。如此說來，北涼王府反而在香火子嗣環節上不會給外人留下插手空隙，反正板上釘釘是長公子徐鳳年世襲罔替，世子殿下再如何遊手好閒、不堪重任，也沒有懸念。

反觀南國第一家的天師府趙氏，雖說有祖訓「非趙不天師」，可五十年前有齊玄幀力壓天師府，如今靜字輩中仙道有白蓮先生，武道有齊仙俠，皆是外姓，不論機緣還是道法，趙氏宗親根本都無法並肩。這些年勾心鬥角，未必比俗世家族少了去，若非天師府憂慮主弱枝強，趙丹坪何至於去做那滑稽可笑的青詞宰相。

在趙希摶憂慮嘆息中，一行人沿著青石板小徑走往逍遙觀。以往老天師獨居道觀，沒有這條石板路，徐龍象上山後，一老一小閒來無事，才鋪就而成。

趙老道猶豫了一下，走近了羊皮裘老頭，低聲笑道：「老李，別來無恙啊？」

老劍神冷哼一聲。李淳罡這一生兩次蒞臨龍虎，不巧都被年紀相仿的趙希摶遇見，結果被死皮賴臉糾纏不休。第一次還是趙希摶帶路去的斬魔臺，對於這個當年同時深受老天師和齊玄幀器重的傢伙，李淳罡談不上惡感，天師府裡一個個古板得跟泥塑雕像差不多，既沒仙氣也無人氣，李淳罡早已罵過不人不鬼。記得頭回下山，這個仙府趙家好不容易冒出個不拘謹的年輕道士，就死活要跟著他去闖蕩江湖，跟了得有好幾個月。

趙老道覥著臉道：「老李，我武功比你差了十萬八千里，可我這個徒弟咋樣？」

李淳罡想到姜泥，想到自己收徒的坎坷，一下子被戳中死穴，被氣得不行，指了指徐鳳年，瞪眼胡說道：「喏，我新收的徒弟，就算徐龍象以後能天下無敵，你覺得他打得過老夫徒兒？」

趙老道起先只是氣不過當年山上黃冠道姑聽聞李淳罡上山，個個跟發瘋般擁到斬魔臺下，尖叫得跟見著了仙人下凡一般。趙希摶自認年輕時候自個兒也算玉樹臨風得一塌糊塗，雖說李淳罡這廝武功比自己高那麼點，英俊了那麼點，名氣大了那麼點，這幫本該清心寡欲潛心黃庭的婆娘也不至於如此癲狂吧。

不過當時李淳罡挾劍開天門淹牯牛大崗的無匹氣勢而來，趙希摶不服氣不行，時至今日，倒不是說老道人就自認打架能贏過老李，只不過比拚徒弟，趙希摶自負數遍天下，都沒誰敢跳出來跟他爭！可千算萬算，都沒算到老李搬出了世子殿下，老道立馬洩氣。沒法比啊，徐龍象即便真的一發狠連王仙芝都敢拉下馬，可能跟世子殿下耍橫？

看到趙希摶吃癟，李淳罡心情大好，拍拍肩膀，安慰道：「徐龍象指不定就是真武大帝轉世，這種好事，手指頭加上腳指頭數數看，最少得有七、八百年沒出現了吧。你小子運氣不錯，撿了個大便宜。」

老劍神話鋒一轉，笑咪咪道：「娶了水靈小媳婦你就老老實實在被窩裡偷樂和，要是還敢在老夫面前嘚瑟，嗯？」

聽到一個聲調上升的嗯字，曾與劍神李淳罡在同一個時代各自江湖逍遙游的趙希摶，當下便見風使舵諂媚道：「李老哥，這話說見外了不是，咱哥倆可都好幾十年的交情。」

李淳罡不客氣道：「甭跟老夫套近乎，與你沒半顆銅錢的交情。」

趙希摶唉聲嘆氣，一臉惆悵。不好意思再熱臉貼老李的冷屁股，轉頭去打量世子殿下帶來的人馬陣仗。除了老李和一百輕騎，以及寥寥幾名武力算是拔尖的貼身扈從，就再沒有餘力可供驅使。看跡象，沒有要在龍虎山興風作浪的意思？這是好事，否則貧道夾在兩頭中間，裡外不是個東西。

趙希摶正嘀咕著心事，瞥見三名帷帽女子，再看到世子殿下身後的青衣女婢以及捧貓美人，俱是仙家女子的氣派，老道士琢磨著世子殿下這福氣，東南這邊，也就只有獨享陸地清福的軒轅老頭跟採擷天下美人入府的廣陵王趙毅可以媲美。

徐鳳年走到道觀門口，停下腳步。趙希摶臉色難堪，自認理虧，好不容易去把徐龍象從北涼坑蒙拐騙到龍虎山，結果是在這破敗道觀裡頭修行，實在是有點臉上掛不住。他正想著如何跟世子殿下好好解釋一番，不承想從不把老天師當個高人看待的徐鳳年緩慢轉身，面對趙希摶，一揖到底。

趙希摶手忙腳亂，既有驚喜交加，也有惶恐拘謹，趕緊攙扶道：「老道當不得殿下如此禮賢，重了重了。」

老劍神冷眼旁觀，心中還是有一兩分訝異。徐鳳年心性如何，飽經風霜的李淳罡早已摸透七七八八，這一下正大光明的鞠躬，誠心誠意，算是給足了趙希摶和龍虎山面子。否則以徐鳳年軟硬不吃的茅坑臭石頭脾氣，管你是什麼靖安王趙衡，是什麼江南道士子集團，惹到了頭上，無非是拚死打殺一場。

魚幼薇將武媚娘夾在胸間，白貓在舒服愜意地假眠，半睡半醒，偶爾拿毛茸茸的腦袋摩娑一下壯觀的胸脯。靖安王妃不知趙希摶身分，只從場面言語裡猜出那名癡傻少年是徐鳳年的親弟弟，將會是未來的北涼郡王，她無法想像帝王侯門裡的兄弟二人能夠如此和睦。至於為何堂堂小王爺與一個邋遢老道士待在龍虎山山腳的破道觀修行，裴南葦就不費心思去妄加揣度。更讓趙希摶震驚的是接下來的一幕，世子殿下作揖後，緊接著以寧峨眉為首的白馬義從便都右手握住北涼刀柄，左手橫臂於胸，齊齊往後撤退一步，以示敬意。

世人皆知北涼鐵騎甲天下，因善戰而驕橫，當年春秋戰事中，與顧劍棠或者幾大藩王軍旅同行一路時，都是一馬當先，莫敢搶道。整個春秋酣戰，唯有一支書生領兵的軍旅立下赫赫戰功後，北涼軍才讓道一次。在北涼軍內部，這個傳統一直繼承保留下來，戰功小者，皆要讓道於戰功大者，哪怕是官銜不低的校尉，碰上軍功卓著的精銳甲士，都會自主讓行。例如以一顆顆蠻子頭顱積攢聲望的斥候，哪怕只是低階甲士，在北涼軍鎮中，哪怕碰上郡守一級的邊疆大吏，可不下馬，可不彎腰，可官道先行。

趙希摶心中嘆息，世子殿下轉性了，對自己來說是好事，可對龍虎山而言，尤其是天師府，未必是好事啊。老道士心情複雜地帶著一行人走入道觀，與徐龍象坐在通幽古井邊上的徐鳳年笑道：「麻煩老天師幫著安排一下鳳字營。」

趙希摶點頭道：「這個不需殿下多說，龍虎山自然會安置妥當。」

徐鳳年打趣道：「以前聽說這座道教祖庭豫樟成林、仙都氣派，儀門如天門，老天師你這兒可是門庭冷清到一個境界了。」

趙希摶汗顏笑道：「人緣差，沒法子的事，讓世子殿下笑話了。」

徐鳳年擺手道：「反正黃蠻兒也不在意這個，我看他在這裡就挺開心，不比在北涼王府差了。是吧，黃蠻兒？」

徐龍象咧嘴憨笑。

這邊言談對話口口聲聲「殿下」、「北涼」還有那「老天師」，當局者雲淡風輕，習以為常，結果把局外的一對蒙在鼓裡的慕容姐弟給嚇得不輕。雖說慕容桐皇早就預料到徐鳳年身分很特殊，但不管如何再往大了去想，都覺得能與褚祿山位列一線都已震撼至極。對春秋遺民來說，具體到州城，對北涼軍最刻骨銘心的無疑是被破城後屠戮殆盡的鬼城襄樊，還有便是西壘壁坐在的劍州，龍虎與軒轅東西相望，又豈會忘卻當年北涼鐵甲帶來的羞辱？

慕容梧竹神采奕奕，那是風浪中誤以為抓到一根纖細稻草後才發現是一根參天大樹的驚喜雀躍，就像偶然對一名窮酸書生傾心，私奔後才驀地知道這書生竟是豪閥世子。

慕容桐皇抑制不住地身軀顫抖，臉色潮紅，眼神複雜地盯著那位世子殿下。

要說除了遠在天邊的那座梧桐宮的主子，天下誰才是讓江東軒轅最忌憚的角色——北涼，馬踏江湖的人屠徐驍。

◆

青鳥與魚幼薇去道觀收拾屋子，裴南葦人在屋簷下不得不低頭，很多時候與婢女無異，早已認命。寧峨眉等人被老天師趙希摶帶去附近大道觀住下，老劍神去青龍溪邊獨自散步。結果庭院裡只剩下身分有天壤之別的兄弟和姐弟，徐鳳年摸了摸黃蠻兒的腦袋，瞥了一眼直視而來的慕容桐皇，慕容梧竹本在偷窺世子殿下，但很快就低頭望著腳尖。

世子殿下平淡道：「終於知道我的身分了？」
慕容桐皇咬著嘴唇。
徐鳳年微笑道：「有沒有嚇尿？」
慕容桐皇愕然。
徐鳳年自顧自笑道：「要是溫華在，肯定說老子都嚇出屎了。」
聽到這輕佻穢語，慕容梧竹生不起厭惡，只是羞澀難忍，從耳朵到脖子都紅透，更不敢看向身分顯赫的世子殿下；慕容桐皇還能堅持，始終與徐鳳年對視。
徐鳳年想了想，壞笑道：「我與軒轅家族是有點小恩怨，但你們別覺得自己可以在井上悠閒地看著發大水，到時候去牯牛大崗噁心軒轅那一大家子，麻煩你們姐弟配合一下，表現得與我親近些，你們姐弟委屈一下。」
慕容梧竹悄悄抬起頭，迅速低頭。
慕容桐皇開門見山地問道：「你真是北涼世子？北涼王的嫡長子？」
徐鳳年點頭道：「要不然我敢拿一百輕騎屠掉二十軒轅騎兵？」
慕容桐皇笑起來，果然比女子還要嫵媚，姍姍而行，走向世子殿下。
徐鳳年趕忙抬起手，皺眉道：「別來這一套，我受不了，我被一個爺們目送秋波算怎麼一回事。得，到時候去了徽山，還是你姐一人委屈點就行，事先說好，就當我揩油，這點沒的商量。不過要是你厚著臉皮依偎在我身邊，總覺得是被你揩油，咱倆都得起雞皮疙瘩。」
慕容梧竹摀住嘴巴發出一陣軟糯輕靈的細碎笑聲。
慕容桐皇愣了一下，轉過身。

慕容有雄雌，一笑一哭。

也許對外人來說不過是一場哭哭笑笑，可對慕容姐弟來說，卻是懂事以後熬了整整十年的辛酸悲慟。

徐鳳年平靜道：「也別急著感恩戴德，之所以幫你們，只是覺得你們可憐罷了。當然，姐姐要覺得無以回報，以身相許也是可以的。」

慕容梧竹鼓起勇氣抬頭，癡癡望來。

徐鳳年笑了笑，但很快就笑不出來，因為兩頰清淚的慕容桐皇轉頭問道：「我不行嗎？」

徐鳳年想殺人的心都有了，做了個劈斬的手勢，怒道：「慕容桐皇，你他娘的再敢噁心我，就把你那兒喀嚓了！到時候去京城梧桐宮，保管你名正言順。」

徐鳳年猛地心驚，想起那讖語一般的歌謠。

傾國？

當年八國，百萬甲士做不到的壯舉，莫非這個傢伙真的能做到？

徐鳳年才問慕容雄雌有無嚇尿，很快就因果報應，被自己的念頭嚇到。

禍水傾國，其實是無稽之談，那些個在春秋硝煙裡帝王身側衣袂翩翩的美人，不管是致使外戚坐大的皇后還是魅惑君主的嬪妃，無非是替罪羔羊罷了。亡了國的文人書生，忠於舊君，不敢或者不知去刨根問底，看不到爛在根子上的癥結，只好用詩篇文章去對那些個尤物女子撒氣，托詞於魑魅魍魎、女精雌怪出世，在明眼人看來實在是荒誕無理。慕容桐皇一個連軒轅家族都鬥不過的美少年，如何去崩塌一個鼎盛王朝。

回神的徐鳳年自嘲一笑，後宮有趙稚母儀天下，這位皇后的鐵腕不輸給名將治軍，如何都亂不起來的。京城有那位以嫻熟帝王心術駕馭各派各黨，內有公認賢德的皇后打理內宅，外有滿朝文臣武將虎視八方，好大一個鐵桶江山啊。

臉皮薄、心機淺的慕容梧竹呼吸緊促，小心打量這個才認識一旬光景的公子。北涼世子殿下？多大的官？她不懂這些，只是在應酬劍州士子時偶爾聽到一些有關北涼的惡評，說北涼王是王朝殺人最多的暴虐劊子手，曾經喜歡動輒屠城；至於那個嫡長子，紈褲得很，文不能提筆、武不能把刀的，只會在北涼一畝三分地上欺負良家女子，遲早會把家業敗光，不值一提。

慕容梧竹再心思單純，也知耳聽為虛、眼見為實的道理。她先入為主，對救下自己與弟弟的徐鳳年，印象一點都不差，在他已經掌控性命的前提下，能把持得住誘惑，不欺負他們，這已經比那些滿口仁義道德暗中眼光猥褻的世族士子要好百倍、千倍。她便是如此簡單，以往認命給軒轅老祖宗擄去玩弄，當下認命哪天給這位世子殿下暖被窩。慕容梧竹望著那張俊逸臉龐，退一萬步說，年輕的他長得很好看，不是嗎？

姐弟中從小便是他拿大主意的慕容桐皇瞅見姐姐的眼神，泛起一股無力感。

徐鳳年對士子風流的斷袖癖好深惡痛絕到了極點，對慕容桐皇這位蓮花郎當然敬而遠之，但挺中意這傢伙為達目的不擇手段的狠辣。敢對自己狠才是真的狠，一個爺們能忍著噁心對另一個爺們拋媚眼，也就是時運不濟生在了小家族裡施展不開，給個大一點的戲臺子，可不就是長袖善舞。

既然慕容桐皇言行直來直往，徐鳳年也不能讓他失望，輕輕一腳將撕咬衣袍的虎夔金剛踹遠，笑著說道：「你要想扯北涼的虎皮大旗去玩狐假虎威，也不需要藏著、掖著，既然我吃飽了撐的接下爛攤子，也就不在乎這點臉皮。不過醜話說前頭，咱們起碼現在是一個陣營的，就別背後捅刀子，想著事後給徽山那邊遞投名狀，好事總不能全讓你們姐弟占了。」

慕容桐皇點頭陰沉道：「我們踏出家門後，就沒想著去軒轅家族苟且偷生。但既然世子殿下說了，我也希望殿下不會拿我們姐弟去籠絡徽山，若是如此……」

徐鳳年大手一揮，搖頭道：「那你也太小看我徐鳳年了。」

慕容梧竹輕聲呢喃道：「徐鳳年？」

徐鳳年笑道：「名字好聽不，鳳凰非梧桐不棲，跟你們挺有緣分，對不對？北涼王府我的院子就叫梧桐苑，要有機會，你們可以去玩玩。放心好了，對你們真沒啥想法，總說這個，我也覺得浪費口水，以後就別提防著這個了。捧白貓的那位姐姐瞧見沒，我好這一口。若說是臉蛋水靈、肌膚柔滑，跟你們一起戴帷帽的那個裴姐姐，或者說裴姨，肯定也比你們更出彩一些，你們跟防賊一樣防著我，很傷感情。」

慕容梧竹噗哧一笑，結果被慕容桐皇瞪了一眼，但她這次破天荒沒有退縮。

徐鳳年看著慕容桐皇無奈道：「你總不能護著你姐一輩子，她總得嫁人吧，總得獨力持家吧，到時候你難道還跟在你姐後頭，就不怕你未來姐夫嫌棄你礙眼？」

慕容桐皇冷哼道：「那也得等她找到那樣的男人再說，找到了，便是讓我去死也無妨！」

徐鳳年啞然，無言以對，只是轉頭對黃蠻兒笑了笑。

◆

接下來的幾天，世子殿下出人意料地既沒有去天師府，也沒有去徽山牯牛大崗，而是安分守己地待在逍遙觀，要麼與老劍神討教二十幾招保命壓箱的刀法有何紕漏瑕疵，要麼就是拐彎抹角地與老天師詢問龍虎山符籙的精髓。尤其是後者，在山腳難得遇上肯讓他過一把師父癮頭的後輩，知無不言、言無不盡，其間特地去山頂藏書閣搬了許多道教雲符祕典下來，一老一小能挑燈夜談到天明。

約莫是生怕世子殿下說自己肚裡沒貨，趙希摶甚至專門撿起了幾門尋常道士畏之如虎的符籙咒術，一邊大補惡補，一邊與世子殿下解說玄妙。須知趙希摶年輕時驚才絕豔，可惜跟軒轅大磐是一個毛病，各個領域，都是點到即止，不求甚解，被世子殿下拿話一激，一咬牙連公認道統典籍裡極為晦澀的大部頭《太上正一洞玄律令集》都堆到桌上。

這一日，徐鳳年終於不再只在山腳逛蕩，拉著黃蠻兒，喊上慕容梧竹、慕容桐皇一起去附近一座道觀後山，只有青鳥跟著，挽著一只竹籃。

慕容梧竹大概是那天馬虎算是一場推心置腹後，對身披一張好大虎皮的世子殿下遠比弟弟來得泰然自若，柔聲問道：「殿下，這是做什麼呀？」

黃蠻兒憨憨道：「摘山楂。」

徐鳳年點頭笑道：「當初老天師去北涼那邊要收我弟弟做閉關弟子，好說歹說了半天，都沒說到點子上，也就這山楂比較讓黃蠻兒順眼。」

慕容梧竹只覺得匪夷所思。徐鳳年挑了個山坡坐下，黃蠻兒來去如風，一捧山楂接著一捧，很快就填滿小竹籃，青鳥乾脆就把竹籃放地上，慕容梧竹說到底還是跳脫活潑的年齡，與青鳥去採摘山楂。徐鳳年和慕容桐皇隔著一段距離坐著，兩頭虎夔漫山遍野打滾撒潑。

清風拂面，徐鳳年閉目凝神，撫摸著交疊而放的春雷、繡冬，浮想聯翩。他山之石可以攻玉，原本閉關造車，即便有九斗米魏叔陽幫忙解惑，對符將紅甲雲紋禁止的研究仍是舉步維艱，可這兩天經過老天師趙希摶的點撥，許多攔路虎都被腹有天機的邋遢老道給輕輕打死，讓人豁然開朗。唯一可惜的是身邊缺了個知曉密意的佛門高僧，否則徐鳳年自信可以把符將紅甲變成澈底的囊中物。

慕容桐皇輕聲問道：「聽說殿下在江南道殺了許多錚錚士子。」

徐鳳年平淡道：「比起徐驍還是少多了。」

慕容桐皇皺眉道：「為何要跟讀書人作對？不知道眾口鑠金以至於讓你們父子遺臭萬年嗎？」

徐鳳年修長手指抹過春雷，緩緩道：「成王敗寇。你想想看，春秋八國史書，不都是由離陽王朝的史官在寫嗎？那些個為了讓列祖列宗上忠臣傳的，哪怕留下個十幾個字給後人，便可以不惜羽毛，削尖了腦袋去入仕新朝廷做官。那些個為了讓父輩們不入佞臣傳的，則更是奔赴京城，絞盡腦汁討好翰林黃門郎們，哭著、喊著恨不得把妻妾雙手奉送。不是有個人讓正妻解衣以乳暖人手的荒唐典故嗎？」

慕容桐皇正色道：「殿下不可以偏概全！」

徐鳳年睜開眼睛淡然道：「這個道理我懂，徐驍也不是沒有打心眼裡佩服的讀書人，不過似乎沒幾個有好下場。遞交治國二十一疏的賀州荀平，被百姓烹食；趙長陵嘔血身亡於西蜀皇城外的軍帳；曾做文武評、將相評的李義山被同是讀書人的一些個文壇巨擘，以文字取人性命，被株連，最後逃到了徐驍身邊才活命。

當然，你也可以繼續說這是以偏概全，但我身在北涼王府，見識過太多名士風采，的確寫得一手花團錦簇的詩章，不管是唇舌殺人還是歌功頌德俱是一流手筆。名利名利，知道為何『名』字在『利』字之前嗎？北方張聖人曾說有三不朽，太上立德，其次立言，再次立功，這便是答案，也是為何文人輕視武夫的根據。有幾個讀書人是奔著立德而去？讀書來、讀書去，最多的還是立言啊。立言攢人格、賺名望，光宗耀祖，名留青史，哪裡顧得百姓饑飽寒暖。」

徐鳳年輕聲道：「我在江南道報國寺聽江南名士說王霸義利，結果只是一個原本沒資格入席的寒門士子在為百姓求利，你說那些名士，是哪門子的名士？只知吟誦風花雪月，清談玄說，全天下都在叫好，便是真的好了？讀書萬卷，無書不讀、無經不解，不知朱門外有凍骨，便是士子的士了？」

徐鳳年笑道：「說來你可能不信，襄樊儒將王明陽自刎後，本是佞臣傳榜首，是徐驍與老首輔吵了一架，擼起袖管親手劃去的。而西楚史書對於這位曾給西楚獨坐釣魚臺整整十年的讀書人，沒有留下半個字。這一次，則是朝中遺老領袖，西楚老太師孫希濟親筆抹去。」

慕容桐皇還在堅持，但已經不如一開始那般理直氣壯，低頭道：「讀書人還是好人居多。」

徐鳳年自嘲道：「我也沒說我非要跟讀書人過不去啊。再者，很多人和事，本就沒對錯可言，鑽了牛角尖，一定要非此即彼，就沒道理可言了。」

慕容桐皇「嗯」了一聲。

徐鳳年托著腮幫望向牯牛大崗，自言自語道：「還是溫華那小子想得開，不知道這會兒在哪裡了。」

慕容桐皇怔怔出神。

徐鳳年轉頭伸出兩根手指，學那降妖除魔的符咒派道士指向慕容桐皇，大笑著打趣道：「急急如律令，你這禍國殃民的孽障，還不速速現形！」

慕容桐皇猶豫了一下，使勁捶了一下世子殿下胸口。這個瞬間，他不再故作誘人嫵媚，不再眉宇陰沉，而是散發出一股陌生的凜然英氣。

徐鳳年躺在坡地上，笑道：「胭脂評上排第二的陳漁，稱作不輸南宮，知道吧？」

慕容桐皇點了點頭，不過至於為何提起陳漁和南宮，他一頭霧水。

徐鳳年笑道：「那個南宮與你一樣，是個男人，長了一張白狐兒臉，比你還好看。如今就在北涼王府聽潮亭裡觀看祕笈，等他出樓，說不定就是天下第一了。我這兩把刀春雷和繡冬，原本都是他的，後來一把送一把借。」

慕容桐皇哈哈笑道：「你再解釋，小心被當成此地無銀三百兩。」

徐鳳年如釋重負。心有千千結，能幫這對姐弟解開一結是一結，處理掉軒轅家族那一茬破事，至於慕容桐皇人生走勢，只需要埋下稱不上伏筆的伏筆，再以後就不再搭理了。這下棋，確實得跟黃三甲那老妖怪學，先別管是不是畫虎類犬，學了再說。

徐鳳年沒來由想起那位夢中乘龍而來的龍虎山天人，趙黃巢，此趙並非天師府趙氏的趙啊，徐鳳年其實至今還沒弄清楚到底是夢境還是真實。若說是真相，整晚都在攀崖而上的呵呵姑娘為何沒有反應？連老劍神李淳罡都不曾察覺！可要當作是一場春秋大夢，白蟒對黑龍，中年道士趙黃巢所說的一切都是有理有據，尤其是那條從懸崖升騰而起的張鬚天龍，幾乎與〈春雷惡蛟驚龍圖〉上的如出一轍。這幅天王天女圖出自大煉氣士之手，輔以惡讖。徐鳳年皺緊眉頭，暫時不敢對誰說起這件古怪事情，恐怕只有回到北涼才能跟徐驍和李義山提上一提。

◆

世子殿下不知道徽山沒多久前，有人與他恰好對望龍虎山而來。軒轅青鋒和爺爺軒轅國器站在問鼎閣的望江臺，兩人憑欄而立。

問鼎閣依崖而建，望江臺則突兀橫出，山風獵獵，高處不勝寒。

軒轅青鋒攏了攏裘衣領子，鬢髮皆霜的老人笑道：「冷了？妳這憊懶丫頭，與妳爹一樣，都不肯在武道上出力，習武也不一定是要打打殺殺，強身健體才是根本。」

軒轅青鋒臉頰被從江面蕩到牯牛大崗崗壁上激起的罡風吹得通紅，縮了縮脖子，撒嬌道：「現在學也不遲啊。」

腰懸古劍名抱朴的軒轅國器笑而不語。

老人是徽山軒轅他這一輩的獨苗，老祖宗軒轅大磐一敗再敗後，閉關修行，都是由軒轅國器一手撐起大梁。他年輕時寂寂無名，與當時堪稱李無敵的劍神李淳罡錯過了交鋒時機，近二十年才聲名鵲起，下山第一戰便挑了最硬的吳家劍塚做磨劍石，逼得吳家素王劍出鞘。

軒轅國器雖敗猶榮，被武林盛讚大器晚成。這些年結交皆老蒼，前不久剛剛去了趟東越劍池，一劍挑翻六名劍傀、劍傴，名聲緊隨鄧太阿其後，不知江湖傳言將由軒轅國器頂替王明寅遞補成為第十一是真是偽。

軒轅國器輕聲道：「聽說李淳罡就在那北涼世子身邊。」

老人手指輕彈劍鞘，鞘內古劍顫鳴，竟然蓋過了山風呼嘯，偏偏軒轅青鋒毫無異樣。

老人嗤笑道：「李淳罡曾經何等劍仙氣概，何時成了北涼的走狗，真是讓人大失所望！本想劍池歸來便去尋這劍道前輩切磋一番，現在雖說省事了，可不知李淳罡還配不配這柄抱朴劍出鞘！」

軒轅青鋒笑咪咪道：「瘦死的駱駝比馬大，那老頭不是第八嗎？」

軒轅國器淡然笑道：「丫頭別耍激將法，妳可知劍道境界一朝倒退，想要再勇猛精進，尤其是李淳罡這個境界的高手，難度比起渡劫飛升都不差？只要不是劍仙一層，妳爺爺大可以一戰。這第八若是真金白銀的第八還好說，如果只是惦念著李淳罡當年無雙英姿，才施捨一個名號，就乾脆由我來戳破這遮羞布也好，沒了木馬牛和一條胳膊的昔日劍神敗在抱朴劍下，總好過被那些年輕後生當作踏腳石。」

軒轅青鋒正要說話，老人擺擺手道：「丫頭先去吧，別被吹出個風寒。妳那讀書讀癡了的爹到時候要跟我嘮叨個把月。」

軒轅青鋒臉色黯然地離開問鼎閣。讀書讀到癡呆，在武癡紮堆的軒轅世家如何能立足？軒轅青鋒行走在閣內，兩旁豎起書架，一隻纖手在按字首發音排列的祕笈上緩緩抹過，她的眼神呆滯。這些手指摸過的古香書籍，盡是江湖夢寐以求的武功祕笈，她大多都看過，都牢牢記在腦中，因為她知道一旦嫁人，哪怕是招婿入贅，她就不再被允許進入問鼎閣，所以這些年她一直辛苦背誦祕笈內容，一頁復一頁，一本復一本，希冀著以後能夠找到一個可以憑仗的男人，去興盛那一支被書生父親耗掉銳氣的嫡長房，恢復大宗該有的氣象。

走出問鼎閣後，軒轅青鋒一臉堅毅。

一名照顧軒轅青鋒長大的老嫗急匆匆跑來，小聲說道：「小姐，袁庭山回來了，有重傷不治的兆頭。」

軒轅青鋒平靜問道：「能救？」

老嫗搖頭道：「尋常手法，必死無疑。」

軒轅青鋒呆立當場，魂不守舍。

老嫗憐惜道：「小姐，這袁庭山死了便死了，再找一名年輕人悉心栽培就是。」

軒轅青鋒嘴唇青白，喃喃道：「沒這個機會了。」

她猛然轉身，穿過閣樓無數書架，來到望江臺，撲通一聲跪在軒轅國器身後。

養氣功夫爐火純青的老人只是沉默，沒有出聲詢問。

軒轅青鋒雙手雙膝抵在冰涼刺骨的青玉地面上，沉聲道：「求爺爺救袁庭山一命！」

軒轅國器說了一句讓外人摸不著頭腦的話，「若想有辱人本事，必先有自辱功夫。」

軒轅青鋒身軀開始顫抖，越來越劇烈，最終趴在地面上，心如刀絞，抽泣道：「爺爺，老祖宗為何要選中我雙修！為什麼？只要爺爺救得了袁庭山，只要袁庭山擋得住老祖宗十刀，青鋒就不用去枯牛大崗了啊！」

軒轅國器搖了搖頭。

一名與軒轅國器有七分形似的中年儒士咳嗽著走入望江臺，髮髻繫一方逍遙巾，他一手握有《道德禁雷咒》，一手摀住嘴巴，鬆手後手掌放在身後，一攤猩紅血跡。

軒轅國器微怒道：「敬城，既然你身體不好，就別亂走！」

軒轅敬城苦澀道：「生死有命，認命就好。」

背對父女兩人的軒轅國器一揮袖，顯然已是怒意頗大。

軒轅敬城將道教書籍換到那手心滿是鮮血的手中，緊緊攥住，彎腰，騰出的手想要去攙扶女兒。

軒轅青鋒本已手腳無力，此時不知為何湧起一股力道，狠狠摔掉這位親生父親的手，帶著憤恨哭腔罵道：「你不配！」

軒轅世家的嫡長孫軒轅敬城面容苦澀，柔聲道：「走，妳娘替妳溫了一壺當歸酒，去暖暖胃。」

軒轅青鋒搖晃著站起身，踉蹌走出望江臺，留給軒轅敬城一個決絕的淒涼背影。

軒轅國器怒其不爭、哀其不幸，提高嗓音斥責道：「你瞧瞧，當年為了迎娶一只人盡可夫的破鞋，你丟光了家族的臉面不說，這些年又做了些什麼？」

軒轅敬城平靜道：「讀書。」

「讀春秋大義。」

「讀道教無為。」

「讀佛門慈悲。」

軒轅敬城一字一字說來，不溫不火，語氣極緩。確實，不是溫暾脾氣，如何消受得下這二十來年的白眼打壓，其餘兩房已經是騎在他頭上拉屎撒尿，可這個讀書人始終不發一言，只是看書。

「敬城要讓老祖宗知道，他所謂的三教貫通，狗屁不通。」

軒轅敬城走到欄杆旁，與軒轅國器並肩而站。

軒轅國器氣惱得眉毛抖起，恨不得一巴掌就把這個不成材卻入魔障的兒子給拍死。

軒轅敬城笑了，握緊《道德禁雷咒》，鮮血越發滲入頁面，說道：「既然成不了長生真人……」

「住嘴！大逆不道的東西！」

軒轅國器一巴掌甩在兒子臉上，拂袖離去。顯然要是讓這名中年書生繼續說下去，只會更加語不驚人死不休。

被摑了一記耳光的軒轅敬城無動於衷，眺望龍虎山。

照理說以軒轅國器的手勁，即便有所收斂，軒轅敬城臉上痕跡也絕無可能轉瞬即逝。

等到問鼎閣空無一人時，他丟出那本《道德禁雷咒》，身形一躍過欄，飛出了牯牛大崗，直撲龍王江水面。

墜落半空時，腳尖踩在書籍上，斜向前橫空而掠，如鷹如隼。

世間真人近在咫尺不得識。

軒轅敬城逍遙飄過龍王江，腳尖在岸上落地第一下，炸出一個大坑，第二步稍小，第三步再次之，接連七步，步步踏坑，宛如蓮花綻放。

一步一蓮花，步步生蓮。

七步以後，地面上已是塵土絲毫不揚。

第七章　軒轅敬城非庸才　禍起蕭牆終不免

「世子殿下名利一說，頗有見地。讀書人若沽名釣譽，看似輕利，其實與商賈無異。」

「清流名士，玄談誤國，此士非士。家中捧經書，笑看門外凍死骨，這般讀書確實不是讀書，只是在讀無禮無仁無義的無字天書罷了。」

「徽山軒轅敬城替亦師亦友的知章荀平，為世子殿下上墳祭酒一拜。」

「軒轅敬城代襄樊儒生王明陽為北涼王幫其剔除奸佞傳，再作一拜。」

「軒轅敬城最後為天下寒士為北涼王一拜！」

徐鳳年瞪大眼睛，看著迎面走來的青衫文士，根本不知道這傢伙剛才在偷聽，更完全察覺不到他的氣機流轉。相距三十步時，自稱軒轅敬城的男子連續三次躬身彎腰，直腰後便不再前行。蹲在世子殿下身邊揀選山楂的慕容梧竹聽到「軒轅」二字後，山楂掉了一地，慕容桐皇稍顯鎮定，但手指關節發青，洩露了內心的恐慌。

對他們姐弟來說，牯牛大崗上的軒轅族人，不是那獨享陸地清福的江湖散仙，而是將劍州玩弄於股掌的魔頭。可慕容桐皇仍然將試圖攥住徐鳳年袖子的姐姐狠狠拉開，幾乎算是攙扶著她站起身，走到遠處。看似是不願被殃及池魚，但徐鳳年與慕容桐皇兩人嘴角在分開後幾乎同時勾起，顯然心有靈犀。

軒轅世家既然有人做出頭鳥，不守反攻，明知徐鳳年身分，竟然敢主動下徽山來龍虎山，即便是那個聲名狼藉的軒轅敬城，徐鳳年都不敢有任何鬆懈。此人恭敬三拜，事出無常必有妖。

徐鳳年握住雙刀起身後，瞥見黃蠻兒與青鳥都靠近，呈現掎角之勢，笑問道：「先生這三拜驚天地、泣鬼神，小子愧不敢當。只是不知先生敢不敢在牯牛大崗上做出這般行徑？」

軒轅敬城平淡道：「若說有何不敢，世子殿下似乎不信。若說不敢，世子殿下是否就要當場拔刀？」

徐鳳年盯著這個軒轅家族淪為笑柄的嫡長孫，黃鼠狼給雞拜年！不想再讓他故弄玄虛，徐鳳年一臉不耐煩說道：「說吧，找我到底何事。假如不是看在你與荀先生有交情的分上，我與你廢話什麼。」

軒轅敬城直指要害，平心靜氣道：「殿下可知為何小女軒轅青鋒當初在吳州要與你過不去？」

徐鳳年握緊左手春雷，力求左手刀一擊斃命。

不去徽山尋你們蛇鼠一窩的軒轅的晦氣，還敢下山來挑釁本世子？軒轅家族裡何時出了一名憂國憂民的讀書人？

徐鳳年輕輕呵氣，體內氣機如大江湧動，嘴上微笑道：「先生請說。」

軒轅敬城語調平緩道：「你長得與一人很像，形似才四五，神似卻有八九……」

徐鳳年春雷乍出，一瞬便到軒轅敬城身前，脫胎於槍仙王繡的成名絕技霸王卸甲，春雷劈下，將從軒轅敬城脖頸入，從腰間出，一刀得逞，就要斜向攔腰斬斷。

軒轅敬城皺了皺眉頭，左腳不動，右腳腳尖一旋，在地上畫出一個半圓，左手捧書負於背後，右手伸出慘白雙指捏住春雷，順著徐鳳年凌厲刀勢向下卸去勁道。

這名中年書生「咦」了一聲，略有訝異。

書生握刀的那只袖口無風卻飄蕩。

徐鳳年轉動刀鋒，軒轅敬城鬆手向後退去，腳尖交錯輕點，身形說不出的輕靈飄逸，繼續說道：「而這人，是青鋒她娘親心中一直放不下的男子。若非這男子病逝，她絕不會嫁入徽山。青鋒的書法丹青都是與她娘親學的，有一幅畫像，懸掛了二十年，青鋒在燈市上看到你後，難免無理失態，望殿下海涵。」

徐鳳年大踏步前行，春雷直直刺鯨。

軒轅敬城左手提書敲擊春雷，將其蕩開。

徐鳳年右手繡冬剛要出鞘，一忍再忍的軒轅敬城冷哼一聲，身形驟然上前，一手按在徐鳳年肩膀上，輕輕一推，徐鳳年被迫身體一轉，但繡冬刀還是趁勢拔出，斜撩而起。

是拔山的架勢！

軒轅敬城冷笑道：「不知進退，好蠻橫的世子殿下！」

徐鳳年莫名其妙地收刀，春雷、繡冬雙雙歸鞘。因為黃蠻兒笑道：「上次知章城外上墳，看到有幾只酒杯，都是先生你的？」

軒轅敬城落寞點頭，問道：「為何臨時收刀？」

徐鳳年指了指蹲在遠處的黃蠻兒，笑道：「我弟弟知道別人有沒有惡意。」

軒轅敬城百感交集道：「生而金剛境。」

徐鳳年納悶道：「冒昧問一句，先生明明是武道高人，為何在牯牛大崗落到那般境地？」

軒轅敬城平靜地道出一個石破天驚的真相，「青鋒她娘親與軒轅大磐雙修，以此來報復我，如今這位老祖宗要再讓青鋒入牯牛大崗。」

軒轅敬城的嗓音平穩，並未刻意遮醜而小聲。

慕容桐皇和慕容梧竹面面相覷。

饒是臉皮厚如徐鳳年也目瞪口呆，被震撼得無以復加。天底下還有這般喜歡吃窩邊草的老不羞？那可是嫡長孫的媳婦啊，最後連曾孫女都不放過？寧肯錯殺，不肯錯放嗎？相比這個聳人聽聞的內幕，試圖擄走慕容雙璧實在是不值一提。

軒轅敬城苦澀道：「這位老祖宗，倒不是耽於美色，實在是欲證長生真人境界，走了條旁門左道。」

徐鳳年罵道：「放你娘的屁，道門房中術也好，密宗歡喜雙修也罷，軒轅敬城你還是男人？」

軒轅敬城淡然道：「我二十年學盡徽山問鼎閣祕笈功法，我走了一條沒有回頭路的岔路，不懼一死，但求母女平安。」

軒轅敬城緩緩說來，咳嗽了幾聲，摀住嘴，血跡猩紅，觸目驚心。

徐鳳年跟不上這位病懨懨書生那羚羊掛角的思維，問道：「你能與軒轅大磐死戰一場？聽說這老怪物實力彪悍得很。」

軒轅敬城手中道教典籍早已染紅，放於背後，淡笑看著徐鳳年說道：「可以。」

「他要證大長生，我便讓他見識一番。只是我得來的長生真人境界，並不是真長生，因此勝負在五五之間。只是我死後，母女如何辦？我一直在想這個問題，所以一直在等世子殿下。今日來見殿下，殿下的第一刀極好，且不說刀法有成，出刀更是狠辣。軒轅敬城懇請殿下出手相助，天底下只有殿下救得了她們母女。」

徐鳳年一驚再驚。

軒轅敬城自顧自說道：「軒轅大磐一死，徽山也就我父親軒轅國器與我弟弟軒轅敬宣稱得上麻煩，這兩人再死，殿下只要保得住青鋒性命，大可以將她當作牽線傀儡，掌控牯牛大崗。」

徐鳳年問道：「這事不是你們軒轅世家在給我下套子？」

軒轅敬城搖頭道：「不是。」

徐鳳年無可奈何，搖頭說道：「要真如你所說讓我出手不難，但你必須幫忙除掉軒轅國器和軒轅敬宣中的某一個，否則只有一個無依無靠的軒轅青鋒就想蛇吞象，太吃力了。」

軒轅敬城毫不猶豫道：「好。我上山先殺軒轅敬宣。」

徐鳳年無言以對。

這男人，是澈底瘋了？

軒轅敬城遙望那座藏青色的牯牛大崗，喃喃道：「我來了。」

這位山上人，上山殺人去了。

◆

這座與天師府對峙的牯牛大崗還真不是一般的魚龍混雜啊。

獨享陸地清福？

徐鳳年坐回山坡，用春雷在地上寫了幾個名字，隨口詢問身邊的慕容桐皇，「你覺得軒轅敬城的話能信幾分？」

慕容桐皇毫不遮掩地冷笑道：「即便軒轅敬城真的是二十年苦心孤詣、忍辱負重，難保這個瘋子不會對殿下出手。殺掉軒轅大磐和軒轅敬宣，此人九死一生都不想，必死無疑。可劍道宗師軒轅國器坐鎮徽山，數百年根基，豈是殿下一百騎兵可以輕易鎮壓？引虎驅虎，不如兩虎相鬥，我就不信軒轅敬城身為軒轅大宗嫡子，二十年裡沒有幾手不為人知的布局。一旦殿下出了意外，死在牯牛大崗，北涼只會遷怒於徽山，那對母女趁亂入了江湖，才是真正的天高任鳥飛。軒轅敬城若真有誠意，三拜殿下和自曝醜聞算得了什麼，讓軒轅青鋒來做人質還差強人意。」

徐鳳年點頭道：「軒轅敬城要與家族反目大概是真事。」

徐鳳年感慨道：「二十年證得旁門長生，以一己之力掀翻數百年的基業，怎麼聽著都讓人脊梁骨發冷。」

慕容桐皇就有一對臥蠶眉，只是平時媚氣多於英氣，此時翹起，笑意更顯幸災樂禍，道：「軒轅世家早就該分崩離析，死絕了才好！」

徐鳳年接過黃蠻兒遞過來的山楂，盤膝而坐，就將山楂兜在袍子上，拈了一顆丟進嘴裡，對慕容桐皇擺擺手道：「先別忙著說氣話，旁觀者清、當局者迷，你算半個局外人，我們不急著上山。你隨便說說，看能否拎出一些蛛絲馬跡。不管怎麼莫名其妙、雲遮霧繞，歸根結底就兩條路——上山，不上山。」

慕容桐皇點頭道：「上山，殿下得承擔不小的風險，這恐怕也是軒轅敬城能夠忍到現在的初衷，不等到有強大外力可以憑藉的機會，他未必肯與家族撕破臉皮，否則以徽山的家底，除非是齊玄幀這樣的陸地神仙才可以來去如履平地，軒轅敬城顯然還不至於強悍如此。鷸蚌相爭，那對母女坐收漁翁之利，徽山對殿下而言畢竟只是雞肋。其實殿下不上山才好，或者說緩一緩上山，由著軒轅敬城拚了全部實力，明的、暗的都浮出水面了，相信到時候徽山也已元氣大傷，只不過這時再想要渾水摸魚，獲利遠不如冒險上山為軒轅敬城壓陣。」

徐鳳年總是吃不完山楂，因為差不多才吃完一顆，黃蠻兒早已小心翼翼拿袖子擦完一捧了。徐鳳年拿春雷抹去地上胡亂寫出的字跡，丟給姐弟兩人一些山楂，笑道：「上山，咱們還得早點上山！」

慕容桐皇皺眉道：「為何？」

徐鳳年起身望向牯牛大崗，輕聲道：「看打架。」

慕容桐皇小心翼翼試探性問道：「殿下嗜好武學？」

徐鳳年自嘲道：「貪生怕死而已。當然，也有打小就想著行俠仗義、英雄救美的念頭作祟。」

慕容桐皇別過頭，一臉忍俊不禁。行俠仗義這四個字誰來說都可以，偏偏讓整個江湖都在馬蹄聲下瑟瑟發抖的人屠嫡長子來說出口，分外荒唐。

徐鳳年笑道：「想笑就笑好了。」

慕容桐皇雖說卸下一些心防，但還沒膽子在世子殿下面前放肆，當然沒敢出聲取笑。

徐鳳年拍拍黃蠻兒腦袋，「走，去徽山，誰攔路，你就撕了他！」

黃蠻兒原本渾濁不堪的眼中瞬間綻放光彩。

徐鳳年轉頭對青鳥說道：「去逍遙觀和老劍神以及鳳字營說一聲，還有妳最好帶上剎那槍。我們在青龍溪那邊會合。這次咱們玩一次大的，順道提醒一聲老天師趙希摶，龍虎山最好別摻和進來，軒轅敬城邀請我們上山的事情，可以跟老天師解釋解釋，讓他知道這是徽山的家事，不是本世子要搗亂給軒轅世家來下馬威什麼的。」

青鳥挽著竹籃，點頭道：「曉得了。」

◆

逍遙觀泥牆牆頭上，趙老道伸長脖子望向那個踏江而去的中年儒生，嘖嘖稱奇。羊皮裘老頭兒李淳罡冷笑道：「老夫真心瞧不明白這世道了，當初不說天象，指玄境界便可穩居天下前十，如今倒好，指玄境就跟路邊大白菜一樣不值錢，敢情當下行走江湖，不是金剛境就不好意思跟人打招呼了？」

才堪堪摸著指玄境門檻的趙希摶赧顏道：「李老哥這話說笑了，這三十年江湖的確與前三十年不太一樣，天才與怪胎都出了不少，可也不至於金剛多如狗，指玄滿地走。只不過世子殿下出門遊歷，與平常人闖蕩江湖自然不同，若徐鳳年不是北涼王的兒子，不是一個能世襲罔替的世子殿下，又豈能遇上吳六鼎攔江，豈會碰上第十一的王明寅？更不會才到龍虎山就被忍辱負重的軒轅敬城找上門了。不是這個江湖變幻太快，委實是李老哥你跟著的這小子太惹眼啊。沒些斤兩本事的江湖人士，哪敢來北涼世子面前自取其辱？不說李老哥，這一百精銳鳳字營可就夠一大壺喝的了，小魚小蝦，早就給一巴掌拍死。」

李淳罡冷哼一聲，道：「這飄下牯牛大崗的軒轅敬城是怎麼回事，你所謂的長生真人境界又是怎麼搞的？」

老天師捋了捋頜下鬍鬚，瞇眼道：「這後生啊，苦命，很有才華的，但身為軒轅長房長孫，偏偏不走武道。下山考取功名時，愛上了個不懂知恩圖報的江湖女子。那女子出身不好，性子卻執拗，大概是不甘心被帶上徽山，軒轅大磐瞅准機會，軟硬兼施就給雙修上了，至於這裡頭有沒有軒轅大磐逼得孫子奮發習武的心思，天曉得。

這二、三十年，軒轅大磐潛心修行歡喜禪和房中術，十分百無禁忌，龍虎山這邊都有幾名黃冠遭了毒手，不過那幾名道姑也奇怪，事後一聲不吭，反而主動在牯牛大崗那邊安心做鼎爐，也算軒轅大磐馭人的本事了得。嘿，這老王八年輕的時候就討女人的喜歡，手腕那是越老越厲害。我聽說這兩年看上了軒轅敬城的女兒軒轅青鋒，估計這次終於過了軒轅敬城的底線，不再忍氣吞聲。但軒轅敬城如何成為長生真人，我就不清楚了，只知道這小子二十年來常到天師府借書看，有借有還，與我那心比天高的侄子趙丹坪關係一直不錯，難不成看書也能看著看著就成了真人？真稀奇，回頭我得問問趙丹坪。」

老劍神譏笑道：「觀他氣海翻湧，便是倒行逆施的求死路數，不值一提。」

老天師惋惜道：「這小子若是不這般急於求成，那塊石碑上的陸地清福就名副其實了。」

老劍神呸了一口，道：「再不求死，拿命來換取境界，難道還眼睜睜看著女兒入了軒轅大磐那老畜生的嘴？」

趙希摶雙手插袖，不停唉聲嘆氣，愁眉苦臉道：「李老哥，你說世子殿下會不會接過這燙手山芋？」

李淳罡毫不猶豫道：「廢話，起碼是一場指玄對指玄的拚死對決，說不定就是天象之間的巔峰大戰，那小子會不去？」

趙希摶還是嘆氣道：「這麼一來，江東軒轅就真的要起碼三十年內一蹶不振了。」

李淳罡冷笑道：「軒轅與劍池本就與吳家劍塚差了好幾層境界的家底，當年吳家劍魁盡出，九劍破萬騎，那才是真風采，軒轅和劍池算什麼東西！能與吳家劍塚並肩？都是江湖上那些趨炎附勢的王八蛋瞎吹捧出來的。」

看到青鳥提著一竹籃山楂走向逍遙觀，老劍神問道：「等下你去不去徽山？」

老天師苦著臉打哈哈道：「老道身體不太舒服。」

李淳罡飄下牆頭，不屑道：「你這個老娘們兒還有天癸月事？」

趙希摶瞪眼，卻不敢反駁。

李淳罡落井下石道：「不怕你徒弟吃虧？」

老道頓時來了精神氣，笑顏逐開道：「我這徒兒吃不了虧，不是老道說大話，要傷到黃蠻兒，天師府加上牯牛大崗，一隻手就數得過來。但若說要殺我這徒兒，嘿，龍虎山興許有一、兩位，徽山那邊啊，沒！」

◆

牯牛大崗上的建築極有講究，等級森嚴，規矩繁瑣。例如長房大宗所在的後庭，便是麻雀雖小、五臟俱全。迎面宴廳一間，朱紅細漆，雕花紫檀，脊獸騰飛。堂壁懸大匾「壺天永冬」四字，前有天井、後有花園，東西廂房上有樓，天井置有一只半人高的琉璃大缸，盛水數千斤，植有八九株蓮花，亭亭玉立，可見根鬚，十幾尾肥碩紅鯉悠遊其間。

時值初秋，紅牆綠瓦間，黃葉鋪滿簷下的青石地磚，無人打掃，透著股冷冷清清。

一名華美宮裝的婦人站在琉璃魚缸前，端著一盞小瓷碗，拋撒餌料到缸內，引來紅鯉歡快游弋。她體態雍容，神情慵懶，一名高大健壯的華服男子徑直走入庭院，婦人身邊的一名丫鬟趕忙低下眉目，不敢正視。

中年男子雙手搭在紅瑪瑙腰帶邊緣上，看人習慣性給人一種睥睨眾生的傲慢感覺，哪怕到了這座庭院，應該喊眼前那婦人一聲嫂子，他仍然絲毫不肯收斂氣焰，抬起一手揮了揮，將那名眼睛只盯著腳尖的丫鬟驅走。

也不知這名低眉順眼的丫鬟是如何看到這男人的揮手動作，她如蒙大赦地跑向大門，經過男子身邊時，被一巴掌狠狠拍在翹臀上，驚嚇得面無人色。容顏冷豔的婦人對此無動於衷，依舊餵食鯉魚。

中年男子走到琉璃缸前，伸出兩根手指撫摸著光滑缸壁，微笑道：「嫂子，咱們孤男寡女的，不做些什麼嗎？」

婦人凝視著一尾尾無憂無慮的鮮紅鯉魚，冷淡道：「軒轅敬宣，你就不怕吞了我這餃子，把你舌頭連著心肝臟脾腎都一起給燙沒了？」

被婦人直呼名字的男子不以為意道：「嫂子深居簡出，自然有所不知老祖宗這回出關後，有意將家主位置託付給我，也怪不得嫂子不知此事，嫂子與老祖宗也有些時日不曾雙修了吧？」

男子掌心貼在琉璃魚缸上，驟然發力，十幾尾鯉魚與蓮花根莖一同被拉扯到缸壁這邊，死死黏住，不得動彈。他彎腰看著垂死掙扎的那些鯉魚，微笑道：「軒轅敬宣對嫂子垂涎已久，這在徽山早就是路人皆知，等我名正言順地接管這座牯牛大崗，老祖宗豈會在意一只上了年紀的破舊鼎爐。我那個書呆子大哥把妳當仙子供奉起來，以為妳不食人間煙火，分明是半點不懂女人心思，那些聖賢書都白讀了。女子三十如狼、四十似虎，一旦嘗過了久旱逢甘霖的滋味，哪裡耐得住寂寞，妳說是不是，嫂子？」

婦人被如此言辭羞辱，依然不動聲色，只是望著幾乎窒息瀕死的鯉魚，淡然嘲笑道：「軒轅敬宣，你猴急什麼，等哪天做成了軒轅家主再來宣洩胸悶也不遲。對了，可曾記得六年前你去南疆辦事？嫂子湊巧在牯牛大崗大床上見到了你那位忠貞不渝的妻子，可是狐媚得十分厲害。她初入徽山，天天罵我失德蕩婦，這幾年，你不奇怪她為何閉嘴了？不妨與你明說好了，是嫂子憐她寂寞，與其花費力氣罵人，還不如留著力氣去床上伺候人，嫂子這才大發慈悲懇請老祖宗雨露均沾於她。」

軒轅敬宣臉色陰沉，停頓片刻，手心離開琉璃缸壁，根莖傾斜的蓮花齊齊折斷，十幾條鯉魚鮮血從魚鱗絲絲滲出，浮屍水面。軒轅敬宣連著說了三個「好」字，獰笑道：「軒轅敬城這個大哥三棍子打不出個屁來，沒想到還是嫂子有心機，知道耍些小手腕來報復。如此最好，今天我就扛著嫂子回去，倒要看看長房大宗還有誰能跟嫂子這般有骨氣！或者軒轅敬宣乾脆就在這裡與大嫂肆意歡愉一番？聽聞嫂子對著一幅畫像相思成疾，稍後我不介意將那畫像掛在床頭助興。嫂子，如何，敬宣是不是比大哥要風花雪月、熟諳情趣多了？」

婦人平靜地望向鮮血彌漫的魚缸，微笑道：「與軒轅敬城比較，你也太看得起他了。」

軒轅敬宣問道：「等下嫂子在床上可要使出渾身解數才好，女子十八般武藝。」

「軒轅敬宣，你畜生不如！」

門口傳來一聲怒喝。

軒轅敬宣聽到熟悉嗓音後，懶得轉身，放縱笑道：「青鋒，聽說妳器重的那個姓袁的雜種，已經半死不活，所以妳娘今日下場，就是妳幾年後的遭遇，叔叔有這個耐心等到那一天。甚至叔叔會綺想，到了花甲之年，是不是青鋒都有妙齡的女兒了？以往不懂那石碑上『獨享陸地清福』六字是個什麼意思，如今才懂這等福氣，真正是神仙才能享受。」

軒轅青鋒站在門口，指甲刺入手心。

看到女兒，婦人眼中終於閃過一抹慌亂，冷聲道：「青鋒，離開這裡！」

軒轅敬宣嘖嘖笑道：「真是母女情深，感人肺腑。」

一陣不合時宜的咳嗽聲輕輕響起。

軒轅敬宣愕然，緩緩轉身，看到出現在門口的一個身影，下意識中略有驚嚇，但隨即被自己的一絲恐慌給逗笑，就站在琉璃大缸邊上肆無忌憚地捧腹大笑起來。之所以訝異，那是因為軒轅敬宣知道誰都可以踏足這座大宗內庭，唯獨門口那名男子不行！而那人恰好便是軒轅敬宣身後婦人的丈夫，這是何等荒誕不經的事實？當初風華正茂的妻子寧肯與老祖宗雙修，致使嫡長房淪為笑柄，寧願二十年對著一幅泛黃的畫像發呆，也不願正眼看一眼丈夫，說出去都沒人相信。

幾乎笑出眼淚的軒轅敬宣伸手擦了擦眼角，眼神陰森。他想起兒時兄弟三人，站在問鼎閣望江臺，一起踮起腳跟趴在欄杆上的溫馨場景，清晰記得大哥說要做名垂千古的治國文臣，二哥說要重振家族威名，要勝過那吳家劍塚，而他軒轅敬宣則揚言要做王仙芝那樣的武夫，什麼龍虎山真人都一拳砸成肉餅。

兄弟三人，那時還是親如手足，只是長大後三人的前程便南轅北轍。二哥軒轅敬意為人處世有大將風範，玲瓏八面，吸納了許多股不可小覷的江湖力量；而軒轅敬宣自己更是在武道一途上高歌猛進，至今已是即將一腳踏入宗師境界，未來成就，比起父親軒轅國器，只高不低；但那位大哥呢，老祖宗給予那麼大的期望，贈予那麼多資源，仍是一個扶不起來的廢物，與人說話只會唯唯諾諾，與人爭執只會一退再退，在崇力尚武的軒轅世家，要武癡軒轅敬宣如何去尊敬一個從不碰刀劍棍棒、只會捧幾兩重書籍的長兄？

咳嗽過後，中年儒生仍未走入庭院，摀住嘴巴含糊說道：「敬宣，你應該再等等的，可惜你從小就沒什麼耐性，這樣不好。」

軒轅敬宣彷彿聽到一個天大笑話，才止住笑，就又忍不住大笑出聲。他雙手搭在瑪瑙腰帶上，直視這位身體孱弱多病的長兄軒轅敬城，說道：「大哥，你說我該等什麼？等你靠一肚子仁義道德去當家主？等我侄女去牯牛大崗當採陰補陽的可憐鼎爐？還是等耐心耗光了的父親再次給你們嫡長房撐腰？大哥啊大哥，你要知道我以往雖說言語上占一占嫂子的便宜，可你到底是我大哥，長兄為父，敬宣還不至於真的如何對嫂子不敬，誰讓咱們兄弟三人都是敬字輩？」

軒轅敬城鬆開手，點頭道：「你接著說。」

軒轅敬宣嘿嘿道：「我忍了很多年，實在是不想再忍了。大哥，你知道我受了老祖宗點撥，輔以丹藥填充氣海，這時是什麼境界嗎？」

中年書生平淡道：「跳過金剛，初入指玄。」

軒轅青鋒臉色劇變。

臉色常年慘白的書生緩緩道：「可你知道這種揠苗助長的境界，是無根之木，對武道長遠並無裨益。」

軒轅敬宣揉了揉肚子，譏笑道：「這話從你嘴裡說出，真是誠心誠意，讓我醍醐灌頂啊。我肚子都笑疼了。」

軒轅敬城轉頭看了一眼牯牛大崗大雪坪方向，輕聲呢喃道：「冬季大雪，徽山才會乾淨些。咱們這個家，實在是太髒了。」

軒轅青鋒伸出手，示意娘親走出庭院，遠離那個晉升指玄境的叔叔。

但婦人紋絲不動。

她從不會主動走近那個男人。

中年書生深深凝視著她，微微一笑，說不出、道不明的豁達釋然。

從不踏足這座院子的他竟然破天荒走過門檻。

她和軒轅青鋒俱是恍惚呆滯。

軒轅敬宣還是不以為然的倨傲表情，冷笑道：「大哥，怎的，要拿書本敲打我？」

軒轅敬城搖頭道：「徽山不破不得立，軒轅大磐早就將徽山帶上一條岔路，今日就由我來撥回正途。若說武學天賦，你便是加上軒轅敬意都比不上我。你是指玄，我便以指玄殺你。」

中年書生說話不急不緩，寬博青衫雙袖飄逸而動，母女二人只看到這個與世無爭了一輩子的男人徑直走向軒轅敬宣。

看似慢行，卻眨眼便至軒轅敬宣眼前。

明明已是指玄境的軒轅敬宣瞪大眼睛。

中年書生單手握住他脖子，一行再行，穿過琉璃大缸，在後庭大門後，書生停步，軒轅敬宣被丟入屋內。

身體在空中炸裂。

七竅微微流血的中年書生轉身，似乎想要伸手去觸碰妻子，但終究沒有這個勇氣。走到院門口與女兒擦肩而過時，他柔聲道：「青鋒，以後就由妳照顧妳娘了。」

婦人猛然喊道：「軒轅敬城，你要去哪裡！」

中年書生繼續前行，溫言笑道：「去牯牛大崗大雪坪。把這個家掃地掃乾淨了，妳們便真正自由了。聖人說一屋不掃何以掃天下，可惜軒轅敬城這輩子也就只能做到這一步了。軒轅敬城不後悔當年娶妳。」

◆

死了。

屋內的軒轅敬宣死得不能再死了，便是那傳說中的陸地神仙，氣海炸裂全身經脈，都活不下來。

屋外婦人怔怔望著碎了一地的琉璃大缸，十幾尾紅鯉掩映在蓮花翠綠枝葉中。方才兩人一瞬穿過，刀切一般穿過大缸，幾千斤水傾瀉而出，沾濕了她的絲綢繡鞋。天涼好個秋，秋風秋意秋寒，由腳底冷遍了她的全身。

軒轅青鋒癱軟靠在門上。一直被長輩譽為每逢大事必有靜氣的她也喪失了思考能力，頭腦一片空白。叔叔軒轅敬宣不管如何品行不端，終歸是貨真價實的頂尖武夫，幾十年按部就班，扎實鍛就了一副金剛體魄，在徽山公認只在老祖宗和「三尺青鋒懷抱仙氣」的軒轅國器兩人之下，更自稱已然邁入玄而又玄的指玄境界。

即便是才入指玄境，根基仍是不穩固又如何，指玄啊，江湖別稱武林，到了指玄境，才算真正成為屹立武林的一棵參天大樹，道門真人便有望飛升，釋門活佛即可化身舍利，三教以外的武道散人們則是更加生猛霸氣。以力證道，不假外力，純粹以肉身抗衡天威大劫，想一想就讓人熱血沸騰。

怎麼眨眼工夫就死了？

軒轅青鋒受限於天賦根骨平庸，不宜習武，但自幼遍覽祕笈，加上從小就見慣了高人過招，尤其是過目不忘，眼光練就得十分老辣。她看得出臨敵時軒轅敬宣剎那失神後，其實很快就想要痛下殺手，但對手根本沒有給他這個機會，估計沒有比這更死不瞑目的死法了。

身為指玄高手，卻被人面對面輕鬆閒逸地走到眼前，一招擊斃。軒轅青鋒在那一瞬窺知幾分隱祕，軒轅敬宣身具好似佛門天王的金剛不壞，雖說距離內外與天地圓融的天象境界還差了兩層，但起碼已是體內自成巍巍氣象，之所以被一擊破碎，似乎是被掐住脖子後，以強橫無匹的狠毒手法用氣機導引氣機，宛如北方玄武的龜蛇相纏，最終導致經脈寸寸爆炸。

軒轅青鋒欲言又止，嘴唇顫抖，發現自己根本不知道該說些什麼。當她看到娘親要轉身走入屋子，終於鼓起勇氣問道：「娘，真不去牯牛大崗大雪坪嗎？」

婦人轉頭問道：「去看軒轅敬城如何尋死嗎？」

軒轅青鋒自言自語道：「爹既然能殺了軒轅敬宣，未必不能……」

婦人跨過門檻，看也不看那具血肉模糊的屍體，笑道：「這又如何？軒轅敬城不是咱們娘兒倆知道的那個軒轅敬城，我就得悔青了腸子，哭得梨花帶雨去求他回心轉意？然後與他相敬如賓，在徽山一起白頭偕老？」

軒轅青鋒淚流滿面，道：「娘，妳當真一點都不心疼？」

她笑了笑，道：「我啊，早就不知心疼的感覺了。妳要想去，就去大雪坪吧，娘想一個人好好靜一會兒。」

一位看著軒轅青鋒長大的老嬤嬤匆忙趕來，畢恭畢敬說道：「夫人、小姐，老爺不知為何獨自去了大雪坪。山下有人自稱老爺邀請來牯牛大崗做客，好像正是那位跋扈的北涼世子，帶了一百佩刀持弩的扈從，已經開始登山，很快就要到達儀門。府上攔路的，都被一個不起眼少年給生撕了，手段凌厲得很。傳聞當年那位折辱咱們軒轅世家的劍神李淳罡也在其中，二爺已經帶了人馬過去阻擋。」

◆

登上牯牛大崗，鋪有玉石甬道三百步，跨路橫築有牌坊一座，便是徽山軒轅的儀門，上書「登峰造極」四字，副匾額寫有口氣極大的「武道契崑崙」。鄰居龍虎山也有類似建築，文官武將都需見碑下馬，用作彰顯道教祖庭的尊崇。到了徽山這邊，便是提醒所有登門拜訪的江湖人士主動摘刀解劍，數百年人不是沒有自視甚高的武人莽夫不願遵循規矩，但如李淳罡那樣得逞的，屈指可數，絕大多數都被丟下牯牛大崗。

面黃肌瘦的徐龍象殺得興起，根本就是所向披靡。

要知道這徽山號稱彙聚了近千號的武林精英。軒轅世家稱雄東南，大致分為幾種人，第一種當然是生而便姓軒轅的家族嫡系，這一脈以徽山三房為主幹。劍生仙氣的家主軒轅國器下面，又有軒轅敬意和軒轅敬宣撐起架子，與外戚、與入贅軒轅的各路英才作為岔開枝椏，共同構成王朝東南最為枝繁葉茂的一棵武林大樹。這些人擁有近水樓臺的先天優勢，根據血脈親疏遠近，以及武學天賦高低，可以分別去問鼎閣取閱祕笈。

接下來便是軒轅以祕笈和重金雙管齊下豢養的鷹犬走狗，裡頭又分兩種：身分清貴者位列客卿，在徽山享受不低的待遇；出身粗鄙者若是身手不夠結實，大抵得夾著尾巴給軒轅世家賣命，做些刀口舔血的陰暗勾當換取飯碗，袁庭山若非與軒轅青鋒有那層關係，便隸屬於這個陣營，得靠真本事換取想要的東西。再就是軒轅世家精心培育的私人武裝，當打主力有兩撥，一撥是兩百騎，五十砸下銀子無數的重騎，以及相對便宜些的一百五十輕騎；另外一撥是忠心耿耿的死士，身分複雜，可以是逃竄到徽山避難的武人或者遊俠，更多是自幼便被軒轅世家當棋子慢慢栽培的刺客殺手，這一類極少有人能活到而立之年，足見軒轅世家在東南江湖上的活躍。

世子殿下與黃蠻兒一同站在儀門下。

身側站著羊皮裘老頭，青鳥手持剎那槍。

身後是大戟寧峨眉和一百白馬義從。

二門附近人頭簇擁，層層疊疊，刀槍棍棒十八般兵器都齊全了。

軒轅敬意臉色陰沉地站在臺階上，近百號膂力出眾的弓箭手占據地利，蓄勢待發。

三十餘客卿傾巢出動，皆是在江湖上成名已久的高手。

徐鳳年嘖嘖感慨道：「好洶湧的江湖。」

頭頂已是烏雲密布，竟然有大雨的兆頭。

幾十年後再次上山已是獨臂無劍的李老頭站著打瞌睡，一言不發。

徐鳳年轉頭問道：「這裡離那賊窩牯牛大崗還有多遠？」

老劍神睜開一絲眼縫，懶洋洋地說道：「不算太遠。牯牛大崗外有一大塊平地，便是大雪坪了。不出意外，軒轅敬城會在那裡跟軒轅大磐死戰一場，的確是個死人的好地方。」

徐鳳年頭疼道：「這麼多紮堆的一流、二流高手，外加幾百號死士，怎麼過去？」

李淳罡沒好氣道：「老夫倒是可以一人輕鬆穿過，至於你嘛，想硬碰硬死磕的話，就等著全部交代在這裡好了。你當一個大家族幾百年基業，是吃素吃出來的？」

徐鳳年小聲問道：「擒賊先擒王？」

老劍神想了想，說道：「你是說拿下軒轅敬意？」

徐鳳年笑著點頭，躍躍欲試。

老劍神揉了揉下巴，瞇眼道：「若是老夫親自出馬，也簡單，不過沒有老夫出力你看戲的道理，你小子先讓黃蠻兒喊陣，來個下馬威，撕幾個人再說其他。再由你身邊這個要什麼不好偏偏要剎那槍的丫頭掠陣，老夫什麼時候出手，看心情。放心，不會讓你等太久。

老夫也很好奇那軒轅敬城不惜拿性命換境界，能換到怎樣的高度，天象與天象捉對廝殺，也不算太稀奇的事，但兩兩身陷不死不休的境地，才有意思。萬一不小心蹦出半個陸地神仙，就有眼福了，你小子別的本事不咋的，偷師倒是馬馬虎虎。」

看著黃蠻兒大踏步前行，老劍神略微感傷道：「白費了老夫當年一番心血，好不容易出個軒轅敬城，還窩裡反。這棵大樹在軒轅大磐手上挖得肚裡中空，到底還是要倒了。」

◆

大雪坪。

中年書生迎風慢行，衣袖翩翩，卓爾不群。

隱忍二十年，這一刻終於崢嶸畢露。

一路走來，不停咳嗽，滲出血絲。誰都沒能看透他的軒轅敬城想了許多事情，有好有壞，有榮有辱，有起有伏。

軒轅敬城停下腳步，望向大雪坪盡頭的高大身形，喃喃道：「終於走到這裡了。」

那道身影異常魁梧。

這是一個駐顏有術的老人，二十年前便滿頭白髮的老人竟雙鬢復青黑，他不苟言笑地站在牯牛大崗府邸門口，一夫當關，氣勢雄偉。

這位徽山上唯一有資格說獨享陸地清福的老祖宗眼神凌厲，聲若洪鐘，「敬城，讀書可曾讀到與天地共鳴？」

渾厚嗓音在大雪坪激蕩。

牯牛大崗屋簷下掛有一串風鈴，因為山巔勁風吹拂，終年叮咚叮咚響不停。

此時反而寂靜無聲。

如同被勒住脖子的將死之人。

軒轅敬城心平氣和道：「是否天象，試過便知。」

在軒轅家族一言九鼎了足足一甲子的老人，近二十年得以返璞歸真，豪邁大笑道：「我倒要看看你這不肖子孫，能否熬得過百招！」

不需再刻意苦苦壓抑境界的軒轅敬城抬手起一勢。

右腳踩出一步，左腳微微屈膝。

一手探出，一手回攬。

妙不可言。

剎那間，天上烏雲旋轉如龍捲，驟然下降。

軒轅敬城輕聲道：「我撼崑崙。」

第八章 儒聖徽山顯神通 劍神重回地仙境

在稱雄東南江湖的徽山上，若說軒轅敬宣是一把出鞘的利劍，那軒轅敬意就是一柄鈍刀，鋒芒稍遜，但對家族來說作用反而更大。軒轅敬宣的性子不適合待人接物，那位常年神龍見首不見尾的嫡長孫只知讀書，許多重擔自然而然就落在軒轅敬意肩上。

廣納四海賓客，善於養士蓄勢，二房的地位這些年水漲船高，越發穩固，客卿十占六七，兩百騎兵都由軒轅敬宣掌控指揮，附近幾州的綠林好漢提及這位，都會豎起大拇指讚一聲「江東及時雨」。曾有美婢取笑一名慕名上山的跛腳武人，後者羞憤下山，軒轅敬意聽聞後，二話不說割下寵婢頭顱，拎頭下山請罪，這武人當時在江湖上只是一個無名小卒，如今卻已是徽山次席客卿。

到敬字一輩，分流三脈，資源配置本就要此消彼長，斷然沒有並駕齊驅的好事。嫡長孫軒轅敬城已是公認的一棵枯木，枝葉稀疏，毫無樹蔭乘涼可言。而軒轅敬宣太過跋扈，都敢說出吃餃子、吃嫂子的荒謬狂言，加上自恃宗師境界，難免有拒人千里的嫌疑。軒轅敬意有沒有將來入主牯牛大崗的心思？如今是騎虎難下，他自己不想，可被眾人架在火堆上，似乎由不得他不去爭。大家門戶唯有逍遙狗，絕無逍遙人，不爭的淒涼下場，大哥軒轅敬城早已給出。

軒轅敬意相貌堂堂，年輕時是被譽為「江東奇器」的翩翩公子，只不過氣質敦厚，銳氣內斂，很容易讓人心生親近。此時與那幫不請自來的北涼蠻子對峙，軒轅敬意頭疼歸頭疼，卻也不懼，身邊百餘弓箭手，比起尋常軍旅甲士，膂力無疑要出眾許多，一撥攢射，便是潑水般的箭雨。

何況徽山客卿聽聞是人屠的兒子登山，同仇敵愾，便是三弟那邊的都聞訊趕來。要軒轅敬意來說，若非對方有老劍神李淳罡壓軸，便是殺雞用上宰牛刀，李淳罡單槍匹馬，再老當益壯，三十客卿還圍困不住？可世上許多事情不好講平常的道理，穩贏的棋局，軒轅敬意卻也不敢太放肆，真不小心將那北涼世子給屠了大龍，於徽山何益？

軒轅敬意遙望儀門下的世子殿下，雙方人數懸殊，既然這盤棋勝券在握，只需要把握好出手敲打的力道即可，軒轅敬意便有些思緒飄散。他自信武學天賦不比弟弟差，可這些年父親軒轅國器極情於劍，一年中有大半時分都在或者潛心閉關，或者探幽攬勝，找尋世外高人砥礪劍道，軒轅敬意傾盡心血操持一個世家豪閥，難免耽擱武道修行。

少年時代除去只修習一些強身健體術便再不沾碰武學的大哥，軒轅敬意與軒轅敬宣不相上下，及冠以後至而立之年軒轅敬意甚至有所超出；不惑以後，他勞心家族瑣事，三弟軒轅敬宣才逐漸一騎絕塵而去，軒轅敬意如何能不去恨大哥？若不是軒轅敬城既不肯學武又不願擔起重任……想到這裡，軒轅敬意難免心中自嘲一番，十幾年前，他還在偷偷感激大哥的不爭不搶，後來才驚覺他那個看似大權在握的光鮮位置，既不誘人，也不牢靠。

牯牛大崗上聲勢浩大的客卿分作三足鼎立之勢，涇渭分明，明確投入軒轅敬意和軒轅敬宣兩個陣營的分成兩撥，剩下則是仍然舉棋不定，下一任家主落入誰手的局勢尚未明朗，這一撮江湖大佬顯然打定主意要不見兔子不撒鷹。

物以類聚，軒轅敬意身旁的徽山客卿性子都較為溫和，在江湖上的口碑都不錯，屬於鋤奸除惡的大俠一類，個個大義凜然，見到世子殿下一行人蹚著血路上山，都流露出義憤填膺的表情；軒轅敬宣那一撥則截然相反，大多是流竄上山尋求庇護的亡命之徒，皆是赫赫凶名在外，其中便有幾位在王朝東南名列前茅的綠林大盜，還有一名臭名昭著的採花聖手；最後那一撥亦正亦邪，不拘泥於道德，被朝廷裡對江湖存有好感的正統人士稱作武散人，這類人往往不做大惡事，興之所至，便做些小善事情，日積月累，倒也積攢了些名聲。

這時候，兩名大客卿視線一觸即散，似有嫌惡。軒轅敬意心中一笑，這便是他刻意經營的效果了。徽山客卿數量驚人，人多實力不俗，武道實力平庸者也有一些奇技淫巧傍身，但徽山常年一擲千金給予這些客卿舒舒服服的豪奢生活，要女人給女人，要祕笈給祕笈，但徽山的大人物們肚子裡自有一本清清楚楚的帳本。

真正入得牯牛大崗法眼的才寥寥七八人，而這些人中又以首席客卿黃放佛和次席客卿洪驃最為值得接納。而洪驃就是當年那個無名小卒的癟子，此人不負軒轅敬意厚望，在天才輩出的徽山福地表現出不輸給軒轅敬宣的武學天賦，修為一日千里。因洪驃為人豪邁有古風，行事具英雄氣概，在客卿中人緣最好。這還不止，洪驃更精於兵法韜略，後被給予騎兵統率權力後，反哺整個二房，才使得二房力壓三房，可謂是軒轅敬意的福將。

徽山首席客卿黃放佛便是江湖第一流武散人，接近宗師境界，遇到武道上的大瓶頸後，上徽山只是想借閱祕笈，以他山之石攻玉。一般情況下牯牛大崗不會勞駕黃放佛做事，畢竟客卿不比呼之則來、揮之則去的家族走狗，這些高手大多遵循合則留、不合則去的客卿規矩。再者，世上最難伺候的便是文豪與高手，原本驕縱跋扈的徽山在軒轅敬意手上培養勢力，十幾年來一直奉行和氣生財，不願店大欺客，無形中便助長了客卿的地位和氣焰，使得他們脾氣越發刁鑽。

試問有幾個人能如軒轅敬意那般為了拉攏人心而殺侍妾？黃放佛也是聰明絕頂之輩，十八般武藝樣樣精通，早早登堂入室，在江湖上罕逢敵手，可偏偏被壓在宗師境界之下，百思不得其解，其間不惜冒險趕赴西域與北莽，仍是到達不了那看似觸手可及的層次，最終一次在春神湖上與軒轅國器以劍論友，惺惺相惜，才被邀請到了徽山。如今黃放佛是武散人中的魁首人物，他對軒轅敬意、軒轅敬宣兩兄弟只是以禮相待，卻談不上坦誠相見，倒是經常與嫡長房那個不成氣候的傢伙煮酒說青史，烹茶論英雄，很是氣味相投。

一個致力於制霸江湖的大家族，自然是既有蠅頭小利的蠅營狗苟，也有放眼整座武林的宏闊布局。

黃鸞兒赤手空拳走到當中廣場空地，軒轅敬意已經得到消息說這枯瘦少年上山途中連殺十幾人，都是被活生生撕裂手腳，手段端的生猛恐怖。軒轅敬意在老祖宗和父親不在場的時候，便是徽山的旗幟，在高位上養尊處優，他最重臉面，就要給那世子殿下一個下馬威，冷聲道：「放箭。」

弓弦崩出一陣刺耳嗡嗡聲，箭矢如飛蝗射向那不知死活的少年。

一品初境金剛，取自佛門說法，寓意長壽佛身，如來身者，即是金剛不壞堅固身軀，金剛法身，號稱三界最勝之身。仙人呂洞玄曾作歪詩「得傳三清長生術，已證金剛不壞身」，說此詩歪，是因為混淆佛道兩教，後輩卻不敢輕視。釋門道統都以此自我標榜，故而金剛境界在道教中又被視作小長生修為，以示與大長生的區別，這裡頭顯然有道門的矜貴嫌疑。

絕大多數後天修就金剛境的武人，都是以體內精氣借來「不動如崑崙」之力，刀斧加身而不侵，天象以下金剛、指玄兩大一品境，都是如此。李淳罡說當下金剛多如牛毛，實在是高看了如今的江湖，委實是世子殿下樹大招風的緣故，尋常人一輩子別說看到金剛境高手出手炫技，便是離一品境只差一層窗紙不能捅破的小宗師，都不得見。

箭矢在空中拋出一道弧線，直刺黃蠻兒。精於箭術的武者挽弓，準度與力道都遠超尋常弓卒。

軒轅敬意瞇眼靜待那名少年躲避不及後被攢射成一頭刺蝟。

洪驃生得一副五短身材，僅就相貌而言，十分不起眼，比起道骨仙風的首席客卿黃放佛差了十萬八千里，但洪驃膽大，心思卻異常細膩，是典型的莽夫可繡花，看到箭雨潑去，他憂心忡忡道：「先生，聽聞趙老天師祕密收了名徒弟，是北涼小王爺，武胎根骨十分不俗，會不會就是眼前此子？若是同時惹怒了北涼王府與龍虎山，會不會後患無窮？」

軒轅敬意輕聲笑道：「你猜他是北涼小王爺，可我不知道嘛。再說了既然是趙希摶的高徒，怎麼都該有些斤兩，否則真當牯牛大崗是那山下的酒肆茶館，說來便來說去就去了？」

咦？

軒轅敬意與洪驃同時一愣。

飛蝗氣勢洶洶當空墜下，絲毫不見少年有氣機流轉的跡象，他不躲不閃，伸手撥去幾根箭矢，來不及撥開的，任由射在身上，但激射而至的羽箭，如撞在金石上，盡數斷折，竟是以卵擊石的下場。幾根算計到少年躲避方向的羽箭擊中地面上，擦出一陣火花，可見其弓手氣力之大，箭矢去勢之猛，這越發襯托出場內景象的古怪——既不以氣機壯大體魄，卻又能讓那些根羽箭折去，識貨的徽山客卿們都面面相覷。

黃放佛淡然道：「好一個生而金剛境！以前只聽前輩們當咄咄怪事說起，始終不敢信以為真，今日大開眼界。」

客卿邊緣，一名秋日搖扇的貌美男子雖說生了雙桃花眼，但怎麼看都透著一股邪氣。扇面正反繪有十數名女子，寫有姓名家族，以十幾、二十幾字描繪其風流，盡是豔詞穢語，這些女子都遭了他的魔爪。美人扇已有十數把，都被他小心珍藏，說是當作傳家寶交給後人。

這位自詡情畫雙絕的情場聖手這些年恣意花叢，若非前年毒害了一名郡守之女，澈底惹惱了官府，他才不會來徽山看人臉色行事過活，山上哪有山下那般快活自在？徽山山清水秀女人美，這不假，可這份陸地清福卻是給軒轅嫡系獨享的，他早就心生不滿，多有怨言。此人口碑惡劣至極，很難想像這麼一個人人得而誅之的淫賊，卻能寫出諸多「人生須臾一百年，且去酣暢罵萬古」的氣概詩句。

他見到那名據說是北涼世子的佩刀青年，相當不順眼。他生平最恨兩種人，一種是醜陋的女子，那會汙了他眼睛；一種是比自己英俊的男子，前者他可以不去看，後者卻多半要被他折騰成殘廢才甘休。場中少年武力驚人，但他掂量了下，看那小傢伙表情，癡呆木訥，覺得只是個會使蠻力的。

他對此這倒是半點不懼，要做採花賊，跑路是最緊要的本領，所以他的輕功在高手如雲的徽山上都可排在前頭。他覺得在徽山實在是待得乏味膩歪，一些個出彩的奇質女子又都被瓜分殆盡，只能看不能吃，太撓肝鬧心了。徽山藏龍臥虎，雷池座座，在這兒翻牆採花與尋死無異，還不如下山去眼不見為淨。兩年過去，差不多也避過風頭，是時候重出江湖了，那些個只知暗投媚藥糟踐女子的後輩實在是給他這位採花聖手丟人現眼。

花不是這麼摘的，採花的最高境界是摘下後享用一番再種回花盆，可以更加嬌豔，而不是魯莽折斷，此後再無生氣。既然要下山，但這兩年在牯牛大崗好吃好喝，總得還一個人情，今日狀況棘手，他料定了徽山許多客卿心底忌憚北涼王的名號，不敢出手，可他不一樣，下了山後管你是天王老子還是異姓藩王，我龍宇軒何處瀟灑不得？

黃蠻兒回頭看了眼徐鳳年，得到眼神允許後開始撒開腳丫子狂奔。

「不許再用霸王卸甲這般拚命的招式了，打不過咱們就跑嘛。丟人沒關係，留得青山在，不怕沒柴燒，遲早能找回場子的。」世子殿下轉頭對身邊的青鳥打趣道。

說著說著就有些遺憾，可惜溫華這小子沒在場啊，要不然這種熱鬧場面，他打架也許不在行，可罵架功夫絕對是登峰造極，能把人罵得七竅生煙，祖宗十八代，一代一代罵下來都不帶半個字重複的。這獨門絕學十八罵，也算與村婦們學了不少嘴皮絕技的徐鳳年都要自嘆不如，不甘拜下風不行。

當年碰上誤以為叫軒轅青鳳的軒轅青鋒，本來無非是兩浪蕩子不肯與一位大家閨秀讓路的屁大事情，打架不過也就是忍氣吞聲一場，但溫華這王八蛋的那張嘴實在是厲害得無法無天，又喊狗做爹、喊她做娘的，又胡說八道說她腋毛有狐臭可以熏蚊蟲的，更要做當眾脫褲子露出兩個屁股蛋的下流動作，軒轅青鋒就是菩薩好脾氣，也要怒起揍人，這趟上徽山，沒有吵架功夫堪比陸地神仙的溫華陪伴，有些遺憾啊。

青鳥持槍掠出，身形不比黃蠻兒來得讓人驚訝。

先是癡傻少年，再是秀氣女子，這北涼世子除了老劍神李淳罡就再無拿得出手的高人？

龍宇軒遵循規矩向軒轅敬意請戰，幾乎同時一名拳法剛猛的客卿也出列，龍宇軒見到青衣女婢持槍而來，軒轅敬意不用他多說，就示意龍宇軒去對付那名冒冒失失的女子，少年交由另一名客卿擒拿。

大局已定。

軒轅敬意勉強算是猜中了結果，可卻是自己這邊被大局已定了！

拳法著稱於世的客卿不知是否心存輕視，才一個照面，就被那名少年硬抗當胸雙拳，少年身體不動，只是雙腳深陷入瞬間碎裂的地板，然後一拳就把客卿的腦袋給削了去！

說削並不準確，整顆頭顱是被少年砸離開了身體。

場面血腥生冷到了極點。

哈哈大笑飄向青衣女子的龍宇軒正要調笑幾句，眼角瞥見這一幕，嚇得把話都咽回肚子，果然一槍驟然掄下，地面割出一條餘勢遞增下長達兩丈的裂痕，所幸他側移得迅速，否則一槍之下，不得跟被人刀切西瓜一般？

那女子讓整座徽山都知道了什麼叫槍法剛烈如遊蛇炸雷。

龍宇軒的輕功無疑是極好的，可那杆紅槍遊走，如影隨形，每一槍只要觸及地面，都會碎石無數，便是掃在空中，一樣獵獵作響。

見多識廣的黃放佛在見到生而金剛境的少年後再度被震撼，喃喃道：「槍仙王繡的剎那終於現世了？可這也就罷了，一名年輕女子如何使得如此霸道？」

徐鳳年一直拿眼神瞥羊皮裘老頭兒，此時不趁眾人驚愕時出手拿下賊首軒轅敬意，可就是揮霍大好時機了。

李淳罡白眼道：「心疼那閨女了，老夫就不明白你小子明明在意她在意得緊，怎的就不吃了她？對女子而言，這種在意才最實在。」

徐鳳年惱羞成怒道：「甭廢話，前輩你倒是出手啊！」

老劍神抬了抬下巴，沒好氣道：「再等等，你瞧瞧那邊。」

徐鳳年順著方向望去，看到軒轅青鋒緩緩行來，她對軒轅敬意朗聲道：「我父親邀請世子殿下前往牯牛大崗觀景，已經得了老祖宗的許可。」

此話一出，議論紛紛。

軒轅敬意皺眉道：「青鋒不要胡鬧。」

顯然他對這個侄女所言視作假傳聖旨。

軒轅青鋒平淡道：「如果叔叔不信，可以親自去牯牛大崗詢問老祖宗。」

軒轅敬意眯眼微笑道：「這倒不必，不過世子殿下有意要以武會友，那便等打完了再說。」他轉頭對次席客卿說道：「洪兄，你與那後輩切磋切磋？由你親自出陣，如此才可顯示徽山的待客之心誠嘛。」

洪驃面無表情，準備出手。軒轅敬意則用眼角餘光打量這侄女的細微神情變化。他對軒轅青鋒並無好感，身為女子，卻想要從自己這個親叔叔手裡奪權，真真正正是心比天高、命比紙薄！

軒轅敬意等到她出聲，斷定那已是呼氣多過吸氣的袁庭山已被侄女當作棄子，轉而傍上了北涼世子的大腿，希望藉以外力來抗衡老祖宗所在的牯牛大崗府邸。可這位聲名狼藉的世子殿下有這個本事去叫板老祖宗？不過軒轅敬意理解侄女的心情，畢竟一入牯牛大崗再出來，對任何女子而言，便都是兩個世界了。

軒轅青鋒本身就心神激蕩，一心一意破罐子破摔，自然不去在意軒轅敬意一錯再錯的猜測。

◆

長房大宗的後院，面容清冷的少婦靜靜望著火候漸足的酒爐。

酒名當歸，夾以徽山老茶雨前茶葉，以及每逢中秋摘下的桂子，該酒色澤金黃透明又微帶青碧，酒香兼有茶香與桂香，入口微苦，細細品嘗，卻綿甜長久，餘味無窮。此酒契合苦盡甘來之意，在徽山上卻不流行。

徽山又名搖招山，古書《山海經》在雄山志裡記載搖招之山多桂樹，可軒轅世家占據這座洞天福地後，獨享清福數百年，約莫是福不長久，氣運漸次減少，連帶著老桂樹都一棵棵死去，去年甚至連那棵性命比龍虎山一千六百年天師府還要長久的兩千年老桂，被取名唐桂的僅剩一棵的桂樹都凋零，故而這當歸桂子酒，除去去年摘下桂子釀就的幾罈子酒，便終成絕響。

徽山都知曉嫡長房軒轅敬城是個荒唐人，嗜好以聖賢書下當歸酒，老一輩更記得每年軒轅青鋒生日，這名曾癡心妄想要下山考取功名、死活不願習武的讀書人，都會帶著年幼女兒去唐桂那邊刻下身高，只是十五歲以後，早熟世故的軒轅青鋒便將這件事當作恥辱，不願再做，與父親也愈行愈遠。這些年唯有黃放佛等屈指可數的幾個與那書生談得來的客卿，才有口福喝上一壺色呈琥珀的桂子苦酒。軒轅敬城喝酒喜歡那苦味，不負怪人的印象。

軒轅敬城每年釀當歸酒三壇，兩壇都讓人送來庭院，自己只餘一壇。所以他從來都是喝不夠酒，而這裡卻是從來不喝，任由年年兩壇酒擱著閒置，年復一年，酒罈子越多，酒香也越發醇厚。

她終於啟封一壇酒，搬來一套塵封多年的酒具，酒具是那男人自製而成。反正除了習武，那人彷彿沒有不擅長的事情。

獨坐的她盛了一杯酒，放在桌上，好似對於喝不喝酒，猶豫不決，她沒來由地開始惱恨自己，伸手猛地拍掉酒杯。

半晌後她起身去拿回酒杯，才發現杯底刻有兩行小字，字跡清逸出塵。

「人生但苦無妨，良人當歸即好。」

◆

大雪坪，黑雲壓頂，山雨欲來。

想要撼動那崑崙？

軒轅大磐聽到孫子軒轅敬城的言語後，仰頭豪放大笑，絲毫不介意對敵在即。

這並非軒轅大磐自負，扳手指算上一算這位鮐背老人曾經叫陣過的對手，及冠時挑戰家族老祖，讓其重傷不治；而立之年迎戰槍仙王繡，稍遜半籌；四十歲單槍匹馬入吳家劍塚，逼迫那一代劍冠使出飛劍術，雖敗猶榮；劍塚一戰，十年悟劍，自信劍術可以媲美那一輩江湖頂峰的劍神李淳罡，與吳家劍塚再戰，再敗；繼而練習刀術，與年輕的顧劍棠一戰，又輸。更別提其間軒轅大磐還與仙人齊玄幀比試過內力，落敗是自然，可若他修為平平，一生都待在斬魔臺上悟道的齊玄幀豈會出手？

軒轅大磐看似與人比武，次次都輸，故而被嘲諷為軒轅不勝，可是不說五百年唯一幾可並肩呂祖的齊玄幀，以及那時候俗世天下無敵的李淳罡，便是當時最不起眼的顧劍棠，如今也是刀法超凡入聖，自稱第二，無人敢稱第一。如此算來，又有幾個人敢小覷這位軒轅世家的老祖宗？

世人喜好一味高古貶今，軒轅大磐活了將近百年，他與境界江河日下最終一蹶不振的李淳罡不同，大體而言，他一直穩步上升，世人預測天象境早在軒轅大磐杖朝之年就已到達。這些年潛心雙修，致力於將儒釋道三教熔於一爐，以軒轅大磐的老而彌堅，未必無望陸地神仙境界。

龍虎山在齊玄幀飛升登仙後再無此境大真人，當年之仇，一旦被軒轅大磐成就大長生，算是一併奉還給了道教祖庭，到時候顧劍棠即便刀法超絕，又怎是一位陸地神仙的對手？

耳目靈通人士對於李淳罡的登山，不乏惡意揣測獨臂老頭想要借軒轅大磐立威，而且大多不看好境界大跌的老劍神。江湖好事之徒專門為此給出賭注，押注李淳罡與各位一品高手的勝負，無一例外賠率極高，說明對李淳罡是何等不抱希望，至於與王仙芝以及新劍神鄧太阿的賠率，大抵是下注五千兩押李淳罡勝出，就能讓莊家傾家蕩產的地步。

江湖健忘而薄情，便如那文人相輕，自古皆然。

軒轅大磐十年閉關明顯境界大漲，雙鬢由霜白轉青黑即是明證，已經返璞歸真，是證得長生真人的玄妙兆頭。齊玄幀在龍虎山斬魔時，古稀之年卻是容貌俊逸如弱冠男子。

軒轅大磐並不急於出手，等了二十年，終於等到這一天，往往年紀大了，耐心也就越來越好。軒轅大磐望著遠處一記起手勢不沾煙火氣的嫡長孫，眼中不帶任何感情。對他而言，血緣關係可重可輕，聽話乖巧並且有望成龍的，那便栽培，若是根骨平庸的廢物，便是親子親孫，不如心意也要被他隨便捨棄。軒轅大磐何曾是那種喜歡含飴弄孫的慈祥長輩？天倫之樂，比起自身的長生不朽，不值一提。

眼前這個曾經讓他寄予厚望的長孫，他破例多給了一次機會。第一次時是軒轅敬城成人禮時，問他是否願意習武，可惜這頑固孩子執意要學那知章城荀平治國平天下，這也就罷了，軒轅大磐委實是驚豔於這孫子的天賦，哪怕一輩子都是一塊未經雕琢的璞玉，就當作擱在家裡蒙塵也好。後來軒轅敬城遇到那名落難女子，回山乞求家族出手相救，軒轅大磐於是再給了他一次機會，可這個將一身才華暴殄天物的孫子竟然再度拒絕。軒轅大磐雷霆大怒，不再將其視作嫡長孫，轉而培養天賦較差但勝在野心勃勃的軒轅敬宣。後來那女子竟主動要求雙修房中術，軒轅大磐不過是順水推舟，他既然決意拋棄軒轅敬城，一個手韻年輕的孫媳婦，吃了便吃了，適合做鼎爐的女子本就是多多益善。

軒轅大磐淡然看向那道被軒轅敬城充沛氣機引來的龍捲。龍捲呈巨大漏斗狀，風根在大雪坪上劇烈旋轉，恍如直達天庭，不斷將天空中的黑雲撕扯下來，愈演愈烈。

軒轅敬城探出一手畫出一弧，另一隻手向上緩緩托起，輕聲道：「再起。」

大雪坪左側憑空再起一條大龍捲。

天地氣象圍繞龍軸旋起無盡飛沙走石。

軒轅敬城一鼓作氣，氣勢暴漲，卻沒有半點衰竭跡象，他雙手握拳，一襲儒生青衫鼓脹如球，氣機瞬間攀至頂峰，緩緩道：「三起！」

右側起龍捲。

大雪坪上。

三龍汲水！

軒轅大磐灰白髮絲被勁風吹拂得凌亂不堪，平靜道：「竊取天地之力，這便是你的天象境？這種投機取巧的行徑，嚇唬人倒還行，想要傷我，真是可笑至極！」

軒轅敬城不言不語，三條龍捲挾激蕩天威迅猛移向紋絲不動的軒轅大磐，三龍驟然彙聚，擠壓位於中心並不屑躲避的徽山老祖。

「來得好！」軒轅大磐大笑一聲，雙手鉤爪，左手探出，伸入兩根龍捲，蘊含將近百年內力積澱的浩瀚氣海開始發力，如沸沸鍋爐翻滾。

他之所以瞧不起軒轅敬城這份通天本事，與軒轅大磐自身修行有關。大體而言，三教聖人都分別留下了一鱗半爪的言語留於後人揣摩大道，其中北方張素聖提出讀書以養天地浩然正氣，又說大凡物不得其平則鳴，故而以儒入武道大境的高人，極其擅長與天地共鳴，以自身四兩撥動萬鈞天機，這無疑是極為宏大壯觀的景象。可在以力證道的軒轅大磐看來，卻只是滑稽，這位老祖宗一生不拜天地君師，只信奉自己的雙拳，與一劍既出便要叫天地驚鬼神泣的李淳罡是一個路數。什麼道不行乘桴浮於海，什麼今世苦德來世福，都是放屁！軒轅大磐越是鑽研三教奧義，越是堅定原先所走的道路。我有雙手，仙佛魑魅都得給老子乖乖退散滾蛋！更何況，軒轅大磐有一個再清晰不過的目標，證實他挑的這條路不但可行，而且異常正確。

武帝城王仙芝！

當今天下，可與我軒轅大磐一戰的，屈指可數，軒轅敬城你這個窩囊廢的家族棄子還不配。

軒轅大磐竟然生生撕碎了兩道龍捲，沒了根基的龍汲水，頂端黑雲緩緩經過一陣垂死掙扎般的翻滾，最終飄散，重歸天空。

正當他對付最後一根龍汲水時，軒轅敬城腳尖一點，地面轟出一個大坑，他身影如長虹，刺入龍捲，一穿而過，再來到軒轅大磐身前，一掌推出。

並未吃驚的軒轅大磐冷笑著變爪為拳，直取中門。軒轅敬城側了側手掌，無視其洶湧拳罡，只是搭上拳背。軒轅大磐面有輕微異色，右拳縮手，左手黏住其手橋中節，試圖將這隻手腕卸掉。不料軒轅敬城攝手剎那間轉成匣手，斜向下一壓，左手猛拍軒轅大磐肩膀，這一擊看似輕描淡寫，卻將內力早已爐火純青的老祖宗打亂重心，身體向前一衝。但軒轅大磐臨敵何等套路嫻熟，借勢就要來　勢肩撞泰山，將這手法古怪絕倫的嫡長孫給撞爛胸膛；面無表情的軒轅敬城精妙一匣復而乍變回攝手，把軒轅大磐給推回原地，一時間後者空有一身天下罕見的勇猛，卻動也不是，不動也不是。

這一切，不過是雙方在眨眼工夫交出的攻守轉換。

軒轅敬城再一掌推出，軒轅大磐掐準掌速，還以更加剛烈的肘擊，不承想軒轅敬城那一掌原本僅是綿裡藏針，在即將觸及肘撩一瞬，氣機就如滔天洪水開閘，一掌比軒轅大磐的肘撩更猛更快，拍在後者心口。

兩人之間因這一拍掌蕩起一圈圈肉眼可見的漣漪。

軒轅大磐高大健壯的身軀被拍得倒退十丈！

牯牛大崗屋簷下一直緊繃拉直的風鈴在這一刻終於不堪重負，斷墜於地。

以勇猛著稱於世的軒轅大磐竟被擊退？

此時，一名佩劍老者緩緩走上大雪坪，對這駭人一幕沒有絲毫驚訝，低頭朗聲道：「父親，軒轅敬宣已被軒轅敬城殺死。」

軒轅大磐不冷不熱「嗯」了一聲，玩味地看著今日顯然要大逆不道到底的軒轅敬城，問道：「殺你那初入指玄境的三弟，用了多少招？」

一直面無表情的軒轅敬城突然笑了笑，咳嗽了幾聲，摀住嘴巴，略微含糊不清地微笑道：「事先說好以指玄殺他，不過其實用上了天象境，所以一招而已。」

軒轅國器腰間古劍抱朴悲鳴不止，臉色怒極。

軒轅大磐點頭道：「方才你那最後一掌，也是如此，先前不過都是障眼小把戲罷了。」

臉色如雪的軒轅敬城淡然道：「雕蟲小技，當然屠不得惡蛟。敢問老祖宗手熱了沒，若是已熱，敬城便不再客氣了。」

一旁觀戰的軒轅國器愣了一愣。

軒轅大磐發出一陣發自肺腑的愉悅笑聲，抬手指了指軒轅敬城，道：「你這小子，狂妄得可愛，不愧是整座徽山最被我器重看好的，著實可惜。」

軒轅敬城摀住嘴咳嗽了幾聲，抬頭看向滾滾烏雲，輕聲道：「年少時讀書讀到一句蚍蜉撼大樹，可笑不自量，當時只覺得的確可笑，後來細細琢磨，以為將『笑』字改成『敬』字，也不錯。」

蚍蜉撼大樹，可敬不自量？

徽山三個敬字輩，軒轅敬宣已是死人，而軒轅敬城也是將死之人。

軒轅敬城收回視線，一手負後，一手伸出，大聲道：「軒轅敬城請老祖宗赴死！」

軒轅國器頓時驚懼不能言。

病貓一般的長子，何時變成了一頭可與父親軒轅大磐撕咬搏殺的猛虎？

自詡獨享陸地清福的徽山，竟然也難逃一山不容二虎的下場？

搖招山大雪坪，風雨將至。

◆

儀門那邊，軒轅敬意動了真怒，尤其是侄女軒轅青鋒出來攪局後，火上澆油，那個吊兒郎當的年輕世子真當是來徽山賞景來了？我徽山與近鄰龍虎山互引奧援，連那在帝國東南首屈一指的地頭蛇廣陵王趙毅都敢事事拂逆，你一個根基遠在北涼，而且尚未世襲罔替的世子殿下就敢來撒野？他對這條北涼過江龍心存忌憚不假，卻也不見得真的如何畏懼。真正讓軒轅敬意不敢使出全力碾壓的，不是一個空有皮囊與頭銜的徐鳳年，甚至不是那仍是天下第八的李淳罡，而是那個瘸子人屠而已。

軒轅敬意斜眼瞥了瞥軒轅青鋒，冷哼一聲。吃裡扒外的小賤貨，不愧是那不知羞恥婆娘調教出來的女兒。想要借勢挽回嫡長房頹勢，妳一個小娘們兒拋頭露面也不害臊。先是袁庭山那鄉野出身的粗鄙小子，再是對文壇執牛耳的宋家拋媚眼，現在連口碑惡劣的北涼世子都勾搭上了？牯牛大崗軒轅世家的顏面都給丟光了！

軒轅敬意換了個溫煦臉色，轉頭對最為倚重的次席客卿笑道：「勞煩洪兄了。」

洪驃淡然道：「分內事。」

場內一拳打爆客卿頭顱的黃蠻兒，閒來無事，時不時伸腳踹踹那無頭屍體，看得徽山眾人毛骨悚然。

天生膂力舉世無匹的少年看到洪驃出列，咧嘴一笑。

這時二房大管事火急火燎地跑來，一名被三房供奉起來的客卿壞心眼使了個絆子，管事撲出一個瀟灑的狗吃屎，竟然顧不得怒目相向，只管爬起來衝到主子軒轅敬意身邊，這名不知為何背脊發涼的管事嘴皮顫抖，踮起腳附耳小聲道：「三爺死了。」

軒轅敬意以為聽錯了，皺眉道：「你說什麼？」

管事身體打著擺子，顫聲重複道：「三爺，軒轅敬宣，死了。」

軒轅敬意瞪大眼睛，但瞬間壓抑下震驚，極力保持平靜問道：「怎麼死的？」

彷彿要抵擋初秋涼意的管事雙手護住胸口，低頭輕聲道：「大夫人說是軒轅敬城殺死的。」

軒轅敬意終於忍不住怒道：「放你的屁！」

管事哭喪著臉委屈道：「是真的，三爺的屍體都還躺在庭院裡頭，沒人敢動。」

心知肚明的軒轅青鋒嘴角泛起一抹冷笑。

她從未感覺到如此酣暢快意。

本性就是唯恐天下不亂的世子殿下見到這個場景，靈機一動。場內青鳥正把持扇男子追攆得像頭喪家犬，徐鳳年大聲笑道：「青鳥，回了回了，這牯牛大崗已是後院起火，軒轅敬城做掉了軒轅敬宣，手足相殘，可悲可嘆啊。」

全場譁然。

客卿們都不是睜眼瞎，除去極少數不諳世事的武癡，大多都是人精，稍微聯繫軒轅敬意有違常理的表現，便知道北涼世子這石破天驚的一番話，離真相不會太遠。

徽山這棵參天大樹要倒？

樹倒猢猻散，有些跑得慢的，可就會被大樹給砸死。尤其是那些把身家性命都拿繩子捆綁在枝椏上的，註定死得最慘。

但是會倒嗎？徽山會變天嗎？

幾乎所有人都不相信。

哪怕軒轅敬城真殺了軒轅敬宣，只要有老祖宗坐鎮牯牛大崗，這個天便變不了！

至於軒轅敬城如何殺得了宗師軒轅敬宣，反正不論誰想破腦袋都想不到，乾脆就不去想，轉而將注意力投在那名一上山就掀起巨大波瀾的世子殿下身上。一些個心眼活絡的武散客卿則識時務地偷偷思量，是不是可以攀附在北涼王府？人往高處走，徽山祕笈是多，可能多得過武庫聽潮亭？軒轅老祖宗武力通玄無邊，可終究跳不出江湖，江湖再大，對上當年曾在馬背上冷眼俯瞰江湖的北涼王，算得了什麼玩意？

場面突然澈底失控。

「快看！大雪坪那邊怎的一回事？」

「莫不是人力造就的龍捲？」

「乖乖，這可是三龍汲水！莫非是老祖出關了？是要證道飛升？」

軒轅敬意轉頭望去，臉色陰沉鐵青。

徐鳳年趁熱打鐵，胡說八道：「喂，姓軒名轅敬意的老頭兒，再不給本世子放行，大家可就都要錯過一場百年難遇的好戲了。」

軒轅青鋒很不識趣地錦上添花一番，平靜道：「叔叔，殿下此次上山，是我爹邀請，得到老祖宗許可的。」

軒轅敬意猶豫不決。家醜不可外揚，給那災星放行臉面上過不去，可如果執意僵持不讓，任由世子潑髒水，徽山人心可就不穩了。等等！軒轅敬意的腦子一下子轉過彎來，如果管事所言確鑿無疑，三弟軒轅敬宣已死，大哥倒行逆施後去大雪坪那邊自尋死路，父親軒轅國器本就無意家主一位，他日老祖宗渡劫長生，這徽山，由誰來一言九鼎？當真是踏破鐵鞋無覓處，得來全不費功夫啊。軒轅敬意心中狂喜，但仍是一副難以抉擇的神情。

所有人都屏住氣息，耐心等待軒轅敬意的決定。

「要下雨了嗎？」

徐鳳年抬頭看了眼天色，繼而望向軒轅敬意笑咪咪道：「借個道，再借把傘。不為難吧？」

軒轅敬意面有怒意，但顯然退了一步，語調不輕不重地吩咐身邊管事，「去拿傘。」

徐鳳年全部人馬都帶去了大雪坪，但軒轅敬意只帶了心腹洪驃和黃放佛兩名大客卿。

軒轅青鋒走在最後。

一些本以為早已忘卻的畫面場景，沒來由歷歷在目。

那名自嘲一日不讀書便三餐無味的男子，以前親自教授她如何讀書，說但凡開卷必有益，可不求甚解。手把手教她如何寫字，如何撰文。說開卷之初，可取巧以奇句奪人眼目，使之一見驚奇，虎頭蛇尾也不打緊。

他曾讓年幼的自己騎在脖子上，笑著說狗不以善吠為良，人不以善言為賢，要做好人，不妨先學狗。許多話、許多事，那時候軒轅青鋒還小，什麼都聽不懂、看不真切，等到了可以理解的年歲，因為鑽牛角尖，對他只有偏見和蔑視。這些年對於他那些詩賦文章，只有不屑譏笑，「春來我不先開口，哪個蟲兒敢作聲」，「易漲易降大江水，易左易右牆頭草，易反易復小人心」，「吃茶吃飯吃虧吃苦，能吃是福，多吃有益」……

如今再看再讀再咀嚼，軒轅青鋒不知不覺淚流滿面。

大雪坪風雨如晦，電閃雷鳴。

暴雨傾盆直瀉，潑灑在一行人頭頂。

徽山，似乎氣數已盡。

◆

一行人快步行往大雪坪，越是靠近，風雷越是激蕩，如萬馬奔騰，震得耳膜一陣刺疼。

青鳥一手持剎那，一手撐傘，臉色如常。

羊皮裘老頭兒估計覺著事不關己高高掛起，走得相當懶散閒適，任由大雨砸在身上。以老劍神一身雄渾內力，要讓風雨不近身並不難，只不過對李淳罡來說，這種花裡胡哨的高人風範，不裝也罷。

一把傘遮擋不住風雨，徐鳳年錦袍子下擺早已濕透，靴子裡都快可以養幾條小魚了。他抬手伸到雨幕中，把傘往青鳥那邊推了推，但沒走幾步，青鳥就悄悄移了回來，大半個身子都露在暴雨中。徐鳳年氣笑得乾脆拿過傘，摟過青鳥纖細肩頭，一起撐傘。

軒轅青鋒這一路失魂落魄，搖搖欲墜，她的武學修養本就稀鬆平常，黃豆大雨顆顆拍在她那張冷豔臉頰上，顯得煞是可憐。

徐鳳年回頭看了一眼，談不上憐憫。真說起來，他與這娘們兒哪有什麼不共戴天之仇，只不過當年遊歷撞到刀口上，結下了個小梁子，加上軒轅世家樹大招風，世子殿下與人過不去，自然不會與一般人家斤斤計較，一來二去就挑中了軒轅青鋒和徽山。再者溫華每次提起這世家豪門女，總是咬牙切齒，作為患難裡結下的兄弟，徐鳳年於情於理都要出口氣。

跟溫華一同闖蕩江湖的歲月，說到底就是一篇倆窮光蛋苦中作樂的血淚史。記得徐鳳年下野棋掙飯錢時，溫華都會假充棋手贏些銅錢，才好勾搭觀戰者入局入甕。徐鳳年與人爭執鬥毆，他都會一邊說著君子動口不動手啊，看似勸架，嘴上使勁嚷著別打別打，卻往死裡踹那些賭棋輸了卻不肯掏腰包的王八蛋，往往是一場架打下來，別人莫名其妙就挨了無數記猴子摘桃或者黑虎掏心，全身上下都是溫華的腳印，等到終於回過神，已經躺在地上沒力氣還手了。

而溫華也是打心眼裡佩服徐鳳年那些天馬行空的花花腸子。記得一次在柳州的元宵燈會，倆傢伙看到前頭一位小娘那蠻腰可真是細啊，細得讓人擔心會一扭腰就給折斷了。徐鳳年跟溫華打賭可以摟了那姑娘的小腰卻不被打，溫華哪裡肯信，結果徐鳳年果然堂而皇之去搭上那姑娘小蠻腰，還親暱地在她耳畔說了一句話，接下來溫華眼珠子差點給掉到地上，那姑娘先是朝徐鳳年怒目，聽到話後竟然瞬間眼神溫柔似水，只是對溫華狠狠瞪了一眼，也不掙脫，徐鳳年隨即鬆開那誘人小腰，與小娘子有說有笑，那隻手卻在她小翹臀上做了個揉捏手勢給溫華看，至今溫華還不知道徐鳳年是怎麼做到的。

其實很簡單，徐鳳年跟那小娘子說身後溫華是個意圖不軌的蟊賊，他這是在護花。可憐溫華當年看哪個女人不是眼神綠油油的，別說是小有色心的蟊賊，就是辣手摧花的大淫賊，姑娘都深信不疑。

徐鳳年摟緊青鳥濕潤的肩頭，輕聲笑道：「妳那幾聲『溫公子』，溫華真會記妳的好很多年。」

青鳥疑惑地「嗯」了一聲。

徐鳳年轉頭凝視著她那張僅算秀氣卻總看不厭的臉龐，微笑道：「沒事，腦子裡一不小心想岔了。」

軒轅敬意走在最前，肚裡的小算盤正在劈里啪啦，打得十分響亮。大哥在害死宗師境的軒轅敬宣後，還敢來牯牛大崗大雪坪，哪怕是負荊請罪都討不到好處。老祖宗的心性難料，但喜好睚眥必報和極為衡利量益這兩點，毋庸置疑。大哥軒轅敬城顯然已經讀書把自己給讀廢了，安分守己做那無用學問也就罷了，可不知用什麼陰謀手法殺掉整個家族寄予厚望的三弟，老祖宗豈會輕饒？那胳膊肘往外拐得厲害的侄女，行事反常，有破罐子破摔的嫌疑。女子在徽山，哪有半點出人頭地的機會！

大客卿黃放佛神情平靜，反倒是洪驃似有戚戚然。這些個旁枝末節，軒轅敬意也不去理會。踏上大雪坪，軒轅敬意立即瞅見老祖宗的雄魁身影，氣機潮水般洶湧外泄，如同撐了一柄大傘，雨點始終被排斥在三尺以外滑落。

再看大哥軒轅敬城，落湯雞一般站在場中，摀嘴咳嗽。

「你輩儒生，恪守北方張聖人所言修身、齊家、治國、平天下，可我問你，軒轅敬城，你修什麼身，齊什麼家？活了一輩子，連媳婦女兒都保護不了，別人轉世投胎求逍遙，哈哈，你這個胎不投也罷！」

山巔風聲呼嘯，軒轅老祖宗中氣十足的倡狂大笑聲卻更加刺耳。按照常理，軒轅敬城遠尚未五十歲，說活了半輩子才恰當，軒轅大磐卻是說活了一輩子，可見他已然看透了軒轅敬城以性命代價博取境界的手法。再者老祖宗也不打算讓這個書生匠氣的後輩繼續活下去，徽山有一個陸地神仙便足矣。

何謂獨享陸地清福？如果有兩個，成何體統？又何來獨享一說？若是軒轅敬城當年願意按照他的意願去習武，軒轅大磐不介意在飛升之後讓他接管徽山，可軒轅敬城能夠在他有生之年去爭陸地神仙的話，軒轅大磐定要將其扼殺！

老子能夠飛升那是最好，若是辛苦百年求長生無果，死後哪管家族興衰，兒孫自有兒孫福，是榮是辱，我軒轅大磐才不管這鳥事！

軒轅敬意聽聞此言，總算吃了顆定心丸。事態發展，終歸沒有偏差，老祖宗這次是再不會容忍大哥胡作非為了。他好奇的是大哥如何才能殺得已入指玄境的軒轅敬宣？軒轅敬意自認坐擁主事徽山的天時地利人和，尚且都做不到。

軒轅敬意無意間看到父親軒轅國器的表情，吃了一驚，為何父親表情如此凝重？

緊接著軒轅敬城說了句讓軒轅敬意呆滯的言語：「天作孽猶可違，自作孽不可活。軒轅敬城今天只是替天行道，掃一掃徽山五百年積澱下來的塵埃，至於能掃幾分，看天意而已。

半盞茶工夫，以天象境與老祖宗過招兩百一十六，老祖宗可曾有半點贏面？又何必用言語壯膽？」

已是在徽山上積威一甲子的軒轅大磐十分平靜，針鋒相對說道：「你不惜性命地全力而為，又可曾傷得了我？」

中年儒生裝扮的軒轅敬城淡然笑道：「老祖宗在武道上走了將近百年，於徽山而言，沒有功勞也有苦勞，若是軒轅敬城二十年博觀而約取，便輕鬆勝出，老祖宗會死得不甘心。」

軒轅敬意只覺得這位大哥失心瘋了。但很快軒轅敬意便一股滔天涼意充斥骨髓，與老祖宗過招兩百多？

軒轅敬城突然轉頭道：「三弟敬宣曲道以媚時，二弟敬意你則是詭行以邀名，皆非正道。天作孽猶可違，自作孽不可活。」

軒轅大磐面容猙獰道：「倒要看看你還有什麼把戲可以耍！」

軒轅敬城平淡道：「敬城二十年博觀而約取，求今天厚積而薄發，定然不會讓老祖宗失望。既然人都到齊，敬城便先行一步了。老祖宗如果還要藏著掖著，把境界壓在中天象上，小心就再沒有展現大天象的機會了！」

軒轅大磐冷笑道：「哦？你鬧出這般大動靜，連那破鞋女子都沒來觀戰，便等不及要去黃泉路了？難道說你已經撐不到那個時候？你這法子玄妙是玄妙，可比我要旁門左道太多……」

不等軒轅老祖說完，軒轅敬城便很不客氣地不再去聽，而是轉頭遙遙望向女兒，這位書生一臉豁達笑意。

修身在正其心。

莫道書生無膽氣，敢叫天地沉入海。

成事者，不唯有超世之才，亦必有堅韌不拔之志。

軒轅青鋒腦海中走馬觀燈，那些詩詞文章一一浮現。

「我入陸地神仙了。」軒轅敬城閉上眼睛，只見他七竅流血，卻神情自若地雙手攤開，似乎想要包容那整座天地。

以他為圓心，大雪坪積水層層向外炸起。

那一瞬間，有九道雷電由天庭而來。

一直沉默的李淳罡嘆氣道：「這小子哪裡是儒生，分明已是儒聖了。」

天雷粗如合抱之木，幾乎眨眼間便齊齊投射在大雪坪上，炸出九個大窟窿，所幸觀戰人士都安然無恙。大雪坪上以儒生軒轅敬城為界限，分成兩塊，九條如紫蛇雷電俱是擊在軒轅老祖那一邊。老傢伙自傲到不做躲避，大如碗的拳頭砸向一根紫色雷柱，觸碰之下，地動山搖，大雪坪上泛起一陣紊亂的網狀焰光，徽山老祖宗屹立不倒，只是一隻手臂袖子燃燒殆盡，閃爍著殘餘紫電，恍如一尊雷部神將，這可是以人力擋天威的壯舉。

軒轅國器實力超群，境界艱深，早已不惑耳順知天命，但見到這一幕後仍是心中起伏得厲害。在徽山唯有他有資格與性情涼薄的軒轅大磐說上幾句話，但也只是說話，遠不是平起平坐，哪怕軒轅國器已是劍道大宗師，在老祖宗面前也要低眉順眼恭謹說話。

徽山軒轅在紫禁山莊破敗前並稱北哥舒南軒轅，武學底蘊源遠流長，博採眾長，徽山嫡系子孫除去幾部精妙獨門心法，長輩栽培晚輩，大多因材施教。軒轅國器自幼被高人譽為有先天劍胎，故而早早習劍；至當代敬字輩三位，按照習俗，周歲時要抓周，三人各有不同，軒轅敬城抓了一本《春秋》，軒轅敬意、軒轅敬宣兩位抓住了兩部武學祕笈；再下一代，因為子嗣眾多，越發駁雜，軒轅青鋒握住了一柄玉如意，軒轅敬意嫡長子軒轅青芒選了一串鈴鐺，千奇百怪。這一輩孩子雖說父輩們各有嫌隙，但彼此仍算是相互親近，談不上勾心鬥角，隔三岔五都能喝上一頓桂子酒、喝上一壺明前茶。

徐鳳年剛要問話，老劍神歪腦袋撓撓耳朵，似乎因為沒能掏出耳屎以至於沒啥成就感，沒好氣說道：「睜大眼睛看清楚了，接下來兩人比拚都是千金難買的東西，招數興許平平，返璞歸真以後無非是去繁求簡，可氣機運轉與時機把握，才是關鍵所在。如我輩劍士，說到底，出劍不外乎橫豎斜挑刺撩，為何俗人用劍死板，高明劍客就可劍生罡氣，劍仙便可飛劍取頭顱了？

一劍遞出，除非是竭力而為，快到能力極致，否則一旦氣機圓轉，看似極快，卻驟然一慢，讓對手預期的接招落到空處。當他轉變時，再猛地增速，他若再變，即使來得及，也失去了起初一鼓作氣的勢頭。這只是最平常簡單的道理，高手搭手過招，鬥力是根基，其中鬥智、鬥勇、鬥狠才是精彩之處。

記得當年北莽第一高手去兩禪寺，被白衣僧人所阻，兩人看似並未真正交手，一招都不出，只是站著不動。一個武聖，一個本可以做釋門佛頭的菩薩轉世，總不是都在打盹發呆吧。可要問那臻於武道巔峰的北莽子為何不出手，嘿，這才是金剛境的真正妙處，當下世人所謂一品金剛境高手，可差遠了，徒有虛名。死翹翹的軒轅敬宣，不是號稱金剛入指玄嗎，金剛不敗個屁！」

大雪坪滿坪雨水猛然間被軒轅敬城以氣機帶起，硬生生騰空。
九雷過後，又是天雷陣陣。
瞬間異象起，大水接紫雷。
李淳罡瞇眼道：「徐小子，不想你那些個扈從被殃及池魚，落得個死於非命的下場，就趕緊讓他們撤了，老夫只答應護住你小子的性命，其餘人等，這天雷滾滾而下，雜亂無章，老夫沒那好耐心替他們擋下天災。」
徐鳳年揮手示意黃蠻兒和青鳥以外所有人都退出大雪坪。
軒轅敬意和兩名大客卿心神搖曳，饒是見慣了大場面，此時都臉色蒼白得厲害。尤其是心中有愧的軒轅敬意，簡直是肝膽欲裂，大哥一句自言自語的「我入陸地神仙」，勝過千言萬語的警告威脅。陸地神仙境界？
江湖百年，除去少年時代便公認天人資材的龍虎山齊玄幀是此境人物，便是那在武帝城霸占天下第二位置長達甲子時光的王仙芝，世人都只敢猜測或有這般神通，仍是不敢斷言，可見這陸地神仙境界是如何稀罕。
尤為玄妙的是，這個天人合一境界遠非其餘一品三境可以揣度。五百年中有一些武道上讓人驚豔的天縱大才曾一度登頂，但往往不可持久，好似飛鴻踏雪泥，只是在泥上偶然留指爪，很快就重歸天象，少有齊玄幀這樣直達飛升，這也是為何將齊玄幀視作五百年來唯一可以媲美呂祖的仙人。
大坪上軒轅敬城再度出人意料，捨近求遠，與軒轅老祖近身肉搏廝殺。
軒轅敬城與軒轅大磐一同前衝，後者身形所至一條直線，風雨蕩開，對著軒轅敬城就是躍起一記膝撞。軒轅敬城雙手按住老祖宗膝蓋，雙腳往後一滑，濺射水花無數。這名已然超凡入聖的儒生卻不是要卸下這千鈞霸道力道，而是往側面一撥，軒轅大磐魁梧身軀仍在空中，軒轅敬城身體前傾，手肘砸下，將老祖宗身軀狠狠砸到大雪坪地面上。

這還不夠，他一腳踹出，將軒轅大磐整個人橫著踢飛十幾丈外！軒轅敬城趁勢前追，軒轅大磐被踢飛出去，五指鉤爪，刺入地面，壓抑下這股潰敗趨勢，手掌一拍，終於一拍起身，當軒轅敬城欺身時，雙拳迎面轟出！

臉色淡漠的軒轅敬城雙手對敵雙拳，硬生生握住，身形屹立不倒，身後一大片空間卻已是被龐大氣機壓榨得風雨於一瞬蒸發。

軒轅敬城手勢往上一托，輕聲道：「送老祖宗上天。」

軒轅大磐身體沖天。

天雷當空砸下。

轟然作響。

站在地面上的軒轅敬城得勢絲毫不饒人，兩掌在前空合手一拍，大雪坪上邊緣地帶原本流瀉下山的積水如兩條青龍洶洶襲來，兩龍長貫大坪天空，將空中原本正忙不迭運轉氣海抗拒天雷的軒轅大磐，炸得再無餘力動作。

軒轅敬城腳尖一點，身形騰空，抓住軒轅老祖的腰帶落地後，快步奔跑，跑出二十丈後，雙腳驟停，將軒轅大磐直直往西丟去，似乎要將這位徽山老祖宗丟下大雪坪！

一送送到西天？

軒轅大磐的身體在快要飛出大雪坪崖外時，出奇一墜，堪堪落足崖畔，終於是雨水沖刷不盡的滿臉血污，不復當初鎮定自若的大家風範。

老人在熬，在等，等那名嫡長孫由旁門入神仙的境界耗盡性命油燈！軒轅大磐的中天象境界是實打實一步一個腳印獲得，只要經脈不斷去七八，氣海就不怕耗竭。但那鐵了心要欺宗滅祖的軒轅敬城不同，走捷徑登天，便如空中搭建閣樓，不管建成時看上去再如何巍峨堂皇，終歸會有倒塌的一刻。

軒轅大磐呼吸一口，胸腹間猶如烈火灼燒，痛入骨髓，這種傷及心脈程度的恐怖傷害，已經多年不曾遇到，時間長久到讓他都快忘了這種疼痛，上一次還是斬魔臺上與齊玄幀比拚內力。至於顧劍棠之流，所謂的輸，只是輸在一招半式上，既然並未拚死相搏，軒轅大磐輸得還不算慘烈。

軒轅大磐正要抓緊時間調息，軒轅敬城卻悠然而至眼前，軒轅大磐聽到這名幾可謂儒聖的孫子輕聲道：「從善如登，雖難可達崑崙。從惡而崩，雖在崑崙亦無用。老祖宗，你確實是該讀一讀那些被你視作無用的書，武功可由祕笈練就，想要成就陸地神仙境界，卻不是幾百、幾千部武學祕典就可以堆積出來的。」

軒轅大磐猙獰怒道：「你也配與我說大道理！」

軒轅敬城七竅血跡不再是滲出，而是淌出，也不再是猩紅，而是觸目驚心的烏黑，只是這名儒生仍是臉色從容。軒轅大磐一腳橫掃，他便一腳踏在徽山老祖的膝蓋上，讓其狼狽倒地，轟然摔在雨水中。

軒轅敬城微笑道：「軒轅敬城與你說話，老祖宗自然可以當作耳邊風。只是此時仙人與你說話，你怎的還是這般自負無知？」

一根粗壯天雷恰好擊在軒轅大磐落地處，所幸後者心生感應，一個顧不得身分的翻滾才堪堪逃過一劫。

軒轅敬意瞧得瞠目結舌，嘴唇顫抖。

軒轅國器腰間古劍再不敢發出任何顫鳴，生怕氣機牽引，惹來不可預測的天機橫禍。牽一髮而動全身。

天機天機，越是得道高人，越是能夠牽引天地。軒轅國器心知肚明這座徽山大雪坪上，除了老祖宗，就數他最有可能被這場浩劫的餘波殃及。

軒轅敬城咳嗽了幾聲，原本應該十分輕微，但在場高人耳中都顯得格外尖銳刺耳。

軒轅大磐面有喜色，身影直掠，不再死戰，只想著拉開與軒轅敬城的距離，越遠越好。面子這玩意，比得上性命這個最緊要的裡子？

軒轅敬城並不追擊，望向大雪坪入口，並未看到那個熟悉身影，眼神略微黯然，他搗住嘴巴，轉頭看著軒轅老祖，淡然問道：「可有遺言留給徽山子子孫孫？」

軒轅大磐故作深思狀拖延時間。

徐鳳年說實話挺佩服軒轅大磐的厚顏無恥，身為高高在上的徽山老祖宗，在整個江湖裡也是最頂尖的一小撮人物之一，可又是擄人雙修又是霸人妻女的，與人對敵劣勢時也半點不顧及身分地位，武功不用說，臉皮功夫更是了得。

正當世子殿下浮想聯翩時，那名被老劍神稱作儒聖的中年書生突然視線投來，徐鳳年身體頓時凝滯，只不過羊皮裘老頭兒不知為何竟然並不理會，反而只是怔怔望向龍虎山斬魔臺，留下一個並不高大的背影。

軒轅敬城看向世子殿下，一邊咳嗽一邊斷續說道：「稍後處理完家事，軒轅敬城會與青鋒說一番武學心得，以後由她轉述於你，就當酬謝今日世子殿下涉險上山。可惜沒機會請殿下喝一壺桂花酒了，青鋒溫酒的手法，是極好的。」

軒轅敬城再看向徐龍象，眼神中有欣賞，「好一個生而金剛境，兩禪寺李白衣不寂寞了。在這裡軒轅敬城多嘴一句，小王爺不可輕入天象境，入指玄境以後便可舉世無敵，須知入了天象，就要與天地共鳴。匹夫懷璧，只遭盜賊；天人懷璧，卻遭劫數。」

徐鳳年畢恭畢敬道：「徐鳳年謝過先生指點。」

軒轅敬城點了點頭，繼而對軒轅國器言語，但沒有轉頭對視，只是淡漠平靜道：「請父親下山，此生不可再入山。」

軒轅國器氣笑道：「你！」

這時，軒轅敬意被身後兩名客卿同時出手，一擊斃命當場。

軒轅國器一臉呆滯。

黃放佛與這個兒子交好也就罷了，徽山皆知兩人關係不錯。可洪驃何時與軒轅敬城搭上線的？

軒轅敬城劇烈咳嗽道：「洪驃今日武學修為，是我一手造就。軒轅敬城也不是書呆子，不會整個二十年都只在那裡讀書。」

軒轅國器心如死灰。

軒轅敬城對兩名大客卿擺手道：「送下山去。」

軒轅國器怒極，咬牙冷笑道：「就憑他們？」

軒轅敬城淡笑道：「早知如此。」

軒轅敬城低頭看了眼被血染紅再染黑的胸襟，大雪坪當空烏雲密布，出現一個巨大詭異旋渦，籠罩整座搖招山。這等規模的異象，只差了當年齊玄幀飛升景象一線。

軒轅敬城緩緩跪下，朗聲道：「天垂千象，地載萬物，皇天后土，軒轅敬城跪天地，以求死！」

「軒轅敬城求死！」

軒轅敬城的聲音回蕩不止。

不說徽山牯牛大崗，連那龍虎山近萬道士都清晰可聞。

天地動容。

軒轅國器這時神情幾乎絕望，抱朴古劍出鞘，向大雪坪崖外飛去，身影一起倉皇掠去。

同時，一物傾瀉而下。

是一道紫雷。

粗如山峰。

獨獨除去軒轅青鋒那一處小小方寸地，彷彿不管世間何等風雷跌宕，身為人父的軒轅敬城臨死都要庇護出一片清靜地、安穩地。

老劍神帶著撐傘的徐鳳年和徐龍象以及青鳥向坪外飄去。

軒轅大磐想要躍下大雪坪，卻被硬生生扯回紫雷光柱中。

天劫。

一閃而逝。

浩大大雪坪上，雷聲不響，只餘風雨，竟然最終只剩下軒轅青鋒一人，真正是煢煢孑立了。

軒轅敬城與軒轅大磐同歸於盡，屍骨無存，連灰燼都不曾留下半點。

軒轅青鋒呆滯過後，發出一聲撕心裂肺的嘶啞喊叫，跌坐在雨水中。

徐鳳年緩緩重新走回大雪坪，百感交集。

看到軒轅青鋒蜷縮在那裡嗚咽，徐鳳年嘆息一聲，走過去替她撐傘，不是為了她，只不過軒轅敬城所作所為，當得徐鳳年為這名儒聖的女兒效這點舉手之勞。

大雨依舊滂沱。

她不起身，徐鳳年便一直撐著傘。

老劍神李淳罡望向這一幕，瞪大眼睛。

隨即眼中黯然落寞緬懷追憶皆有。

那一年背負那女子上斬魔臺，一樣是大雨天氣，一樣是撐傘。

世人不知這位劍神當年被齊玄幀所誤，木馬牛被折並不算什麼，只剩獨臂也不算什麼，這都不是李淳罡境界大跌的根由，哪怕在聽潮亭下被困二十年，李淳罡也不曾走出那個自己的畫地之牢。

原本與於已是無敵，於己又當如何？

李淳罡想起她臨終時的容顏，當時她已說不出一個字，可今日想來，不就是那「不悔」兩字嗎？

李淳罡走到大雪坪崖畔，身後是一如他與綠袍女子場景的撐傘男女。

她被一劍洞穿心胸時，曾慘臉笑言：『天不生你李淳罡，很無趣呢。』

李淳罡大聲道：「劍來！」

徽山所有劍士的數百佩劍一齊出鞘，向大雪坪飛來。

龍虎山道士各式千柄桃木劍一概出鞘，浩浩蕩蕩飛向牯牛大崗。

兩撥飛劍。

遮天蔽日。

這一日，劍神李淳罡再入陸地劍仙境界。

◆

徐鳳年練刀以前就好像一個窮光蛋，天天在一座金鑾殿上吃喝拉撒，還在那裡喊窮，為了練刀，聽潮亭武庫裡的祕笈寶典被他搬山一般搬來又搬去，大肆惡補，總算眼界大開。雖說也聽白髮老魁提及那飛劍斬頭顱是仙人神通，但也僅當作一個傳說去看待，何曾奢望親眼見證？此時，世子殿下抬頭望向那兩撥密密麻麻的漫天飛劍，凝望這幅景象，頭皮炸開，血脈賁張，一臉癡呆，喃喃自語道：「娘咧，這技術活兒，沒法賞了。」

僥倖躲過一劫的兩大客卿面面相覷，驚駭異常，以旁門入儒聖境界的軒轅敬城才灰飛湮滅，怎就又出現一名劍仙了？那身穿一襲破敗羊皮裘還喜歡掏耳屎的老頭兒，是昔年劍道第一人李淳罡不假，可鄧太阿現世以後，行走江湖，偶有出手，俱是半妖半仙的氣派，誰還會懷疑老劍神斷然敵得過新劍神？

可眼前場景，徽山數百劍出鞘飛來也就罷了，可龍虎山那千柄五花八門的桃木劍，可是離牯牛大崗隔了最近都有幾里路，更別說一些偏遠道觀的道士佩劍，都被那老前輩輕輕「劍來」兩字就給呼喚到了大雪坪？

不是說劍折臂斷以後的李淳罡境界大跌嗎？別說與王仙芝一戰，哪怕與軒轅大磐過招，黃放佛與洪驃尚且不看好，可眼前退隱江湖二十年的老頭兒，竟達到了口吐讖語的境界，玄通何以至此！

江湖上曾有一個祕聞，三教至境，儒家聖人一身浩然氣勢接通天地，故而口含天憲，方才軒轅敬城跪拜皇天后土，說出「求死」二字，才引來粗如峰巒的天雷，是一佐證；道門大長生真人可一語成讖，故而可持咒斬妖除魔，替天行道；而佛門諸多菩薩都曾廣發宏願，出口便可讓三千世界撼動。李淳罡這等手段，自然是也差不離了，不愧劍仙。

還在給軒轅青鋒撐傘的徐鳳年自言自語道：「這番劍從天來很霸道，要是還能劍去龍虎就真牛氣了，看那幫牛鼻子老道還敢不敢嘚瑟。」

背對世子殿下、面朝斬魔臺的老劍神好似聽到徐鳳年嘮叨，直沖雲霄的氣機一凝，一千三百餘柄飛劍頓時墜入山崖。他轉頭沒好氣道：「就你小子愛顯擺，要知道天外有天、人上有人！這龍虎山能與兩禪寺南北對峙千年，小覷不得，未必沒有不願飛升的天人道首坐鎮。況且老夫早就過了鬥狠的歲數，現在就想著收姜丫頭做徒弟。唉，可惜她沒見著，要不然收徒的把握又大了幾分。」

徐鳳年本想取笑老劍神沒出息，白白耍出這等浩大陣勢了，但委實沒這膽量。徐鳳年第一次聽到道首一說，疑惑問道：「道首是什麼？」

李淳罡向牯牛大崗府邸走去，撓了撓褲襠，這場雨下的，黏糊得難受，說道：「道首就是道教當代祖師爺，與佛門領袖的佛頭地位相當。只不過這位置太燙屁股，佛道兩教有資格坐上這位置的，心性都不差，不樂意做出頭鳥，那些個削尖了腦袋想當道首佛頭的，又是沽名釣譽的宵小，大多與朝廷官府離得太近，人望不足，所以百年以來除了齊玄幀的道首當之無愧外，其餘人等都不能服眾。至於佛門裡，西行萬里求經的白衣僧人李當心，曾經有機會做那菩薩頭，可惜聽說人家拍拍屁股娶妻生女去了，故而道首、佛頭皆是空懸。之所以這時候與你說這個，是老夫禦劍大雪坪時，察覺到龍虎山有幾座山峰，氣機難測，其中天師府有道人阻攔，真君觀也有人出手攪亂，這倒不奇怪，奇怪的在於雲錦山那裡一道氣機已經充沛至稱作氣運地步，卻獨獨不肯出手。」

始終撐傘為軒轅青鋒遮擋風雨的徐鳳年握緊傘柄，陰沉道：「肯定是那叫趙黃巢的古怪道人！自稱是一名入龍虎山修道的離陽皇室成員。當日我在匡廬山劍崖，他便做出了天人出竅的舉動，乘龍而來！相貌看去只在三十、四十歲之間，天曉得有沒有活了兩、三個甲子，這道士口口聲聲替天行道，端的好大氣魄架子！」

許多詳情，徐鳳年自不會細講，畢竟那場龍蟒之爭太晦澀玄妙，而且有軒轅青鋒這個外人在場。

傘下裙擺都浸透在水中的軒轅青鋒緩緩回過神，眼神冰冷，不帶感情道：「前段時間我曾與人去雲錦山尋找蛟鯢，見著一名中年道人在深潭垂釣，當時以為修為平庸，是在故作隱士高人。當時這道人與宋家世子宋恪禮談論三教經義，口氣極大，聽他所言，直呼北方張聖人為張夫子，好似早生兩千年，都敢與聖人同席坐而論道。」

李淳罡皺眉道：「三教貫通的趙黃巢？老夫沒聽說過，兩次見著齊玄幀也沒聽齊老頭提起。不過以這道人一身修為，做那道首，綽綽有餘。徐小子，你怎麼惹上這位天人了？還能讓其出竅神遊，不惜擺出乘龍的排場？以這道人實力，能夠在龍虎山隱居起碼上百年而不顯名聲半點，分明不是嗜好虛名的那一類。趙姓，天子人家，哈，老夫懂了！無非是關心天下氣運聚散，照此說來，你小子得感激曹長卿早早帶走姜丫頭，否則被趙黃巢撞見，勘破玄機，你小子吃不了兜著走。在匡廬山那邊，以老夫當時的能耐，恐怕開了天門也無用。」

徐鳳年嬉皮笑臉道：「那現在？」

老頭兒罵道：「老夫吃飽了撐的要幫你出頭？與天人交手你當是小打小鬧？」

天人出竅，乘龍神遊，玄機氣運。軒轅青鋒聽得滿心沁涼。她本是自負偏執的女子，出身武林第一等豪閥，嫡長房的獨女，遍覽群書過目不忘，本身而言，便可算作一個小武庫，唯有宋恪禮這般頂尖書香門第的世家子，還得有真才實學，才能讓她略微折服。

可自從撐傘這位入劍州以後，她的整個人生頓時天翻地覆，父親才彰顯仙人風采便身死，本該支撐徽山未來五十年威望的敬字輩三人死絕，曾經的定海神針軒轅大磐被殺，爺爺軒轅國器被逼得跳山，兩大客卿在大雪坪反戈一擊，若有父親在，反復無常的他們還可安分，如今牯牛大崗可剩下半個宗師？如何駕馭那群樹不倒時尚是猢猻，樹倒便是豺狼臉孔的客卿死士？

徐鳳年見這娘們兒沒起身的打算，坐地上坐上癮了？他沒好氣提醒道：「軒轅青鋒，妳總讓我撐著傘也不是個事啊，現在牯牛大崗群龍無首，正是妳施展抱負的大好時機，別浪費了。」

軒轅青鋒掙扎著起身，估摸是坐久了，雙腿痠痛，一個不穩就要跌回水中，徐鳳年好心好意攙扶住，結果被她不知從哪裡蹦出的氣力使勁揮開，她冷笑道：「是我施展抱負，還是世子殿下想要掌控徽山軒轅？」

徐鳳年面露譏諷，厚顏無恥道：「打開天窗說亮話，我喜歡。既然妳挑起了話頭，那咱們就好好算計算計？」

軒轅青鋒針尖對麥芒，說道：「請講。」

老劍神不理睬這對男女的勾心鬥角，徑直走向牯牛大崗府門，走上臺階，彎腰撿起那串風鈴。

徐鳳年有板有眼娓娓道來：「妳無非是擔心本世子鳩占鵲巢，把妳當作牽線傀儡，啥時候將徽山的幾百年家底給掏空了才甘休，對不對？」

軒轅青鋒毫不猶豫道：「不錯。殿下家世好，眼光高，胃口相信也不會小。」

徐鳳年哈哈笑道：「軒轅青鋒啊軒轅青鋒，本世子不妨把話撂在這裡，這座牯牛大崗，只要將那些祕笈的摹本收入北涼聽潮亭，其餘東西，一概不要。既然妳我做檯面上的生意，我收了妳的好處，拿人手軟，自然會幫妳坐穩徽山家主的寶座，有人不服氣的話，大可以讓他們來嘗嘗北涼刀的滋味。

再說了，老劍神已是當世陸地劍仙，狐假虎威也好，借勢成事也罷，誰敢說個不字？撐死了不待在徽山，卻絕不會有人與妳正面衝突。這是一檔子生意，接下來妳當家主是當得舒服還是當得不痛快，看妳自己手段，到時候需要本世子出馬，可就得再給另外好處。做生意，親兄弟還要明算帳，何況是我們這對可大可小的仇家，是吧？」

軒轅青鋒冷漠道：「殿下也說我們是仇家，那做什麼生意？大不了軒轅青鋒破罐子破摔，將爛攤子交給兄長們，我下山又何妨？」

徐鳳年嘖嘖道：「這麼說話就沒勁了，妳父親軒轅敬城拚死才造就眼下局面，以妳的鑽牛角尖性格，放得下？妳騙鬼去吧！本世子沒心情跟妳拐彎抹角，說句難聽的，現在徽山正值動盪，若非本世子敬佩妳父親的所作所為，早就不跟妳這小心眼娘們兒客氣說話了，還會傻站在這裡給妳撐傘？妳除了賭氣功夫不差，還能拿出點別的本事給本世子瞧瞧？真把本世子惹惱了，扶植一個心甘情願做走狗的傀儡很難？北涼世子殿下的帽子，不算小吧，不湊巧，這頂帽子壓不住的那幾個剛好都死了！」

徐鳳年觀察軒轅青鋒臉色，循循善誘道：「牯牛大崗本來就鬥不過道庭龍虎山，現在沒本世子給妳撐個腰，還不得幾十年壓得喘不過氣來？再說了，本世子終歸是北涼人，這不馬上就要走，一走，妳還擔心出什麼么蛾子？那妳未免也忒沒本事了。說實話，之所以不計前嫌幫妳上位，妳得感激那個挎木劍的溫華，他說等哪天習成上乘劍術，非要拿劍拍紅妳這豪閥女子的小屁股。可妳一旦離開家族，溫華還不至於跟一個身世淒涼的普通女子過不去，本世子可就看不到好戲了，多沒意思。」

軒轅青鋒走到油紙傘外，不理會木劍溫華那一段調侃，只是問道：「淒涼？」

徐鳳年反問道：「那妳以為？」

軒轅青鋒問道：「你在可憐我？」

徐鳳年沒有回答，只是將傘交給她，見她無動於衷，乾脆將傘斜放在她肩頭上，自己抬頭望著灰濛濛雨幕，道：「要是溫華在這裡，肯定要說老天爺又撒尿了，真調皮。」

軒轅青鋒愣了一下。

這時洪驃前行幾步，單膝跪地沉聲道：「小姐，洪驃今日起，唯命是從！」

黃放佛微笑道：「黃某只想繼續在徽山安靜讀書，希望有朝一日能有敬城兄境界。誰與小姐為敵，便是與黃某為敵。」

軒轅青鋒怔然，默不作聲。

一道洪鐘聲音從龍虎山天師府遙遙傳來，「李劍神既然借劍而去，可敢還劍而返！」

在打量風鈴的李淳罡懶得搭理。

接下來軒轅青鋒無意間看到那世子殿下可勁兒朝老劍神擠眉弄眼，做了兩個字的口勢。

李淳罡看到後，翻了個白眼，朝龍虎山那邊將一個不雅至極的詞語脫口而出，「放屁！」

如果僅限於此，軒轅青鋒也不至於如何，接下來成就陸地劍仙境界的老頭兒說的才叫霸氣，「這是徐鳳年說的！」

軒轅青鋒一瞬間破涕為笑。

第九章 軒轅青鋒成新主 四大天師重聚首

要說李淳罡對天師府說「放屁」二字，山外人聽聞也只會說老劍神豪邁氣概不減當年，尤其是邁過陸地神仙門檻，更是底氣十足，大可以將李淳罡視作劍道上的仙俠人物，可一旦換作由徐鳳年來說，可就變了味。

好端端兩大高手分立牯牛大崗大雪坪和道教祖庭龍虎山，哪怕只是言語交鋒，也是盡顯風采，你一個花拳繡腿的世子殿下湊什麼熱鬧？徐鳳年已經可以想像接下來很長一段時間，整個江湖都要流傳這個天大笑話。方才與世子殿下勾心鬥角處於下風的軒轅青鋒難掩幸災樂禍，整個人總算有了些精神，不再死氣沉沉、憔悴得沒半點人氣。

徐鳳年瞪了她一眼，率先走向牯牛大崗府邸，徐龍象和青鳥緊隨其後。

軒轅青鋒猶豫了一下，與黃放佛和洪驃一同冒雨緩行。洪驃面無表情，黃放佛在這一小段雨路裡暗自思量頗多，眼角餘光輕輕瞥了一眼次席客卿。

洪驃這人為人處世一向口碑不錯，「古風」這個評價可不是誰都能攬到身上的，洪驃身為貧寒出身的徽山大客卿，對上能不卑，使得軒轅敬意事事以禮相待，私下稱作熬鷹，而非養狗，洪驃對下更是不亢，從未流露出得意自滿，任何人與他討教武學，都願意傾囊相授，絕無狹隘門戶之見。可不管軒轅敬城這些年對洪驃如何暗中扶植栽培，當年上山終歸算是軒轅敬意領進門。這次大雪坪反水，與自己共同擊殺恩主軒轅敬意，當時黃放佛可是嚇了一大跳，這事傳出去幾乎可以讓洪驃半輩子英名毀於一旦，不小心就要被冠以頭後有反骨的說法。黃放佛心中冷笑，這算不算一個把柄？你洪驃今天能叛出軒轅敬意的二房，以後會不會再背叛新主子的嫡長房？

洪驃冷不丁說道：「洪驃有一事必須與小姐說明白。」

軒轅青鋒輕輕「嗯」了一聲。

洪驃語調平靜道：「當年洪驃上山前，實則暗中受邀於敬城兄，才下定決心前來徽山。否則以洪驃資歷本事，當初決然沒有勇氣來牯牛大崗貽笑大方。」

黃放佛瞇起眼。

軒轅青鋒如釋重負，解開心結，轉頭微笑道：「這些年委屈洪叔叔了。」

洪驃低頭拱手道：「理當如此。」

洪驃抬起頭直視馬上就要順勢掌握徽山的年輕女子，說道：「但洪驃畢竟受了軒轅敬意許多恩惠，懇請小姐能夠善待二房子弟。」

軒轅青鋒柔聲道：「洪叔叔不要擔心，青鋒並非那小肚雞腸的女子，二房勢大已是事實，一味清洗異己，只會讓動盪中的徽山分崩離析，青鋒會盡力安撫二房、三房，任何既定規章，不作任何更改。客卿們願則留，不願則去，即便今日離開牯牛大崗，徽山一樣歡迎各路英雄豪傑再度上山。我父親敬字輩的恩怨，以及再往上，到今日便澈底結束了。若是其餘兩房有人鬧事啟釁，青鋒承諾可一可二，但事不過三，到時候若是還不肯甘休，就別怪青鋒心狠手辣了。」

軒轅青鋒說得雲淡風輕，黃放佛卻心安許多。他生怕這個女子得志倡狂，在徽山大開殺戒，到時候劊子手誰來做，還不是他和洪驃？而且如此一來，他便澈底沒有迴旋餘地，澈底與她綁在一根繩上，這本是平常馭人手腕，道理上說得通，可黃放佛卻要輕看了軒轅青鋒好幾分。

執掌百年世家，就是一件撼山摧嶽的吃力活，只會小聰明耍狠，與叼嘴潑婦無異，不值得黃放佛效忠。最頭疼在於軒轅青鋒本身武力不值一提，北涼世子一走，當下鎮壓越酣暢淋漓，日後反彈興許連他和洪驃就越累，說不定使出渾身解數都壓不下。

走到挖空山峰做府邸的牯牛大崗門口，徐鳳年站在簷下躲雨，回望大雪坪。

軒轅青鋒站在附近，斜了斜腦袋，撫順幾縷貼在臉頰上的青絲，安靜不語。

風雨漸漸停歇。

府邸中走出一名眉清目秀的少年，見著眾人，對軒轅青鋒畢恭畢敬說道：「大老爺昨日交給小的四枚錦囊，說今日雨停便給小姐、世子殿下與兩位大客卿。」

軒轅青鋒略微驚奇。黃放佛和洪驃神情格外凝重，雖說鄭重其事，但無驚訝，顯然不是頭回拿到錦囊。其實大雪坪擊殺軒轅敬意，便是各自錦囊要求，黃洪二人事先都不知道對方真正投誠於軒轅敬城。

軒轅青鋒三人從少年手中分別接過錦囊，黃放佛和洪驃立即請辭，離開大雪坪，兩大客卿始終不曾有半句客套寒暄。

黃放佛回到精舍小樓，換了身潔淨衣袍，親自焚香，拆出錦囊所藏小宣，反復觀看數遍後輕輕丟入紫檀香爐，笑了笑，喃喃道：「敬城兄果真不負我黃放佛。」

精緻裁剪的小宣紙上所寫，才寥寥十餘字，一如軒轅敬城尋常談及文章宗義所謂的簡為詩文盡境：「請黃兄留徽山十年，可入指玄」。

黃放佛先是微笑，繼而放聲大笑。軒轅敬城啊軒轅敬城，你這是要我替你女兒賣命十年嗎？既然你說可幫我入指玄境界，別說十年，二十年都可以等！

黃放佛笑過之後，決定再在牯牛大崗讀書十年，相信以軒轅敬城的算無遺策，就算他這十年遍覽祕笈不得入指玄，黃放佛篤定到時候便有下一個錦囊出現，可為自己解惑！黃放佛根本不去費神那個興許十年後用不上的錦囊到底在何人手中，以軒轅敬城的縝密心思，恐怕黃放佛把牯牛大崗翻個底朝天都找尋不出。時候不到，天機不顯。

黃放佛喟嘆道：「敬城兄，好一儒聖，讓黃放佛神往啊。」

洪驃一直沒有入住徽山客卿的豪奢精舍，由儉入奢易，由奢入儉難，因而他選擇住在山腰一棟僻靜竹樓裡，拆開錦囊閱後，額頭滲出冷汗。錦囊所寫大概意思，遠不如給黃放佛的那個盪氣迴腸，只是軒轅敬城「好心好意」提醒一聲洪驃，如果青鋒對洪兄擊斃軒轅敬意心懷芥蒂，大可以說當年洪驃上山是由軒轅敬城邀請。

跪坐青竹茶几前的洪驃攥緊拳頭，手背青筋暴起。他洪驃當年上徽山，自然與軒轅敬城無關，當時大雪坪一番說辭只是臨時起智，要了個不為人知的心眼，只是為了消除軒轅青鋒的戒備，所以這個錦囊看似善意提醒，何嘗不是一種警告？洪驃深呼吸一口，抬頭望向窗外，笑道：「敬城兄果然是仙人，洪驃心悅誠服！」

牯牛大崗屋簷下，徐鳳年望著一道彩虹橫跨當空，一頭在大雪坪，一頭在天師府，風景絕美。

徐鳳年打開錦囊，愣了愣，上頭書寫簡潔扼要：「軒轅敬城此生所學心得，世子殿下只需向小女討要一本問鼎閣內的《春秋》，夾有書信一封」，末尾更有一句開門見山：「世子殿下不負她，徽山必不負世子殿下」。

軒轅青鋒靠著一根廊柱，淚眼朦朧。

「洪驃有反骨，需要青鋒以力服人，施恩不如施威。徽山平安時，可養。動亂時，必殺。黄放佛好名，為父自有安排，十年內此人不會有異心。十年後他要出頭，自會有人壓他。

為父留一家書讓龍虎山道童交給妳爺爺，青鋒不用掛念此事。

徐鳳年如果歹念無窮，得寸進尺，妳可去尋訪那雲錦山釣蛟鯢的道人，這位仙長欠為父一個人情，曾答應替為父出世一次。若是徐鳳年點到即止，此子可以相互共事謀利。

清明時分，妳娘若不願上墳，青鋒不必勉強。既然不能相濡以沫，相忘於江湖，已是人生幸事。

打妳出生那日起爹便在老桂樹下埋下一壇酒，以後一年一壇，至今已二十三壇矣。私下取名女兒紅，可好？莫怪爹嘮叨多語，委實是這些年與妳說話不得。

以後孫子叫扶搖，孫女便叫雅頌，如何？這些年爹沒事就翻閱古書典籍，委實是百般頭疼都想不出滿意的名字。爹希望他們以後要念書便念書，習武便習武，天地是大，所站不過方寸地，人生苦短，才百年三萬六千五百日，糊糊塗塗過了一輩子，就很好。

閱過即毀。切記切記。」

徐鳳年看到軒轅青鋒把那錦囊內的宣紙咽下腹中。

真是個狠心娘們兒。

嫡長房幽幽庭院，那名女子也收到一個錦囊，宣紙上卻是空白無一字。

◆

天師府在外姓人齊玄幀白日飛升以後，龍虎山便極少有四大天師共聚一堂的盛況，哪怕當年人屠徐驍率數千鐵騎兵臨山腳，龍虎山希字輩第一人趙希翼也不曾破關而出。襄樊三萬六千周天大醮，四大天師裡也只是去了兩位。近二十年趙丹坪在京城做成了那青詞宰相，與羽衣卿相趙丹霞南北交相輝映，更是聚少離多。國子監左祭酒桓溫與當朝首輔張巨鹿師出同門，道同政合，兩人親如兄弟，唯獨在一事上意見分歧。世人皆知張首輔獨尊儒術，貶斥佛道，而正統儒家出身的桓溫則十分推崇黃老清靜，在京城裡與趙丹坪相交甚深。

趙丹坪雖身在天師府千里之外，但依舊掌管著龍虎山教規教戒與齋醮科儀兩大門類。趙丹霞對外統領天下道門，對內僅是象徵性管教教理，至於修煉方術，名義上由老天師趙希夷統率，實則交由幾位靜字輩弟子打理具體事宜，趙家宗親趙靜沉負責府門接待，被天子賞紫賜號的白煜負責學說論辯，經常開壇講經說道，與白蓮先生同是外姓道人的齊仙俠只管練劍，以及偶爾傳授靜字輩以下道士劍術。天師府各脈同氣連枝，各自榮華，相輔相成，才有今日龍虎山黃紫顯貴的大好時光。

天師府主殿玉皇殿西側有一條古碑綿延的碑廊，其中一座青玉大碑獨茂碑林，高達三丈，乃第四代龍虎山祖師遷至此地豎立，上書「紫霄福地」四字，傳聞與徽山牯牛大崗那塊「獨享陸地清福」共成子母碑。此時一名穿正黃色尊貴道袍的道人站在碑頂，遙望徽山大雪坪，一臉憤憤然。碑腳站著三位都上了年歲的老道，穿戴各有特色。

最年長者鬚髮如雪，涼鞋淨襪，身上只是一件尋常的魚肚白蘇紗道袍，並不怎麼出彩，但好歹披了件出塵的方士鶴氅，隱約有幾分得證大道的長生氣派。

年齡次之的老道就要邋遢許多，一件青布厚棉袍子，可見污漬斑斑。他似乎怕冷，腳上踏著一雙厚底暖鞋，加以棉布裹腿，讓人好奇這老道如何有資格站在這天師府內宅。

剩下一位則就嚇人了，內袍正黃不說，還外罩了一件紫色大褂，華美尊貴到了極點。天師府宗室嫡系可穿黃，趙靜沉、趙凝運父子便是如此。龍虎山寥寥無幾的尊貴真人可披紫，白煜屬於這一範疇，而那可以黃紫於一身的道士，毋庸置疑，唯有道門掌教趙丹霞一人！

與天子同姓的四位大天師，一生中大半時間都在閉關圖破關的趙希翼，才氣超群卻生性散淡的趙希摶，道門領袖趙丹霞，擅寫青詞雄文的趙丹坪，終於碰頭。

搖招山大雪坪異象都落入天師們眼中，李淳罡讖語「劍來」，正是被趙丹坪阻攔才使得天師府桃木劍不至於出鞘飛離，後面也是趙丹坪出聲要求老劍神還劍。聽到回覆後，趙丹坪怒髮沖道冠，趙希摶為老不尊，笑得不行，趙丹霞與父親趙希翼相視一笑，且不說境界高低，養氣功夫差不多算天下無敵。

趙希摶年輕時候就與侄子趙丹坪不親，總覺得這孩子打小就不討喜，陰沉沉的，沒半點趙姓子孫的大氣，因此老天師從不掩飾對趙丹霞的偏愛。趙希摶、趙丹坪叔侄二人可以說是命理相剋，雖有至親至近的血緣關係，但雙方見面都沒好臉色。

這趟趙丹坪離京回家，大半是與兄長商討如何應對朝廷最新幾項政事。帝國版圖改制，道門原本二十四治區必然要尾隨其後作出修改。再者設立僧正一職後，崇玄署極有可能脫離鴻臚寺，佛道之爭，教義之爭在表，氣運之爭在裡，絲毫馬虎不得。有了僧正，就等於朝廷強行選出官方認可的佛頭，屆時勢必要與道教祖庭的掌教趙丹霞一爭高下。小半原因是那北涼世子到了龍虎山，加上北涼王徐驍在京城掀起大波瀾，趙丹坪對姓徐的全無好感，未嘗沒有回天師府藉機懲戒那年輕世子的意圖。

趙希摶沒好氣道：「趙丹坪，還站在祖師爺的石碑上頭做啥，李淳罡就沒想搭理你，你喊破喉嚨也無用。要不你飛劍一個，去大雪坪與李淳罡鬥個天昏地暗？叔叔可勁兒幫你搖旗吶喊。」

趙丹坪冷哼一聲，還是飄下石碑落地。飛躍碑頂，本就於禮不合，當時只是惱恨李淳罡的蠻橫手段，才顧不得身分忌諱，現在稍稍冷靜下來，趙丹坪也就不再堅持。

被軒轅敬城強行突破境界驚擾清修的趙希翼雙手插袖，感慨道：「這人拚卻性命入陸地仙人境界，實在是可惜可嘆，假使他願意循序漸進，有望實實在在地飛升。」

最負仙家氣質的趙丹霞點頭道：「經此一役，徽山氣運已經折損殆盡。」

趙希翼面有戚容，「禍福無門，唯人是召。古人警語，不可不察啊，我龍虎山當引以為戒。丹坪！」

趙丹坪雖說性格偏激，但道法武功、心智才氣俱是當世一流，聽聞父親一聲呵斥後，原本想與叔叔趙希摶爭執幾句的念頭立即消散，靜心凝神，頓時鋒芒斂盡，再無要與那李淳罡爭強鬥狠的跡象。

天師府傳承一千六百年，多數情況是代代父子相傳，掌教天師若無子嗣，便由兄弟叔侄繼承，絕無外姓道人或者女子接任的先例。上任掌教天師趙希慈膝下便無子嗣，當初是由弟弟趙希摶或者侄子趙丹霞還是趙丹坪接過清治都功印、鎮運劍、泰皇經籙三件法器。天師府的意見並不統一，山上一位德高望重的老祖宗本意是讓趙希摶接過大任，趙希摶也乾脆，直接逃下山去逍遙江湖了，撂下一句傳我不如傳丹霞，這才有了趙丹霞做掌教的局面，趙丹坪當然心有怨氣，後來他去京城，明眼人都知道裡頭有賭氣的含義。

武當山的掌教可遠比不得天師府掌教，後者五百年來一直公認是南方道教的祖庭，武當山王重樓死後讓來讓去，在龍虎山許多道士看來不過是撐死了區區一山掌教，爭了也沒意思，怎可與天師府相提並論，若是五百年前的那個武當還差不多。所幸天師府在趙丹霞手上百尺竿頭、更進一步，一舉成為天下全部道門領袖，本意是要在天子腳下自立門戶的趙丹坪才真正低頭，故而父親趙希翼才有那一番福禍無門的凌厲說辭。

趙丹坪冷淡道：「那李淳罡重返劍仙境界，是一樁壯舉不假，可他偏偏在大雪坪與我龍虎山借劍一千，這事情傳出去，天師府顏面何存？」

趙丹霞輕聲微笑道：「面子這東西，在丹霞這邊丟了，就由丹坪在京城那邊多多撿起便是，能者多勞，大哥在這裡先告罪一聲。」

「大哥你這潑皮無賴的說法，成何體統。」趙丹坪無奈道，語氣不再一味刻板生硬。這些年離開龍虎山，在天子身側豈會是簡單地書寫青詞？遇到諸多因緣巧合，體悟天道，才有了拂塵破百甲，與黑衣僧人楊太歲機鋒相爭。趙丹坪的性格逐漸通透如意起來，不再像壯年時候那般激烈，動輒要與人玉石俱焚。擱在十幾年前，趙丹坪早就提劍去徽山找李淳罡麻煩。

說來玄妙，天師府能有如今融洽氛圍，很大程度歸功於趙丹坪晚年得子的趙靜思。這孩子排在靜字輩末尾，武學天道、天賦倒也平平，但勝在性格敦厚如溫玉，是個至情至性後輩，全無半點心機，哪怕是脾氣古怪並且與趙丹坪不對眼的趙希摶，遇上趙靜思，也要會心笑上一笑。

天師府上下總喜歡拿一些趙靜思的糗事、樂事說笑，更難得的是天師府外姓中最出類拔萃的幾位，如白煜和齊仙俠都打小與趙靜思處得好到恨不得穿一條褲子；山上修行的女冠道姑都樂意逗弄這位天師府正黃道人，便是只是少女的女冠，也敢大膽拿他開玩笑。老天師趙希摶便直言趙丹坪這輩子最大功德能耐就是生了這麼個兒子。

趙靜思最大的特點就是走神，經常前一刻還在與人聊天，後一刻就發呆不語。山上人最怕他讀書找人解惑，因為不管任何單薄的書籍，他能讀出千百個稀奇古怪的問題，連掌教趙丹霞這樣好耐心的長輩，都能被追問到吹鬍子瞪眼。讀書讀傷了眼睛的白蓮先生學問足可謂不遜色於趙丹霞，自嘲生平有三怕：怕打雷、怕走路、怕趙靜思問問題，可見趙靜思的刨根問底是何等威力。

趙希摶嘖嘖道：「李老頭兒重返劍道巔峰，十有八九要跟王仙芝有一戰了。」

趙希翼撫鬚笑道：「似乎與鄧太阿一戰會在前頭發生。」

趙丹霞與趙丹坪兄弟兩人相視一笑。家中兩老與李淳罡、王仙芝都是一輩人，對待李淳罡踏入仙人境界一事自然「別有用心」。境界與地位高如兩老，除去潛心修道證長生以及關注道門氣數，實在很難找到什麼事情可以去忙中偷閒開個小差。天師對世人而言，高不可攀，但在天師府趙姓宗室內，其實也並不如何，終歸是一家人，也就是子孫看待長輩的尋常眼光。

趙希翼揮揮手說道：「丹坪你儘管與丹霞說大事去，我好不容易從棺材裡爬出來透口氣，要跟你們叔叔拉拉家常。」

趙丹霞與趙丹坪領命離開碑廊。

趙希翼看著弟弟感傷道：「一回相見一回老，希摶，不知道這輩子還能見到你幾次。」

趙希摶沒好氣道：「矯情，你不閉關，不就天天相見，看到你吐。」

趙希翼搖頭道：「王重樓修成了大黃庭，我卻始終登不上老祖宗指路過的玉皇樓，愧對先祖啊。」

趙希摶氣呼呼道：「沒登入玉皇樓成為天人，就沒臉面見列祖列宗了？那我還不得把祖宗們給氣得登仙再下凡啊？」

趙希翼笑道：「不說這個，你那徒弟境界如何了？」

趙希摶笑顏逐開，頑童一般伸出大拇指道：「這個！」

「何時下山？」

「等打贏了齊玄幀那頭座下黑虎，就可下山。」

「善。」趙希翼點頭道，隨即有些擔憂，「上次蓮花頂十年一度的佛道辯論，因為那白衣僧人有事不曾列席，我道門贏得也十分辛苦，若非有白煜力挽狂瀾，未必能勝出。聽說這次兩禪寺很是奇怪，非但李當心與幾位大德高僧不擔任主辯，還讓一位小和尚代替兩禪寺出席。對了，白煜提起這小和尚還與一位小姑娘一同來過天師府，白煜說小和尚很有慧根，以後成就之高，興許能與李當心並肩。」

趙希摶頭疼道：「我才懶得操心這事，只是口舌之爭，本就無聊，在蓮花頂坐上幾天幾夜風吹日曬的，不是遭罪是什麼。說到底也就是一場吵架，吵贏了也沒什麼好得意的。」

趙希翼憂心忡忡道：「本來也沒什麼的，贏了就贏了，就當替道門爭了幾分面子，可如今朝廷布局大有玄機，等同於撒下一張恢恢天網，贏了還好，如果輸了，三教氣數增減，恐怕就數我們道門最吃虧了。」

趙希摶沒心沒肺道：「要不是老祖宗說啥要跟人打一個小賭，就沒這煩心事了。大哥，你知道老祖宗在跟誰賭，賭什麼，賭注又是什麼？」

趙希翼猶豫了一下，輕聲道：「我也只知道是同姓之賭，賭誰後飛升，賭注是一印換一印。」

最是懶散的趙希摶一陣頭大，「也就老祖宗喜歡瞎折騰，當年要是樂意跟齊玄幀一同登仙，你齊玄幀白日化虹，咱姓趙的便乘鶴飛升，那才叫解氣！」

趙希翼笑而不語。

趙希摶嘿嘿笑道：「其實我也知道老祖宗的那點小心思，咱龍虎山號稱每百年必有大真人證道，得怪咱們兄弟叔侄幾個都不爭氣，要是他老人家早早飛升了，萬一五十年裡無人長生不朽，這個臉就丟大了，估摸著這才狠下心與那人賭誰後飛升。」

趙希翼瞪眼道：「慎言！」

◆

不知為何，徐鳳年並未走入珍寶無數的牯牛大崗，只是呆坐在簷下臺階，身後站著弟弟徐龍象和女婢青鳥。世子殿下自顧自嘀嘀咕咕，軒轅青鋒聽不真切，她當然猜不到這位北涼世子正在長吁短嘆。

出涼州以後，先是符將紅甲重出江湖，接著吳家劍塚那對劍冠、劍侍莫名其妙擋路，更別提天下第十一王明寅要拿走頭顱，緊接著大官子曹長卿在江南道帶走姜泥，繼續東行，在匡廬山更是遇到天人出竅的趙黃巢，好不容易到了道都龍虎山，這大雪坪又是儒聖又是劍仙的，這日子沒法過了。徐鳳年自認練刀還算勤快，可這些個傢伙裡頭隨便拎出一位，連拚到魚死網破的資格都欠奉。

溫華那小子都說人在江湖飄、沒有總挨刀的理由，可碰上這些個，不挨刀都不行啊。這會兒徐鳳年終於有些明白騎牛的為何膽小如鼠，不下山是對的，以洪洗象的身分，輕易下山，就像背了個大牌匾，上面寫著「來打我啊」幾個大字。這個江湖高手自有高手磨，金剛境武夫看似可以橫著走，不小心有指玄境的看不順眼了咋辦？指玄高手威風八面，天象境的千年王八、萬年龜又冒出池子來教訓你了。天象境夠無敵了吧？軒轅大磐還不是給孫子軒轅敬城讀書讀出了個陸地神仙，辛苦百年修為，別說全屍，就是一捧骨灰都沒能留下。

徐鳳年躺在地面上，嘆息復嘆息。

江湖險惡啊。

軒轅青鋒等了半天沒能等到世子殿下還魂，終於不耐煩說道：「殿下不進入牯牛大崗？這裡的東西太髒，青鋒絕不取走一物，殿下可以隨意拿走。」

徐鳳年仍是沒反應，半晌過後，一名陌生少女走出府邸，同先前送出錦囊的那個少年神態如出一轍，輕聲道：「大老爺吩咐小婢若是殿下不進牯牛大崗，就交付錦囊一個。」

徐鳳年總算回過神，白眼道：「還沒完沒了了。」

他嘴上念叨，卻是忙不迭地接過錦囊，拆開一看，等那名妙齡少女走回牯牛大崗，才小聲詢問軒轅青鋒：「妳父親說牯牛大崗有座寶庫，大門由上陰學宮墨家鉅子打造，堅不可摧，讓雌雄兩條蛟鯢做內外環首，想要入內，必須由軒轅家族嫡子嫡孫滴血到雄鯢嘴中，大鯢鑽透庫門，遊走機關，與雌鯢相會，才能打開？要是你們軒轅血脈斷了，豈不是誰都打不開？」

軒轅青鋒皺了眉頭，道：「殿下想怎樣？實話告訴你，那一尾雄蛟鯢去年便生機斷絕，我曾入雲錦山尋找新的蛟鯢，奈何苦尋不得。既然小王爺在龍虎山拜師學藝，相信殿下與天師府關係肯定不差，聽聞天師府龍池中豢養有蛟鯢數尾，殿下不妨求一尾贈予徽山，寶庫所藏，就當軒轅家族酬謝殿下這趟上山辛勞。」

說到後面，軒轅青鋒臉帶譏誚清晰可見，看笑話的嫌疑十分明顯。分明是拿住了世子殿下借老劍神之口朝天師府說出放屁兩字的七寸要害。

躺在地面上的徐鳳年斜瞥了一眼軒轅青鋒，懶散道：「咋了，妳以為我不敢去要蛟鯢？天師府不肯送，我就搶，搶不來就偷，偷不來再好好說話，求上一求嘛。」

軒轅青鋒嘴角勾起一個微妙弧度，似笑非笑道：「世子殿下行事不拘小節，以後世襲罔替北涼王，只要把這法子照搬對付北莽王朝，定然可以運籌制勝、馬到功成，名垂千古。」

徐鳳年站起身，故意聽不出她言語中的冷嘲熱諷，「借妳吉言。」

徐鳳年繼而換了張面孔，和煦微笑道：「錦囊上不但說寶庫裡頭有幾樣能入本世子法眼的好玩意，寶庫外邊有一樣東西，比整座牯牛大崗都要金貴，要本世子好好珍惜，這錦囊上用了八個字：『遠在天邊，近在眼前』。」

軒轅青鋒臉色微變。

徐鳳年大笑而去，跳下臺階，「傻娘們兒，妳爹捨得把妳送給本世子？再說他樂意送，我還不樂意收呢。要胸沒胸，要屁股沒屁股的，成天冷著張苦瓜臉，照鏡子就能看到女鬼。」

軒轅青鋒盯著徐鳳年背影，眼神複雜。

臨近大雪坪邊緣，青鳥小聲道：「公子。」

徐鳳年與她心有靈犀，知道她在想什麼，微笑解釋道：「不是我有意刁難軒轅青鋒，只不過這女人你說好話她聽不進去，真要跟她推心置腹，好心保準被當成驢肝肺，真當我覬覦她美貌或者家產什麼的，我豈不是冤死。」

不理睬臉色晦暗的軒轅青鋒，世子殿下才下大雪坪，就看到眼前黑壓壓跪倒一大片，不下三十人。徐鳳年略作思量就一清二楚，他按住繡冬、春雷，居高臨下笑咪咪說道：「喲，都挺知曉見風使舵，急著過來要給本世子當差，好去北涼那邊作威作福？這事情，行是行，不過醜話說前頭，真有些斤兩的，本世子絕不打發乞丐一樣打發你們，管你以前是通緝重犯還是雞鳴狗盜，本世子的飯碗大得很，別說幾十人，就是幾百人，都餵得飽！不過沒本事的，想來混吃混喝，甭管你是徽山客卿還是哪條道上的武林好漢，都給本世子滾蛋，一旦被揪出來，就拿你們腦袋去官府換點碎銀子。」

大多數依附徽山的江湖人士都給說愣了。

這北涼世子是否太不學無術了點，怎的說話比剪徑蟊賊還直白露骨？

當下十來棵牆頭草就小心翼翼站起身，試圖反悔離開，這些人一半出於心高氣傲，不樂意受氣，另外一半是濫竽充數，只是想著樹挪死、人挪活，去家大業大的北涼世子那邊求個王侯門第的錦衣玉食。這一撥人在牯牛大崗本就地位不高，屬於姥姥不疼、舅舅不愛的小人物，撈不到客卿那個油水最豐的位置，平日裡別說一整本祕笈，就是一頁，都能爭得頭破血流。交情相對較好的，也不乏爾虞我詐，非身分清貴的客卿，問鼎閣祕笈只可限時借閱，不可帶出問鼎閣，若有私抄，一經發現就會被逐出徽山。

許多武林豪客若是武學路數相近，就各自死記硬背，多多益善，事後相互交換祕笈。心眼稍壞的，在節骨眼上多說幾字、錯說幾字，不至於讓人走火入魔，卻也讓對方多走些彎路。徽山客卿席位就那幾十個，一個蘿蔔一個坑，僧多粥少啊，人生百態，淋漓盡致。

徐鳳年竟然在這時候都會走神。

因為接下來潦草處理完牯牛大崗的遺留事務，在龍虎山就不再如何逗留，要往劍州東北而去。

武帝城。

◆

軒轅青鋒走回嫡長房所在庭院，堂前天井的琉璃魚缸已毀，抬頭看匾額，是父親軒轅敬城正楷寫就的壺天永春。穿過廳子，有一座敕書樓，青少年的軒轅敬城幾乎所有時光都耗費在這裡，藏經納籍六千餘卷，只是與問鼎閣截然不同，這裡武學祕笈寥寥無幾，都是諸子百家的經典。小樓簡陋，只是窗明几淨，頂樓視野開闊，可觀察南星北斗。

後有一座門面不闊的靈芝院，兩側是狹小廂房，本是供給丫鬟僕役住宿，只是嫡長房門庭冷落，那女子又性子清冷，不喜喧鬧，才留下一名貼身婢女，廂房都用來擺放雜物，許多軒轅敬城年輕時候抒發胸臆鳴不平的詩詞文章都被她丟棄成堆，散亂在桌椅地上。甬道側長有雌雄千年羅漢松一對，盤根錯節，峰冠並列，愈顯得這裡冷寂得讓人心裡發慌。

軒轅青鋒再往後走便是那女子的私第後廳了，原有字畫對聯無數，後盡數被她摘了去，唯有廳堂懸有一「如來不如去」大匾，約莫是她礙於搬運過於吃力，才得以倖存。

軒轅青鋒走到可觀龍王江風景的茶室，見到她靜坐不語，身畔有一地灰燼，一卷畫只剩白玉卷軸。軒轅青鋒冷淡道：「父親以陸地神仙境界擊殺老祖宗，軒轅敬意被黃放佛和洪驃偷襲得手，爺爺被驅逐下山。北涼世子徐鳳年在大雪坪外一口氣痛殺十餘人，讓輕騎扈從懸屍於徽山儀門，揚言不會接納任何徽山人士，如今徽山客卿十去三四，其餘閒雜散亂的江湖草莽，更是大半數選擇下山。」

女子唯有面對女兒軒轅青鋒，才不至於言語神態俱是拒人千里，她柔聲笑道：「這不正是青鋒接手徽山的大好時機嗎？軒轅敬城掃乾淨了大雪坪，再有北涼世子虎視眈眈，正可謂內憂外患。史書上那些中興之臣，都是在這種時候挺身而出，挽狂瀾於既倒，才能讓人一邊感恩一邊畏懼。駕馭人心，不過是恩威並濟這四字真言而已。

如果娘親沒有猜錯，軒轅敬城已經和那世子殿下達成密約協定，除去黃放佛和洪驃兩顆明棋，還有一些暗棋按兵不動，是不是？娘親這會兒最好奇的是那世子殿下可曾獅子大開口提出些讓青鋒為難的要求？若是嫁入北涼王府做側妃，也未嘗不可。以徽山軒轅世家數百年基業做嫁妝，天底下也沒幾個女子擁有這般大手筆了吧？」

女子嗓音輕輕柔柔，十分悅耳，但言語裡的寓意，由她娓娓訴說，此時此景，卻清冷得刺骨森寒。

軒轅青鋒大笑不止，竟然笑出了淚水，伸手擦拭眼淚道：「好生讓娘親失望了，那世子殿下可瞧不上眼這座徽山，更別提連胭脂評都上不去的軒轅青鋒了。這可得怪娘妳當年沒把青鋒生得更水靈禍水呀！」

女子並未氣惱，只是安靜等待軒轅青鋒笑完，見女兒臉頰淚水止不住，她伸手想要幫著擦去，卻被軒轅青鋒狠狠拍掉。

她還是不以為意，輕緩說道：「鼠因糧絕潛蹤去，犬為家貧放膽眠。只可惜這是說那些小門小戶，但徽山氣數雖損傷得可怕，卻不一定就真會一蹶不振。牯牛大崗今日遭遇，比起百年前吳家劍塚一線高手在北莽境內幾乎死絕，還是要好上幾分。北涼世子懸掛屍體震懾眾人，分明是在為青鋒造勢，果真如妳所說那世子志不在徽山，更好。等他帶兵馬一走，青鋒若是覺得手頭拮据，不足以掌控局面，大可以向龍虎山尋求一些庇護，天師府與牯牛大崗數百年來一直是一榮俱榮、一損俱損，遠親不如近鄰，說的便是我們與龍虎山。」

軒轅青鋒冷笑道：「說到底還是求人。」

女子喃喃輕聲道：「人活一世，求天地君王爹娘，哪有不求人的。」

軒轅青鋒面無表情說道：「那世子把百餘輕騎都留在了徽山，說是要他們負責搬運問鼎閣祕笈摹本回北涼。」

女子笑道：「軒轅敬城說過一句話，娘難得記下了。『男兒腹中才華千萬斤，不及女子胸前四兩重』。在娘看來，這世子殿下對青鋒顯然還是有想法的。做不做北涼側王妃，不打緊，王侯世家鐘鳴鼎食，對女子來說也未必全是福分。但如果能夠借勢穩住徽山，才是當前第一等大事。娘親多嘴一句，不管那袁庭山天分高低，以後都不要見面了，一個江湖武夫，成就再高，都不如北涼世子一句話來得裨益實惠。短時間內北涼世子只可親近不可疏遠，至於長遠是怎樣個光景，走一步看一步即可，好似下棋，青鋒不可急於落子生根。」

軒轅青鋒怔怔出神，心不在焉，伸手給自己倒了一杯酒，酒仍溫熱香醇，她仰頭猛飲一口。

已不再年輕的女子眼神柔和，笑道：「一杯桂酒入嘴去，兩朵桃花臉上來。」

軒轅青鋒平淡道：「這是爹寫的。」

她平靜道：「軒轅敬城說了那麼多、寫了那麼多，總有幾句會記住的。古籍記載搖招山多古桂，可娘親上山時，已經所剩不多，其中又以那株唐桂最年老、最茂盛，每到秋季，桂子如雨，榮而不媚。」她猶豫了一下，緩緩道：「就好似軒轅敬城為人處世。」

軒轅青鋒握緊酒杯，抬頭死死盯住她，咬牙哽咽道：「現在再說我爹的好，豈不諷刺至極？」

她淡然道：「娘可曾說過軒轅敬城的不好？」

軒轅青鋒嘴角咬破，滲出血絲在酒杯中，聲音顫抖問道：「娘，妳喜歡過爹嗎，哪怕是一點點？」

她搖頭道：「不知。」

軒轅青鋒發瘋般冷笑連連，道：「那便是從未喜歡過了。可憐爹為妳讀書二十年，讀出了一個千百年來天底下最滑稽可笑的陸地神仙！」

她沒有反駁。

軒轅青鋒丟掉酒杯，霍然起身，背對她時，沉聲道：「娘，妳放心，爹耗費心神才造就眼下局面，青鋒一定會拚死讓徽山不倒，好讓娘過一個安安穩穩的晚年！」

她還是沒有出聲。

等到軒轅青鋒離開庭院，她才緩慢起身，拎起燙手酒壺不覺疼痛，徑直走往大雪坪。

雨過天晴，大雪坪風景怡然。

她來到崖畔，展露出一個誰都不曾見過的淒美笑顏，「敬城，不與你賭氣了。」

她縱身一躍。

◆

世子殿下離開龍虎山之前給道觀留下墨寶，一正兩副總計三塊匾額，木頭是山上砍下的老桃木，老天師趙希摶看得直樂和搓手，站在門口一站就是老半天。正匾「道契崑崙」，東邊副匾額「仙家府邸」，西邊「納甲周呈」。論落筆力道，興許比不上龍虎山天師府那些各朝各代最拔尖的文豪名士手筆，但這氣魄卻是半點不差。說實話小小逍遙觀本不配懸掛這三匾，只不過第一次提大毫的人寫得舒心，老天師看得順眼，就不去管天師府是否暗中腹誹了。

趙希摶咧嘴拍馬屁笑道：「老祖宗說匾額乃一個家族的眉目，字寫得好，氣勢弱了，也就是點綴門面，寫出傳神意境了，才算指點江山。殿下，這份大禮沒的說，貧道肯定今晚就去龍池偷一條蛟鯢給徽山送去。對了，殿下，真不去天師府喝杯茶、吃齋飯？過門不入，傳出去多不好聽，也不是咱們龍虎山待客之道。」

徐鳳年馬上要去青龍溪乘船離開這座道教祖庭，身邊站著使勁攥緊袖口的弟弟黃蠻兒，他摸了摸徐龍象腦袋，搖頭道：「不去了，聽說大天師趙丹坪專程趕回龍虎山，我怕到時候一言不合打起來，讓你裡外不好做人。」

老天師感慨道：「殿下是厚道人啊。四代祖師爺曾在山上種了片板栗林，貧道沒料到殿下走得如此著急，否則炒些板栗帶上嘗個嘴也好。」

徐鳳年抖了抖一行囊黃蠻兒摘來的山楂，笑道：「有這些夠了。再者聽說這板栗林也就幾畝地，每年天師府都要分給權勢香客與達官顯貴們，你們趙家自己都吃不到幾顆，我就不惹人厭了。」

老天師自嘲道：「窮在鬧市無人問，富在深山有遠親，理都是這個理。這龍虎山一年到頭人來人往，盡是些套近乎的，說好聽了是往來無白丁，說難聽了就是相互溜鬚拍馬，故而貧道寧願待在這座小道觀裡，難得清淨。天師府裡頭的後輩們個個紆青拖紫穿黃，那些個嶄新道袍好看歸好看，可在貧道眼中實在像一張張人皮。唉，不說這個，晦氣。

殿下，走吧，送你上船。黃蠻兒就放心交給貧道，定然不讓人欺負了這徒兒，哪天黃蠻兒打架贏了斬魔臺那通靈畜生，貧道親自送他回北涼。但是有句話要與殿下說明白，黃蠻兒生而金剛境，已經不是一般天賦異稟可以形容，與武當新掌教皆是先天天人之資，那年輕掌教入天象無妨，在武當山上潛心修道二十幾年，終究是順天道大勢而為。黃蠻兒卻不一樣，易遭天妒，因此貧道送黃蠻兒下山時，只敢保證這小子達到指玄境界，一品四境，除去陸地神仙，修為看似依次遞增，但那也只是常理，黃蠻兒只要到了指玄，足以彰顯轉世真武大帝威嚴。」

徐鳳年輕笑道：「在大雪坪上，軒轅敬城也這麼說過。」

趙希摶如釋重負，早前還擔心世子殿下誤以為是他老道存了教會徒弟餓死師父的私心。

徐鳳年看了眼身邊隊伍，鳳字營只有大戟寧峨眉出現，這支精銳輕騎將暫時駐紮在徽山，一方面要清點牯牛大崗寶庫珍品，軒轅敬城錦囊上提到幾樣好東西，徐鳳年沒有拒絕的理由。搬運問鼎閣祕笈摹本補充了北涼王府聽潮亭後，聽潮亭的武庫一說，更加名副其實。江湖武學典籍浩瀚如海，聽潮亭已經收集得七七八八，問鼎閣搜刮一空後，便只剩下吳家劍塚與東越劍池兩處還在那兒敝帚自珍。至於另外一層含義，徐鳳年跟軒轅青鋒都有默契，她在牯牛大崗大局傾覆後以女子身分成為徽山女主子，很大程度上名不正、言不順，二房、三房對軒轅敬意、軒轅敬宣兩兄弟誓死效忠的餘孽不在少數，軒轅青鋒的嫡系心腹屈指可數，給她北涼一百輕騎用作虎皮大旗，等於是雪中送炭。

徐鳳年猶豫了一下，對寧峨眉微笑道：「鳳字營裡有武學天賦又願意習武的，可以不護送書籍下山，就待在徽山好了。我已經跟軒轅青鋒說好，問鼎閣祕笈可以隨意讀取，只要保證不外泄江湖即可。記住，你們在牯牛大崗，不是寄人籬下，沒必要低聲下氣看人臉色，卻也不可太過跋扈橫行，咱們鳩占鵲巢，本就不占理，得了便宜見好就收。總之，徽山一切大事小事都由寧將軍方便行事，不用跟我稟報。」

大戟寧峨眉抱拳沉聲道：「領命，末將定不會讓殿下失望！」

徐鳳年見這名嗓音天生軟糯的魁梧將軍欲言又止，笑道：「有話說有屁放，沒那麼多規矩。」

這名衝鋒陷陣不皺眉頭的武將微微赧顏，轉身對老劍神畢恭畢敬道：「這些時日老前輩指點戟法，寧峨眉受益匪淺，沒齒難忘！」

羊皮裘老頭兒不耐煩道：「嘴上謝個屁，你這點雞毛蒜皮的本事難道還能報恩不成，既然如此，還不如放在心上。」

寧峨眉立馬紅了臉，手足無措，他顯然沒有世子殿下那般臉皮。

徐鳳年不搭理這一茬，望了望身邊一圈。除去青鳥是實打實的自己人，拿纖細手指逗弄白貓武媚娘的魚幼薇能算半個。慕容梧竹、慕容桐皇身分特殊，這對讖語說要傾城傾國的姐弟如今沒了心頭大患，老不死軒轅大磐一死，徽山這大山不再壓頂，姐弟兩人精神氣渾然一變，不說素無主見只知隨波逐流的慕容梧竹，連性子陰沉的慕容桐皇都神情閒適，有種當作出門遊歷的悠遊心態，感覺以後天塌下也有那世子殿下撐著，他只管看戲就行。至於靖安王妃裴南葦，聽聞大雪坪大戰後，彷彿已經澈底認命。四名從王府帶出涼州的扈從，呂錢塘戰死，九斗米老道魏叔陽要留在山上篩選祕笈，如今只剩下舒羞和楊青風繼續跟隨，一同前往武帝城。

◆

徐鳳年上了船，駛出青龍溪，黃蠻兒和老天師撐筏送行到龍王江才折返。徐鳳年送了一頭虎夔金剛給弟弟，揮手道別以後，坐在船頭甲板上，不敢去看弟弟的身影。

雌虎夔菩薩蹲在世子殿下腳邊，輕聲嗚咽。徐鳳年貼靠著船欄，放了一捧山楂在雙膝袍子圍成的空當裡，丟了一顆到嘴裡，微酸。

北涼王府兄弟姐妹四人，大姐徐脂虎嫁入江南道，娘親早逝，她對待世子殿下除了寵溺還是寵溺，那架勢，便是以後遇上了真心喜歡的男子，興許要她在弟弟徐鳳年與丈夫之間取捨，都會毫不猶豫庇護著弟弟。二姐徐渭熊，驚才絕豔，不說徐鳳年，哪怕徐驍都有些忌憚她的以理服人。

其實她與徐鳳年的關係一直很好，只是表現方式跟徐鳳年和大姐的如膠似漆不太一樣，徐渭熊越是對他心疼，要求就越是苛刻，就像是在以身作則，事事做到最好，要徐鳳年做到更好才甘休。四人中，就數徐渭熊最是鑽牛角尖，無疑也以她成就最高名聲最大，恐怕世人都無法想像她這般在上陰學宮力壓群雄的女子，當年也只是個會與弟弟撒嬌耍賴的女孩。

弟弟徐龍象？徐鳳年想起小時候一同狩獵，兄弟兩人脫離騎隊，遇上了體壯如小山的熊羆，是年僅十歲的黃蠻兒擋在身前，生撕了那頭畜生。每年冬雪，徐鳳年最喜歡做的一件事情就是倒提著黃蠻兒的雙腳，在雪地上寫字，一般而言都是二姐徐渭熊即興作詩，大姐在一旁鼓掌叫好，天下人哪裡知道那首廣為流傳膾炙人口的〈劍劃此詩於涼州雪中〉，並非是徐渭熊以佩劍寫就，而是世子殿下拿小王爺的腦袋寫出來的，那時候，最開心的不是別人，正是徐龍象。

曾經無憂無慮的姐弟四人，不知不覺就離別了。

一艘龍王江樓船靠近，打斷了世子殿下的離愁思緒。

軒轅青鋒獨自上船，走向徐鳳年。

徐鳳年咬著山楂，面無表情地問道：「聽說妳娘跳崖了。」

她平淡道：「是我逼死的。」

徐鳳年皺眉道：「既然當局者都死了，能否請小姐蓋棺論定，替本世子解惑？」

軒轅青鋒該是如何的鐵石心腸啊，全無半點為死者長輩諱言的意思，似乎憋了十幾年，再不說就要把她自己給憋成瘋子了。

她擠出一個看不透是釋然還是淒涼的笑顏，緩緩道：「我父親愛她，卻從不求她半點回報，而我娘恐怕到死都不知道是恨他還是愛他。我父親一日留在牯牛大崗，她便有活下去的理由，自欺也好，欺人也罷，都可以苟延殘喘。父親一死，我掌了大權，她再無理由活下去，既然如此，還不如我這個做女兒的，來捅破最後一層紙。」

徐鳳年搖頭道：「不懂你們。」

軒轅青鋒凝視這個與傳聞不符的世子殿下，淡然道：「青鋒也看不懂你。」

徐鳳年見到李淳罡走出船艙，突然說道：「呵呵姑娘別躲了。」

一名雙手雙足緊貼在船頭外邊的少女跳入江水中，一閃而逝，呵呵道：「陸地神仙了不起啊！」

第十章　逢道士原是高人　惱小蟲頻鬧傷神

徽山姐妹瀑布層層疊疊，至最後一條瀑布傾瀉而下時跌水萬鈞，轟響聲傳出半里之外，卻有一名青年男子袒露上身坐在下面，用後背扛起激流，全身肌膚被衝擊得由紅入紫。

水霧迷濛中，這人頭頂映射出一道彩虹，大水潭附近青苔密布，秀木扶疏，風景旖旎。

一位中年道士神出鬼沒，沒有驚擾徽山任何暗哨樁子便來到瀑布附近。他遙望那個年輕人，見他身形搖搖欲墜，繼續死扛就要傷及肺腑，寂寂無名的山野道人一揮袖袍，將年輕人從瀑布中扯出。

正在以毒攻毒療傷的刀客袁庭山被耽誤了練功，本來眼神陰鷙，一柄以繩索捆綁在手腕上的朴刀就如青龍出水跳出水面，一刀在手，隨時可以出招斃敵，袁庭山的謹慎，可見一斑。只不過當袁庭山看清來者面貌後，便是以他在徽山出了名的薄情寡義，也立即跪在潭邊大石上，朗聲道：「鉅鹿人氏袁庭山見過仙長，雲錦山仙長賞賜數顆仙果大恩，袁某銘記於心。」

在龍虎山十年一釣的中年道人擺擺手道：「貧道只是來徽山大雪坪為軒轅敬城送行，見你行功走岔，療養內傷過猶不及，才冒昧出手，莫要怪貧道多此一舉。」

袁庭山微笑露出一口潔白牙齒，道：「袁某不敢！」

道人見這年輕後生言語恭敬至極，右手卻一直死死按住刀柄，不以為意，只是一笑置之，略帶感慨道：「鉅鹿是八方輻輳之地，若說崑崙是龍頭，東海城是龍尾，那鉅鹿便是龍角，此地人氏，不是大奸大惡之徒，便是大聖大賢之輩，少有庸人。」

袁庭山半跪在巨石上，直視道人，緩緩說道：「袁庭山見識短淺，不知這些門門道道，只是在鉅鹿待不下去，就出來討口飯吃。袁某聽聞龍虎山天師必通曉讖緯相術，仙長莫非是天師府裡的老前輩？」

中年道人搖搖頭，並未故弄玄虛，而是坦誠相見道：「貧道雖姓趙，卻並非出自那天師府。只是借龍虎山這塊福地結茅修道，不問世事，就當是為子孫謀幾分陽福、積幾分陰德。故而道心不純，已經有些年數碌碌無為。」

袁庭山雖粗鄙，斗大字不認識幾個，卻也心眼伶俐，很好掩飾掉聽到道人不是天師府貴人的失望，神態謙恭大聲道：「仙長分明已是陸地神仙一般的天人，哪裡是我輩俗子可以妄加揣測。」

相貌平平的道人從袖中掏出一本泛黃書籍，遙遙丟給袁庭山，言談嗓音輕微，不像袁庭山那樣鼓足中氣說話，可他聲音卻在瀑布轟鳴中清晰可聞，絲毫不差，「軒轅敬城自求天劫，但其實最後一道粗壯如峰的天雷後，仍是餘下了一魂一魄，故而貧道才有方才送行一說。細算來，貧道與你在雲錦山相逢，你的殺氣驚走潭中那尾即將化龍的蛟鯢，是一緣；相逢數人，唯有你肯吃下竹籃名誅心的野果，又是一緣。貧道修的道，是最無趣的隱孤二字，與那佛門流於辟妄的野狐禪幾乎無異，有緣就需解緣。今日便從軒轅敬城那裡為你要來一部書，是軒轅大磐百年砥礪的習武心得，並不拘泥於刀法，你可循序漸進。」

袁庭山接過那部起始書頁泛黃，越往後越嶄新的祕笈箚記，最後十幾頁，甚至連墨香都聞得到，他身體不由自主地顫抖起來。袁庭山也不是一個初出茅廬只知積攢虛名的魯直遊俠兒，在人精紮堆的徽山上耳濡目染，人情世故爛熟於胸，更何況徽山魚龍混雜，最不缺的就是江湖祕聞與小道消息。

江湖武夫，除去歷朝歷代手段通玄的陸地神仙不算，從來都是一輩比一輩越發生猛厲害，也沒有說誰活了歲數多一些就肯定更牛氣。那與龍虎山爭道門領袖的武當山，年輕掌教入了天象，那活了一百五十年的煉丹宗師宋知命可曾入了金剛境？故而武道祕笈上乘與否，與棋譜是一個道理，越是幾百年前的老古董，越發不值錢，軒轅大磐是當世貨真價實有數的天象高手，他的畢生心血，豈可用金山銀山衡量？別說一個軒轅青鋒，就是十個拿來換，袁庭山都不正眼瞧一下！

但生性涼薄的袁庭山悚然一驚，面露凝重，他小心翼翼地將這書揣入懷中，站起身彎腰以示鄭重，抬頭問道：「仙長要袁庭山做什麼，刀山火海也去得！袁庭山雖是身無分文的窮光蛋，但這在你情我願前提下說出嘴的諾言，倒還真值些銀子。」

中年道人開門見山道：「如虎添翼，才會生亂。你已見過那北涼世子，貧道不要你去殺他，只需你剷除此子的羽翼即可。你讀過軒轅大磐修行心得後，剛好可當作武道磨礪。」

袁庭山哈哈大笑，「這筆買賣，仙長可是吃了大虧，以袁庭山的臭脾氣，別管他是什麼世子殿下，便是北涼王或是皇帝，只要惹惱了老子，也要一刀剁下馬來！」

中年道人出現一抹稀罕的恍惚，轉頭望向那座天劫過後坑坑窪窪的大雪坪，喃喃道：「世間文字八萬個，唯有一字最是能殺人。」

情字可誤人。

情字可殺人。

故而呂祖曾傳留佩劍懸於大庚角簷，傳授慧劍斬青絲道法於後人。

即便這僅是看似中年的道人早已超脫，此時仍是喟嘆道：「軒轅敬城，既然明知強求不來，那般付出，又是何苦來哉？一身才華，貧道生平僅見，若是用在徽山以外，天地何人何事能讓你束手束腳？怎就為了一名女子，便賭上一切，只為了能遠遠瞧上幾眼？相爭不如不爭啊。還有妳這癡情卻不懂情的女子，綱常倫理道德羞恥，不顧便也不顧了，怎的連誰對妳好都罔顧了？妳口口聲聲不掛念軒轅敬城，可若真不掛念，為何要如何讓軒轅敬城不痛快，便如何悖逆行事？人與人相遇，結緣無非善孽兩種，孽緣就不是緣了？」

聽不真切的袁庭山試探性問道：「敢問仙長，那軒轅敬城果真入了陸地神仙境界？」

道人點頭道：「是大長生無誤。」

袁庭山一臉神往，自言自語道：「大丈夫當如此！」隨即又吐了一口唾沫到潭水裡，憤憤道：「這陸地神仙不當也罷，媳婦都給人當作雙修鼎爐，當了縮頭烏龜二十年，天底下就沒比這更憋氣的事了！」

中年道人平淡道：「設身處地，你若是軒轅敬城該如何去做？」

袁庭山一臉唾棄，毫不猶豫地道：「要老子是軒轅敬城，先甭管殺不殺得了老祖宗軒轅大磐，先把那破鞋婆娘給宰了，剁碎餵狗！軒轅敬城真不是個爺們兒，還他娘的把那破鞋當女菩薩供起來養活，老子想想就火冒三丈。」

道人笑著搖了搖頭，「以後你就會明白，有些女子，明知很不好，可就是放不下的。」

「嘿，我可不希望碰上這類破鞋娘們兒。」袁庭山冷笑道，隨即又愣了一下，忐忑問道：「仙長也曾遇到過？」

中年道人沒有直接答覆，而是微笑道：「我輩修道，前人們寫了無數典籍，都是障眼法，說一千道一萬，其實不過是在求一個『真』字，而真往往與情相連，真情真情，需知天道與人而言，忘情並非無情啊。」

殺心戾氣一直深重的袁庭山面對這位神祕道人，無形中弱了氣勢，問道：「仙長是在教訓袁庭山？」

這道人打了個玄機，微笑道：「貧道與你不可再結下緣分了，命理氣數，本就一團亂麻，你就不要再給貧道出難題了。」

袁庭山好奇問道：「氣機這玩意，我還感覺得到，知道仙長所在道門有聽息、內視、守竅幾個說法，也都可以在己身上驗證。可氣數一說，袁庭山真不相信。」

中年道人笑道：「你可是只相信手中刀？」

袁庭山全無半點愧色，重重點頭道：「當然！袁庭山以前不信爹娘，以後不信媳婦，更別說其他人，就信手裡這把刀了。」

一片枯黃秋葉在空中飄零，中年道人凌空屈指一彈，黃葉飄蕩而去，枯葉如刀鋒，將袁庭山身邊一隻灰蝶切割成兩半，灰蝶散落於水面，被一尾魚吞下腹中。

中年道人輕聲道：「你可相信，這便是氣數？可相信貧道因此舉動而折了數日清修的福運？天地演化，自成方圓世界。人生命數，自有規矩準繩。這是道門故作艱深晦澀的托詞，不如俗世說法來得生動：人心有桿秤，家家難念經。

人活一世，或行善或為惡，這就如同在與老天爺做買賣，都在正正負負之間徘徊。順勢而動的，便可以視作積攢點滴的功德錢，都是相對精明商賈，這才是儒釋道三教的真正根柢，這也是為何諸子百家中到如今唯有三教鼎立。如墨家之流，就貧道來說，宗義立意很不錯，可惜卻是沒能逃過虧本的下場啊。說這些，你興許不愛聽，那貧道再說些具體的。

天師府有一座龍池，豢養蛟鯢等十數種天南地北找尋而來的靈物，以靈氣培植池中蓮花，此蓮又名長生氣運蓮，最底下一朵，已開一千六百年矣。如今龍虎山氣運正值旺盛，蓮花可多達一十八朵。五百年前武當山勢大，龍池氣運蓮不過寥寥六朵而已，最近百年，齊玄幀飛升，一位天師為皇帝逆天改命，到後來龍虎山開始掌教天下道門，都有蓮花新開。

你當真以為趙丹坪當年下山去京城只是與掌教趙丹霞的兄弟意氣之爭？須知那一年氣運蓮無緣無故凋零三朵，這可是當初徐驍兵鋒直指龍虎山都不曾出現過的境況。隨著武當新掌教與天地接連了氣運，龍池再度凋謝蓮花三朵。

袁庭山，貧道如此說來，可知那些天師府黃紫貴人是何等殫精竭慮了？至於被你十分瞧不起的軒轅敬城，對於氣數格局學說，此人比較貧道並無遜色，甚至猶有過之，至於貧道為何如此推崇軒轅敬城，便不說與你聽了。不達天象，不碰天機，並非先人故意聳人聽聞。」

袁庭山聽得目瞪口呆。

中年道人自嘲一笑，乾脆盤膝坐下，「生死兩朝杖，修道三甲子，當初誤入歧途，偏偏修了個隱孤，這一說開了去便止不住話匣子嘍。也罷，今天只管說盡興了。說了龍池氣運蓮花，再說那吳家劍塚有座葬劍山，插滿十數萬柄古劍、名劍、破劍、斷劍。尋常百姓人家孩子周歲時抓周，吳家子孫降世後，才會走路，就會由長輩領著孩子去劍山，尋到一柄性命劍才可下山。你是否相信有人在幾歲孩童時便上山，卻在那座劍山待到老死都無法下山？」

袁庭山坐近了中年道人，納悶問道：「不會餓死？」

道人淡然道：「十歲之前劍塚會有守山人送些飯食，十歲以後，聽天由命。」

袁庭山不是一味小心謹慎、不知好歹，距離近了，便鬆開刀柄，擱在一旁。聽到這從未聽說的祕聞，袁庭山撇了撇嘴，對那吳家劍塚露出不屑，譏諷道：「吳家劍塚風光也就是當年九劍出北莽那會兒風光，這百年新老劍神，都跟他們沒半顆銅錢的關係。」

中年道人淡然道：「你知道鄧太阿？」

袁庭山豪氣笑道：「那是自然，如今劍道高手就數這傢伙最有仙氣，袁某遲早要將這傢伙當作一塊磨刀石！」

道人望向水霧升騰的潭水，說道：「世人只知鄧太阿橫空出世，一出手便是與武帝城王仙芝打得天昏地暗，不分勝負，後來尋了吳家劍塚一次晦氣。卻不知鄧太阿練劍，正是在劍塚劍山，這人本是吳家私生子，被劍塚發現後，六歲時抓回家族，按照宗規丟到了劍山上，不承想這一丟，就丟出了個想人劍仙境就隨時可入劍仙境的大才，王仙芝不願做天下第一，鄧太阿也不輸幾分了。」

袁庭山明顯猶豫了一下，把一句話咽回了肚子，這可很難得。

中年道人體察人心洞若觀火，微笑道：「你想問貧道與王仙芝、鄧太阿相比，修為高低？」

袁庭山被說破心思後也不客氣矯情，咧嘴笑道：「袁庭山斗膽一問。」

道人似乎自謙道：「若說打架比拚氣力，貧道當然是打不過王仙芝的。這姓王的後生，可是被龍虎山一個倔老頭說成是呂祖再世都可與之一搏的武夫。以力證道，自古便是歧路，唯有被那後生一人給歪打正著了。」

袁庭山在雲錦山深潭邊上就清楚這道人說話口氣大得可以容納天下，聽到中年道人將武帝城城主說作後生，也不大驚小怪。袁庭山啥都不信，就信誰的拳頭硬誰就是大爺，既然明擺著這位仙長是一位修為深不見底的高人，便是他說自己是道祖，是三清祖師爺，袁庭山也會捏著鼻子大聲叫好。再者袁庭山更多感慨震驚於那王老怪的神通恐怖，嘖嘖道：「這老頭兒，無敵了。」

中年道人輕聲笑道：「君王一言定人生死。要知三教至聖，更是可以借天地鬼神，一語成讖。百年來三教九流中脫穎而出的陸地神仙，屈指可數，倒是你這一輩，有望到達一雙手的數量。緣於唇舌殺百萬的那人閒來無聊，將亡了國的八國剩餘氣運都騰挪到另外一個棋盤上。袁庭山，你能否占據一席之地，貧道也不知有生之年能否看到。」

袁庭山驚喜道：「我？」

道人平靜道：「袁庭山，不妨與你實說，讓你斬殺北涼世子未豐羽翼，折損了你許多氣運。」

袁庭山幾乎就要怒而拔刀，但總算忍住了衝動。

中年道人繼續說道：「但你我這一坐，貧道終於還是還了些氣運給你。」

袁庭山眼神如刀，問道：「仙長你到底是何人，為何對袁庭山獨獨青眼？袁某從不信天上能掉餡餅，就算萬一真掉了，也砸不到袁庭山頭上！」

道人望向那道彩虹，自言自語道：「當年貧道連同江山和美人一同辜負，執意入山修道，又是為何呢，貧道想了很多年，也沒想通啊。所以很多事情，歸根結底，是沒有道理可說的。軒轅敬城為何獨獨喜歡那女子？她又為何明明看見軒轅敬城殘餘魂魄後仍是選擇跳下山崖？還有那酆都綠袍為何對李淳罡一見鍾情，一生再難忘？天地造化，靈氣莫過於人，天機是何物，約莫是那人心吧。記得當年旁觀齊玄幀與李淳罡相鬥，李淳罡黯然下山，後來貧道專門為此事與齊玄幀相談說道，最後問他為何終其一生都不曾離開龍虎山。」

袁庭山迫不及待問道：「是為何？」

中年道人長呼出一口氣，緩慢道：「齊玄幀說他十二歲開竅，自知是呂洞玄，便在等待一襲紅衣，只是明知那一世等不到後，他才轉世，只是再等。」

袁庭山被震撼得無以復加，瞠目道：「齊仙人並未飛升，而是呂祖轉世？真有轉世投胎一說？還能自知前世？」

中年道人嘆息道：「貧道也不知齊玄幀轉世做了何人，這一世又等到沒有。粗略算來，陰差陽錯，自五百多年前呂祖算起，以甲子人生來計，該有十世了吧？」

袁庭山恍惚如入了魔障般莫名其妙猙獰起來，「嘿，什麼呂祖轉世，什麼齊仙人投胎，被袁某撞上那紅衣，殺了再說。要這位做五百年仙人再等一世，老子這趟世上走一遭，就算沒白走了！」

道人瞇眼不語。

天機重重。

可惜袁庭山絲毫察覺不到。

◆

古道西風，一匹骨瘦如柴的黃馬被拴在樹上，打著虛弱的響鼻，杵在枝椏上的幾隻黑鴉聒噪得讓人心煩。

一個不起眼老頭兒慢悠悠從樹背後轉過來，繫緊褲腰帶，一臉無奈。拉屎也沒個清靜，他抬頭朝烏鴉「去去去」噓了幾聲，可那幾隻烏鴉不愧是生長在那座城附近的禽類，比春神湖上的老麻雀還見過大風大浪，半點不怕樹下那虛張聲勢的老頭。

老傢伙也不嘔這個氣，一手拾起馬韁，牽馬緩行。他伸手掂量了一下破布錢囊，銅錢不多了，再心有戚戚地瞥了眼一路陪伴的愛馬。黃馬綽號小黃，跟老頭兒親生兒子一般，從不騎乘，若是只有蘆葦只可做一張床墊，肯定是先給小黃睡了去。

唉，人窮志短、馬瘦毛長，其實原本隨身攜帶的銀兩足以豐衣足食由北邊到這東邊。幾千里路，老頭兒風餐露宿，沒啥開銷，無非是肚子酒蟲子鬧騰厲害了，才去城中鬧市或者路邊酒攤子買壺酒解解饞。

可一路行來，撞上幾撥可憐人，這銀子也就跟潑水一般花了出去，以前公子說那啥亂世人不如太平狗，但如今這說是海晏清平的盛世，卻也不是誰都能有幸能做那養太平狗的太平人。

拉屎都不解下身後長布條行囊的老頭是西蜀人，這輩子也走了不少地方，自認不是那扶危救困的江湖豪客，委實是行走在外，比富裕闊綽有個度數，再富甲天下能比得過天子與自己公子？若說比較身世淒苦，就沒底了，沒有最苦，只有更苦。

這趟出行，上次掏大筆銀子是渡江，卻不是支付那幾十文錢的廉價船費。船上倆船娘是對母女，艄公是一家之主，尖嘴猴腮，撐船才一會兒工夫就喊累，讓媳婦接過手，自己蹲在船頭玩骰子，賭癮大得很，一看便是不會過日子的憊懶貨。

過江未及岸時，那男子眼尖，見老頭兒露了錢囊裡的黃白，就覥著臉問他想不想開個葷。起先他以為是船上可以做幾尾江裡打撈起來的鯉魚，恰好酒壺裡還有小半壺酒，便答應下來，等見到娘兒倆聽到後開始面無表情地脫去縫縫補補的單薄衣衫，把這老頭兒給嚇得不輕，才知她們是做那船妓的營生，趕緊攔下了，靠岸後，除了碎錢，丟下占大頭的銀子，上了岸就撒開腳丫子跑路。

別看老頭兒以往與公子遊歷時，偶遇大膽村婦嘆息袒胸露乳給小娃兒餵奶，他會看直了眼睛，腳下生根，得公子拉上一拉才肯走，真要做真刀真槍的正經事，老頭兒還真做不出來。何況那娘兒倆才多大歲數，都能給他當女兒、孫女了，尤其是女娃娃才十三、四歲的真實年齡，加上家裡窮吃不上東西的緣故，瞅著也就是富家女孩的十一、二歲左右，做這事兒還不得遭天譴？

再退一萬步說，宰相門房三品官，便是張首輔門房，也比不得俺老黃所在的北涼王府吧？雖說俺老黃也就是王府裡頭餵馬的，可要按照這個說法，不說三品，七品該有吧。真想女人想瘋了，會是難事兒？以俺老黃給公子編織過拿手草鞋十幾雙的交情，怎麼的都不缺吧！遊歷時公子無意中提起這麼一茬，說回了北涼，就給幫忙找個暖被的媳婦。

老黃想到這裡，憨憨一笑，下意識咽了咽口水。水靈的黃花大閨女當然不敢糟蹋，徐娘半老、風韻猶存啥的，也自認配不上，可當時俺老黃心底還是希望有個白嫩娘們兒滾被單的念想哇，也就是嘴上與公子你客套客套，公子咋就當真了。

老黃一巴掌拍在自己臉上，自言自語說道，讓你老黃裝高人，當年不當鐵匠去練劍，可不就是為了接近那些個女俠，咋練著練著就練傻了，把如此有志氣的美好初衷給撒泡尿般就給拉沒了？公子就是學問大啊，卻不酸縐縐，說話尤其讓人舒坦，每逢偷著了雞鴨或者啃黃瓜、烤地瓜，心情好時，言談那叫一個錦繡。

老黃清楚記得一個說法，約莫是說世上有種人心比天高、命比紙薄，成天想著建功立業，可惜才力不逮，最他娘的可悲。老黃就覺得這話把天大的道理都說透了，連他這般大字不識的粗人都聽明白了。嘿，可不就是在誇他老黃有幾斤氣力就做幾斤斤兩的事情嗎？

老黃想著想著就偷樂和，一咧嘴，就給人發現老頭兒缺了倆門牙，十分漏風。老頭兒與瘦馬走得慢，但天底下的地方，只要走，再長的路程，總會有個盡頭，這不一抬頭就可以看到那座雄偉城池了？

武帝城，原本不叫武帝城，而是臨觀城，是春秋時東越一位皇族藩城，取自幾千年前張聖人遊歷東海時詩篇中的一句：「東臨碣石，以觀滄海」。

後來起始無名小輩的王仙芝在江湖上一戰再戰，被東越皇族器重，納做女婿，想借王仙芝的無敵武力興兵叛亂篡國。失敗後希望以一人死抵去全城罪，被圍城後，身為皇室貴胄，在城頭當著六萬甲士自盡。東越皇帝仍是不願放過，當然不是說要誅九族，畢竟若是如此，殺著殺著不就殺到皇帝老兒自己一家頭上了？

但屠城是必不可免了，恰好那時王仙芝與當代劍神李淳罡大戰歸來，也不與皇帝廢話半句，直接從城外殺到城下，將城主屍體送回城內，再從城內殺到城外，如此來來回回殺了三趟，最後一次，殺到了離東越皇帝王帳才三十步之遙，殺得世代作為東越禁衛軍的東越劍池精英死絕，王仙芝以一人之力逼迫皇帝訂立城下誓約，這才成了那個春秋時在東越獨立鼇頭的武帝城，越老越通玄的王仙芝雄踞東海，傲視江湖，真正無敵於天下。

最後離陽王朝一統江山，打下一份前無古人千秋偉業的老皇帝曾親自趕赴武帝城與王仙芝有一席密談。一個是天下共主的帝王，一個是號稱可殺陸地神仙的匹夫，世人只知這兩位相談甚歡，既沒有天子一怒，也沒有那匹夫一怒，這之後哪怕武帝城私殺傳首江湖的趙勾人士，朝廷也只是睜一隻眼、閉一隻眼。

如今王仙芝已經極少與人交手，世人已經不奢望有人可以打敗這位自負至早生五百年可與呂祖論生死的武夫。新劍神鄧太阿、青衣曹長卿，這些個傳奇人物，在武帝城，也只是爭到一個不敗而已，眾人便已奉為天人神明。一般高手都不配見到王仙芝，更別提要王老怪雙手對敵。那麼以人力證天道的王仙芝本人，真要殺人，便是陸地神仙，只要不曾飛升，恐怕在王仙芝面前都玄。

老頭兒走到巍峨城門，一同入城的江湖人個個高人風度得沒有邊際，不是那髦身朱髮鐵臂虬筋，感覺打個噴嚏都能把人吹飛，便是些個卓爾不群、自命不凡的，身佩神兵利器，好似放個屁都可讓整個江湖說是香的。

老頭兒與劣馬一匹，各自餓腸轆轆，實在是寒磣。關鍵是這老頭兒入城前，故意放慢了步子，讓一位大袖華服的妙齡女俠走在前頭，一邊盯著她左右搖擺、風韻搖曳的兩瓣挺翹屁股蛋兒，一邊掏出一把象牙梳了，梳著自己那一頭雜亂如茅草窩的灰白頭髮。

衣衫考究昂貴的貌美女俠既然膽敢獨自來武帝城，肯定不是那只會琴棋書畫女紅的尋常大家閨秀。察覺到身後眼光，她轉頭一瞪眼，可見到是個牽著匹比騾子還不像話的劣馬的糟老頭，也就不再計較，冷哼一聲便徑直入城。

老頭兒自顧自說道：「要是俺家公子和溫華那小子瞧見了這小娘子，公子該又要騙溫華的錢了吧？」

入了城，老頭沿著中樞主城道一直前行，直到可以看到那座城中城的牆頭，才在路邊酒攤坐下，將錢囊裡銅錢一股腦兒倒在桌上，咧嘴笑道：「小二，來壺上好黃酒，替俺煮上一煮。」

店小二自恃是武帝城的當地人，從來看不起那外來武夫，更別提是這樣一個老傢伙，沒好氣地白眼道：「這點銅錢，換一口黃酒都勉強。」

老黃憨憨笑道：「不打緊，一口便一口，賞個碗口小些的碗，也就當作是一碗酒了。」

說完，便不再理會店小二的眼神，抬頭望向城頭，輕聲道：「公子，風緊，可這回老黃不扯呼了。」

◆

軒轅青鋒，青鋒，真不是一個喜慶的名字啊。

徐鳳年與軒轅世家新家主同乘一船駛出龍王江，看架勢這娘們是要送到大江才甘休，明面上起碼做到盡地主之誼，牯牛大崗的家主位置還沒用她那屁股焐熱，這便早早入戲啦？

徐鳳年倒也不反感她的送行，畢竟這趟離開有些倉促，許多事情沒來得及說，或者講得過於空泛，當下就坐在船頭一邊吃山楂一邊與軒轅青鋒往細了說去。

軒轅青鋒幾乎是有求必應，很有當牽線傀儡的覺悟。

大概是當年元宵燈市跟溫華一起被這潑辣娘們兒給拾掇得慘了，這會兒見她唯唯諾諾沒有違拗的溫順神態，徐鳳年還真有點不適應。當年溫華雖說挎了柄不倫不類的木劍，練的卻是賤術，尤其是跟世子殿下狼狽為奸後，劍法依舊稀里糊塗，賤術已然大成，像過街老鼠被軒轅青鋒惡奴攆了半天後，被她踩在地上還嘴硬，說啥也就是老子好男不跟女鬥，否則妳這體形，老子一隻手就能削妳十個！

那時候還是人生如意的軒轅青鋒冷笑著讓人放開溫華，然後用馬鞭把這位木劍遊俠從頭到腳給削了七、八遍。兩人被老黃拖走後，徐鳳年差點認不出溫華，足見軒轅青鋒下手有多狠。那以後，溫華天天就想著哪天劍道大成、揚眉吐氣了，一定要去徽山把她打得屁股開出花來，拿木劍啪啪啪往死裡打。每次說到這裡，溫華都會含情脈脈凝視著細皮嫩肉好似女子的徐乞丐，世子殿下給瞧得渾身起雞皮疙瘩。

「那姓溫的。」

軒轅青鋒明顯停頓了一下，約莫本意是附帶浪蕩子之類的評語，只是三十年河東、三十年河西，當年偶遇的色胚乞丐冷不丁變成了天下最具權勢的藩王嫡長子，按照常理，物以類聚、人以群分，能與北涼世子一同做下三爛勾當的年輕男子，想必非富即貴，十有八九在打著弱冠遊學的幌子在北涼以外晃蕩。於是軒轅青鋒詢問了一個情理之中的問題，「是一位掛劍遊歷諸州的世家子？」

徐鳳年只是捧腹大笑，沒有言語解釋。笑夠了後，慢悠悠吃著山楂，吐出幾粒細核，看似漫不經心問道：「你們徽山有個叫袁庭山的刀客，據說跟妳很熟？」

一直站著，故而保持俯視姿勢的軒轅青鋒語調平靜道：「我下山時，已經讓客卿洪驃帶死士二十餘人前往姐妹瀑布圍剿袁庭山。」

徐鳳年壓抑下心中震驚，一臉嬉笑表情嘖嘖道：「這是納投名狀，向本世子示好嗎？」

軒轅青鋒冷漠道：「只要殿下一日不曾負徽山，軒轅青鋒便一日不負殿下。」

「不愧是父女，說話都一個語氣腔調。」徐鳳年由衷感慨道。他抓了把山楂，略微抬手，想要遞給眼前暫時與自己坐一條船上的女子，見她一臉木訥、無動於衷，徐鳳年也不覺得丟了臉面，丟了顆山楂到嘴裡，站起身後眺望江水。

眼前視野開闊，天空中灰雁成行，二姐徐渭熊曾說過雁陣當頭肯定會是一隻南渡北歸皆是經驗豐富的老雁。怔怔出神間，舒羞從船尾姍姍而來，稟告說是有一筏從徽山渡口緊追不捨，徐鳳年走到大船側面，瞅見竹筏上有一名眼熟男子，正是那牯牛大崗儀門後頭在青鳥拿剎那槍下險象環生的採花賊。

搖美人扇，以為就能搖出一個天涼好個秋了？這類自詡風流的江湖人士，徐鳳年一百個不待見，後來三十餘人爭相奔赴大雪坪，擺出更換門庭的大陣仗，可惜這些好漢大俠的馬屁都拍到了馬蹄上，十來棵立場不定的牆頭草當場給世子殿下懸屍儀門。

徐鳳年見這傢伙糾纏不休，也不打算計較，只不過奇怪的是竹筏上除了這名徽山末流客卿，還捎帶了個不諳世事的稚童，長得粉雕玉琢、唇紅齒白，很是討喜可愛，徐鳳年當下就給驚訝到了。敢情如今世道開始流行拖家帶口地投奔？

在江湖上靠採花採出名聲的男子拚了命劃動竹篙，竭力追趕大船，好不容易趕上與大船並肩行駛，大聲道：「世子殿下，劍州琅琊郡龍宇軒求見！」

徐鳳年沒好氣道：「你不是見到了嗎？你這是帶你兒子上歙江釣魚去？」

龍宇軒估計是被戳中死穴，略顯氣急敗壞，趕忙解釋道：「殿下，小的這趟走得急，也不知這古怪孩童是如何上的竹筏，小的跟這孩子根本不認識啊！」

不料那眉清目秀的稚子脆生生喊了一聲爹，立即讓龍宇軒破功。可憐也算在偌大江湖有些薄名的客卿差點氣得吐血，轉頭望著腳下那一臉天真爛漫的孩子，怒目相向，「爹你大爺啊，你是我爹行不行？」

孩子「哇」的一下號啕大哭起來，兩隻小手不忘死死攥住龍宇軒袍腳，嗚咽淒慘道：「爹，娘死得早，你不能不要我啊！」

龍宇軒差點給氣瘋了，卻也沒挪腳，否則以他徽山客卿實力，輕而易舉就可以把這小娃娃踹進江水餵了王八。龍宇軒自詡過盡花叢片葉不沾身，與桃花扇繪有的美人們都是一場場露水姻緣，哪來的兒子！真以為這年月當個有品德、有境界的採花賊很容易？需要玉樹臨風與滿腹才學不說，除了勾搭那些個被千古奇書《頭場雪》魔怔了，一心想要與窮書生私奔的小家碧玉，龍宇軒還算輕鬆，無非是搖搖扇子吟詩作對。可那些個大家閨秀，看你腰帶玉佩香囊那些個瑣碎零散小件，就能看出你有幾斤幾兩的輕重，想騎馬俠客行？乖乖，一匹好馬知道得多少銀子嗎？無底洞啊。世族門閥裡的女子，眼高於頂，個個眼神毒辣刁鑽得一塌糊塗，要擺豪奢門面的豪客，就得事事一擲千金。

龍宇軒這些年花錢如流水，就沒能攢下半顆銅錢，上次坑蒙拐騙那位郡守女兒，是一匹塞北良駒紫騮，號稱一兩紫騮馬肉一兩金，這一匹馬得有多重？得多少銀子？囊中羞澀的龍宇軒當然買不起，是好不容易從別州一名聲名狼藉的世族子弟那兒借來的！因此龍宇軒每次愛撫那一把把美人桃花扇，最後難免都要為自己掬一把辛酸淚啊。

上徽山做了末等客卿，油水不足，當初只是借這柄大傘避雨而已，如今撐傘的幾位都死翹翹，大雪坪還真是名副其實，大雪白茫茫死得一乾二淨。據說連不可一世的老祖宗軒轅大磐都說沒就沒了，換成了軒轅青鋒那小娘們兒來撐傘。她那雙小手能撐多大的傘？龍宇軒見那世子殿下手段著實了得，就鐵了心要跟著去北涼逍遙。傳言北涼有個胭脂郡，那裡的婆娘個個白嫩得能掐出水來，殊不知莫名其妙蹦出一個喊他爹的兔崽子，龍宇軒能不上火？

徐鳳年與軒轅青鋒有了一個眼神交會，她搖頭輕聲道：「每一名客卿徽山都存有祕檔，軒轅青鋒一字不差記在腦中，不曾記載此人有子女。」

徐鳳年對竹筏上的龍宇軒說道：「想要證明不是你兒子，簡單，踹下江去，你便可以上船。」

龍宇軒愕然。

徐鳳年安靜等待下文。若是這人真做出這狠辣勾當，別說老劍神李淳罡可以救下溺水稚童，船上他自己和青鳥都可以做到。至於這採花賊，上不上船已經沒有意義，哪怕上了船也無非是一死而已。北涼許以重金名利豢養能人異士何止幾十？一座牯牛大崗在江湖上高不可攀，對於北涼這個龐然大物而言，實在不值一提。徽山客卿？丟到北涼王府，能在聽潮湖砸出多少水花來？天底下如褚祿山這般幾十年如一日狼心狗肺的趣人，真的不多，可褚胖子除了心狠，手段豈是一個採花賊能夠媲美。襄樊城那邊傳來消息，一個姓陸的重瞳兒殺得興起，給靖安王府折騰得雞飛狗跳。

只見龍宇軒只是笑道：「與世子殿下就此別過。」

放緩撐筏速度，與大船拉開一段距離後，徐鳳年驀地瞪大眼睛，瞅見那哥們兒豎起一根中指，然後掉轉筏頭就拚命往徽山那邊逃竄。

軒轅青鋒微微側過頭，嘴角翹起。她原本對這龍宇軒相當不順眼，今日所作所為，反倒確實不失真性情，讓她有些刮目相看。原本採花賊龍宇軒聲名極差，武功也不出眾，她心中自有思量，此人對徽山而言連雞肋都稱不上，她又是女子，天生對龍宇軒所做的行當深惡痛絕，接手牯牛大崗後，本打算施捨幾本不入流的祕笈，打賞些金銀讓他捲舖蓋滾出徽山，現在則改變了主意。她雖說迫於情勢不得不給身邊世子為虎作倀，但細枝末節上，有人能給世子殿下添堵，她十分痛快舒心！

徐鳳年笑道：「有膽識，該賞。」

軒轅青鋒似乎生怕這位心思深沉的世子殿下起了殺心，輕聲道：「大船掉頭不易，以那竹筏速度馬上就可靠岸，此人躥入道教祖庭龍虎山密林，再想搜尋就難了。」

徐鳳年卻沒有言語，只是想起了另外一個江湖。這個江湖，恐怕是軒轅青鋒無法想像的，沒有兩袖青蛇劍開天門的劍神，沒有曹青衣、王明寅，沒有天象徽山老祖，更沒有儒聖那陸地神仙，甚至連龍宇軒這般當下看來十分螻蟻的下三爛客卿都沒有。有的是老僕跛馬，草寇小賊，木劍遊俠，外加一個草包乞丐，每日能求個溫飽，不虧待肚子就算萬事大吉，放個屁要是能帶些肉味兒，別他娘盡是那地瓜、大蒜味道，那更是萬幸。

他清晰記得那挎木劍裝點寒酸門面的遊俠兒，做得一個拿手絕活，是拿山藥糯麵胡麻油做成的飯食，山藥搗爛後燜得軟綿，糯麵反復揉搓，用草篩濾過，找個竹箅子蒸好，胡麻油熗鍋，添加蔥蒜，連炒帶焐。他這輩子就沒吃過這麼好吃的東西，哪一次不是跟姓溫的爭搶得灰頭土臉？好不容易狼吞虎嚥積攢下來的氣力都給打架打沒了。

完事後兩個同齡人便「大」字形躺在地上，吹牛放屁，不亦樂乎。一起酸溜溜說昨日鬧市見到的俠士也就是個花架子，一起流口水前天見到酒樓二樓那位小家碧玉的胸脯，是如何的來勢洶洶。姓溫的連鐵劍、青銅劍都買不起，與自己和老黃相遇不打不相識後，牽馬飲水都喜歡往人堆裡紮去，恨不得天底下所有人都知道，他是既買得起馬又養得起馬的公子哥，這傢伙，死要面子啊。

這也是江湖。

江湖有兩個，徐鳳年更喜歡有一個個溫華在那活蹦亂跳的那一個。

所以徐鳳年轉頭對軒轅青鋒微笑道：「麻煩妳找到這人，說本世子收他做北涼王府的客卿。」

軒轅青鋒皺眉道：「當真？」

徐鳳年點頭道：「本世子床下說話，一口唾沫一個坑。」

◆

軒轅青鋒換船後沒有返回牯牛大崗，而是沿龍王江入青龍溪前往龍虎山找尋那名客卿。採花賊倒也不介意做條喪家犬，沒了府邸院門需要守護，才活得無拘無束，因此軒轅青鋒找到他時，這傢伙竟然苦中作樂地逮了隻野雞，跟那稚童面對面架起火堆烤肉。

龍宇軒親眼看到北涼世子所乘大船並未掉頭，便有些鬆懈，再者沒有想到軒轅青鋒會興師動眾入山追捕，被圍住時，既沒有英雄氣概，也沒有搖尾乞憐，只是說請徽山放過好似石頭裡蹦出來的孩子。

軒轅青鋒沒有繞彎子，把徐鳳年的意思大致說了一遍，龍宇軒滿心警惕，生怕是要他自投羅網。軒轅青鋒見此人這般不爽利，略有不悅，也不撂話便徑直離開。

龍宇軒其實看到軒轅青鋒擺出的陣勢就信了七八分，但真正讓他下決心去追歙江那條大船的，還是身旁孩子的一句無忌童言：「爹，船上姐姐們都抓來做娘親吧。」給龍宇軒十個熊心豹子膽也不敢與世子殿下搶娘們兒啊，哪怕多瞧幾眼飽飽眼福都不敢。不過既然有了臺階下，面子上過得去，再不順水推卅，更待何時？

他追上軒轅青鋒，她很大度地在龍王江渡口下船，將船借出。龍宇軒與她辭別時，頭回對她心悅誠服，許諾以後若是在北凉真能飛黃騰達，定然不忘軒轅小姐引薦恩情。

在歙江裡追上那位世子，換船後龍宇軒還是如履薄冰，但那位世子殿下也未客套寒暄，讓扈從給他們父子安排好住處，這反而讓龍宇軒吃了顆天大定心丸。接下來他雙腳不出船艙半步，安分守己，生怕世子殿下誤以為他又起了採花念頭，到時候可就冤枉死了。好不容易由徽山不入流的客卿一躍成為北凉王府座上客，算是鯉魚跳過了龍門，如果才成天龍便被屠龍，有道理這麼淒涼得樂極生悲嗎？

倒是那小兔崽子初生牛犢不怕虎，老氣橫秋得一塌糊塗，一覺著無聊便負手走出船艙，不是憑欄望江便是獨立船頭，擺出各種閱盡人事的滄桑姿勢。

這也就罷了，一次見著數位殿下的佳人美眷，走近了那對雌雄莫辨的姐弟，他仰起小腦袋，輕輕嘆息，一臉失望；再走到一位臉蛋最漂亮的少婦身前，依舊是抬頭盯著一個部位，微微點頭；最後來到抱白貓的姐姐身邊，觀峰巒起伏，眼睛一亮，沉聲道：「大！善！大善！」

幾位女子都哭笑不得，連性子冷淡的靖安王妃裴南葦都被逗樂；慕容梧竹掩嘴嬌笑，絲毫不介意這小屁孩譏諷她胸脯斤兩不足；魚幼薇愣了一下，小傢伙說了句「姐姐我幫妳抱白貓，妳來抱我吧」，說著就跳著想去接過武媚娘，卻被冷眼旁觀的世子殿下一個健步，提起這小王八蛋的後領口懸在空中，笑罵道揩油揩到本世子的娘們兒身上，你要不是龍宇軒親生兒子，誰信！稚童上不著天、下不落地，在空中張牙舞爪。魚幼薇瞪了世子殿下一眼，嫵媚天然。

以後江面上兩天，原本以徐鳳年為核心築成的那個等級森嚴的圈子，在這孩子的搗亂下，無形中融洽了幾分，就像一個裱糊匠，把漏風窗戶給縫補齊全了，總算有了些暖意。孩子沒名沒姓，龍宇軒打死都不承認這娃娃是他的崽，魚幼薇難得童心童趣，見他不知何時養了兩隻蟋蟀，經常撅屁股趴在船板上看兩蟲子激烈角鬥，便給他取了個「小蟲子」的綽號。

船上除了閉關的羊皮裘老頭兒一直不曾露面，以及世子殿下對這小色胚沒啥好感外，幾乎沒有不喜歡他的，便是兩隻寵物畜生——憨態可掬的白貓武媚娘，活潑好動的虎夔菩薩——都不跟這孩子認生。尤其是武媚娘，經常偷溜出船艙，找到小孩，便一躍而上，撲在他整張小臉蛋上。

常有的一幕奇葩景象便是小孩子鬥蟋蟀，一隻白貓和一頭虎夔都安靜蹲在一旁觀戰。徐鳳年每次撞到這個，就要輕輕一腳踹在那孩子屁股蛋上，讓他摔個狗吃屎才解氣。誰讓這青出於藍而勝於藍的小色胚每晚都要把船上女子房門敲一個遍，藉口千奇百怪。

「慕容姐姐，天冷了，需要小蟲子給妳暖暖被窩嗎？爹說了，年輕小夥子屁股上可以烙餅，等小蟲子睡暖和了，姐姐再躺進去，好不好？」

「裴姨，長夜漫漫，小蟲子無心睡眠，中秋將近，咱們一同賞個月唄？」

「魚姐姐，妳那兒重，累不累？小蟲子善於揉捏按摩，替妳解乏，可好？」

「青鳥姐姐，知道妳愛穿青衣，今日小蟲子特地換了一身青裳，咱們像不像定下娃娃親的表兄妹？」

耍流氓似乎不行，那小王八蛋伶俐得很，立馬轉換了路數敲門，「慕容姐姐，妳我都是背井離鄉的天涯淪落人，難道不應該相互安慰嗎？」

「裴姨，聽說妳擅長手談，小蟲子偷來了棋墩、棋盒，白天跟爹學了那啥兩招大雪崩外拐定式，私下便自創了內拐式，要不挑燈決戰到天明？」

「魚姐姐，小蟲兒幫妳找回懶貓武媚娘啦，開個門唄。」

「青鳥姐姐，小蟲兒想跟妳學槍法！」

這幾天龍宇軒過得那是一個心驚膽戰，對這麼個開襠褲才沒脫去多久的小傢伙，打肯定打不下手，可不管是假裝怒罵還是循循善誘，這個便宜兒子都只是翻白眼。打那更是打不下手，龍宇軒雖說是個採花賊，卻也不是窮凶極惡之輩，要不然在竹筏上也不會沒去咬那個帶劇毒的誘人魚餌，而是決然反身。總的說來，名義上是父子，但這個小傢伙當個兒子都當出爹的氣勢了，龍宇軒後來見船上氣氛並不凝重，小傢伙雖說胡亂折騰，但聽說在美人堆裡挺吃香，乾脆澈底撒手不管，愛咋的咋的去。

船在歙江，但已可看到一座江畔小城，這是劍州邊境，再一路向北，一旬路程就可到達那東海武帝城。老劍神李淳罡終於走出船艙，來到船頭，徐鳳年跟老頭兒境界差了太多，瞧不出端倪玄機。

龍宇軒終於被世子殿下召見，算是正式被承認在這條船上有一席之地。一番閒談，徐鳳年才知道這名正業是採花賊的原徽山客卿竟是墨家出身。雖說諸子百家中墨門與其餘學說宗門一同凋零式微，但春秋之前尚未獨尊儒術，當時釋門佛教還未由西東來，敬神明鬼的墨家可是能與道家一較高下的，可惜後來沒有佛道兩教那般圓滑，直接與崛起大勢不可擋的儒家正面衝突，幾大立教宗義格格不入，最終一敗塗地。但墨門代代相傳的領袖鉅子，一直被譽作人間鬼神，仍是高高在上的神祕人物，而龍宇軒便拜在上任鉅子門下，是三十六名親傳弟子之一，至於為何被逐出宗門，龍宇軒語焉不詳，徐鳳年也懶得刨根問底，誰家沒有一本難念經、一塊遮羞布？

江湖人與士子一般無二，大多死心眼，打人是恩怨，打臉卻是死仇。

臨岸，天不怕、地不怕的徐鳳年望見一名佩劍女子，下意識就縮了縮脖子，嗖一下就躲進船艙，竟然是不敢下船了。

船上那些個北涼以外才與世子殿下相遇的人物，都以為遇上了滅頂之災，要不然以北涼世子的跋扈和家底，會如此膽小怕事？

龍宇軒小心翼翼地望著那名登船行來的女子，震驚畏懼之餘還有些好奇，這年輕娘們兒相貌平平，瞧著不是兇神惡煞啊，天底下有能讓新主子都忌憚的女俠？

龍宇軒出於行業本能，就想著是不是世子殿下做了那拔卵不認人的勾當，被相好的給找上門來了？

可是，殿下身邊美人個個風華絕代，眼光再差也不至於尋了眼前這位偷吃吧？

就在龍宇軒百思不得其解時，那位女俠上船後冷笑道：「徐鳳年！怎的，敢去武帝城，就不敢見我了？」

第十一章 徐渭熊執黑不敗 羊皮裘借劍兩千

江湖是什麼，是一張珠簾，女子便是那些珍珠，串出了恩怨情仇，串成了江湖。

而登船這位被龍宇軒誤以為女俠的女子，無疑是江湖上那顆最璀璨的珠子，幾乎不用後綴「之一」二字。

她相貌雖只是中人姿色，卻秀氣孤凜。幼時便與堪輿家一同走遍北涼，繪製地理形勢圖，後來進入上陰學宮，同時師從道德林王祭酒與兵家大師，以詩文稱雄。尤其是首創十九道棋盤，天下霸響，棋風平和見韜略。

說來奇怪，她與人下棋，極少出現那等讓觀局者倍感晴天霹靂的妙手，既無詭譎，也無煞氣，幾乎手手皆是堅實平穩，看似不求有功但求無過，往往才入中盤時便有了毫無破綻的完勝氣魄。以字觀人，她自然是稱不上美人，可若說以棋觀人，她無疑是黃三甲不出便天下無雙的存在。棋盤上以理服人，棋盤以外她也不乏做出許多以力服人的舉動，她那柄佩劍可不是一件花哨擺設。她在上陰學宮削取頭顱，這是寫意湖上任稷下學士，那位春秋魔頭黃龍士都不曾做過的壯舉。當今文壇士林對這名年輕女子毀譽參半，唯獨沒有誰說她是庸人。

可這些都不算什麼，對草包世子來說，連徐驍都敢拿掃帚追著打，之所以這趟出行忌憚著她，還是因為心裡有鬼。擱在以前，講道理講不過二姐徐渭熊，那就撒潑耍賴，惹惱了她，大多也能得過且過，只是這次十有八九要掉一層皮才行。

徐渭熊對他好好萬人敵的兵法不碰，廟堂縱橫捭闔學問不學，偏偏去提刀做那莽夫本就十分反感，加上徐鳳年涉險前往那武帝城，當然更是生氣。君子不立危牆，不是君子更應該如此。原本是先去江南道看望大姐徐脂虎還是去上陰學宮找二姐，五五之間，按照行程，若是想節省時間，順序應當是上陰學宮、龍虎山、武帝城，最後歸途中經過湖亭郡，可正是顧忌二姐心思，才繞了許多彎子。如徐脂虎所說，還得掂量二姐肯定計較先去江南道後去學宮的那點小心眼，真心命苦。

船就那麼大，能讓已是砧板上待宰活魚的世子殿下躲到什麼地方什麼時候？

橫豎是一刴，徐鳳年不等徐渭熊入船艙搜人，自己便擠出笑臉小跑出來，二話不說，先抱住二姐，不給她拿劍鞘揍人的機會，諂媚喊了一聲「姐」。

他心中牢記一事，得喊「姐」而不能是「二姐」，嬉皮笑臉說道：「怎麼來劍州了，這跟那死氣沉沉的上陰學宮可隔得有點遠。」

慕容雄雌面面相覷，便是那每逢大事頗有城府心機的慕容桐皇都給這一幕弄懵了。

被摟住的徐渭熊也不掙扎，平淡說道：「怕你進了武帝城，不小心就連皮帶骨頭給人一鍋煮熟了。就只好先在這裡守株待兔，這是私。公，則是學宮三年一度的學識考核，其中堪輿一項定在劍州以北的地肺山，考究望氣相地、點穴尋龍的本事，王祭酒喝酒誤事，便由我代行考官一職。」

徐鳳年撇頭望去江岸，才看到站著一大撥襦衫士子模樣的讀書人，年輕者尚未及冠，年長者已花甲古稀，大多各自背負一只笨重書箱，極少有人錦衣華服，卻應了那句腹有詩書氣自華的古話，便是徐鳳年這種最恨讀書人附庸風雅的無良草包也討厭不起來。

他半點不奇怪二姐以學子身分承擔稷上先生職責。二姐學問淵博龐雜，融會貫通，辭采蔚然，不管是正統經義道德文章還是那些被誤解的旁門左道與奇巧淫技，都涉獵頗深。尤其是這堪輿，曾著有《望龍經批註校補》與《琢玉斧巒頭歌括》，精妙入微，通篇無一字故作晦澀艱深。因她喜好掛古劍、負青笈遊歷山川，故而被心悅誠服的風水師們譽為徐青囊或者青烏先生。

徐鳳年鬆開手，往後退了一步，怔怔凝視著風塵僕僕的二姐，半晌不說話，只是幫她將額角一縷青絲捋順到耳後。

二姐雅潔大氣，徐家子女中以她最有大將風度，但徐渭熊的鑽牛角尖更著稱於世。曾有文壇高賢寫了傳世名篇，其中有「大行不顧細謹，大禮不辭小讓」這一佳句，廣為流傳，被南北士林倍為推崇。到了上陰學宮評點天下詩文的徐渭熊這裡，卻落得個「不顧細謹何以行千里，不辭小讓何以稱大禮」的評語，那位既是詩壇巨擘又是棋詔高手的北方名士氣不過，寫信至上陰學宮，言辭鋒利。

徐渭熊不加理睬，老頭便一氣接連寫了八封書信。說是書信，其實性質與檄文無異，最後還千里南行，要與徐渭熊在十九道上一較高低。徐渭熊也不多說，應戰前提出一個賭注，若是她執黑十局連勝不敗，老頭兒便要封筆。後者自信棋力名列前茅，欣然應諾，結果毫無懸念，連輸十場，老學究灰溜溜回到了北方，密信懇求這位十九先生莫要與世人說那賭注一事，然後繼續在北邊首屈一指的大書院裡授課講學。

徐渭熊倒也厚道，沒有大肆渲染，只是回信時寫了三句：「人而無信，不死何為？言行相悖，一隻老賊！教甚書文，誤人子弟。」老頭氣得吐血，重病不起，這學宮賭棋一事才水落石出。文壇自然是腹誹這女子得理不饒人，至於天下棋士，猛然驚覺遍數徐渭熊與人對局，執黑必然不敗！雖說座子制本就限制執白先手的優勢，但若說如徐渭熊這般對局盤數早早破百，並且皆是與當時棋壇大家手談相爭，還能執黑不敗，簡直就是個奇蹟。

這些事是大事，徐鳳年更知道一些瑣碎小事。二姐有潔癖，並且閨房中任何一物都擺設講究，幾乎到了死板僵硬的地步，一瓶一筆一硯一椅一榻一爐一書等等，十幾年如一日不曾變更位置絲毫。

年幼時，頑劣的徐鳳年最喜歡做的事情就是偷溜進二姐房間，悄悄挪動一些不易瞧見的小物什，無一例外每次總能讓徐渭熊找到蛛絲馬跡，然後就找到徐鳳年往死裡揪耳朵，自恃皮糙肉厚的徐鳳年樂此不疲玩耍了很多年。

印象中，徐渭熊的衣衫樸素歸樸素，但乾淨得很，從來也不會像今天這般塵土醒目，可見她這一趟走得有多急。

這般姐弟相逢的脈脈溫情場景，結果卻被一個色膽包天的小屁孩給攪渾了，「姑娘，抱抱！」

徐渭熊低頭看去，是一個眉目靈氣的稚童，她只是這一瞥，還沒有開口說話，那小蟲子就縮了縮脖子，約莫察言觀色是這孩子從娘胎裡帶來的本事，立即跑了，躲在捧白貓的魚姐姐身後，探出一顆小腦袋偷窺。

武媚娘與他親暱，跳出魚幼薇雙峰間那個天下英雄的溫柔塚，結果被心情不好的孩子一巴掌搧到地上。武媚娘也不生氣，拿頭顱摩娑著這孩子的褲管，讓把牠養得白白胖胖卻連抱都不肯讓抱的世子殿下火冒三丈。

徐渭熊是第一次見到老劍神李淳罡，羊皮裘老頭兒在那打哈欠，精神萎靡不振，絲毫沒有因為她是北涼郡主或者是徐青纛便刮目相看，徐渭熊卻是執晚輩禮，畢恭畢敬作揖說道：「徐渭熊見過李先生。先生大雪坪『劍來』二字，振聾發聵。」

先生、大家、世子，這三個詞彙在春秋大定以後便氾濫成災，如同洪水氾濫一發不可收拾，路邊隨便一隻阿貓阿狗，都可以在互相吹捧中弄一頂大帽子往自己腦門上扣，可要從徐渭熊嘴裡說出，分量就結實到不能再結實了。

在天下讀書人視作聖地的上陰學宮，能被她稱呼先生的，連兩位授業恩師與大祭酒都沒這份耳福，只有一名寂寂無名的目盲琴師。顯然徐渭熊有這般鄭重其事，是發自肺腑敬佩老劍神，並非是因為李淳罡的劍仙成就，而是因為他跌出陸地神仙後再入此境的大毅力。若只是一名劍仙，於徐渭熊來說，不過是手中劍更鋒利一些、手段更能殺人一些的劍術莽夫，與世何益？

老頭兒打量了一番徐渭熊，搖頭道：「資質比不得姜丫頭。」

徐渭熊平靜道：「晚輩習劍，只為強身健體。」

李淳罡不客氣地教訓道：「可惜了一柄好劍。在妳手上，不得酣暢鳴。」

徐渭熊微笑道：「晚輩只會些劍術，比不得李先生的劍道。若是先生武帝城一行缺趁手兵器，徐渭熊可以送此劍於先生。」

徐鳳年怒道：「不行！」

徐渭熊皺了皺眉頭。

徐鳳年馬上笑咪咪道：「我這邊不缺劍。」

李淳罡都不樂意搭理這世子殿下，對行事果決的徐渭熊說道：「劍是好劍，可知妳養劍功夫用得極深，只曉得劍術一說，過謙了。君子成人之美，小人奪人所好。老夫既不是道德君子，也非那見不得別人好的小人，不贈也不搶，再者如今有劍無劍，對老夫而言，已澈底無礙。徐渭熊，妳也不需試探老夫，老夫既然答應徐驍保證這小子不缺胳膊少腿地回北涼，不管是東海，還是京城，只要徐小子敢去，老夫就能保證讓他活著離開。」

徐渭熊從不如女子般彎腰施福，而是再如男子作揖，輕聲道：「謝過李先生一諾。」

李淳罡一臉無奈，嘖嘖道：「本來聽說姜丫頭被妳欺負得可憐，還想與妳見面後替那閨女找回些場子，現在妳這兩次作揖，老夫實在沒那個臉皮出手了。」

徐渭熊平靜微笑，真正是語不驚人死不休，緩緩道：「實不相瞞，自古婆媳姑嫂多不合，不見得那些婆婆、嫂子便都是惡人，無非是想讓入門女子多惦念自家夫君的好。徐渭熊一直將姜泥當弟媳婦看待，只是她性子活潑，我們姐弟的娘親又去世得早，便只好由我來當惡人。不過徐渭熊得知曹長卿接走了姜泥，早知如此，那些年便不做這惡人了。」

於平靜地，起波瀾驚雷。

李淳罡愣了愣，伸出大拇指，罕見地稱讚道：「徐驍生了妳，比生徐小子這無賴貨來得

有福氣。」

徐渭熊對於李淳罡的誇讚，並無異樣，她看著徐鳳年問道：「船上有無飯食？為了在路上堵住你，我趕得有些急，耽誤了午飯，算起來你欠了那幫人一頓。」

徐鳳年點頭道：「這個沒問題，船裡儲有許多剛捕撈上來的河鮮。」

才說完，青鳥便去吩咐廚子伙夫勞作起來。徐渭熊轉身下船把二十來號稷下學士帶上甲板，這些老少不一的士子似乎有些拘謹，只有少數幾個兵家學子主動上前與世子殿下打招呼。

百家爭鳴的盛況早已不存，時下帝國鼎盛，諸多學說卻是難掩萬馬齊喑的頹勢，唯有上陰學宮苦苦支撐，大庇天下寒士，為後世留讀書種子。可惜學宮是私學，就財力而言，遠比不得有帝王公卿傾囊相贈的國子監來得闊綽。春秋時學宮尚有豪閥世族資助，如今一個個朱門高牆都變作斷壁殘垣，是越發拮据落魄了，故而除去精研歷朝歷代戰事的兵家子弟，大多稷上先生和稷下學士都對北涼徐家天生惡感。

午飯時，徐鳳年和二姐徐渭熊有意避開眾人，開了個小灶。徐鳳年狼吞虎嚥，徐渭熊細嚼慢嚥，兩種性格涇渭分明。徐鳳年知道她吃飯時候不愛說話，就自顧自打開書箱，看到幾袋子土壤，探手捏了捏，嗅了嗅，皺了皺眉頭，小心翼翼放入嘴中嘗了嘗，震驚問道：「這龍砂是那座道教洞天福地地肺山挖來的？是龍砂不假，可味道與姚簡老哥說的不太一樣啊。怎麼感覺路數有點不正？」

世子殿下少年時代經常與二姐和龍士姚簡一起去北涼山脈尋龍點穴，耳濡目染，對於風水也知道些皮毛。三年尋龍、十年點穴，徐鳳年沒那幾十年如一日才能辛苦打熬出來的本事，但基本的辨認龍脈走勢，還算馬馬虎虎，看一條龍怎樣出身、剝換、行走以及開帳過峽，再到束氣、入首、結穴，這些都能勉強認個七七八八。挖龍砂其實與農夫挖冬筍是一個道理，考驗的無非是經驗與竅門，徐渭熊是此道大家，徐鳳年也就只能誤打誤撞才有收穫，不過到手了的龍砂質地品相如何，還是有些眼力見兒的。

箱內龍砂有大小六、七袋，大多已經結印冊焚燒，徐鳳年拿起品嘗的那一袋，還拿黃符丹字的三個印結封存。「三清統禦」、「八重冰梅」、「出雲鞍馬」，確認無疑，是出自二姐徐渭熊之手。因為這結印冊極有講究，丹符規章，必須與出土人生辰八字相符，再者任何一抔龍砂出土都絕非小事，不管是道門龍士還是青囊師地理家，都不可擅取龍砂，尤其是江山一統後，朝廷明令任何龍砂出土都要崇玄署與欽天監兩大批文允許，但近二十年內沒有任何一次獲准的先例。

徐渭熊此舉無疑與朝廷法律悖逆，只不過徐鳳年懶得在意這種細枝末節，只是好奇地肺山自古便是凝聚氣運的洞天之冠，如何出得了惡龍？須知洞天福地的排名，連道庭龍虎山都要比地肺山差了無數個名次，只不過數百年來地肺山一直是個沒有大真人結茅修道的不治之地，屈指算來，自前朝封山起，已有五百年。

徐渭熊放下筷子，輕聲嘆息道：「此行考核稷下學士的望氣功夫，不過是個幌子。地肺山新近出了惡龍，王祭酒推算出與地肺山一脈相承的龍虎山有關，只是被天師趙丹坪壓下，欽天監才沒有向朝廷發難。」

徐鳳年聞言臉色陰晴不定，咬牙道：「肯定是那趙黃巢偷天換日的歹毒手段！姐，要真是如我所猜，這事情欽天監根本不敢管！」

徐渭熊一臉疑惑。

徐鳳年笑了笑，起身道：「來來來，姐，幫妳洗個頭，一邊洗一邊說。」

徐渭熊沒有拒絕，徐鳳年就讓門外青鳥端來一盆熱水和一塊玉胰子。貧寒人家洗頭都是用廉價粗糙的皂角，富貴人家則要講究許多，胰子中加以研磨的珍珠粉，便稱作玉胰子。

徐鳳年握著二姐柔順的青絲，眼神溫暖，柔聲道：「在匡廬山有一晚，我似夢非夢，見著了娘親，娘親挾白蟒而來，庇佑我這不爭氣的兒子。那看著僅是個中年道士的趙黃巢，嘴上說是在龍虎山修行，但十有八九是京城那位的老祖宗，乘坐黑龍出竅神遊，排場擺得無法無天，說是要替天行道。

恰巧前些天在徽山大雪坪一個叫軒轅敬城的讀書人入了儒聖境界，我便拐彎抹角地跟老劍神問了些天人的規矩，知道道門裡的長生大真人，自行凝運，不可輕易出世干擾俗世運轉，趙黃巢那一手，多少有點不合道教的道理。這道人肯定是將天人出竅的後遺症轉嫁去了無主之山的地肺山，否則就等於跟龍虎山天師府結下梁子，而且動靜太大，也不符合他當縮頭烏龜的行事作風。我就不明白了，咱們北涼明擺著不會吃飽了撐的去造反，這趙黃巢擔心什麼？」

徐渭熊平靜道：「當然是擔心他們趙家沒辦法江山永固。」

徐鳳年嗤笑道：「哪個朝代能傳承不絕千萬世？口口聲聲天子萬歲、皇后千歲，又有誰真活到萬歲千歲的。鹹吃蘿蔔淡操心！」

徐鳳年繼而陰沉道：「以這道士的境界，不飛升不是占著茅坑不拉屎嗎？也就是在龍虎山，要是在北涼，非要拉去一萬鐵騎把這隻老王八碾成齏粉。」

徐渭熊歪著腦袋，嘴角勾起，睜一隻眼、閉一隻眼笑道：「蛤蟆打哈欠，你好大的口氣。且不說那天人境界的道人能否被殺掉，就說你現在指揮得動一萬鐵騎？別說一萬，就說一千，你行嗎？」

洗完頭，徐鳳年拿起絲巾輕輕擦拭徐渭熊的頭髮，兩人坐下，世子殿下好人做到底，幫她梳理青絲，對於二姐的挖苦嘲笑，一副不以為恥反以為榮的無賴德行，嘿嘿笑道：「跟陳芝豹、典雄畜這些英雄好漢借兵，當然是自找沒趣，可這不還有褚胖子嘛，實在不行，跟袁左宗、姚老哥借去。」

徐渭熊似笑非笑問道：「你確定袁左宗和姚簡會借你？不怕徐驍軍法處置？要知道咱們北涼不論親疏，只要違了軍規，都得按律行事，當殺則殺，當刑則刑。」

徐鳳年還是沒個正形的模樣，「姚老哥是認死理的脾氣，還真不好說。但袁左宗的話，真有急事，這一千、兩千的兵力，費些嘴皮唾沫，指不定還真能被我借到手。」

徐渭熊問道：「你確定？」

徐鳳年點頭道：「確定。」

徐渭熊接過紫檀梳子，輕聲笑道：「你才和袁左宗喝了幾次酒，就以為交情好到這地步了？要知道袁左宗的眼睛裡最揉不得沙子，以他跟褚祿山同為徐驍義子卻勢如水火就看得出來，你這膏粱子弟的紈褲架子，自信能入袁白熊的法眼？」

徐鳳年撇撇嘴道：「信不信隨妳。」

徐渭熊嘖嘖說著反話：「你竟然沒在龍虎山大打出手，真是讓人失望。」

徐鳳年搖頭道：「動靜不算小了。對了，那個靠讀書讀出一個陸地神仙的軒轅敬城有些修身心得，對我目前而言用處不大，看了等於沒看，回頭妳拿去。還有一本《道德禁雷咒》被我給偷偷撿來了，妳也拿去琢磨琢磨，他娘的軒轅敬城在大雪坪上引來天雷無數，那陣仗，一點不比當個將軍領著幾千鐵騎來得遜色。這一路我查了許多道教煉氣經典，感覺都沒有這本《道德禁雷咒》來得腳踏實地。

《酆都敕鬼咒》與龍虎山二十四階籙裡的《洞淵神咒經》好像都偏向玄乎，神神叨叨的，不太實用，我研究了半個月都沒能看出怎麼去咒山山崩、咒水水開。這禁雷咒，倒真是像按照書上記載的修行到了極致，可以如軒轅敬城那般借天象發天威，只可惜我練刀，不在這條路上。姐，妳反正無所不通，這《禁雷咒》還是妳拿去吧？

對了，我在龍虎山跟老天師趙希摶研究符將紅甲雲紋符籙的時候順便查過，煉氣成咒好像最早就出自上陰學宮所在的那塊上古蠻夷之地，指不定學宮裡就會有妳需要的孤本典籍，再者按照《禁雷咒》綱領，我幫妳從龍虎山順手牽羊了幾本雷部密籙，大概就是些接引雷部天將兼其神武的口訣。本來以老天師的說法，龍虎山歷任飛升真人，都會留下精髓口訣在龍池顯現，可惜這些寶貝我沒本事幫妳偷來。還有，那頭雌虎夔，暱稱菩薩，叫金剛的那隻我已經送給黃蠻兒了，菩薩送妳，要不然妳成天在那座走哪兒都是滿嘴仁義道德的學宮，想想都怪無聊的……」

世子殿下絮絮叨叨個沒盡頭。

徐渭熊打斷徐鳳年的碎碎念，笑道：「好東西都給我了，你自個兒怎麼辦？」

徐鳳年愣了一下，笑著指了指腰間雙刀，理所當然地道：「我要那些身外物有啥用，有春雷、繡冬就足夠了。」

徐鳳年見二姐默不作聲，知道她不喜自己練刀做那匹夫之勇的武夫，就轉移話題，問道：「今天親眼看到上陰學宮大名鼎鼎的稷下學士，才知道貌似也有很多窮光蛋啊？」

徐渭熊微笑道：「士子負笈遊學，遊俠掛劍遊歷，是時下兩大風氣，前者起始於張老夫子周遊列國。只是苦了那些明明已經家道敗落的貧寒士族，為了臉面，還是很講究在繼承人及冠後負笈出行，為此不惜東拼西湊。

你想啊，文弱士子出行，好說歹說最不濟也有幾百里路程，總得有個伺候衣食住行的書童，加上一個熟悉世道人情的老僕，這三人開銷，還不得讓小門戶的家族絞盡腦汁？所以一些其實早已與寒族無異的士族門第，所謂的負笈遊學，不敢奢望行萬里路，無非是在一州內多走幾個郡，盡量拜訪幾個名士高人，與他們喝喝茶、論論道，也就完事。許多讀書人所在的家族，為了能夠進入上陰學宮，不惜敗光了家產。

我這次地肺山一行，隊伍裡就有個在學宮外待了十八年才得以通過考核的稷下學士，已是五十多歲的年紀，平日裡教授他學問的稷上先生們，大半都比他年輕，為了攢錢多買幾本聖賢書，一年到頭就只吃饅頭鹹菜。所以上陰學宮也不是你原先設想的那般一無是處，能夠進入上陰學宮，不問道德，只說才學，都是不差的。」

徐渭熊伸出雙手捏住徐鳳年的臉頰，扯了扯，笑道：「好像兩次遊歷，都讓你受益匪淺。我想著是不是勸你再去一趟北莽。」

徐鳳年呆滯道：「姐，妳真是這麼想的？」

徐渭熊加重力道，道：「既然攔不住你練刀，再者好像你練刀也不光是練出個四肢發達來，我再攔著就說不過去了。不過事先說好，既然你要練刀，最差也得練出一個陸地神仙吧？都好幾百年沒誰做到這一步了。」

徐鳳年苦著臉，含糊不清道：「姐，妳練劍咋不練出個劍仙？」

徐渭熊鬆開手，瞇眼笑道：「姐是女子嘛，打打殺殺，不淑女。」

徐鳳年無奈道：「姐，妳真講道理。」

徐渭熊起身道：「走了，既然下定決心不攔著你練刀，也就不攔著你去武帝城了，你自己小心些便是。」

徐鳳年與二姐一起走出船艙，恰好有一個窮酸老書生在附近憑欄望江，喃喃自語：「我這隻喪家犬也有鄉愁啊。」

世子殿下湊巧聽聞老學子的自言自語，不加理睬。

春秋八國子民無數，哪個喪國人不是喪家犬？

與那自嘲一條老犬的稷下學士擦身而過時，徐鳳年眼角餘光瞥見老頭子明顯有些神情急促。見世子殿下沒有歇腳的意圖，老頭子趕忙側過身，做出眺望江水的深沉姿勢，憂國憂民得很，繼續說道：「我朝貞元以前，廟堂之爭是柱國之爭，是替先皇打下江山的文武勳臣，各自代替身後的抱團勢力進行勾心鬥角，爭的是一個利字，其中八國遺孤僥倖得以占據一席。自永徽年間起始，首輔張巨鹿開始掌握權柄，經過十幾年的大魚吞小魚，小魚吃蝦米，八國英才或主動或被迫，逐漸摒棄樊籬，融入朝堂，文武界限模糊，轉為兩大士子集團的南北交鋒。

南方相對勢弱，卻有燕刺、廣陵兩王撐腰，尤其在永徽元年至永徽四年短短四年間，以庶族出身的吏部尚書趙右齡為首，南方寒族王雄貴、元虢、韓林等陸續獲得拔擢，得以掌握各部實權，與江南士子集團相輔相成，聲勢大漲，不遺餘力爭一個字──名！

可文武與地域的名利之爭只是表面，終究逃不出皇帝陛下的制衡術。縱觀這二十餘年，朝中人物各領風騷，唯有孤立北涼的徐大將軍才能免俗，其可貴之處在於遠離廟堂紛爭。不爭，便是最大的爭，委實厲害。歷朝歷代的明君，必然忌諱重臣握權，朝臣掌國。我劉文豹與那些縱橫家不同，看待王朝興衰，並不著手於各個帝王英明昏聵，而是另闢蹊徑，由權相入手。賢相興國，奸相誤國，劉文豹竊以為不出五年，本朝第一人張巨鹿便要……」

洋洋灑灑長篇大論的劉文豹才說到酣暢要緊處，本想賣一個關子，吊起聽眾胃口才一語驚人，不承想稍稍轉頭，就跟當頭潑了一大盆涼水般目瞪口呆。那世子殿下竟然早沒影了，這番臨時起意卻精心帷幄的毛遂自薦算是白搭了。

喪家犬劉文豹哀嘆一聲，難免心灰意冷。他出身舊南唐的一個沒落士族，如徐渭熊所說，屬於那類負笈遊學都出不了一郡的寒士。年輕時候還總惦念著娘親說自己出生前夢中被一豹咬住手掌，故而取名文豹，年幼便立志要封侯入相，只是當時南唐覆滅前只重門蔭。

劉文豹年輕時尤為自負，前往上陰學宮求學務求一鳴驚人天下知，殊不知要想進入學宮何其難，盤纏耗盡，歸途漫漫，時值戰火紛飛，一個窮書生如何返鄉，又有何顏面返鄉？他便立誓不衣錦絕不還鄉，不料一晃眼便是五十多歲的老頭兒，榮華富貴仍是遙不可及。

學宮裡一些才學驚豔的同門學子，僅論年齡幾乎可以做劉文豹的孫子，劉老頭早年的雄心壯志便如眼前這一江水，隨著時光，緩流東海不復回啊。只是今日偶遇北涼世子，本希冀著富貴險中求，奈何世子殿下根本就沒興趣去聽這位老學子嘮叨。這倒也在情理之中，以那殿下王侯家世，若說有人將腹中才華以斤兩販賣於他，這些年恐怕不止幾百上千斤了吧？我劉文豹一個無名小卒，算得了什麼東西？

江風並不算凜冽，劉文豹伸手揉了揉枯樹一般的褶皺皮膚，喃喃失神道：「是該回家看一看了，便是一路乞討，也要死在家鄉，落葉歸根。」

徐渭熊見徐鳳年腳步不停地離開，到了船頭才輕聲笑問道：「你就不好奇這位老學士肚子裡是否真有些千金難買的韜略？」

徐鳳年嬉笑道：「這姓劉的老頭兒不是說思鄉嗎，我若瞧上了眼，捎帶去北涼，他牛年馬月才能返鄉？」

徐渭熊嘆氣道：「劉文豹的家鄉早已改頭換面，所在家族也凋零得七七八八，爹娘妻兒也都死於戰火和疾病，哪怕回去也沒誰記得他這麼個離家三十年的老人。」

徐鳳年皺眉問道：「這老頭有真才實學？」

徐渭熊淡然道：「學宮內的稷上先生們都認為劉文豹雜學而不精，並不看好。」

徐鳳年直截了當地問道：「別人怎麼看我懶得管，姐妳就說妳怎麼看待這老頭兒的吧。要妳覺得可用，大不了我讓他去北涼混飯吃，最不濟總能撈個油水足的小吏當當，好過在上陰學宮受氣。老大不小的人了，以他剛才的殷勤，分明是讀書讀出了心眼活泛，相信面子什麼的沒那麼看重。」

徐渭熊笑道：「我其實也不看好劉文豹。」

徐鳳年白眼道：「這算怎麼回事，那讓他老老實實在上陰學宮待著一邊涼快去。本世子既沒那氣吞江山、制霸天下的勃勃野心，也沒禮賢下士、千金買骨的矯情做派。一個上了年紀的老書生，在上陰學宮混了這麼多年都沒混出頭，到了北涼也是浪費口糧，萬一惹了麻煩，指不定就要被兵痞們一刀剁了腦袋，何苦來哉。」

徐渭熊搖頭道：「但是方才劉文豹那番言語，有些意思。」

徐鳳年嗤笑道：「連我這種不學無術的，都聽得出是高談闊論了，動輒張巨鹿、趙右齡，要不就是首輔尚書、帝王相國，高到不能再高了，比這江水還沒個邊際，光說這些有屁用。」

剛才一路身形稍後的徐渭熊眨眼道：「有意思的在於劉文豹尚未來得及點睛的東西，可惜你走得快了，否則他接下來十有八九會說皇帝陛下在近幾年，要扶植出一個各方面能與張巨鹿比肩的心腹。事實上如劉文豹所猜，確實已是八九不離十。

你可知門下省新近設有兩名起居郎，負責記錄監督皇帝的言行舉止？這個設在天子身側的位置比較大小黃門還要清貴超然。兩位馬上就要大紅大紫的天子近臣，身分就如劉文豹所說的南北之爭。一位來自魏閥，是北方首屈一指的世族，另一名祖上是東越寒族，一直名不見經傳，只知求學於北聖張家。

但據可靠消息，這位而立之年的起居郎深得皇帝器重信賴，若說官場軌跡，極有可能與張巨鹿當年如出一轍，再打熬幾年，興許就是此人翻雲覆雨的時機。要知道這樁祕事便是許多朝中重臣都燈下黑，沒能瞧出端倪，而劉文豹一個遠離廟堂的書生，卻能以史書斷後事，殊為不易。你若不信，可以把劉文豹喊來一問。」

徐鳳年擺手道：「別，二姐妳料事如神，小時候打賭就沒一次贏妳的。」

徐渭熊瞇眼笑了笑。

徐鳳年立馬沒骨氣糾正道：「姐！」

不承想徐渭熊輕聲道：「以後喊二姐就二姐吧，不與她爭這個了。」

徐鳳年不敢在這個問題上糾纏不休，見好就收，小聲問道：「既然老頭兒還是有點能耐，那該怎麼處置，丟北涼去？」

徐渭熊略作思量，道：「不急於一時，等你從北莽回來再作決定。若是三言兩語就讓你親自出面拉攏，劉文豹這幾十年磨去的心氣，就又得爬上頭了。你那急躁性子，不會有好脾氣去打磨誰的。」

徐鳳年一臉委屈道：「姐，這話可就太不講理了。」

徐渭熊轉移話題，直視徐鳳年說道：「跟你要個人。」

徐鳳年微愣，隨即說道：「你說。」

徐渭熊笑著玩味道：「魚玄機。」

徐鳳年眉頭皺起，「魚幼薇的父親雖說是從上陰學宮走出去的春秋名士，可妳要他女兒有什麼用？」

徐渭熊一如既往的蠻橫作風，「不給？」

徐鳳年覥著臉笑道：「借妳行不行，記得還我？」

徐渭熊毫不猶豫道：「本就是借，否則我向你要一女子有何用？她若僅是花魁魚幼薇，就過於暴殄天物了。」

徐鳳年納悶道：「都國破家亡了，就算是魚玄機，能在上陰學宮折騰出什麼花頭？」

徐渭熊開門見山道：「要想釣出千年王八萬年龜，你給出的魚餌總得花點心思。」

徐鳳年滿腹狐疑好奇，忍不住追問道：「姐，妳給說道說道。」

徐渭熊搖頭笑而不語。

徐鳳年馬上拿出撒手鐧，扯著徐渭熊的袖子撒潑耍賴，約莫是她拗不過這世子殿下的孩子氣，徐渭熊說了句莫名其妙的話，「一直想跟一個老前輩下局棋，是時候落子了。」

徐鳳年「哦」了一聲，不再刨根問底。知道不管如何不捨，終歸是要與她分別，徐鳳年無奈道：「姐，要不我還是去了東海武帝城後再去學宮探望妳吧？」

徐渭熊平淡道：「不許。」

徐鳳年正要說話，她已經把話說死，「這件事沒的商量。」

徐鳳年長呼出一口氣，柔聲道：「那這艘船妳拿去用，走水路總比陸路要舒服輕巧，省得顛簸勞苦，反正我也用不上了。」

徐渭熊也不客氣，點了點頭。

徐鳳年去找魚幼薇，從頭到尾，從言語說起到分道揚鑣，抱一隻白貓的腴美女子都沒有與世子殿下說話。徐鳳年上岸乘上神駿白馬，回頭看去，與她以及那隻不知胖了多少斤的武媚娘遙遙相望。徐鳳年悄悄嘆息，她眼中絲毫看不出是欣喜還是哀傷，這一別，就是最少幾年無法再見，若非二姐徐渭熊開口，徐鳳年絕不會讓她留在上陰學宮，似乎她的爹娘便葬在那兒。

當初世子殿下三年遊歷回到北涼，假若遲幾天，她好像說過就要去學宮為雙親守墓，不再踏上江湖。徐鳳年坐在馬上，輕輕勒了勒馬韁，掉轉馬頭，沿著道路驅馬緩行。

記得當年還是紈褲中的紈褲時，與不是什麼魚玄機的魚花魁說文解字，她說「愁」字應該作「離人心上秋」去解，徐鳳年抬頭望了望天色，嘀咕了一聲：「真是個適合滿肚子狗屁鄉愁離愁的好時節啊。」

岸邊那個色心不死的小蟲子朝大船喊道：「魚姐姐、魚姐姐，等我長大了就去迎娶妳，一言為定啊！」

撿了便宜老爹當當的龍宇軒嘴角抽搐，提著小屁孩的後領往回扯，躍上一匹馬。父子同乘，要不是那孩子實在調皮搗蛋，本是一幅挺其樂融融的畫面。

除了這對父子，世子殿下與舒羞、楊青風兩名扈從都是騎馬，靖安王妃裴南葦和慕容姐弟分開乘坐兩輛馬車，老劍神與青鳥做那馬夫。

這支人數不多的隊伍一路行往東北。

起先世子殿下除了抓緊時間向羊皮裘李老頭討教武學外，還會得閒抽個空去車廂，與籠中雀的裴王妃手談幾局，後來臨近沿海那座名動天下的孤城，便獨自騎馬，開始沉默寡言。

慕容姐弟原本生平頭回見到浩瀚無邊、汪洋大海的興奮勁頭，都被附帶著消磨殆盡。慕容桐皇還好，慕容梧竹性子柔弱，不擅長掩飾情緒。她與世子殿下相逢以來，對這位俊逸瀟灑的公子哥好感異常，尤其是大雪坪一役後，正是世子殿下親手替他們姐弟搬去心頭大石，明眼人都確定只要世子玩笑一句以身相許，她估摸著也就羞赧地半推半就了。一路行來，總是偷偷摸摸掀開簾子，看那背影多於看海。世上傷病千百種，情傷病入膏肓，心病無藥可救。慕容桐皇對此出奇地沒有任何斥責，頗有順其自然的意思。

到了。

抬頭可見武帝城巍峨的外城牆。

駿馬通靈，不需徐鳳年勒繩，就自己停下馬蹄。

這位北涼的世子殿下沒有看那城牆，而是轉頭看著東海海面怔怔出神。

等了許久，青鳥輕聲問道：「公子，咱們不進城嗎？」

徐鳳年輕聲道：「進城。」

一馬當先。

◆

武帝城本就是獨立於王朝外的一座孤城，因此這裡的城門守衛很大程度上只是擺設。進城無需任何路引，除非是一些犯了武帝城禁令不得入內的武夫，才會被阻擋下來，其餘甭管是販夫走卒還是王公卿相，一律一視同仁，乘馬行走入城也好，蹦跳或者爬著進城也罷，都無所謂。當然武帝城自王仙芝擔任城主以來，從未有過擺出開門迎客的陣仗，哪怕當年一統春秋的天子入城，那天下第二也不曾走出內城相迎。

舒羞和楊青風皆是第一次踏足武帝城，饒是兩人見慣江湖風雨，由城外走入城門洞中的陰影中，心中仍是覺得沉重非凡。天下城池無數，百年以來，二十年一次武評，唯有這座城門，幾乎走進走出過所有的十大高手。當今立於武道鼇頭的風流人物，倒騎毛驢拎桃花枝的鄧太阿走過，青衣官子曹長卿走過，他們都與此時舒羞、楊青風身邊的江湖人士一樣，要穿過這道城門，沿著中軸上的主道，去面對那座內城城頭。

那裡有個姓王的怪物，自稱天下第二，屹立不倒。

前兩年，好像有個名號叫劍九黃的西蜀劍客，背著劍匣也走過，而且是第二次，可惜不出意外，只是總計兩次徒勞地留下六柄名劍，最後連命都沒能帶出城，就那樣坐著，死在了那城頭。

徐鳳年下馬，牽馬而行。

走了一段路程，瞧見路邊一個酒攤子，他猶豫了一下，坐下後，跟酒攤夥計說道：「有酒嗎？」

「有有有，咱賣酒的，咋會沒酒，天南地北的好酒咱這兒都應有盡有！」眼光毒辣的店老闆見這位公子哥鮮衣駿馬，氣質不俗，心想來了隻大肥羊，讓一直覺得光拿銅錢不肯出力的店小二滾一邊去，親自上陣先自賣自誇了一通，小跑了幾步來到年輕公子身前，見菜下碟諂媚笑道：「這位公子，竹葉青、梁州老窖、劍南春、金陵大麴都有，想喝啥？」

公子哥微笑道：「黃酒呢？」

店老闆猶豫了一下。這黃酒有倒是有，可賣不出高價錢，不管如何往死裡宰肥羊都宰不出太大油水，正想著勸說眼前年輕人換那些更耗費銀子的名酒，可公子哥只是撇頭望向內城頭，不容反駁地說道：「就黃酒好了。」

酒攤老板眼珠子滴溜一轉，笑道：「聽口音，這位公子哥是北涼那邊來的吧？黃酒好啊，實不相瞞，咱這黃酒在城裡是百年的老字號了，雖說一壺酒二十兩銀子，貴是貴了點，可一分銀子一分貨，絕對值啊！對了，公子可知前些年那場江湖皆知的城頭比試？乖乖，咱是實誠人，也不說什麼百年一遇，可十年一遇絕沒半點水分，姓黃的老劍客與城主比拚前，就在咱這攤子上喝了好些黃酒，直誇咱酒地道，沒白掏那二十兩銀子！這名劍客，可了不得，天下十大名劍，他一人就占了六把，公子你自己說，那姓黃的劍客一身本事能弱了去？是不是這個理？唉，可惜這位劍俠黃酒在咱這攤子還是喝少了，古話說喝酒壯膽，嘿，要是再來一壺，指不定就不小心使出劍仙的本事啦……」

年輕公子只是聽著酒攤子老闆唾沫四濺地嘮叨，並不言語。

沒有下車的青衣婢女緊抿嘴唇，欲言又止，終於還是沒有張嘴打擾公子。

羊皮裘老頭兒則是在閉著眼打瞌睡。

年輕公子終於說話：「給我拿一壺酒，兩個碗。」

店老闆愣了愣，還是照辦，心裡琢磨雖說這名公子哥家僕帶了不少，可都沒誰坐下啊，要兩個碗作甚？

端來黃酒和酒碗，一壺本錢不到一兩銀子卻獅子大開口二十兩的酒老闆心情極好，破天荒想要親自給這位出手闊綽的公子哥倒酒，竊喜的同時，心中難免嘀咕這外邊來的遊俠就是容易糊弄。

被痛宰了一次的公子似乎根本不介意那酒錢，平靜道：「我自己倒酒好了。」

酒攤子老闆也懶得熱臉貼冷屁股，樂呵呵道：「咱清楚記得那老劍俠當年就是坐在公子右手邊位置，就是同一張桌子！」

公子「嗯」了一聲。

徐鳳年倒了兩碗黃酒，其中一碗放在右側桌面，都倒滿了，端起身前那一碗喝了口，抬頭微笑道：「那背劍匣的老頭是缺了倆門牙吧？」

酒攤子老闆想了想，點頭，有些忐忑。難不成這位北涼公子哥與那姓黃的劍道高手還是相識不成，若萬一是真的，這還沒在手上焐熱的二十兩銀子可就他娘的燙手了。

公子笑了，緩緩說道：「還有，那缺門牙的老頭兒肯定沒二十兩銀子付給老闆你，撐死了也就是倒出所有銅錢，買個一碗半碗的黃酒，節省著喝，對不對？」

被說破真相的酒攤子老闆徹底慌了，臉色僵硬。雖說武帝城裡頭的百姓再平民百姓，天生有一股子不可言喻的優越感，看待外頭來的江湖人士都習慣性斜眼去瞧，可這種優越感也有個限度，這天底下在哪兒討生計混飯吃不都得掂量自己的斤兩去待人接物？越是市井小戶人家，就越精明計較，沒點見風使舵的眼力見兒，哪能讓別人心甘情願地從口袋裡掏出銀子銅錢來？

酒攤子老闆雖說是只平日裡最喜歡指點江山的老麻雀，見多了所謂的高人高手，可那也只是嘴皮功夫，反正說了罵了吹了捧了誰都管不著，如果不小心撞上了鐵板，耽誤了掙錢，終歸是不美。

好在那年輕公子並沒跟他計較謊言，自顧自喝著酒。這讓酒攤子老闆如釋重負，再也不敢誇誇其談，去櫃子後邊站著，小心翼翼地猜測這名年輕人是何方神聖。

他盯著公子哥腰間所懸長短雙刀，嘖嘖，難得一見的好刀。

莫非真是很有來頭的北涼世家子？

可沒聽說北涼那邊有出名的江湖門派和武學家族啊，自打上一輩的槍仙王繡死了以後，北涼就完全沒什麼拿得出手的高手了。那貧苦地兒，也就北涼三十萬鐵騎最嚇人，讀書人、遊俠什麼的，據說都很一般，沒誰出彩的。

兩輛馬車的簾子都已經掀起，慕容桐皇和慕容梧竹都望著那沉默的世子殿下，只覺得有些看不懂。

靖安王妃裴南葦見識過許多這名世子殿下的不同臉孔，唯獨沒有見過此時此地的徐鳳年，不言不語，不笑不悲，竟是讓人覺得莫名的揪心，就像是一個犯錯的孩子。

孩子？

裴南葦嘴角冷笑，孩子能活著從襄樊城外蘆葦蕩走出？能讓牯牛大崗翻天覆地？能讓龍虎山趙丹坪從京城趕回天師府？

可是，他為何擺了兩個碗，喝那一壺廉價的黃酒？

一壺酒，酒壺本就不大，所幸碗也小，但滿打滿算也就倒五碗，喝去三碗以後，除去右手邊桌上那碗酒，年輕公子也只剩下最後一碗了。

碗碰碗，還是一飲而盡。

在酒攤子老板眼中有些神神叨叨的年輕人瞇起眼，似乎喝得很盡興，微醉微醺，呢喃道：「老黃，那時候跟你嘮嗑，我問你什麼叫高手氣派，你說什麼來著？」

「對了，是能讓九天之雲下垂、四海之水皆立的高手，你說能有這等本事的傢伙，才算真的高手，你還說武帝城那位啊，王老怪物，算算歲數，約莫著該有這本領了，可你明明知道王老怪快是仙人了，那你還來這討打幹啥？你他娘的不總說咱們行走江湖，打不過就跑，風緊就扯呼嗎？」

不知何時，羊皮裘李老頭下了馬車，走近酒攤子，徑直坐下，罵道：「徐小子，廢什麼話，沒膽子就夾著尾巴滾蛋，在這裡連累老夫也丟人現眼？」

酒攤子老闆被那髒老頭的大大咧咧給嚇了一跳，十分奇怪這缺胳膊老馬夫怎的連半點尊卑都不懂。

更奇怪的是那年輕公子也不生氣，只是輕輕說道：「要不然？」

羊皮裘老頭瞥了眼那座插滿天下武夫兵器的城頭，冷笑道：「好心提醒你一句，不管你行何事，老夫都答應過徐驍保你不死。」

那公子，拿手指點了點城頭，模糊可見有一只紫黑匣子，笑道：「我也不想做什麼大事，以我的那點斤兩，大事我也做不來，就想端著這碗酒去那裡看一看。」

酒攤子老闆下意識翻了個大白眼。這外來人就是外來人，半點規矩都不懂，還不知天高地厚，城頭豈是尋常人可以上去的？差不多整整甲子時光，多少人想要硬闖上城頭，都給打落下來？他在這兒做了十來年生意，也見過一些不知死活想要直接飄向城頭的所謂高手，無一例外都沒好下場，都是騰空躍起不到五、六丈，就惹來內城高人出手，一個個跟沒了風的風箏般摔死在牆根下，死得不能再死。劍神鄧太阿與曹青衣身手如何？江湖地位如何？傳聞前些年挑戰城主，不一樣得照著規矩去武樓一層層打上去？

在酒攤子老板眼中不堪入目的獨臂糟老頭灑然笑道：「這有何難？」

只見得那年輕公子聽到以後，緩緩起身，端起那碗酒，轉頭對青鳥說道：「你們在這裡等著。」

裴南葦瞪大那雙秋水眸子，匪夷所思。這傢伙瘋了不成？連她這種江湖以外的女子都知道內城杵著一位天下第二啊。

這一日，紛紛攘攘的武帝城土城道上，所有武帝城訪客與城內百姓都見到畢生難忘的一幕，一名俊逸公子，端碗而行，朗聲道：「王仙芝，敢問何為九天之雲下垂，何為四海之水皆立？」

這一句話以雄渾內力激蕩出聲，響徹半座城池。

緊接著，據後來好事者估算該有起碼一千九百柄劍，同時出鞘沖天，齊齊空懸於天幕。

而這番雄奇瑰麗的異象，緣於一名孤寂江湖太多太多年的獨臂老頭一句話，「王仙芝！李淳罡來訪東海，借這滿城劍，與你一戰！」

第十二章　讚劍神新老齊現　嘆掌教終歸下山

江湖委實太大了，哪怕有仙人往江湖裡砸下一座泰山，濺起巨大水花，但十年、百年以後，也就沒了漣漪。

所以身在江湖的江湖人士，大多都比較健忘，人生最多不過百年，七十便是古來稀。李淳罡成名太早，年紀輕輕便獨占鰲頭，三十歲便幾近天下無敵，舉目望去，誰與爭鋒？這位曾經的老劍神成名早，落幕得也早，敗給同輩王仙芝以後，木馬牛被折，就少有傳聞流入江湖，久而久之，隨著知己與紅顏相繼化作黃土，當代江湖，便是一些上了歲數的老古董，提起李淳罡，印象也模糊不清，何況是那些青壯年齡的江湖人？

對這些人而言，且不去說老而彌堅的王仙芝，僅論天下劍道，道門裡頭龍虎山齊仙俠與武當王小屏交相輝映，只不過比起一身仙氣的鄧太阿，仍是遜色較多。江湖更迭，不變的是劍士永遠是江湖上最多的，如同過江之鯽，密密麻麻，而鄧太阿無疑是如今江湖心目中唯一的劍神，偏偏這位劍神不喜佩劍，也算一樁咄咄怪事。

用劍的輸給了用刀用槍的，大可以放言我輸了咋的，你們用刀用槍的，拎出最拔尖的高手，誰能打得過不用劍的鄧劍神？江湖傳言這位鄧劍神生得虎背熊腰，可以幻化出三頭六臂；行囊裡藏有一只不大的黃梨木劍匣，裝有袖珍小劍十餘柄，以吳家劍塚祕術養育得通靈如活物，饑則食肉，渴則飲血，十分玄妙，出匣以後無需氣機駕馭，便可自行割取項上頭顱，可惜這等出神入化的劍仙手筆，世間唯有武帝城城主一人見識。沒法子，江湖再大，對鄧劍神而言，當真是有資格目無餘子。

武帝城中將近兩千柄劍出鞘，在空中懸掛出一道驚世駭俗的劍幕。

城門外一頭疲態畢露的老毛驢踩踏著蹄子，緩慢入城。一名書童裝扮的少年倒騎著驢，腰間掛著劍鞘，劍已不見，一臉懊惱悔恨，低頭對一名牽驢子的中年男子說道：「老爺，我這劍可是好不容易才攢下銅錢碎銀買來的，那李淳罡說好了是借城中劍，憑啥連我這把也不放過啊？我們這不還沒到武帝城嘛！老爺你也是，眼睜睜看著劍飛出鞘，都不幫我攔下來，這事兒傳出去多丟人，到時候老爺你的面子擱哪裡去？」

中年男子相貌平平，只不過習慣性嘴角翹起，看上去就像始終在笑，順帶著那張不出眾的臉龐也柔和溫醇起來。他手裡拎著一枝不知何處摘來的桃花，手指輕輕旋轉，抬頭看著少年那張苦瓜臉，微笑打趣道：「面子不就擱在自己臉上嗎？」

那當書童僕役的少年架子倒是不小，自個兒騎驢，讓老爺牽驢步行也就罷了，還讓那老爺背著行囊書箱。聽到自家老爺調侃，他先是瞪眼，隨即洩氣，憂心忡忡地問道：「這李淳罡說好了是借劍，可不會借了不還吧？」

男子笑道：「李老前輩要是不打起來，只是做個樣子，我估計你也夠嗆。你想啊，差不多兩千把劍沒了駕馭，稀里嘩啦都從天上掉下來，胡亂丟了一地，到時候你認得出來哪一把是你的？就算你認得出來，那麼多豪俠劍客都去瘋搶，加上一些渾水摸魚、順手牽羊的，就你這小身板，搶得回來？想要物歸原主，你就燒高香吧！再說這還算好的，萬一真跟王老頭打起來，這一千九百柄劍，可就要十去八九了，你那把劍資質一般，根本經不起王老頭隨手一揮。不過我看啊，這次李老前輩借劍，借得好，省得你小子買了劍就沒心思給我打雜，你摸良心說說看，這些日子，燒菜做飯可有以往一半心思？」

確切來說是劍童的少年氣呼呼道：「就老爺你話最多，開個頭就要沒完沒了，我耳朵都起繭子了！」

粗布麻衣的中年男子不愧是脾氣好到沒脾氣的境界，笑呵呵道：「好好好，我閉嘴。」

說是劍童卻從沒給老爺背過劍的少年嘆息道：「老爺，跟你說個事唄？」

牽驢入了城，站在主道望向內城城頭的男子笑咪咪道：「李老前輩和王老頭要神仙打架，你這不是為難我嗎？」

劍童退而求其次，嘿嘿道：「要不老爺你趁亂給我撿回來十七、八柄劍？反正老爺你是撿劍，又不是偷、不是搶，有啥關係！」

男子會心一笑道：「瞧瞧，剛還說我這面子往哪裡擱，我如果兩肩膀扛著十幾柄劍在大街上跑，就有面子啦？」

劍童心如死灰，哭喪著臉道：「跟在老爺身邊，整整六百多個做牛做馬的苦日子，好不容易才積攢下十七兩碎銀子，都花在買劍上了，早知道打死都不來這狗屁武帝城了，狗屁倒灶！」

男子見少年隱約有泫然淚下的跡象，頭疼道：「行了行了，回頭沒人的時候我幫你撿把好劍便是。」

少年臉孔驟變，燦爛嬉笑道：「老爺，你累不累，我幫你背書箱好了。」

男子氣笑道：「德行。給你背書箱，累的還不是驢子，還不如我自己累些。」

劍童咧了咧嘴，抬頭望向城中上空的陰沉沉劍幕，神情恍惚，輕聲問道：「老爺，你說這場架要真打起來，誰贏面大一些？」

男子笑了笑，漫不經心道：「除非往死裡打，否則這場架贏面還是王老頭大很多。」

劍童撇了撇嘴角，白眼道：「這李淳罡也太沒用了，只會折騰出這種嚇唬人的場面，豈不是繡花枕頭？」

男子露出罕見的凝重神情，沉聲道：「三祿，不許對李老前輩不敬！」

少年見老爺生氣，終於不敢大放厥詞，乖乖「哦」了一聲，但隨即一臉不甘心地打抱不平道：「那王老頭也就是狗坐狗糞堆自個兒稱王稱霸，要是老爺你出全力，一準兒把他打得爹娘都不認識。」

男子啞然失笑，搖頭道：「這輩子都不指望了。」

與老爺相處一直不講究身分的劍童似乎是怒其不爭，賭氣地使勁哼哼哼。

男子不以為意，略微失神道：「你們這些孩子，自然不懂何謂『天不生李淳罡，劍道萬古如長夜』。五百年來，天才劍士無數，最終卻只有這位老前輩劍道修為直追呂祖啊。至於我，殺人興許僥倖強過李老前輩，但也是略勝一籌，可論劍道修為，卻是差了許多。」

劍童只揀好聽的入耳，眉開眼笑道：「練劍不就是為了打架殺人嘛。」

男子笑道：「你倒是想得通透。」

騎在驢上的少年劍童擺足了高人氣勢。

男子停下旋轉桃花枝的小動作，驚奇地「咦」了一聲，笑道：「來了！你小子，眼福不錯，這場架還真打起來了，沒有雷聲大雨點小。」

內城閣樓傳來一陣聲如洪鐘的嗓音，「請李淳罡出城，與王某入海一戰！」

武帝城無數人不約而同抬頭，一道魁梧白影如一顆彗星，由閣樓頂轟向東海海面。

一千九百劍，劍尖瞬間直指東海，有一人躍上當頭一劍，禦劍前往東海。

當世最強一戰！

◆

當兩道身影出城入海，武帝城經過短暫的死寂後，瞬間爆發出海浪般的喧鬧，不管是城內百姓還是外地豪俠，都一股腦湧出城外。若是能在城上空俯瞰下去，四門附近彷彿彙聚出四道洪流，接著其中三道轉折，浩浩蕩蕩殺向東海畔，一些性子急躁並且武藝不俗的江湖人士顧不得龜速行走，直接在城中飛簷走壁，躍出城頭，這幅數百人一同兔起鶻落的壯觀場景，確實罕見。

才半盞茶工夫，足足塞下十來萬人的武帝城便街巷空闊冷落，出奇的冷清安靜，畢竟那自稱李淳罡的獨臂老頭兒，別的不說，一手禦劍一千九的仙人本領，作不得假。

再者王仙芝坐鎮武帝城已逾半百年，不管是新劍神鄧太阿還是曹官子，都不曾讓他出城一戰，用屁股想都知道，這位名聲雖早已過氣的羊皮裘老頭兒，卻是個相當霸道的角色，如此可遇不可求的巔峰一戰，選擇來訪武帝城或者定居的江湖人，誰不眼饞得厲害？錯過了，得悔青腸子一輩子。

原本人聲鼎沸的熙攘主道，瞬間走得一乾二淨，連那酒攤老闆與倆店小二都撒腳跑了出去，只剩下世子殿下一行人迫於職責所在，只能留在原地。舒羞心癢歸心癢，但入武帝城，如履薄冰，何況當下盛況是那世子殿下與老劍神兩人聯手造就，已是位於旋渦中心，便更不敢隨大流出城看戲，萬一世子殿下出了紕漏，北涼王不好拿藝高膽粗的李淳罡開刀，拿她舒羞殺雞儆猴，舒羞就是想一命抵一命都是奢望，下場註定生不如死。

面癱木訥的楊青風斜瞥了一眼舒羞，繼而繼續望向內城頭，不動聲色。內城中央有一座高聳入雲的閣樓，宛如東越皇帝因為身邊一位斷袖詞伶那句「不敢高聲語，恐驚天上人」，而耗盡大半國庫立起的通天閣。

那天下第二正是從此衝射而出，「墜入」東海，約戰李淳罡於那碧海潮生的溟濛汪洋。楊青風臉色如常，其實心神激蕩不輸舒羞，只要是一名武夫，誰不為李淳罡那借滿城劍的仙人手筆與豪邁氣概所傾倒？再者那兩位老前輩的恩怨，幾乎是貫穿整個江湖的一條大主線，自打李淳罡出了北涼，鬼門關上一袖劈江兩百丈，襄樊城外敗退吳家劍冠，大雪坪成就劍仙境界，莫不是一切的一切，都是為今日一戰鋪墊？

小蟲子趁便宜老爹目瞪口呆的時候，掙扎著跳下高頭大馬，大概是腳力孱弱的緣故，摔了一個狗吃屎，起身後拍拍塵土，就去酒攤自顧自揀選了幾瓶好酒，坐下後自顧自地自飲自樂，很是老氣橫秋，後來總算良心發現，朝撈了個客卿當的採花賊老爹招招手，笑道：「老爹，喝酒喝酒，不要錢。」

龍宇軒哪有心情喝酒，生怕世子殿下和老劍神李淳罡都交待在武帝城，他這北涼客卿被堵在城內，還不是五馬分屍或者踩成肉泥的下場啊。

龍宇軒沒下馬，倒是一名逆流入城的牽驢男子聞到酒香，挑了張遠離頑劣小孩的桌子，也去翻箱倒櫃拿了幾壺酒，不過沒忘記從懷裡掏出幾粒碎銀子擺在桌上。坐驢上的少年劍童唉聲嘆氣，跳下驢背，小心警惕地盯著那一幫陌路人。

他眼中的這幫人是種很古怪的搭檔，臉色如雪的死鬼男子，馬夫是一位清秀的青衣姐姐，還有那位騎在馬上的嬸嬸，胸口雙峰可真高啊，都要破衣而出了，看得少不更事的劍童一陣心跳，尤其是舒羞與他遞送了一個嫵媚秋波後，少年更是臉色漲紅脖子粗，呼吸紊亂，這個名不副實的劍童別扭轉過頭，不敢與那位嬸嬸對視。

身邊喝酒的老爺經常提醒，行走江湖有忌諱，老道尼姑、天真稚童與美豔女子，這三種人，沾碰不得，道行不夠，就有可能陰溝裡翻船。被老爺取名三祿的少年低頭後，偷偷心想那位嬸嬸好看是好看，可惜年紀大了些，也不似作風正經的大家閨秀，他可不怎麼喜歡，飽飽眼福也就差不多。

正當少年惋惜時，驚鴻一瞥，瞧見了馬車上透過簾子的一張容顏，瞬間呆呆怔住，美人透珠簾。

三祿如遭雷擊，慢悠悠喝酒的中年男子見到劍童失魂落魄，灑然一笑，順著少年呆滯的視線望去，是一張雌雄莫辨的絕美臉龐。小子眼光不錯，要說三祿是垂涎美色才如此，倒是冤枉了這小子，那簾子後頭的小女子好看是好看，可比起前不久在洛神園見到的陳姓女子，還是差了些，也沒見到三祿如此魂不守舍。

躲在簾子後頭的女子似乎是惱怒三祿的直溜溜的眼神，輕輕皺眉，鬆開簾子，不再相見。三祿緩緩回過神，滿心滿腹的自慚形穢，看得男子一陣好笑，莫不是真喜歡上了？男子對這些男女情愛一竅不通，也就談不上如何去替三祿解開心結，順其自然就是了。

採花賊龍宇軒見到主僕二人後，就一直懸著心思，有人騎驢不奇怪，可驢子加桃花枝再加武帝城，就不容小覷了。雖說新劍神鄧太阿橫空出世後，因為他喜好拎一枝桃花悠游武林，引發許多盲目崇拜劍神風采的江湖男女有事沒事就去照葫蘆畫瓢，導致一些個老派江湖人士十分反感。

想像一下，每逢桃花盛開時，走大街上，十個佩劍遊俠女俠就有三、四個提著桃枝逛蕩，成何體統？不嫌膩味？這跟當年官子曹長卿引發青衫浪潮是一個道理，那會兒可謂是滿城盡穿青衣衫，風靡大江南北。論人氣高下，十大高手中，位列前三甲的王仙芝、鄧太阿、曹長卿，能把後邊七位甩開十條大街。

龍宇軒自然沒機會目睹劍神鄧太阿的真容，也知道江湖上不是隨便哪個騎驢拎桃花的便是劍神，可眼前這位神情溫和的男子，瞅著不像普通人，神華內斂，氣質不俗。龍宇軒如臨大敵，見小蟲子不知天高地厚在那邊灌酒，猶豫了一下，下馬小心翼翼地坐在這孩子身邊，將這兔崽子與那主僕二人隔開。

◆

武帝城空落落的主道上，世子殿下始終端酒前行。

牆根下並排站著六位名動天下的武帝城武奴，武奴共計有十二，皆是輸給王仙芝後必須生生世世做奴的昔年江湖頂尖高手。其中劍士四名、刀客三名、槍法宗師一名、拳術宗師兩名、琴師一人、棋士一位。

武帝城出動一半武奴立於城牆下，想必不會是那殷勤待客的手段，而是要讓那白馬出涼州的世子殿下知難而退。武帝城從來沒有國法，只有王仙芝立下的城規，在這裡，皇帝老兒、王侯公卿說話都不管用。無論是誰都得按照規矩來，除非你拳頭夠硬，硬到連陸地神仙王仙芝都要正視的程度。

劍童三祿數次偷瞧那馬車簾子，都沒再能見到那張驚為天人的容顏，只好喝酒壯膽，沒話找話輕聲問道：「老爺，那個公子哥是誰，口氣和膽子也忒大了，敢挑釁王老頭，現在李淳罡出城去了，他該怎麼走上城頭？六位接近一品境界的武奴，還不得隨便把他打成豬頭？」

低頭喝酒的男子瞇起眼，望著那名年輕人的背影，依稀有幾分當年的熟悉氣息，神情恍惚道：「他啊，馬虎是個遠親，按輩分來算，得喊我一聲舅舅吧。」

劍童當場大為震驚，「老爺，三祿自打認識你，你就沒怎麼說起過家世，要不今天給說說看？」

男子想了想，端著碗懸在空中，終於笑道：「我當年在某地練劍時，他娘親，也就是遠房表姐，曾對我有一飯之恩，有救命之恩，也有授業之恩。這趟帶你來武帝城，是還那份恩情的。」

少年直來直往地說道：「老爺，可不是我說你，照你這說法，這恩情大了去了，你咋個還法？加上你們倆還沾親帶故的，你要是出手小氣了，我都看不下去！以後看我還給不給你燒水做飯！」

男子調侃道：「你那點心思我會不知道？還不是覺著那公子哥跟你一見鍾情的姑娘有關係，想借我的出手去做好事？你啊，這叫慷他人之慨，否則以你吝嗇小氣的性子，十棍子下去都打不出半個銅錢。」

劍童惱羞成怒，不再理會這個言辭刻薄的老爺，眼角餘光卻是投向馬車，生怕那位姑娘聽了去，對他產生不佳印象。

男子輕聲感慨道：「吳素離開吳家劍塚前，與我在劍山一別，我曾許諾一事。後來她為了徐瘸子孤身入皇城，我當時沒來得及跟上，以至於她落下病根，我愧疚至今。」

說話間，男子彎腰從書箱中取出一個黃梨木匣，手指一抹，輕緩推開，露出十二柄長短不一卻都玲瓏袖珍的小劍，小劍顏色迥異。

在有所動作前，模樣十分人畜無害的男子轉頭對兩輛馬車上的眾人微笑說道：「在下鄧太阿，習劍時欠下王妃吳素一事，今日先行償還一半，希望各位不要阻攔。」

龍宇軒一口酒噴出嘴，使勁咳嗽，嚇得臉色發白。

「與王妃入世救人劍不同，鄧太阿練劍從來只為殺人，也不與俗人、庸人示匣中十二劍，這次破例出六劍。」

沒心沒肺的小蟲子破天荒露出凝重神情。

青鳥更是握緊剎那槍，絲毫沒有因為這名自稱鄧太阿男子的友善姿態而掉以輕心。

舒羞、楊青風面面相覷。

慕容桐皇再度掀起簾子，瞪大眼眸，緊皺眉頭。

離劍神鄧太阿最近的少年劍童心生豪氣，神采奕奕。

一時間，附近所有人都屏住呼吸。

世間有幾人有幸親眼見到自詡殺人冠絕天下的桃花劍神出劍殺人？

黃梨劍匣整齊排列十二劍，最長不過中指，最短才及拇指。

只見當下江湖風頭遠勝老劍神李淳罡的劍道第一人，微微一笑，伸出一根食指，朝左手第一柄赤紅小劍的劍柄，輕輕一彈，平靜道：「玄甲。」

小劍跳入空中，輕微凝滯後，朝城頭激射而去。

鄧太阿再伸出中指，雙指並敲，「青梅，竹馬。」

兩劍靈氣活潑地蹦入空中，再度飛去。

最後一次是三指。

「春水，朝露，桃花。」

小劍匣恰好空去一半。

連靖安王妃都被這傳奇色彩濃重如墨的男子給挑起好奇與畏懼，隨著他的手勢，與舒羞、楊青風、龍宇軒幾人一起望向城牆下。

唯有小蟲子和青鳥始終盯著那個並不起眼的黃色劍匣。

張目遠望的眾人根本不知道，這名男子才彈指出劍跳出匣，幾乎一瞬間，六柄小劍便已返回劍匣兩尺上空，緩緩落下。

等到鄧太阿蓋上黃梨木匣子，眾人才後知後覺，看到六名武奴好似被一物洞穿頭顱，迸出六道血柱，六具屍體撞向城牆，最終緩慢地癱軟倒地。

這時，彈指飛劍殺人的鄧太阿起身，卻沒有動那只裝載十二柄價值連城飛劍的黃色盒子，只對那輕輕搖頭的小蟲子微笑說道：「鄧太阿恭賀趙老神仙返璞歸真，逍遙陸地。麻煩老天師將這只盒子交給世子殿下，就說鄧太阿的飛劍殺人術盡在此盒中。」

小蟲子愁眉苦臉地嘆氣道：「你就這麼拍拍屁股走了？你這是逼著王仙芝跟李淳罡死磕哪！要是李淳罡輸了，徐鳳年如何走得出武帝城？你送不送十二飛劍又有何意義？」

鄧太阿拿起桃花枝，牽過驢子，笑道：「老神仙，這與鄧太阿沒關係了。」

小蟲子白眼無奈道：「現在的江湖，貧道是真看不懂了。」

採花賊龍宇軒的眼珠子差點掉到地上。

沒了阻礙，世子殿下順利走上城頭，走近了那只紫檀劍匣，盤膝坐下，將那碗酒擱在眼前，望向東海。

興許是那武帝城老怪物知曉了城內波瀾，動了真怒，海面頓時攪亂掀翻。

老匹夫真要教那東海之水皆立？

徐鳳年眺望江面，海浪愈演愈烈，下垂劍幕如黑雲壓城，他突然咧嘴笑道：「風緊扯呼了！老黃，等從北莽那邊活著回來，再來看你。」

這一日，除去百年江湖兩代劍神在武帝城出手，還有一件事情轟動天下。

武當山年輕掌教，騎鶴下山。

◆

齊仙俠那般不苟言笑的一個龍虎道人，結果到了武當山，待久了，也被洪洗象給禍害得不輕，不是被拉壯丁去給宮觀修修補補，便是砍柴燒炭搭建竹樓，其間難免與武當上幾代道人都有磕磕碰碰。

起先武當小字輩的道童都沒個好臉色，後來見這位龍虎山來的，雖說常年板著臉跟欠了他幾萬貫錢似的，可心地不壞，加上年輕師叔祖兼掌教與這人以禮相待，再者道童們聽說這傢伙劍法跟六師叔祖不相伯仲，膽大一些的，就鼓起勇氣跟他問些飛劍法門。

那姓齊的倒也豪氣，沒啥門戶之見，有問必答，到後來，一大群仰慕劍仙風采與江湖風雲的道童都跟在屁股後頭唧唧喳喳，聒噪個不停，齊仙俠所居住的冷僻竹屋無形中也熱鬧了許多。與金科玉律不計其數的道庭龍虎山不同，武當山沒太多講究，齊仙俠本以為會很不適應，不料不說那些頑劣單純的道童，便是與騎牛的幾位師兄，陳繇、宋知命、俞興瑞等人，都有不鹹不淡的往來。

齊仙俠不知不覺便少了幾分與騎牛的爭強鬥勝的初衷，沉靜下心思，在武當山練劍習道，閒隙偶爾會去主峰峰頂太虛宮欣賞日出日落。

眺望而去，東西南北四面七十二峰巒，如蓮瓣拱衛主峰，一同呈現出俯首稱臣的朝拜姿態。每次吐納完畢，收回視線，齊仙俠都會情不自禁地望向那柄貨真價實是呂祖遺物的仙劍，懸掛在大庚角簷下。對於五百年不世出的呂祖，齊仙俠自幼便崇敬得很，否則也不至於一心修行劍道，追求那飛劍取千里以外首級的劍術極致。

道門裡劍分道劍、法劍兩種，自古以來便是尊道劍、輕法劍，簡單而言道劍斬七情六欲，法劍斬妖除魔斬不平事，前者於修道飛升百利而無一害，後者卻不可避免地沾染因果。曾有龍虎山天師便因此而遭遇罕見天劫，幾乎當場兵解，若非龍虎山當機立斷以折損數棵龍池氣運蓮做代價，後果不堪設想。齊仙俠走法劍一途，龍虎山並非沒有異議和惋惜。

今日是玉京尊神真武大帝的誕辰日，上山燒香的香客絡繹不絕。說來奇怪，自騎牛的接任掌教以來，雖說沒有上任掌教王重樓那種一指斷江的神仙事蹟，而且這姓洪的連一次下山都不曾有過，但武當山的香火卻是愈來愈旺。

齊仙俠經常聽同門白煜講解氣運，略懂一二。在主峰觀雲望霞，須知這武當屹立於大陸西北，而天下氣運向來是由西往東而去，一如滾滾江水奔流到海。但這段時日，連齊仙俠這個望氣的門外漢，尚且隱約可見雲海滔滔翻湧，層層疊疊彙聚在七十二峰外，只是不知何時何日會厚積薄發。所幸齊仙俠向來不願杞人憂天，玄武是否當興，龍虎能否長榮，誰是真正的道教祖庭，誰被朝廷敕封君王恩賞，對他而言，都不重要。

齊仙俠驀地心神一跳，瞪大眼睛，抬頭朝那柄已不出鞘整整五百年的仙劍望去。

這把自呂祖羽化登仙後沉寂半千年的古劍，竟然顫鳴如龍。

七十二峰雲海沸騰，最終宛如七十二條白龍游向主峰。

數百隻黃鶴翱翔盤旋。

因真武大帝誕辰而蜂擁入山的浩蕩香客幾乎同時抬頭，去看望這副異象，不知是誰喊了一句「真武大帝顯靈」，數萬名心懷畏懼的香客齊齊跪拜於地。世間尋常百姓，你與他們說聖人經典、玄妙道德、艱深佛法往往益處不大用處不多，他們往往是見了淺近明顯的東西才喜歡、害怕，一如升斗小民見到那些痞子無賴手裡的刀槍棍棒，或者是官老爺的錦繡補服和八抬大轎，故而佛教便有十八地獄，嚇得人戰戰兢兢，道門則有種種真人、仙人的救世濟民。

這些東西，士子高人往往不屑言談，但對市井巷弄的老百姓來說卻是最能震懾人心。北斗主死，真武大帝坐鎮武當，敕令北方。鼎盛時，南方都會有無數香客前來武當燒香祈福，如今武當聲望式微，但多數北地百姓心中仍是相當虔誠信賴，尤其是這頭頂漫天雲海翻滾，黃鶴齊鳴，誰不敬若神明顯聖？

正在經樓找尋一部典籍的陳繇踉蹌跑到視窗，顫顫巍巍地推開窗戶，老淚縱橫，嘴唇顫抖道：「王師兄，小師弟成了！」

山中煉丹的宋知命顧不得一鼎爐被凡人視作仙物的丹藥，撲通一聲直跪下去，磕頭道：「武當三十六弟子宋知命，恭迎祖師爺！」

在東海尋覓到一名骨骼清奇閉關弟子的俞興瑞，正坐蒲臺上傳授那名弟子內功心法，卻突然間拊掌大笑，笑出了眼淚，激動萬分道：「李玉斧，你掌教師叔終於要下山了！」

七十二峰朝大頂，二十四澗水長流。其中最長一條飛流直下的瀑布有如神助，底端被掀起拉直，通向毗鄰那座唯有一名年輕道人修習天道的小蓮花峰，瀑布如一條白練橫貫長空。

數萬香客見到此景，彷彿置身仙境，更加寂靜無聲，偌大一座武當山，幾乎落針可聞。

水起作橋為誰橫？齊仙俠親眼見到古劍連鞘飛出太虛宮，尾隨其後，沿著懸掛兩峰峰頂水橋奔掠向小蓮花峰，看到騎牛的怔怔靠著龜馱碑，喃喃自語：「今日解簽，宜下江南。」

那柄仙人古劍圍繞著年輕掌教飛旋，如同故友重逢，歡快雀躍。

心神激蕩的齊仙俠喝聲問道：「洪洗象，你到底是誰！為何呂祖佩劍與你靈犀相通！」

騎牛的年輕師叔祖置若罔聞，神情怔怔，掐指再算，許久才吐出一口氣，朝齊仙俠微微一笑，緩緩起身後伸手撫摸那柄停滯懸空的古劍，手指一抹，三尺青峰清亮如水，劍鞘分離，輕聲道：「你去江南，你去龍虎，我隨後就到。」

劍鞘往龍虎山而去，劍身朝江南而飛。

古劍先行「下山」。

一身樸素道袍的洪洗象拍了拍塵土，騎上一隻體形巨大的黃鶴，望向江南。

江南好，最好是紅衣。

齊仙俠抬頭遙望黃鶴遠去，驚駭道：「呂祖？」

齊仙俠原本被震撼得無以復加，便瞧見那黃鶴去而復還，不再騎牛改成騎鶴的傢伙匆忙跳下，一臉尷尬笑道：「先去與幾位師兄打聲招呼才好離山。對了，齊兄，最近時日那些道童的科業，就麻煩你代勞了。」

性子刻板的齊仙俠都忍不住想爆粗口，啥玩意的仙人啊！

幼年上山便從未走出過那道玄武當興牌坊的新任掌教，被世子殿下罵作膽小鬼的年輕道士，總算是有那膽子下山了。天生奇景，道人騎黃鶴遠去。

黃鶴於雲間穿梭，掠過西北雄城魚龍關。魚龍關氣勢雄渾，關城鎖陰邊陲，防線綿延，重疊構造防守之勢，壁壘森嚴，是帝國漠北咽喉之一。有軍伍士卒登城遠眺，不知是誰第一眼瞧見那隻黃鶴，似乎還有一人坐於鶴背？有人？還真有一人！這個消息立即瘋傳開來，邊關將士都擁上城頭制高點，果真看到一名道士模樣的仙人乘鶴東行。這座西北雄關頓時炸開，當黃鶴在頭頂呼嘯而過，眾人癡癡抬頭，不敢言語，生怕驚擾了天人的天上逍遙。

中原繁華地，有黃鶴樓矗立於大江畔，翼角嶙峋，氣勢豪邁，曾有詩仙留有傳世名篇「昔人已乘黃鶴去，此地空餘黃鶴樓」。相傳五百年前，關西逸人呂洞玄修道兩百年，終證仙位，立誓世間有一不平事便不願上升天庭，以詩劍酒悠遊人間，曾駕鶴過此樓，引來紫氣東升，樓內牆壁上寫有各朝各代名詩佳句三百餘，以那首黃鶴詠登魁。

今日有一場盛大詩會在樓上召開，中原士子們正酒興與詩興勃發，猛地聽說有一隻神異黃鶴自西向東而飛，都來到外廊觀看，近了，才猛然驚覺有仙人坐於其上，不輸當年呂祖風采！一位位文人騷客面面相覷，不敢置信，世間當真有陸地神仙？

五百年前乘鶴去，五百年後駕鶴歸。

煙波浩渺，黃鶴當空掠過黃鶴樓，一名老士子呆呆說道：「我輩目睹此景，不枉此生。」

◆

江南。

舊人舊景舊曾諳。

秋風起，秋葉落，人生聚復散，秋鴉棲復驚，相思相見知何日，此時此景難為情。

報國寺豔麗牡丹接連凋零，到了清秋時節，倒還有一些百年老桂可賞，樹齡悠久，枝繁常綠，芳香撲鼻。湖亭郡盧氏最近風頭蓋過了其餘三姓，好似一對女子身前那棵老桂，獨茂群林。

盧氏家主引咎辭去國子監右祭酒後，因禍得福，入主禮部，官居正二品，而逍遙散人棠溪劍仙盧白頡離開退步園後，去了京城，馬上擔任兵部侍郎一職，離閣臣只有一步之遙，兄弟二人遙相呼應，江南盧家一夜之間名動朝野，不得不重新審視打量這個北涼王的親家。

家族聲勢水漲船高，但那位聲名狼藉的江南道最美豔寡婦，卻澈底門庭冷落了。士子劉黎廷被人用馬匹拖拽致死，湖亭郡還有誰敢與她接近？聽聞那寡婦偶染風寒，原本並不孱弱的身子便消瘦了去，據說清減得厲害。江南道男人們心思複雜，女子們則同仇敵愾，許多吃過虧的都忙不迭去寺廟道觀燒香，紛紛與菩薩們祈願，恨不得這頭狐狸精早點病死才好，平時關係熟絡的貴族女子相聚，私下都要狠狠腹誹幾句才舒心。

如今盧家權勢重心移去京城朝廷，尤其是棠溪劍仙入仕離開江南道後，湖亭郡盧家就難免在瑣碎小事上占不到什麼便宜，原先被壓下的風言風語，如今愈演愈烈，對那敗德寡婦的抨擊謾罵死灰復燃，塵囂四起。

桂子落了一地的老桂樹前，丫鬟二喬憤懣道：「小姐，那些個潑婦怎的都不記打，又開始編派小姐的不是了！真想搧她們幾個大嘴巴！」

相較以往的確是清瘦許多的女子，伸手點了點貼身體己婢女的鼻尖，嫵媚笑道：「還說別人，妳自己不也是個小潑婦。」

眉清目秀的小丫鬟嘻嘻笑道：「聽世子說小姐以前最愛穿紅裙紅衣紅裳了，為何二喬就從來沒有見過呢？」

女子神情恍惚，柔聲道：「妳還小，說了也不懂。」

二喬嘀咕道：「不小啦。」

女子彎腰撿起一把金黃色桂子，滿手的桂花香，抬頭望著桂樹枝葉，默不作聲。

丫鬟關心道：「小姐，天冷了，要不咱們回去吧？」

臉色微白不再紅潤的女子搖頭道：「再待會兒。」

小丫鬟怯生生說道：「小姐，我說了妳可不許生氣。」

女子微笑道：「說來聽聽。」

丫鬟低頭道：「世子殿下一次跟二喬閒談，說武當山上有個膽小鬼，這些年還是偷偷喜歡著小姐。」

女子望著天空，鬆開五指，桂子顆顆掉落，她嘆氣道：「那是我弟弟騙妳的。」

二喬小心翼翼問道：「其實小姐心裡也在等，對不對？」

女子轉頭彈了一下侍女的光滑額頭，道：「妳這不知羞的小女子。」

二喬漲紅了小臉，鼓起腮幫生悶氣。

「妳就是徐脂虎？」

一道陰沉嗓音傳入耳中。

二喬怒而抬頭，循聲抬頭望去，看到一名年輕男子蹲在報國寺牆頭上，背了一柄長刀。

徐脂虎伸手將不知世事險惡的丫鬟攬到身後，平靜問道：「找我何事？」

刀客咧嘴獰笑道：「在下袁庭山，與妳那世子殿下的弟弟有些恩怨。再說了，拿人好處替人辦事，若非如此，袁某也不至於跑到這江南道與妳一個寡婦過不去。」

徐脂虎沉下臉，並不慌張。

從徽山一路奔赴江南道的袁庭山哈哈笑道：「外頭盧府侍衛都給我劈死，報國寺幾個禿驢不識趣，也一併砍殺去西天見了佛祖。說實話，如今江南道上也就棠溪劍仙能與袁某一戰，可惜去了京城。徐脂虎，別說妳是在報國寺，就是在盧府，袁某也能從大門口一路殺到妳跟前！」

徐脂虎冷笑道：「要殺便殺，跟個娘們兒似的嘮叨什麼？」

袁庭山絲毫不怒，好奇地盯著這位尤物寡婦，嘖嘖道：「以往袁某殺人，的確不與那些將死之人廢話半句，只是妳不同，來頭有趣，隨便一刀香消玉殞了去，著實有些可惜。」

徐脂虎問道：「此話怎講？」

袁庭山歪了歪腦袋，伸出一隻滴血的手臂，笑道：「妳不怕死？妳若是依仗著北涼娘家那名來暗中保護妳的死士，那袁某不妨告訴妳，那位兄弟也死了。約莫是有些年數沒幹大買賣，有些生疏，否則袁某恐怕得遲些才能入報國寺。徐脂虎，現在妳怕死了嗎？」

徐脂虎慘然一笑，問道：「身後這小女孩，你如何處置？」

袁庭山直截了當道：「自然是一刀的事情，袁某沒那憐香惜玉的癖好。」

徐脂虎轉頭看去，丫鬟二喬天真笑道：「小姐，二喬怕疼，但不怕死。」

徐脂虎閉眼道：「你動手吧。」

袁庭山站起身，立於牆頭，臉色猙獰，緩慢拔刀。

「你敢！」

有言語伴隨古劍清鳴聲呼嘯而至。

有一劍，由千里外武當山而來。

落於徐脂虎身前。

黃鶴駕臨江南湖亭郡，一名年輕道士如流星墜落，瞬間來到報國寺院中。

饒是心志堅韌不拔如袁庭山，才躍下城牆，也頓時目瞪口呆。一柄飛劍詭異懸在空中，再有一個歲數不大的道士出現眼前，這道人卻是行事更加匪夷所思，遙望東南，怒道：「趙黃巢，信不信洪洗象一劍斬斷你趙氏氣運！」

古劍瞬間消失不見。

龍虎山山門前，先有一劍鞘從九天雲霄直墜大地。

再有古劍飛來，恰巧回歸劍鞘。

古劍入鞘時，整座龍虎山轟然震動，繼而不見仙人蹤影，卻有仙人傳聲而來，「趙黃巢，信不信洪洗象一劍斬斷你趙氏氣運！」

龍池氣運蓮，剎那間枯萎九朵！

天師府祠堂，眾多供奉百年、千年的祖師爺牌位跌落於地。

龍虎山一名中年道人怒極，望向斬魔臺，「洪洗象，不管你是呂洞玄投胎還是齊玄幀轉世，如此逆天行徑，就不怕天劫臨頭？」

仙人再度言語如九霄天雷降落在斬魔臺，遙遙傳來，「修道七百年寒暑，區區天劫能奈我何！」

報國寺中，那年輕道士尚未出手，袁庭山便已是七竅流血，咬牙以後背撞破牆壁，一退再退，肝膽欲裂。

安然無恙的小丫鬟二喬，扯了扯身前女子的袖子，茫然道：「小姐，是天上來的神仙嗎？」

徐脂虎紅著眼睛，別過頭，不去看那位生平第一次動怒的年輕師叔祖，好似小女子賭氣道：「什麼神仙，武當山來的臭道士。」

騎鶴下江南的年輕道士口口聲聲連那天劫都不屑，只是這會兒竟然露出讓丫鬟二喬疑惑的局促不安，一隻大黃鶴停在院中，吹落桂子無數。

始終撇過頭的徐脂虎沉聲問道：「你來江南作甚？」

二喬只看到那道士紅著臉，欲言又止。

她心想這位神仙道長是不是臉皮太薄了些？

徐脂虎緩緩轉頭，問道：「你到底是誰？」

一直被寄予厚望去肩扛天道的年輕道士羞赧囁嚅道：「洪洗象啊。」

徐脂虎重複問道：「你來做什麼？」

年輕道士壯著膽子說道：「那年在蓮花峰，妳說妳想騎鶴。」

她轉過身，背對著這個膽小鬼。

這個放言要斬斷趙氏王朝氣運的道人，深呼吸一口，笑道：「徐脂虎，我喜歡妳。不管妳信不信，我已經喜歡妳七百年了。所以這世上再沒有人比我喜歡妳更久了。下輩子，我還喜歡妳。」

丫鬟二喬眨巴眨巴水靈眸子，小腦袋一團糨糊，只看到小姐捂著嘴哭哭笑笑的，就更不懂了。唉，看來小姐說自己年紀小不懂事是真的呀。

年輕道士伸出手，輕聲道：「妳想去哪裡，我陪妳。」

這一日，武當年輕掌教騎鶴至江南，與徐脂虎騎鶴遠離江湖。

仙人騎鶴下江南，才入江湖，便出江湖。

——雪中悍刀行第一部（三）春雷闖江湖　完

高寶書版集團
gobooks.com.tw

DN 245
雪中悍刀行第一部（三）春雷闖江湖

作　　者　烽火戲諸侯
責任編輯　高如玫
封面設計　陳芳芳工作室
內頁排版　賴姵均
企　　劃　方慧娟

發 行 人　朱凱蕾
出　　版　英屬維京群島商高寶國際有限公司台灣分公司
　　　　　Global Group Holdings, Ltd.
地　　址　台北市內湖區洲子街88號3樓
網　　址　gobooks.com.tw
電　　話　(02) 27992788
電　　郵　readers@gobooks.com.tw（讀者服務部）
　　　　　pr@gobooks.com.tw（公關諮詢部）
傳　　真　出版部　(02) 27990909　行銷部 (02) 27993088
郵政劃撥　19394552
戶　　名　英屬維京群島商高寶國際有限公司台灣分公司
發　　行　英屬維京群島商高寶國際有限公司台灣分公司
初版日期　2021年 1 月

國家圖書館出版品預行編目(CIP)資料

雪中悍刀行第一部（三）春雷闖江湖 / 烽火戲諸侯著. -- 初版. -- 臺北市：高寶國際出版：高寶國際發行, 2021.01
　面；　公分. --（戲非戲；DN245）

ISBN 978-986-361-950-5（平裝）

857.7　　109018279